绝对关键

宋庆华 著

群众出版社·北京

图书在版编目（CIP）数据

绝对关键 / 宋庆华著. —北京：群众出版社，2018.6

ISBN 978-7-5014-5818-9

Ⅰ.①绝… Ⅱ.①宋… Ⅲ.①中篇小说—小说集—中国—当代 ②随笔—作品集—中国—当代 Ⅳ.①I217.2

中国版本图书馆CIP数据核字（2018）第104953号

绝对关键

宋庆华 著

出版发行：群众出版社

地　　址：北京市丰台区方庄芳星园三区15号楼

邮政编码：100078

经　　销：新华书店

印　　刷：北京市泰锐印刷有限责任公司

版　　次：2018年7月第1版

印　　次：2018年7月第1次

印　　张：10

开　　本：880毫米×1230毫米　1/32

字　　数：260千字

书　　号：ISBN 978-7-5014-5818-9

定　　价：39.00元

网　　址：www.qzcbs.com

电子邮箱：qzcbs@sohu.com

营销中心电话：010-83903254

读者服务部电话（门市）：010-83903257

警官读者俱乐部电话（网购、邮购）：010-83903253

文艺分社电话：010-83901350

序言

何不直抒胸臆写情怀

宋庆华

出生在并非天灾的“自然灾害”时期，野菜、树皮、观音土勉强糊弄肚子四五年，终于挺起皮包骨头的身板背起了黄布书包，一路高歌“我们是共产主义接班人”走在了上学堂的路上。刚系上红领巾就恰逢史无前例的“文化大革命”拉开时代的大幕，无数中小学校门只得为这些刚吃饱肚子正渴望填充知识的小精灵关上了，老师说，“文化”都“革命”了，还拿知识来干什么？

1967 年至 1977 年，黄金十年，我们这代人在“停课闹革命”又“复课闹革命”，既“造反有理”又要“好好学习，天天向上”的运动中完成了最基本的国民教育，以毫无知识的“知识青年”身份“上山下乡”走向“大有作为的广阔天地”，本以为此生注定当农民干工人终老而已，孰料改变吾辈命运的高考制度恢复。机遇摆在那里，就是唾手不可得。鄙人也算幸运，高中毕业就进了国有企业端上铁饭碗，然而要想进到高等学府实现儿时的梦想，就不得不参加文化补习班去补习最起码的基础知识以备战刚刚恢复的高考，但因文化基础太差而屡试不第，败且勇战的结果是终于考上大学却选择了警界。

干刑警没几年，像样的案子没破几件，揣着想做福尔摩斯的梦想去上了大学，学成归来竟被组织选去做了媒体人——警界大报的记者。正冉冉升起欲夺普利策新闻奖之美梦时，又按组织要求接着做职业警察。以后在一级政府干了几年公务员，又回归警界重操旧业。如此几十年，命运如一蜉蝣随时代大潮沉浮，深感人生错愕，生不逢时，天不遂愿，慨叹往日不可追，诸多往事积淀而留在心头。

历经多事之秋，繁事横穿斜插，由不得你不改变人生之轨迹。历经胼手胝足磨砺、殚精竭虑努力，任由繁事穿插且伴随，此生注定平凡，但干事和干事之后的思虑却怎么也不平静。不平则鸣，不静则动。少不更事年代“旁逸斜出”诸事不说了，揣着良知循着常识好不容易“不逾矩”混过知天命之年，不知是哪根神经出错，竟不知天高地厚操起键盘敲起了小说，逆着写长篇、中篇、短篇，如今往前至少年，顺叙倒述正面说侧面讲那些曲里拐弯的故事，借助“文学艺术”修饰叙事，假故事里的人物之口，想说说自己肚子里的那点事儿。但是，写来写去，扯东扯西，砌字垒词，勉强成文，看上去洋洋洒洒几万几十万字，总觉着没吐出腹中那点意思，块垒依旧，骨鲠在喉，是有所避讳，还是遮遮掩掩，抑或是笔力不及词不逮意?

此生注定平凡包括了缺乏天赋的平庸。

如果把文学作品的高峰比作金字塔，把文学创作的精致比作象牙塔，曾经反反复复地想，不管怎么努力去写，穷尽吾之余生胼手胝足也难攀爬上金字塔顶，竭尽全力筚路蓝缕也难入象牙塔里。正因为写作是极个人的事，当然也难逃历史人文、世俗环境、科技进步以及经济社会发展诸因素的影响与渲染，仔细检点，自己确实缺乏个人才情的积累和由此迸发出来的灵感。

因为缺乏天赋，因为缺乏天赋特质，所以干什么行当都业绩平平。勤能补拙，笨鸟先飞，倒是励志的心灵鸡汤，实际上鸡汤喝多了，添膘增肉，脑满肠肥，再勤奋的鸟也飞不高飞不远了。写小说写到山穷水尽真无路，编故事编到柳暗花明不见村，无奈、郁闷、苦恼以至于暗自椎心焦虑、跌足痛惜，一起涌上心头，人生当如心死。

然则物极必反，忽如一夜顿悟，抛却那些花里胡哨的装饰，扔掉那些残枝败叶的遮掩，真想大喊一声：何不直抒胸臆写情怀！不就是那么一点儿唏嘘、喟叹、感慨，不就是那么一点儿对世象的个性看法、郁结心绪的开悟、人生经验的积累，直截了当说吧，随手挥笔写吧，月落钩沉，不舍昼夜，终于从键盘上流出一溜儿散文、小品文、杂文、随笔，而后又一一见诸报纸、杂志、网站、微信公众号。

字之所致胸中意，无关风月抒情怀。本书辑录了近年创作的两个中篇小说和一些小文章。中篇小说《绝对关键》通过对曾刚这个职业警察生涯的叙述和描写，塑造了一个生动有趣活泼有余但“刑警感”极强的刑警。另一个中篇《一地碎心》则用一个进城农民工挣扎在进取路上突遭“奇遇”的变故，去揭示人性的底片上留下的东西。至于那些个短篇的小文章，信手写来，感时直抒胸臆，落笔不拘一格，竟然分不清体裁，只好将其归于随笔之类。

随笔不随意，直抒胸臆当真切。立意不够深远但针砭时弊，字词不够玩味但情真意切，窃以为此乃支撑一篇随笔好文能够立起来之四柱。“敢说真话”乃其中精髓，诚如马寅初所称“能言他人所不能言，敢言他人所不敢言”为第一境界，季羡林所言“假话全不说，真话不全说”稍逊。至于吾等“犹抱琵琶半遮面”的笔触能写出何等境界，自考量无不羞赧且惶恐不已。既如此，缘何还要写？此生注定平凡但却不甘平庸，好歹笔下之言“情真意切”且“合乎时宜”，尚可聊以自慰，亦可飨读者。

但愿文不负人，一任清风白云。

目　录

小　说

随　笔

绝对关键

——并非逻辑颠倒的警察叙事

一

他习惯性地嘟起了嘴朝前努了努，对她所说的所有分析、判断和猜想都断然否定："这不是问题的关键。"

"那，你说什么是问题的关键。"他老婆姜晓雅对他一口否定的态度极为不满，她已经给他分析了种种原因，也设想了多种可能，费了心思也费了口舌，到头儿来竟被他呛了个憋在鼻腔打不出来的喷嚏，那个难受劲说痒不痒说痛不痛，"那好，你说说，问题的关键在哪里？什么都你行，什么事就你一口断金，你圣人啊，你?"

曾刚对他老婆的愠怒缺乏应该有的反应，反倒莞尔一笑，调侃道："好好好，老婆大人，你别麻脸，你一麻脸就真马脸了，还马脸变驴脸了。"

这"麻脸"在江城土话中有"糊弄人"、"佯装不懂"、"随时变脸"、"一脸麻雀斑点"几层意思，与"马脸"通假，触及到姜晓雅的痛痒之处。本来姜晓雅一张白皙的瓜子脸，配上俊秀的眉毛和杏仁样的眼睛，那黑白分明的眼神瞄上你两眼，漂亮或者勾魂摄魄说不上，但确实具有几分女性独特的魅力，尤其惹恼了她，她就会呜呜咽咽地哭，哭起来梨花带雨的模样让一个大男人不生出怜香惜玉都不行，格外惹人怜惜。就冲着这一点，起初还犹犹豫豫的曾刚才下定决心不遗余力地展开攻势，终于把她娶到手。

这"马脸"变"驴脸"一说，使姜晓雅破怒为笑，气氛又回到了温馨。她反唇相讥："你这傻兵，文凭、学历、水平都没我高，还在我面前充高人，时时处处显得高人一等，凭什么呀？你这傻兵。"

这话骂人骂得直白，没"麻脸"一说含蓄，可骂得曾刚心里头舒服。她管他这穿制服戴大盖帽的警察叫兵，叫傻兵，还把兵拆开叫丘八，但都在家里叫，叫起来一点儿都不奇怪也不矫情。她出身书香世家，从小生活在校园，生活的轨迹就是读书、升学、再读、再升学，直到读完博士，自己都带研究生了，对校园外的世界竟然一片陌生，至于公检法从没打过交道不说，还闹出些笑话。有一次看见城管打人的视频，她在家里大放厥词，说那些当兵的这么凶，空有一身本事不去打日本，而来打老百姓，算什么本事？曾刚给她解释说是城市管理人员，她说不是当兵的，还敢穿制服戴大盖帽，这不把社会搞乱了吗？弄得一家人哭笑不得。从此不再计较她管他叫兵，且叫来叫去还多了几分亲昵。再说曾刚什么学历呀，在职读的广播电视大学的大专班，后来推荐去上了中国刑警学院的本科，整个儿一草台班文凭，姜晓雅炫耀学历但又不得不承认处处听他的，明着是骂实则是夸，他心头能不吃了蜜一样甜吗？

“这，又有什么办法呢？切肤之痛皮肉之苦熬炼出来的人生哲学不深刻都不行，这深刻是往里说，往外讲就是高，实在是高，高家庄的高。”曾刚笑得很矜持，但右手的大拇指翘得老高，暗自得意，“你那些哲学，书本上来的，就算力透纸背，也还是那么浅薄。”

你不得不服这个老警察的智慧或者说是狡黠，多么凶残奸诈的罪犯都会败在他手里，没点儿功夫行吗？虽然自己读书多，可人家实践多啊，读书也不少呀，她常常看见曾刚手不释卷的。想到这，姜晓雅释然了，笑笑，伸出一只手把他的右手握住，另一只手把他竖起的大拇指扳倒：“你厉害，你高人，说说你的高见。”

“倒也没什么高见，只是看问题得抓住关键，抓住了几个关键性的问题就抓住了事物的纲，这纲里边还有一个核心，这个就是绝对关键。”曾刚从宜兴紫砂壶中滗出一杯茶水，给她面前的小杯斟满，“这好比泡茶，选茶、用量、选水、温度、操作手法几步都是关键，而绝对关键的是茶，其品种、品质才是喝好一壶茶的最关键问题，懂了吧？”

“别给脸不要脸，要贫嘴。”姜晓雅呷一口茶在舌尖来回滚动，嘴里不知是咂咂舌品茶，还是在哼哼地表示不满。

别看这两人又是讥讽又是笑骂，其实感情不浅啊，所谓人间缱绻，并非只有耳鬓厮磨相濡以沫窃窃私语，而嬉笑怒骂男欢女爱皆能通达彼此灵魂深处才是爱情的最高境界，用曾刚的惯用语来说，两情若要长久日，深入灵魂是关键，而且是绝对关键。此论，两人彼此心领神会暗自默契，但谁都不会把这层薄薄的窗户纸捅破。

见他顾自品茶，姜晓雅又说：“你把这件事说得这么严重，又给了多个选择，我给分析了不同选择的利与弊，说是宫大人想放弃你，都被你一口否定，我真想听听你说的绝对关键是啥。”

“别急，每临大事有静气，才是大将风度。”曾刚放下小杯，咕咚一下把茶水咽进喉咙，顺手点燃一支烟，丝丝缕缕的烟雾遮盖了他忧戚难看的脸色。

他从来不愿把自己悲怆难堪的一面展示给别人，哪怕面临再难的难题、再大的难关，他从来都没退缩过，想象中和现实里的他在别人眼前永远都是一个一身正气威武勇敢的警察，一个充满幽默、智慧、果敢和大无畏的硬汉形象。

这次，还能吗？毕竟这道难题出自他的上司，出自他上司自称能代表的组织。

看着他眉头紧蹙，忧心忡忡，但刚毅的线条深刻依旧且轮廓分明的脸，担忧的心又悬了起来，她想了又想，终于忍不住了，牙缝里轻轻溜出了一句话：“你，要当爸爸啦。”

“啊，什么？你说什么？”除了吃惊，他脸上的一切都褪去了。

“我，我怀孕了。”她怔怔地望着他，面无表情。

“啊。”只见他张大了口，不是缄默，是失语。

二

他就是冲着这形象或者说是怀揣对这种形象的憧憬，一脚踏进警营。

那时他已经端上了铁饭碗，响当当的国有企业工人。在那个国家计划一切的年代，流行一个尺度看人，一个主流标准衡量社会。国企工人绝对是一个令人艳羡的职业，国家通过组织当然包括企业计划包揽你的一生，从吃喝拉撒到工资、住房、子女入学到你自己以工代干、提拔、获得荣誉、涨工资，只要你自己不出意外直到你拿着退休金到死。放眼一看，城市里等而下之的人不可谓不多呐，知识青年、大集体、街道乡镇企业工人，还有应该就业而无业可就的待业青年，就是国家机关工作人员因为工资不高又没什么特权也并不吃香。警察在公众眼里的形象不是手抱一摞户口本在街头巷尾溜达与人不咸不淡搭讪几句，就是手里举一个马粪纸裹成绿色的圆筒站在马路边冲着行人喊请走人行道，或者坐在十字路口的岗亭里手工控制红绿灯让大马路中间原本就稀稀拉拉的几辆汽车走得井然有序，蓝色的确良警服宽大阔绰却总穿不出挺拔的身姿。

走在厂区，走上大街，穿着一身经过他母亲剪裁改缝过而显得十分得体的工装，他刚劲挺拔的身材和自信的神色会赢得许多人的青睐，用现在的话说，回头率挺高。心高气傲的他虽然也厌恶那个沉闷单调的年代，但心底里对自己能端上这“砸不烂，摔不破”的铁饭碗也不无庆幸，从同学朋友羡慕的目光里，尤其是遭遇好几个女同学的示爱中，看到了自己的得意和满足。

然而好景不长，自满的平衡被彻底打破，那是因为高考恢复，大学校门敞开，使全社会的年轻人都涌上那条公平竞争的小道，他那傻大黑粗的“铁饭碗”被冷落了，那份藏在心里的优越感不复存在了。曾刚虽心有不甘，但低头审视“腹中空空，头脑简单，四肢发达”的自己，只得再捧上书本吃“回头草”，也跟随潮流向往知识走进科学的春天。可命运不济，刻苦攻读了，熬更守夜了，连续三年参考均名落孙山。

他气馁，第三次去两路口看完市招办的录取张榜后，就像一只泄了气的皮球，瘪在了谁也找不到的角落。家里人慌了神，四处找他，找遍了所有能想到的地方，就连小他四岁的妹妹也放下书包，扯着喉咙去荒郊野外寻找，但都无功而返，全家人笼罩在一片愁云惨雾之中。

第四天上午他回来了，除了衣裤粘上些草籽和泥土，人却是精神抖擞还带了几分刚毅。一家人喜出望外，围着他又是埋怨责怪又是劝说安慰，问他这几天跑哪儿去了，他却一语不发。身为厂子里技术骨干的父亲劝慰他：“当工人，学好手艺，一样吃香，老子干到八级钳工，干啥活儿都硬邦邦的。非得要去考大学吃笔墨饭，考上怎么样？毕业又怎么样？还是得干活儿。”父亲又说，“七十二行，行行出状元，小子，只要自己努力，什么活儿都能干好。”只有母亲最了解儿子心情，附耳悄声对他说：“我知道我儿的心气，我儿是个有志向有理想的人，选定了目标就会不达目的决不罢休，再努力不气馁。”母亲的话沁入心脾，从未离开过母亲视线的他剜心切肺地动了情，眼泪无声流了下来。抹完泪，他只说了一句话：“妈，这辈子我一定会对得住你。”

其实，这第一次离家出走对他一生影响巨大，毕竟第一次经历生死考验，毕竟他平生第一次真正独立思考问题，自然也想明白了许多事理，有了自己的主见。他漫无目标走向大山深处的更深处，一心想去找一个无人企及的僻静之处了结生命。他觉着一而再再而三栽倒在大学门槛前，这一跤跌得很惨，不是狗啃泥，而是跌进谷底怎么也爬不上来了，前所未有的挫折，简直无颜面对家人、同事、朋友，特别是一直看好他的同学们。但是，当他胼手胝足爬上最高峰面对眼前的万丈深渊只差纵身一跳的刹那间，一只苍鹰扑展开强有力的翅膀哗啦啦从他身后腾空而起，从头顶掠过，嘎嘎啸叫着直击长空，迸发出生命的最强音，四周阵阵林涛哗哗袭来，鸟儿似乎就围绕在他身边鸣啭啁啾，他猛地一下子强烈感受到了大自然的盎然生机和生命的强硬。不行，我不能这样悄无声息地走了，我是人，是大写的人，我做不了苍鹰，难道连小草小鸟都不如吗？与其这样轻易将生命投向死亡，不如拿我年轻的生命去搏取成功的希望，搏击而死，虽死犹荣啊。

这心底的一咯噔犹如醍醐灌顶瞬间涅槃，他退回脚步，一边行走坐卧在山涧林丛，渴了喝山水，饿了嚼草根，累了躺岩石，听林涛鸟啁，看斗转星移，一边在自虐自责中苦苦思索人生，想到了知耻而后勇，想到了人必自立天助之，想到了孟老夫子那段经典名言：天将降大任于斯人也，必先苦其心志，劳其筋骨，饿其体肤，空乏其身，行拂乱其所为，所以动心忍性，增益其所不能。也就是念叨着这段名言，他下山了，要“动心忍性”去面对该来的一切。

曾刚又开始了新的努力，这次真是以命相搏，除了上班就是在书本题海中作战。一个月后，惴惴不安的他同时收到两份录取通知书，一份来自江南省师范学院，一份来自江南省公安厅。

既喜出望外，他鄙视自己曾经有过轻生的念头，庆幸人生从此出现转折，又疑难不决，涉世不深的他不知道该何去何从。

三

是上师范，做光荣的人民教师，还是当人民警察？家里人和朋友圈形成两种意见，各执一词，都在理，谁也说服不了谁，但他必须作出选择。

父亲说：“当老师，干警察，都是技术活儿，要干好必须要有匠人精神。”还是母亲的话最恳切最暖心，她说：“儿啊，老话说男怕入错行女怕嫁错郎，这次选择恐怕是一辈子的事，你得自己拿主意。”她又说，“不过，我建议你去干警察。你看啊，这‘文化大革命’刚结束，被砸烂的公检法刚恢复，社会目前最需要的就是公平正义，干警察责任重大使命光荣啊。”

教师这行他熟悉，但他鄙视那些不是园丁而是“嘴尖皮厚腹中空”竹笋似的老师，他怕误人子弟；警察这行当他不熟，但他从电影、小说里知道那是硬汉的角色，也是大智大勇的英雄。在“文化大革命”结束后新华书店第一批发行的中外名著中，他对《狄公案》《施公案》《福尔摩斯探案集》之类的侦探小说非常感兴趣，捧上就不放手，当警察，就是想圆侦探梦。定了，干警察，破大案，缉顽凶，保社会安宁，他下定了决心。

父母亲送他上省城到省公安校报到，临别，母亲拉住他的手，语重心长地嘱咐："儿子，记住啊，要干就要干好，最起码要像个警察。"他郑重地说："这话我会记一辈子的。"

一年培训结束，曾刚被分配回了江城市公安局江中区分局。集中报到那天，分局政治处将新警分成两组讲入警纪律，几个小警察私下议论，这两组可能一组分派出所，一组去刑警队。曾刚望着全是陌生人的分局警察，一筹莫展，只得暗自祈祷皇天不负有心人，实现他想当刑警的愿望。

第三天一早，新警集中在会议室，整整齐齐地坐好，两个组开始拉歌，一首接一首，声浪喧天，气壮如牛，连天花板上吊着的日光灯管都震得微微晃荡。这时，走进来一个穿蓝色卡其布中山装戴灰色鸭舌帽的中年人，几个工作人员纷纷给他敬礼，曾刚还瞅见他戴了副玳瑁框边的近视眼镜，白色镜片后面的眼光冷静而柔和，心中暗猜他是分局领导。果不其然，歌声戛然而止，他走上主席台坐在了正中央的位置，负责人站起身介绍："请分局戈元立政委讲话并宣布分配名单。"戈元立清了清嗓子，开口就说："你们厉害呀，你们会变戏法呀，昨天你们还是老百姓，今天穿上警服就是一个个英俊年轻的人民警察了。好呀，你们精神抖擞，你们朝气蓬勃，你们就是江城公安的未来呀。当然，你们肩上的担子很重，知道吗？你们是'文化大革命'结束开始恢复砸烂的公检法后第一批公开招录的人民警察，你们四十个新警全都是高中毕业生，在江城警察里算是知识分子哟，所以，你们任重道远啊。"厚重语气中略带调侃，别开生面的开场白一下子吸引住了这些新警。接下来，他又语重心长地讲了许多，讲了公安的传统和纪律，尤其讲了"生是公安人，死了埋进公安坟"那句当时公安民警最引以为豪的名言，直到把这群新警讲得情绪高昂、热血沸腾。最后宣布分配名单。

曾刚热切期盼着这一时刻，当他在刑警队的名单里听到自己的名字时，竟情不自禁地拍起掌来。掌声突兀而起，众人惊诧，纷纷把目光投向他，他也意识到自己失态，脸色由红转白，不知所措，十分尴尬。

台上的戈政委倒不诧异，平静地说："哦，你就是曾刚，站起来我看看，嗯，看你那个兴奋劲，干刑警，如愿了，高兴吗？"

"嗯，高兴。"曾刚站在那里，脸色惨白，虚汗直冒，恨不得地上生出一条缝钻进去。

"好，高兴就好。不过，我要提醒你，去了刑警队也许你要失望，告诉你，干刑警，做侦探，没那么罗曼蒂克，没那么多福尔摩斯，要干就得吃苦，就得干艰苦的活儿，懂吗？"

"懂，懂，懂。"曾刚直点头。

"你小子挺精神挺机灵，我记住你了，下去不好好干，我可要拿你是问，你坐下吧。"戈元立推了推眼镜，见惯不惊的样子。

曾刚坐下了，但激动的心仍怦怦狂跳不止。

四

曾刚到刑警队上班没两天，手头儿的材料还没熟悉完，就发生了一起杀人抢劫大案，警队绝大部分人马都压了上去。

地处江城市中心的牛角沱转盘，通衢大道路边的上清寺餐厅是一个国营大型餐饮企业。这天早上五点上早班的厨师发现餐厅开着门，径直走到夜间值班室，发现房门虚开，拉亮电灯就看见五十多岁的值班女职工斜靠在值班床上，身上头部血肉模糊，厨师立马报了案。警察很快封锁了现场，餐厅数百名工作人员分别被调查，周围居民从买早点开始发现异常，过往的行人川流不息，案发消息像季风一样四下传开，传播的过程中消息被夸大被扭曲，甚至变异为恶魔般的谣言，把江城闹得沸沸扬扬，人心恐慌。至今，老一点儿的江城人提到上个世纪八十年代初发生的这桩案子都记忆犹新：“哦，知道，就在市委大院旁边的餐厅里发生了杀人案，影响大，惊动中央呐。”

曾刚可不一样呢，听说发案，而且是惊动省市区三级公安机关的大案，好比嗜血的狼嗅到了血腥味，热血涌动，摩拳擦掌想着破大案建奇功。可警队领导宣布的上案名单里没有他，略为欣慰的是也没有他师傅、号称“老烟枪”的老侦查员杨子晴和他带的三个徒弟。他憋气，口出怨言，杨子晴却稳如泰山，扔一支烟给他，再呷一口山城老沱茶，悠悠地说：“刑警嘛，平生就干一件事，还愁没案破?”他焦急万分：“这可是大案呀，千载难逢，再说呐，人家破了就没咱的份儿呐。”孰料杨子晴一口烟气喷过来，像是胸有成竹一般：“大案，你都知道是大案，贼不知道？就这么容易破了？没咱的份儿，你说没就没?”又说，“小子，悠着点儿，到时候你在公安校学的那点儿三脚猫功夫恐怕不够用。”说完，扔过来一大摞材料，要他把手里的事儿抓紧完成了。

受他的情绪感染，曾刚和他两个师兄自然心安，忙另外的案子去了。可这并不妨碍曾刚千方百计打听这个大案的分析、进展的情况，甚至跟着复查现场的技术员去了解现场，自己在心里推演分析案件，形成自己的侦查方案。

真正案侦时车轮却陷入了泥沼。曾刚是没资格参加任何一次碰头会分析会的，更谈不上在台面上说说自己的看法或者什么方案。这么高层次的领导和专家在案件分析的所有方面，包括许多细节的认识上很快就取得一致意见，但就在犯罪嫌疑人作案动机认识上分为两派：一派认为作案者有政治因素，想在市民中扩大影响，理由是选择在距离市委市政府不远并且是市中心的交通要道地段作案，只杀人不劫财；另一些专案人员认为，作案者就一刑事犯罪分子，就是为了劫财进入现场。曾刚曾在办公室同师徒儿人讨论此案，力陈自己认为就是一个刑事犯罪分子作案的理由。大师兄不同意他的意见，两人争得面红耳赤。二师兄在一旁打圆场：“谁都不是专案组成员，咸吃萝卜淡操心，干吗？”

曾刚只得求助于师傅，杨子晴双手握住玻璃茶杯听得很专注，思考一阵，说：“我支持小曾的见解，看问题要抓住关键，分析案件更要抓住关键的关键。我认为这个贼是个盗窃惯犯，就是想去发财，可能是在现场没找到钱财而恼羞成怒杀人，更大可能是因为被值班老太婆发现而杀人灭口，而且这贼应该是多次踩点或者往来于现场。”沉思片刻，他又说，“可这么庞大的专案组把周边像筛筛子一样过滤了好几茬，怎么就没个苗苗冒出来呢？”曾刚知道他说的“苗苗”就是线索，心里佩服得五体投地，忙掏出香烟给每人发一支，再给师傅点上火：“师傅，你这见解高明啊，去给专案组说说。”岂料杨子晴怒目圆瞪：“没规矩。”吓得他伸出舌头半晌缩不回去。

第二天，好事来了，也是在牛角沱地区离上清寺餐厅直线距离不足一千米的地方——江城公交公司的汽车维修工厂食堂发生一起盗窃案，罪犯撬门入室盗走食堂卖饭票的收入一万三千多元现金和七百多斤粮票。警队接报，队长程文华指令：“这年末岁首的，案子发得猛，队上无人啦，叫杨子晴带他几个徒弟上案。”又交代，“老杨啊，你个老烟枪，带好徒弟，做好案子的基础工作，能破则破，破不了就经营好，回头我专门来研究一次。”别看老烟枪平时在队友和徒弟面前摆的谱够大，可在小他七八岁的程文华面前除了偶尔嘲讽几句，却也只有唯唯诺诺点头称是的份儿，不是因为程文华比他官大，在刑警中间拿官拿权力说事儿，只会在大家心里被嘲笑被鄙视被传为笑柄，唯有拿破案的本事说话才会有人对你心悦诚服。

领命出发，杨子晴率三个徒弟同现勘技术员一起挤上那辆又旧又破的嘎斯老吉普。路上，他颇不服气，也想在徒弟面前挽回点儿面子："你们都明白队长的意思吗？蜀中无大将廖化作先锋，是不看好我们能破案的。所以，到了现场大家把活儿做仔细点儿，认真点儿，这也是一起特大案件呀，咱得破给他看。"说完，用手背揉了揉鼻子，呼出一大口气。

老烟枪确实有他独到的眼光。他跟在技术员后面，把现场该看不该看的地方都看了，还真在一扇被技术员遗漏了的窗户玻璃上发现半枚新鲜指纹，在门、窗、抽屉处杂乱无序的各种撬压痕迹中找出一个同样的扁平压痕，连现勘人员都对他竖大拇指。现勘结束，老烟枪马上就定了几条侦查措施："一，立即把中心现场附近的派出所找来开会布置案件人员排查；二，划定侦查范围，刻画罪犯条件；三，由近及远发协查通报……"末了，他自信满满地说，"这案我算定是两人所为，罪犯案前就在附近蹿地皮，搞到钱，得跑啊，可粮票得变成钱啊。"江城警察都知道"蹿地皮"是就近作案的意思。现场的派出所长说："如果不是现场附近的人，怎么排查？"也有人怀疑说："这侦查方向错了可就误事了啊。"老烟枪听了也不发火，说："听我的，错了我负全责。"

给程文华作汇报，曾刚觑见他黑着脸皱着眉，一直做沉思状，担心被他一句话就轻飘飘地否了，老实说这方案虽然是按师傅口述拟的，但形成书面材料的时候他除了文字加工以外，还塞进去了一些自己的想法。杨子晴说完，程文华像是陷进了自己的思维出不来，一声不吭。曾刚的心像是提到了嗓子眼上，紧张得差点儿蹦出来，偏偏这队长办公室又宽大又安静，使大家感到连空气都紧张。他灵机一动，从裤兜里掏出一包红梅烟，抠出一支，冒起胆子走到程文华面前，小心翼翼地说："队长，我这烟差，你凑合着抽一支吧。"程文华刚接过烟，曾刚另一只手拿着的打火机就点燃了递过来。

“嗯，”程文华猛吸一口烟，像是从梦中突然醒来，紧锁的眉头张开，脸色也舒展了，“嗯，这云烟不错，够劲道。”定睛看了看曾刚，“你小子以为我走神了，发烟来提醒我，聪明，小聪明。”曾刚惶恐，脸上勉强挤出点儿笑容：“不好意思，打断了队长的思路，小的知罪了，下次不敢。”这场景多少有些滑稽，一屋子的人偷着笑，叽叽兮兮像一群老鼠在墙角抢食发出的声音，这更引发大家哄堂大笑。

程文华站了起来，手中的文件夹轻轻地磕着桌面，不容置疑地说：“现场、方案、材料我都看了，我看行，就这么干。不过，我提醒大家两个事：一是人头的排查要细，千万马虎不得；二是要联想到上清寺餐厅杀人案，你们想想，两个案子地点相距不远，时间相距不远，前一个案子贼没搞到钱，后一个案子干了一票，会溜的……嗯，其他条件还不具备，我也不敢妄下结论，只是提醒大家多一个思路。”

这话师傅不止一次讲过，看来老刑警都有独到的东西，算不算英雄所见略同？曾刚心里佩服极了，再偷偷看了一眼师傅，杨子晴脸上暗自得意的神色掩饰不住地透出来，容光焕发，想必他心头一定是甜甜的滋味。

五

案件的侦查工作并没有按杨子晴、曾刚他们的预想顺利进行，反倒在排查工作中，曾刚被派出所告了状，官司惊动了分局戈元立政委。

戈元立一口就把责任担了下来：“这娃子还是嫩了点儿，我的责任，没教好，我跟他交流交流，调教调教，不过你们也要担待点儿，都是老同志了。”回头便叫刑警队通知曾刚到他的办公室，和颜悦色地问他，“怎么回事？”

曾刚原本以为政委会狠狠地剋他一顿，没想到会这么和善待他，心中的委屈和着感激之情一起涌上来，竟一时语塞，半晌才说出话来："我去王家坡派出所检查人头排查工作，查到一个姓张的人被户籍民警漏掉了。我给他讲，据了解这个人长期收赃、倒卖粮票，应该是本案的重点人头，要重点审查。可那个老警察却对我吹鼻子瞪眼，说该不该纳入重点，我比你清楚，用不着你这个小毛头来教我，你算什么呀？我说，我是代表专案组来的，对排查要负责任。这下他火冒三丈，说你拿专案组来压我。还骂了我，骂得很难听。政委，我没说一句假话。我受点儿委屈没事儿，他们却恶人先告状，把您也惊动了。"

戈元立伸手扶了扶鼻梁上的眼镜，用手指了指他办公桌前的木椅子，示意他坐下，微笑着说："事儿该这么做，理儿也是这么个理儿，你是对的，干刑警是得要有专业精神，但是，"他把椅子向前挪了挪，接着说，"但是，你能不能采取一种让人乐于接受的方式说话，说话做事能不能讲究一下方式方法，比如说话态度和蔼一点儿，语气缓和一点儿。"他把自己的圆盘轮椅向前挪了挪，接着说，"十天前在分局礼堂，我就给你们讲过，这是个特殊时期，被'文化大革命'砸烂的公检法刚刚恢复，这些老同志刚从牛棚里解放出来，心里还憋着一股子气，你们年轻人做工作也要了解历史，熟悉公安机关的现状。"

"我……"曾刚欲言又止。

戈元立挥挥手："好，这事到此为止，但是，我要提醒你，路还长，坎坷还多，注意体会，总结经验。"

"我们队上有个年轻人，刚来没几天就被派出所民警和领导告了，分局领导还找去亲自谈话，这还了得，太不像话了，必须在全队大会上做深刻检查。曾刚，你站起来。"刑警队指导员冒睦邻不知从哪里听说了曾刚的事，在周六的政治学习会上突然作出这样的决定，而且火冒三丈。

曾刚闻言，一下子懵了头，站直了身体却不知所措。警队百十来号老老少少的刑警也不知道咋回事，纷纷把询问的眼光投向了他。

“啊，怎么回事啊?”队长程文华显然不知情。

“怎么回事，你问他呀，分局领导都过问了，他还想瞒着我们。”冒睦邻指着曾刚，“这种人没规没矩的，干刑警没几天就闯祸，还配不配干刑警？恐怕下到哪个派出所都不会要。”

“你说说，到底怎么回事啊？曾刚。”程文华说。

众目睽睽之下，曾刚吓得脸色煞白，虚汗从后脑勺的头发里冒出来往下淌，把后背弄得湿漉漉的，冬日的寒风从窗外吹进来，感觉整个人都透心凉。他稳了稳神，战战兢兢，结结巴巴，好不容易把事情的来龙去脉说清楚了。

“哦，是这么个事呀，好，我支持你，现在好些案子破不了，我最担心的不是分析不到位，而是措施不落实。按条件该调查的人头漏掉了，这一条大家以后在工作中一定要注意啦。”程文华抢先发言，想一锤定音，“既然分局戈政委都说了到此为止，那就到此为止吧，回头我给派出所的同志解释解释。好，曾刚，你坐下吧，以后干工作要动动脑子，注意态度和方式。”

“不行，他就这么过关啦？你这是护短，是不讲原则，不讲纪律，是自由主义的表现。”冒睦邻侧身对着程文华，冒着怒火的眼光从厚厚的近视眼镜片透出来，怒不可遏，说话也咄咄逼人。

“就这么点儿事，你要把他怎么样？人家一个小年轻，刚入门，不知道怎么尊重那些老同志，以后注意一点儿不就行了吗?”程文华据理力争，调门不高，“况且这种认真办案的作风没错儿。”

冒睦邻受到冲撞，威严被挑战，恼羞成怒，但又不好发作，只得掉头对曾刚说：“曾刚，今天你必须在全队会上做检讨，否则，你别想再干刑警。”

“好吧，好吧，你做个检查吧。”程文华妥协了，满脸无可奈何的神情。

曾刚傻乎乎站那儿，又结结巴巴把自己说得一无是处，还骂了自己几句，最后表示一定痛改前非。

冒睦邻总结说：“这还没完，你是个坏典型，以后我会逢会必讲，还有这次分到我们队里的二十个小年轻，你们可得吸取教训，不能犯自由主义。”

接下来的政治学习内容，曾刚一个字都没听进去，脑子昏昏沉沉熬到了下班。他去向师傅请假，想回家一趟。杨子晴见他情绪低落，伸出食指指着他鼻梁：“你，没多大事儿，以后注意点儿就行了。”接着又翘起小指头，“唉，这个冒睦邻就这么个人。”

这招管用，曾刚一下子来了兴趣，扭住他想问个究竟：“老冒，什么人？说说看，你是我师傅，得教我。”杨子晴无奈，觑眼瞧瞧办公室没人，才用小指头指指大脑，“风派，随风倒；左派，还想阶级斗争那一套，没茬儿找茬儿，吹毛求疵，与人斗其乐无穷啊。”

“为什么程队怕他？”曾刚不解。

“‘左左派’谁不怕？再说，人家是警队的党支部书记。”

“哦。”曾刚心底一颤，看来这警队并非那般纯洁，也挺复杂的。

曾刚回到家已是傍晚时分，父母见了他都很诧异：“不是说公安要求严，未婚青年一律集中住宿，只准周末回家吗？”曾刚一脸沮丧，也不搭理他俩，只管往客厅的沙发上一躺，眯上眼睛，吐出一个字：“饿。”

母亲见他这样子，心里明白儿子遇到事了，而且事儿还不小，受委屈了，急忙安排老头子去弄饭。

不一会儿，饭菜上桌，三人闷头吃了起来。估计吃得差不多了，一直凝视着他的母亲开口说话了："说吧，刚子，你心里有事憋不住的，瞧，都挂脸上了，回家就想给爹妈说说，对吧？"父亲虎着脸说："还能有什么事，不就事情没干好，被领导批了呗。"曾刚把嘴里正嚼着的一块红烧肉囫囵吞下去，差点儿噎住气，眼睛瞪圆了："你才没把事情干好呐。"父亲把筷子往桌上一放，也瞪了眼："你，事情干得好，那，你说话呀，一句话不说算什么事嘛。"母亲急忙打圆场，把呛了火药的硝烟给灭了。

晚饭后，气氛平静下来，曾刚把事情的前因后果说了，父亲母亲给他作了评判，作了分析，还提了建议和希望，一家人一直聊到深夜。最后，母亲说："咱们厂子是大型厂，学校、机关什么都有，俨然一个小社会，你爹妈从来就工作、生活在这个小社会里，不知道外面的天地有多大。"话锋一转，"干警察就是在大社会里蹦跶，你干的事爹妈一无所知，实际上对你没啥帮助，遇事得自己拿主意，自己选择的路就得自己走好。"

曾刚重重地点头，如果说戈元立的讲话是他真正的警察生涯的开篇一课，那么今天这事儿就是刑警之路的第一章节，不怎么光彩，却让人在屈辱的感觉中去思考得深一些，去联想到一连串的质疑，纯洁里藏着肮脏、高尚中蕴含着卑鄙、真挚里多少有些虚伪的成分、即使灿烂的阳光下也许会有邪恶的阴影……再想到从小就依靠、依赖、黏附父母的心路今夜就被掘断，从今往后要独立走自己的路。再说刑警的路他父母没走过，他自己选择的路哪怕荆棘丛生，也得靠自己砥砺前行，想到这他心暗如夜，甚至比沉沉夜幕还沉。

那一夜，他一直在黑夜里辗转反侧，以至于若干年后他如同一个老到的哲人说出经典的语录：没有在黑夜里椎心泣血地反思过，就不足以语人生。

六

曾刚几乎没时间计较自己的委屈和别人对自己的看法，把这些都埋在了心里，只管忙着去发现去挖掘案件线索，只要与案子无关，甚至不想多说话。他记得福尔摩斯说过一句话，破掉的案子自然就是侦探要说的话。他打骨子里信。

他把几个派出所否定的人头都拉出了清单，特地对王家坡派出所漏掉的那个张姓人头开展内调外查，发现这个叫张盛的家伙是个赖在城里没下乡的知青，成天游手好闲，今年三十六岁，未婚，干点儿偷鸡摸狗倒卖票证的小勾当，有过收赃卖赃的违法记录，好几次被传唤到派出所，受了警告、罚款处理，居然没受一天治安拘留。难怪户籍警没把他纳入专案视线，他算不上有前科的违法犯罪人员，顶多就一街头混混儿。看来，我对人家一个老警察得理不让人的模样确实面目可憎，应该检讨。曾刚有所愧疚，但转念一想，这个张盛把小玩意儿玩油腻了，不排除他铤而走险玩一票大的，也许他过去逃避打击的能力太强，躲过了本来就不十分严密的监控，也许那个老户籍警真把他漏掉了……不行，我还得深入查。他暗下决心。

曾刚和大师兄分头下去调查，不一日情况汇总，有人反映张盛好久不见人影，还有反映更直接的，说他搞了一笔“大着”到苏杭玩天堂去了。一听“大着”，刑警都知道是贼干了大案或者捞到一笔大款的意思，连杨子晴的眼睛都放出闪亮的光：“抓紧，想尽一切办法找人。”刚兴奋几分钟的曾刚一下子又耷拉下脑袋，蔫了。如果情报属实，这贼手里有全国粮票，有卖粮票的现金，满世界跑，到哪儿找他？就算费了九牛二虎之力找到了他，万一他与本案无关，岂不是瞎子点灯白费蜡。那么，不找这贼，还有其他线索吗？

恰好此时，解难题的人出现了。王家坡派出所那个老户籍民警带着一个尖嘴猴腮的家伙来到专案组办公室，进门就叫那家伙蹲下，然后对杨子晴笑了笑："老杨，听说你们要找张盛，就是他，我给你们带来了。"低头瞅了一眼蹲在门口的张盛，又说，"这个龟儿子满嘴跑火车，说是去了天堂，结果在沙坪坝'串亲戚'，我一去就找到他了。"江城的贼把贼道上的往来称为"串亲戚"。这位老警察能这样平和地把张盛带回来，足见其敏感、智慧和冒着一定风险的胆识。

曾刚正与厂保卫科的干事李红卫研究一个线索，瞅见老户籍警进门一肚子的不高兴，想必脸上也很难看，可闻听这番话，感动、感激、羞愧的情和意一起涌上心头。他撇下李红卫，几个大步跨上去毕恭毕敬地站在了老警察面前，双手递上一支烟，再双手捧上火，待他点燃烟，一脸坦诚地说："老蒋，不不，蒋老师，谢谢您。"

老蒋仍没消气："谢我什么？户籍嘛，又不会搞侦查，不做这些做什么呀？"

这话戗得曾刚无言以对，他转身过去给杨子晴递烟，求助的眼神也递了过去。杨子晴会意，一句话就给曾刚解了围，也把事拉回到正题："老蒋啊，是得感谢你呀，不过别急，你把张盛带来了，等我从他那里取了货，还要请你喝大酒抽大中华。"

"是吗？那敢情好，我等着。"老蒋转怒为笑，"好啦，人交给你了，我回派出所了，今天我还值班。"

杨子晴叫曾刚送送，曾刚朝他嘟了嘟嘴扮了鬼脸，意思是不愿意。杨子晴装着没看见，挥手叫他快去，他只好追在老蒋身后朝楼下走，走到厂区院坝，老蒋回头说："刚子，老子虽然对你有气，可看好你做事认真的劲儿。嗯，做警察就得这么干。"又说，"张盛那家伙滑得像条泥鳅，你审他可得做点儿准备，条条路都给他堵死，不然他不会交代的。"

曾刚先诧异后感动，没话找话说："蒋老师，你怎么知道我的小名？"

老蒋顾左右而言他，压低嗓门儿说："这不小葱拌豆腐，小菜一碟吗？连戈元立都帮你说话，我还不知道？"老蒋伸开双臂拦住曾刚，又意味深长地说，"别送了，回去吧，好好审那个狗日的，审对了路数，嗯，我看啊有戏。"说完，转身就走，走了没几步又回头说，"我可是一句都没问他案子的事儿。"

望着老蒋又矮又肥走起路来显得臃肿拖沓的背影，曾刚想起一句话来骂自己：狗眼看人低。心灵再次震撼，这警察队伍里看起来其貌不扬甚至毫不起眼的人也不简单呀。

果然，杨子晴把审张盛的任务交给了曾刚和李红卫。

"怎么审？"曾刚问李红卫。

"你是警察，听你的。"李红卫说的是实情。他比曾刚长十来岁，干单位保卫工作十来年，算是个经验丰富的老保卫，可按照规定保卫干部只能协助公安办案。曾刚虽是个新警察，但哪怕经验再少也是个警察，这是个身份问题，与水平无关。

"那好，先感谢你的配合。"曾刚故作老练，其实心里发怵，毕竟要以警察身份干活儿了，毕竟第一次面对面地与违法犯罪分子斗智斗勇，但他得鼓足勇气干，还得干好。杨子晴带着两个师兄查更重要的线索去了，临走时轻飘飘说了一句："抓紧把张盛这事办结了。"这话可以理解为对他曾刚的极大信任，让他单独办案了嘛，也可以理解为他不看重张盛这条线索，但派出所把人给你送来了，不把事情问清楚是交不了差的。

曾刚心里打鼓，但着实在盘算问题：张盛倒卖粮票不假，可他手上的粮票与本案的粮票有无联系，这才是我要抓的关键，而通过查粮票的来源，追出本案的作案人才是关键中的关键。

与李红卫简单商量以后，他俩把张盛叫进办公室，咔嚓一下就给他戴上锃亮的钢铐。张盛显然被吓了一跳，惊叫道："干什么？为什么铐我？我可什么坏事都没干啊。”

曾刚爱理不理地说：“干没干，等会儿到局里去说。”

“啊，还要去公安局？”张盛大惊失色。

“嗯。”曾刚漫不经心。

上了厂里专门准备的车，去往公安分局的路上，张盛没话找话，曾刚和李红卫根本不搭理他。

到了分局，曾刚问张盛：“知道这是哪儿吗？”

张盛木愣愣地望着他：“分局刑警队。”

“好，知道就好，进去吧，好好想想自己的事，想好了咱们再谈。”曾刚把他推进了黑咕隆咚的留置室。

冬天的夜来得很早，曾刚和李红卫从机关马路对面小巷深处的小餐馆吃完饭出来，见大马路上路灯瓦亮，人来人往，着急的商家门口已经挂起喜迎春节的大红灯笼，街头热闹的气氛里还有了几分喜庆。他俩心里压着事，没心思在街头逗留，径直回了办公室，把张盛从留置室里押出来，再把打包回来的一盒饭和一盒压着回锅肉的菜往他面前一放：“先说你的问题，还是先吃饭？”

饭菜热气腾腾，冒出的香气扑鼻诱人，张盛的尖嘴流出一串哈喇子，涎着脸说：“吃，当然是先吃，什么事情有吃饭的事大呀？对吧，曾干事？”

曾刚胸有成竹笑笑：“你的事，你明白我知道，咱说好了，先吃后说，吃吧。”

张盛把脑袋一下子埋进了饭盒，稀里哗啦风卷残云一般就扒拉干净，还把掉在办公桌上的一粒饭捡起来丢进嘴里，而后眼巴巴地望着曾刚。

“嗬，没吃饱？”曾刚问。

“嗯。”

曾刚叫李红卫给他倒一杯热开水，然后对他说：“够了，够意思了，孙猴子。”

“我，你叫我孙猴子，你比我还小，你也在道上混?”张盛脸色惊愕。

曾刚不以为然：“大惊小怪，说，说你的事。”

张盛变脸，坦然地说：“没事儿呀，我没事儿呀。”

曾刚一掌击在桌上，厉声说：“没事儿？没事儿会传你到局子里?”

张盛被吓了一跳，但很快恢复正常，小眼睛滴溜溜转，一副受冤屈的样子：“我真没事儿，是你们叫我来的，我怎么知道什么事儿?”

“好吧，你绕来绕去地绕吧，你搅来搅去地搅吧，先把水搅浑，再把事绕开去，然后，你就过关了，你就溜之大吉了，对吧？如意算盘就这么打的，对吧?”

仿佛心思被看透，张盛又摆出一副死猪不怕开水烫的样子，来个徐庶进曹营一言不发，只是小眼珠转个不停。

曾刚从上衣口袋掏出一包嘉陵江牌香烟扔在桌上，自己抠一支点燃，悠悠吐几个烟圈，顿时，屋子里香气扑鼻。李红卫也抓过烟盒掏出一支，拿在手里反反复复在桌面上磕，然后又拿到鼻尖下颠过来倒过去地嗅，边嗅边说：“嗯，这烟香啊，价廉物美啊。”随后打火点燃，长长地吸了一口，“这夜深人静的，来一支特别有味儿啊。”

张盛是个老烟鬼，哪里经得住这般诱惑，双手举着铐子合掌作揖，摆出一副可怜样，乞求道：“政府，公安，大哥，我也来一支嘛，行不?”

“不行，”曾刚断然拒绝，“不吃饭会死人，这不抽烟不会死人的。”

“会，会的，在外头我每天两包烟，没钱就用粮票换，饿肚皮也要抽啊。”张盛死皮赖脸。

曾刚不理他，压住心中的烦闷和怨怼，埋头向门外走去。在门外的台阶上站住，抬眼见院外大街上早已灯暗人稀，再回眼看分局院内除了主楼的值班室亮着灯，就是自己所在的办公室灯光雪亮。寂静中一阵寒风吹过来，使自己全身冒起鸡皮疙瘩，寒气锥心。他想，都知道干刑警风光，这寒夜里的辛劳谁知？

回到屋子，李红卫正使劲抽烟，见他进来使眼色让他看张盛耷拉脑袋昏昏欲睡的样儿，再用指头弹掉烟灰，眨眨眼，意思是这家伙可能没事儿，不然怎么会酣然入睡？曾刚会意，心里也开始打鼓，都不看好这条线索，就我抓住不放，难道我错了？

可他心有不甘，就算与此案无关，也得查清张盛粮票的来路。

他径直走到墙角，拎起平时健身用的两只四十公斤重的哑铃，走过来，一只扔在水泥地上发出“砰”的一声巨响，另一只握在手里做伸展、回握、挺举动作。要说这哑铃还有点儿来历。在警校的一次摔跤训练中，曾刚被另一个省城来的同学连续两次摔倒在地，他极不服气，嗷嗷叫着冲上去要再来一盘，被教官厉声止住。下课后，两人还在撸袖子磨拳，有人叫一声：“掰手腕，谁输谁认栽。”众人闻声起哄。于是两人在操场边的石台上拉开架势，全班同学自然分成省城江城两派啦啦队，班上七个女同学也分成两队唧唧喳喳叫嚷。角力来回拉锯持续很久，曾刚使出吃奶的劲儿仍撑不住倒下手腕，江城派失望地唉声叹气。第二天他花了半年的生活补贴费去城里买了这副哑铃，也从此爱上了体育锻炼，几乎是天天玩这副哑铃。

夜深人静时分，四十公斤重的铁疙瘩扔在脚前的水泥地发出的声音，对张盛来讲真不啻为一声巨响。他吓醒了也吓呆了，睁开蒙眬睡眼，见曾刚挥舞着一只铁锤向他砸下来，吓得大叫一声，身体瘫软如棉哧溜一下滑落到地上，跪地如捣蒜般直叩头，手上的铐子哗啦啦响，嘴唇哆嗦着告饶：“大爷，饶命啊，我，我说。”

“哈哈哈哈。”这一幕让李红卫忍俊不禁，笑出了声。

“说吧，来得及。”曾刚又好气又好笑，但他不动声色，只管把手上的哑铃玩得轻松自如。

张盛爬起来重新坐回椅子上，惊魂未定：“说什么呀?”

“又装蒜了吧?”曾刚轻轻放下哑铃，坐回到办公桌前，打开抽屉拿出一沓粮票，两手拿开又合上，再拿开，“这是什么?”

“粮票啊。”

“什么粮票?”

“中国粮票啊。”

“嗬，你还认识啊。知道从哪儿来的吗?”

“不知道，不知道，”张盛连连摇头，眼珠子也在晃荡，“你的粮票，我怎么知道从哪儿来的?”

“你就装吧，看你还要装多久?”曾刚把手中的粮票归拢成一沓啪地扔在桌上，气愤地说，“我现在告诉你，这些粮票是从曾驼背手里缴的，再明确地告诉你，曾驼背说这些粮票是从你手里买的。”

“曾驼背?是吗?”张盛故作疑惑。

“还装?你真是不见棺材不掉泪呀!”曾刚紧逼。

桌上摆放粮票的位置距张盛有五六米远，他伸长脖子想看清楚点儿，可曾刚故意把粮票收起来锁进了抽屉。

曾刚加重了语气：“曾驼背是个什么样的人，你不了解?你倒卖国家粮票该当何罪，你不知道?你手里握着这么大一笔粮票，从哪儿来的，你不明白?这些，你不说清楚你走得出去吗?”

张盛仰头瘫在椅子上，脸色惨白，不语。

“啪”，曾刚把一个塑料文件夹拿起来又重重地摔在桌上，厉声说：“抓紧时间啊，材料我是给你准备好了，再给你一分钟考虑时间。说了，从宽处理；不说，咱们就换个地方再说，我不想再跟你耗神费事了。”

张盛慌了神，缩回脖子，一顺溜就说："好好，我说，就是那个唐生，他说他是从一个襄樊来的粮票贩子手里买的，也只赚了一点点差价。"

"唐生？你知道的唐生是哪里人？"

"这个唐生不像是道上的人，也不像经常在江中区'蹿地皮'的人，以前不认识他。"张盛像是觉察到自己说漏了嘴，或者有些后悔，想把话收回去。

"不认识？不认识怎么做这么大一笔买卖？你这可是违法生意啊，不是小孩儿过家家，你蒙谁呀？"曾刚明显不满。

张盛答非所问："唐生早跑了，说是谁也找不到他了。"又说，"李五一在，在江城。"

"李五一就是给你牵线的人？"

"对对对。"张盛点头，"我什么都招了，给支烟抽吧。"

"给。"李红卫把烟点燃后递给他。

张盛铆足劲儿吸了好几口才吐出一口粗粗的烟雾。

曾刚注意到他的神色并没有卸掉包袱后的轻松，反倒多了一丝刻意遮掩什么的晦涩，由此断定他并未说实话。在李红卫记录完毕把笔录拿给张盛签字的时候，曾刚用红色印泥将他的十个指头都捺印在了笔录纸的空白处。

七

天刚蒙蒙亮，院子里的夜灯还没熄，杨子晴同两个徒弟回到了办公室，见曾刚、李红卫裹着棉被和大衣蜷缩在布艺沙发上睡得正香，说话立马压低了嗓门儿，连走路都变得蹑手蹑脚。

一点儿轻微的响动让曾刚惊醒，见是杨子晴像是见到久别的亲人一样激动，掀开被子立刻坐起身来给师傅汇报昨晚的工作情况。听完，杨子晴说："咱们这专案组前呼后拥就五条好汉，办这么大的案子不能不算进展神速啊。”又说，“这大清早的，大伙儿都熬了夜，先去食堂吃饭，再来凑凑情况。”

杨子晴正话反说，而实情不假。上个世纪八十年代，一个万元户就是一个富甲一方极稀罕的人物，发一个万元大案，尤其是盗窃公款的万元大案确属特大案件，理应引起高度重视并且组织庞大的专案组侦办，但警队警力匮乏，抽不出更多的警员，也只能如此。在他眼里，侦办大案经常出线索就有破案的希望，而曾刚的进步更让他喜出望外。

食堂没其他人，几个人围坐在杨子晴身边，把稀饭、馒头、咸菜吃得有滋有味。李红卫发问：“那个曾驼背是个粮票贩子不假，可你怎么知道他买了张盛手中的粮票?”

几个警察都知道曾驼背是杨子晴用了多年的线人，曾刚笑而不答，大师兄金龙喉咙里噎进一块馒头，故作深沉状：“天机不可泄露。”反过头来，又一脸疑惑，“不过，小师弟，你那一沓粮票，而且是全国粮票，哪里来的呀？是不是当工人比咱这当兵的‘吃皮’呀?”

金龙是退伍军人。“吃皮”是江城土话，大意是玩猫腻、捞钱、偷偷摸摸捞取好处。曾刚听了，心里很不舒服。

杨子晴递一个大白馒头给曾刚，笑意盈盈：“隐私不可泄露。”

曾刚的笑意里显出了一丝羞涩：“我都二十五了，连女朋友都不见影儿，老妈给我准备结婚办席用的粮票，好几百斤呢。”

“哈哈哈。”众人大笑，笑得前仰后翻，冷清清的食堂升腾起一股热浪。

小专案组议起大案来更加认真，五个人各抒己见，最后杨子晴拍板，把追踪唐生的下落放在第一位，其他的基础工作也不放手。经过批准，协查通报发出去了，请求布控查人的电话打给了相关的公安机关，重点指向湖北襄樊地区。

事太凑巧，不出三天，专案组接到警队值班室通报，说是襄樊市公安局刑警队来了电话说他们抓住了一个流窜盗窃犯，拒不讲身份，但从他满口的江城土话分析，可能是江城人，目前已被收审。杨子晴立马把电话打过去，了解到此人在襄樊仅作一小案，撬门进入一工棚，窃走两包香烟和一条裤子，关键是在其住宿的客栈房间内发现一包作案工具，其中有三把启子。“启子？什么样子的？”他抓住感兴趣的问题，对方说就是那种扁平状的。“哦。”他若有所思地放下了电话。

层层汇报上去，头头们对此不大感兴趣，但同意去襄樊接人。

专案组会上，杨子晴说：“假设襄樊那贼就是唐生，就得我们专案组去接人，谁去呢？”他鼓励毛遂自荐，曾刚力争获得同意。

杨子晴以十分无奈的口气说：“只能叫李红卫一起去，确实手头儿事儿太多，不能多派人，你看行吗？”

曾刚拍了胸脯，保证完成任务，一定安全将人带回。

连夜出发，开往襄樊的火车需要十六七个小时才能到达。伴随着哐当哐当的车轮滚动声和呜呜直叫的列车汽笛声，虽然坐的是卧铺，在层层夜幕下，曾刚却一刻都没睡着，心里很是兴奋，一干上刑警就遇上办大案，一上案就查获新线索，还有这第一次以警察身份出公差，生平第一次走出江城，真是既高兴又新鲜。然而因为任务在身，他心里装的更多是疑惑与设想，毕竟前方所面临的一切充满许多不确定的未知数，也许关押在襄樊收审所的人不是唐生，或虽是唐生却又不是本案的罪犯，也许他就是一个普通盗窃犯，与本案毫无关系，甚至与江城地面上发生的一切均无关联。临走之前，程文华和杨子晴分别交代，但又不谋而合，叫他抵达襄樊提了唐生就走，什么都别问，回江城再审他也不迟，只要安全回来就是胜利。也许就这意思，也许看得更重，究竟这两个师傅级的老刑警对这贼怎么看，他不得而知，但他脑子里企望这个唐生就是本案罪犯，甚至是上清寺餐厅杀人案的真凶，一举破获两起特大案件该是何等奇迹，自己押着这贼回到江城该是何等风光啊！他居然想抗命不尊，拿住那贼就审，一审就破案。如此这般想来想去，纷乱复杂的心境怎能令他安然入睡。

计划，不，对曾刚来讲只有设想，设想没有变化快。到襄樊已是半晌午，直接找到收审所，给看守民警验明手续，对方说："幸亏你们来了，那个家伙死活不讲真实身份，还成天闹闹嚷嚷说他没犯案要走人，不然就要自杀。"又说，"我们也没辙，只好给他脚镣手铐一起上。"说完，一个民警起身去监舍提人。

不一会儿，两个民警押着一个精瘦的高个子走进办公室。看守民警说："14 号，你老家来人了。"

那家伙一愣，抬眼看着曾刚和李红卫，满脸不屑的神情。

"哪个了嘛，操社会把个襄樊都操转了，连江城老乡都认不到了没?"曾刚稳坐在一张办公桌后，敞开嗓门儿用地道的江城土话问他。

"啊，你，你们……江城，警察。"那家伙有些腿软，趔趄一下身体往下滑，旁边两个警察夹住他的胳臂朝上提才使他不至于跌倒。

"江城警察，江城警察噻，看不出来，还听不出来迈?"曾刚器宇轩昂，把江城话咬得字正腔圆。

"不摆了，不摆了，老子跑了弄格久弄格远，你们都找来了。我说，我说，那个汽车厂食堂的案子是我做的，一万多块钱，几百斤粮票，就这些，我全都招了。"那家伙被两个襄樊警察按到一个独墩上，还没坐稳就吓得屁滚尿流地赶紧吐案子。

人是聪明还是愚笨，反应灵敏还是迟钝，心理素质是好是差，要看他在遭遇突然变故面前，能否瞬间表现出相应的得体的举止言行，这里边凝聚了当事人多少人生智慧的沉淀，所谓急中生智并不是简单的一招，其中绝对关键的一点是让自己迅速冷静下来，所谓镇定自若，智从中来。面对那家伙突然招供，曾刚既惊又喜，但绝不慌乱，和李红卫交换了一下眼神，都有些无奈又各有不同意味。曾刚的意思是我没问案子啊，是他自己要吐啊；李红卫的意思是不在乎，他要吐就吐呗，吐得越多越好。

李红卫握拳击桌，吼了一嗓子，骂道："锤子个老子，你敢跟老子称老子，你个龟儿子。"

这一震着实把那家伙吓得不轻，一下子跪倒在地，接连告饶："错了，错了，我是龟儿子，唐生错了，再也不敢了。"

"唐生?"曾刚听清了，心中一喜，但嘴巴紧抿，"你他妈唐僧，老子还玉皇大帝呢。"

"是啊，也有人叫我孙悟空。"

"西天取经回来了，梦也该醒了，唐僧叫玄奘，你叫什么?真名。"曾刚顺势问道。

"李波啊，地道的江城人，不信，你查。"

"不用查。"曾刚表现出异常稳重的样子。

让李红卫做笔录，曾刚转身去所里的值班室给家里打电话。杨子晴指示，只做简要笔录，不要细抠现场和案情，安全把贼押回江城就算完成大任。

又连夜返回，两人押着李波先上车再找到乘警说明情况补票。刚坐进卧铺车厢，就看见窗外飘起雨和雪，夜幕下黑魆魆的山影、稀拉拉的灯光和着哐当当滚滚前行的车轮声，再加上要盯紧看牢眼前这个大案嫌疑犯，曾刚和李红卫看似平和，与李波没话找话摆八卦说段子，不时还开个玩笑发出愉悦的笑声，实则心里紧张得连眼睛都不敢多眨几次。除了用一副手铐铐住李波的双手之外，曾刚还把另一副手铐一头扣上他的右手一头扣在自己的左手腕上，戏曰："同等待遇。"李波吓得连声说："不敢，不敢，我这罪人与警察同等待遇岂不找死。”又惹得大家哂笑，其他乘客见状疑惑这三人为何许人也。

就这样一路风雨兼程，快去快返，以至于若干年后，说起襄樊这个历史名城，曾刚说一点儿印象都没有，哪怕一点儿模糊的记忆都没有。

车抵江城，杨子晴带着警队那辆除了喇叭不响全身都响的破车亲自接站，一行人径直回到分局。简短的碰头之后，专案组全体上阵参与审讯，杨子晴主审，曾刚记录，其余人环伺左右。李波从未见过这阵势，像是吃了泻药一般一个劲儿地吐案子。问完记完再核实，差不多就一个通宵熬了过来。

天亮时，杨子晴向程文华报告：“公交公司汽车维修工厂食堂特大盗窃案破了。”

程文华长吁一口气，眉开眼笑地说：“一个老干探，三个新毛头，五个人破一起特大案件，可以啊，可以。”边说边竖起大拇指，又说，“不忙结案，还得深挖。”

八

她嘟起嘴朝前努了努，把他的神情学得惟妙惟肖，还使劲摇了摇头，加重语气说：“这样不行，要细节，细节。”又说，“除了生动的情节，我要听详尽的细节，细节越细越好。”说完，给了他一个微笑，笑意和蔼可亲。

她学得如此俏皮，他仿佛看见自己的影子，不由得开心大笑，笑声中习惯性地嘟起两片嘴唇，把笑脸扭曲得难看变形，十分滑稽，逗得她忍俊不禁，一同乐开了花。

静下来，他给她面前的茶杯续上刚泡开的熟普茶水，她屈指在茶桌上磕两下，学广东人屈指代跪还礼，然后才端起牛眼睛一般大小的紫砂小杯，啜一小口热气腾腾的茶，认真地说：“曾刚，你是不是很得意？是不是以为我很崇拜你？你以为我追求你是因为你很有魅力，是吧？”停顿一会儿，她自问自答，“No（不），完全No。”

笑容消失，取而代之的是满脸惊诧，曾刚蒙了，突然觉着丈二和尚摸不着头脑。关于刑事案件，关于破案，关于刑警，他俩至少聊了三五次了吧，每次他讲得津津乐道眉飞色舞，她呢，听得专心致志有滋有味。今天聊到他干刑警侦办的第一桩案子，而且是桩特大案，尽管以初生牛犊不怕虎的勇气不管不顾地往前冲，也有瞎猫碰上死耗子的运气成分起作用，但总有自己的能力、智慧和作为在里边，为自己的刑警生涯开了一个好头，现在想来都不无得意之色。可眼前这当口，她就是不高兴，也不知这话题从何而来，为何又急转直下！

“你这是干吗？怎么说这话？”他嘟起嘴，挑起眼角，满脸不解，“当初你约我谈，我就声明过，咱们俩不合适，你不信，这不？”

“哦，呵呵。”姜晓雅抿着嘴直笑，连连摇手，“误会了，误会了，我要你说细点儿，说具体点儿，我对你这些生动的故事感兴趣，故事需要展现人物，没细节咋行？”

“你这些话还有一层意思，看我理解准确不？体会到了没？”曾刚的眉头也皱起沟壑，心底的不满情绪压抑着没敢发作，“你是对我说的人和事感兴趣，并不是对我感兴趣，对吧？”

“莫须有吧！”她沉吟道。

他心底震动，好个莫须有，想当初一个莫须有的罪名把抗金大将岳飞害死在了风波亭，眼下一个莫须有的解释把我同我做过的事分割开来，把我埋葬在她心里，让我破的案做的事活下来。但说出来的话却是：“咱们俩就算是谈恋爱吧，我追求的是你，你呢，追的是我讲的故事，或者说是故事里的我，对吧？那，咱们俩是谈恋爱呢，还是谈故事？”

“兼而有之吧。”她回答很轻松，好像不是一个什么问题，但她心里很佩服这个老刑警的敏感和睿智。

可曾刚抓住不放：“破案、做事，都是我干的，能与我分开吗？”

姜晓雅并非答非所问，依然笑不离口：“你知道我是研究文学的，许多小说里写的‘我’并非作者本人，而是作品中的主人公，他说的话他做的事是作者塑造的主人公的事，作者之所以用第一人称，是为了增强亲切感和现场感，或者是为了叙述方便。”

“哦，我差点儿忘了啊，你是研究小说的啊。”曾刚故意打起官腔，“那么，我所讲的是我的经历我办的案子，不是你要研究的小说。”

“不一定吧。”她颔首微笑，眼睛里荡漾一汪秋水，有期待也有爱意，“我已经听了你讲的一些故事了，老实说感点儿兴趣，就像你喜欢听我给你讲文学课一样，有趣才能入港，就像在钢筋水泥的坚硬中打入一个软木楔子。”又说，“你接着讲，讲细点儿讲生动点儿，也许我会爱上你的故事，爱上……”话头戛然而止。

两个人的单独约会不过两三次，彼此都在偷偷观察对方，彼此都在寻找共同感兴趣的话题，只要看见她两只略显深凹且不大的眼眶里明眸如水顾盼有神，曾刚就知道她来了兴趣，提足了精神头，也许会滋生出对爱的渴求，这也激发他更浓郁的谈兴。他接上话说：“会爱上我。”

她眼里的光收束：“涎着脸，恬不知耻。”

“不是，你讲文学，讲文学理论，什么中国现代文学史上的鸳鸯蝴蝶派、婉约派，以孙犁为代表的荷花淀派，以赵树理为代表的山药蛋派，外国的狄更斯的个人主义风格，托尔斯泰的人道主义情怀，毛姆的叙述‘爆炸论’，村上春树的‘墙蛋论’，等等，既是文学的、文学理论的，又是作品的、作品人物的人生，让我听起来既新鲜、刺激和震撼，常常被你渊博的学识和独到的见解折服，又勾起我曾经文艺青年的梦。”他点上一支烟，嘟着嘴猛地吸了一口，十分惬意地吐出几个烟圈，“老实说，读警校的时候我选修了文学史，学得很认真，文学着实迷人，我也试着写，嘿，你别说，写得还可以，老师拿到全班同学面前作为范文念呢。”

“看来，你有文学的慧根。”她揶揄一句，眼眶里的光又开始放射。

“唉，”这口气叹得很长，吐出来的烟雾都散得不见踪影，他叹气的余音还未了，“后来，功夫废了。踏出校门，生活是现实的，也是残酷的，家庭、孩子、人际关系够你烦了，刑警这活儿更要面对千奇百怪的案子，应对形形色色的人物。你要破案吧，案侦一深入，那些个丑陋的肮脏的撕裂的扭曲的人性在你眼前暴露无遗，让你心生厌恶、烦恼和愤懑，哪里还有心思去玩你那高雅的文学。”

“这就是你的低俗了。”她撇了撇嘴。

但是，他几乎习惯了她又是褒又是贬的语言风格，这可能也是他俩对眼的地方之一，所以他对转折加重了语气：“你的讲授，哦，对不起啊，我可能当你的学生都不够格，确实激起本人心底对文学的爱意。”

“不至于吧，恐怕是醉翁之意不在酒吧。”她不经意间撇了撇嘴显得意味深长，但不无得意，“真话?”

“真话。”

“除了爱文学，还爱什么?”她偏了头，目光躲过横在茶几中央那块精致的小广告牌直视他的眼。

他目光如炬，丝毫没躲闪：“爱你呀。”又说，“那么，你呢?”

她收回目光，红潮袭上脸庞，羞涩地说：“爱你这个刑警。”

曾刚哈哈大笑。

姜晓雅低头。

曾刚清楚地记得，那是两人约会中唯一一次谈到爱，以后的约会尽管冷嘲热讽夹杂着渐次浓郁的爱意但就不在嘴上，俨然如两个交情颇深的老朋友碰面，一切尽在意会，或者用警队兄弟姐妹们的话说，他俩哪里是在谈恋爱，完全像是同道的江湖兄弟相处。地点呢，不是在浪漫而静谧的咖啡屋就是选一远离喧嚣城区地理位置偏僻的茶楼，喝咖啡由稔熟此道的她定品种定品牌，决定加黑糖或蔗糖或柠檬或蜂蜜，喝茶则由他亲自操刀，一套烫壶、沏茶、滗水的功夫下来，两人不尽着兴头趣味盎然都不行，最令人尽兴的是两人各自的话题不是刑警破案，就是文学理论，或者就在两者之间转换，即使产生口舌之争，即使不欢而散，也觉着有滋有味。

眼前，曾刚聊到了他干刑警后办的第一桩案子，而且是桩大案，姜晓雅自然听起来带劲，想了解得越细越好。“你接着说，拣精彩的说。”她连催带赶，迷人的笑眼存有一丝欣赏的目光，“比如说，押回来的李波，不是说要审讯吗？这中间有什么波折？有什么可以细说的？”

九

拿下李波似乎没费什么周章。

李波像是一个爽快人，他说，人栽了，就吐干净，吐了轻松，该打该罚该死，都认。所以，一开始接受讯问就竹筒倒豆子般稀里哗啦交代得干干净净，除了这起大案，还坦白了另外好几起盗窃案，案值虽不大但涉及川渝鄂湘黔几个省市。

看完曾刚记录的讯问笔录，逐页签字捺手印之后，李波似乎轻松了许多，又向曾刚讨烟抽。

曾刚说："不慌。"他从抽屉里拿出印泥和玻璃板，将他的十指和掌纹捺印下来，才将半包嘉陵江牌烟和一包火柴丢给了他，"别急，慢慢抽，把瘾过足。"

一夜过来，李波可以说是又冷又饿，这饿是既饿了肚子又饿了烟瘾，此时烟在手，心急火燎地划火柴点烟，把腕上的钢铐弄得哗哗直响，还抱怨说："我吐这么多案子，够你们领赏的了，烟都不供上。"

"好了，好了，少他妈啰唆，老子还在陪你熬夜。"金龙打个哈欠，极不耐烦。

"你熬夜，有烟抽，我可是一支没抽啊。"李波很是享受地吐烟圈，有一搭无一搭地与金龙斗嘴，"案子吐了，我去坐牢，你去领赏，你熬夜，值啊。"

把李波送到收审所，曾刚和金龙回到办公室，还没跨进门就听见里边此起彼伏的呼噜声，进门见三人躺在布沙发、竹椅和用四把木椅相连接的木床上，睡得可香甜呢。金龙说："熬不住了，咱也睡会儿。"说完，从柜子里抱出一件军大衣，拿开办公桌上的墨水瓶、玻璃板，侧身上去就开睡，不一会儿鼾声轰响。

曾刚心里疑虑重重，睡意全无，点燃一支烟，静坐在自己的办公桌前梳理脑子里的"十万个为什么"：为什么李波吐案子看起来似乎没什么隐瞒，吐得这么干净？第一次办案就这么轻而易举破了，这可是一桩大案呀？李波肯定是一流窜犯，是盗窃惯犯，怎么着也是个老奸巨猾的贼，就这么轻易缴械投降？这得来全不费工夫的背后到底是什么……想来想去，老是闪现李波轻松的言谈举止里隐藏着一丝不易察觉的得意神色。他把公交公司修理厂食堂盗窃案的所有资料摊在桌上，再拿出他能收集到的上清寺餐厅杀人案的现场照片和案情通报，细细比较异同，反复琢磨相同之处，最终有一点他说服不了自己，李波多数是在外地作案，在江城露面都少，以至于江城贼道上知道其人其事的都不多，他会在本地连续作案？只会作盗窃案的贼，会是杀人案疑犯吗？

想得昏昏沉沉，他终于趴在桌子上睡着了。一觉醒来已是夕阳西下，几个人顾不得饥肠辘辘，又谈起了李波案子接下来应该去查证的工作。曾刚又想起心中那些疑虑，如腹中块垒沉甸甸的不吐不快，终于忍不住说出了口。末了，还意犹未尽地说："对李波案我心里真有'十万个为什么'。"

大家沉默，都陷入了思考。

曾刚特别关注师傅的反应，见他眉头紧蹙，开始一支接一支抽烟。曾刚说："李波的疑点多多，但与上清寺餐厅杀人案有没有联系，我们拿不出更多的依据。"

金龙说："那么多大官、那么多专家组成的专案组会收集不到这条线索？"

二师兄陈聪说："小师弟说的有些道理，不如我们再审李波，恐怕一下子就破了那个大案，让他们瞪大眼掉大牙。"

"不行，"杨子晴把半截烟头狠狠地揿灭在烟灰缸里，断然否定，"这么大的一桩案子，得讲规矩，得谨慎从事。"

他起身裹紧大衣，在办公室来回踱步，几个人的目光都随他的身影转来转去，不知转了多少圈。他停下来说："这样吧，我们再合计合计，拉几个关键问题出来，明天给程队长汇报，他是专案组里的小组长，由他来定夺。"

第二天一早，杨子晴和曾刚就守候在了办公室，瞅见程文华拎着一个公文包走进分局大院，就跟在他身后上楼去了队办。程文华刚坐下，见他们两人现身在办公桌前，大惑不解地说："你们手里的大案破了啊，不抓紧时间休息一下，这么早跑来干吗？"

"盗窃案是破了，而且破得很顺利。"杨子晴回答。

"破得顺利还不好啊？怎么，是来找我要立功受奖啊？"程文华脸上露出难得一见的笑容，伸手指指椅子，示意他俩坐下，再给每人派送一支烟，“你们破了大案，老子给你们请功，没问题，可老子肩上背的杀人案子一点儿突破性的进展都没有，唉，压力山大呀。”

杨子晴把香烟横在鼻子下左嗅右闻，哼哼说：“大中华，嗯，好烟，好香，谢谢老大恩赐。”曾刚懂得收敛，在警界大佬面前没他说话的份儿，只顾把烟点燃津津有味地吞云吐雾，屋子里立刻弥漫起一股奇特的香味。

程文华起身一边往公文包里收捡东西，一边诙谐地说：“该你哥子冒油，一桩大案破得这么轻松这么漂亮，老子忙得火烧屁股，半夜三更没睡，天不亮就起床，还得跑上清寺，专案组设在派出所，百十来号人忙得团团转，一个多月了，还他妈没进展，老天不公啊。”

杨子晴弓身去给程文华点烟，坐下，把手中的两页记录纸晃了晃才说：“老天爷想帮帮你呀。”

程文华细眯了眼，一脸轻视：“你，老天爷，帮我？笑话，那好，你来当队长，试试？”

“不敢，不敢，我这水平，在你手下干个队员都差劲呢，”杨子晴双手把手中的记录纸递过去，讨好地说，“只是想给你提供点儿线索而已。”

程文华接过记录纸，一目十行快速浏览，看完，眼角起了点儿笑意：“这字写得工整、漂亮，谁写的？”

杨子晴指指曾刚：“小曾呗，发现李波案子有点儿蹊跷也是他。”

程文华抬起头，望着曾刚：“不错，小年轻，干刑警没两天，勤于思考，善于发现问题，敢于提出问题，非常不错。”这话后来在警队传开，曾刚从警以来第一个绰号“三条鱼”有了来头，有人直呼他“三条鱼”，又有刑警说，拿曾刚的“三条鱼”在案情分析中一游，多半会使案犯浮出水面。

程文华的笑从眼角延展下来，咧开嘴笑着，又说："你们俩谁说说？详细点儿。"

杨子晴朝曾刚努努嘴："你说。"

曾刚站起来，程文华又抬手让他坐下。曾刚只好端端正正坐下汇报他对李波案的认识、看法和大家对案情的分析，末了，诚恳中略带羞涩地说："程队，十分不成熟，可能让你见笑了。"

程文华一直在沉思，听他的话音停了才回过神来："破案就是一个回溯的过程，要将案情还原到疑犯作案的'原装'，也是在探索，破案之前什么看法都谈不上成熟，谁也不是未卜先知的神仙。"想了想，又说，"你们的看法就两点，一是李波可能还隐藏着什么，二是李波案与上清寺餐厅杀人案可以串并案，但缺乏最直接的证据，对吧？"

拉拉杂杂说了半天，程队一下就抓住了关键问题。曾刚心里佩服至极，这领导就是领导，到底水平高一些，不由得直点头。

"这样好不好，正好今天专案组要开会，我专门给大领导汇报一下，你们等我消息。"程文华拍板之后，立刻赶去专案组。

当天下午，程文华叫警队内勤通知说："明天，就明天上午，给大领导汇报，你们作好准备。"

大家面面相觑，有些傻眼了，连杨子晴都心里打怵，喃喃念叨，差不多干了一辈子警察，省厅领导、市局一把手隔着九重天呐，连面都没照过，这次还要当面汇报，恐怕连舌头都僵了，话都说不利落。他一一打量专案组的每一个人，最后把眼光落在了曾刚脸上："曾刚上，我们再把情况梳理一下，保你上去把事抖清楚。"

曾刚原本心里就七上八下的，甚至有些后悔把想法公之于众，得到程文华的肯定才稍微心安，眼下又推他上高层次的大场合去汇报，不仅怯场还心里打鼓，鼓点越敲越响，就差把脑袋敲爆。他直截了当地说："我不去，我去了也说不好。"又说，"要去，也得师傅去。"

"定了，就你去，你有这个能力。"杨子晴一语断了他的后路，再慢慢鼓励、开导他，两个师兄和李红卫也在一旁给他打气鼓劲，直到他压住心中的忐忑，勉强点头。

这一夜，他一直在脑子里默默念叨汇报材料，还设想了领导可能提出的问题和自己该怎么回答，除此之外，他还在脑子里不断用"罗列+排除"的方法搜寻这两案之间最最关键的连接点，绞尽脑汁思索反倒忘却了怯场的心理恐惧，只是几乎一夜无眠。

十

眼睁睁瞅着白色天光爬上窗户，曾刚一骨碌翻身起床，洗漱完毕就去分局食堂草草吃了早餐，回到办公室——仔细地收拾资料装进黄色的军用挎包，然后静下心来，坐等召唤。

天井里传来程文华嘶哑着嗓子的叫声："杨子晴，曾刚，上车，走啦。"

曾刚跟在杨子晴身后钻进那辆队上唯一的破吉普车，刚在后座坐稳，车就开出了分局大院。程文华从副驾座转过身子问："你俩谁汇报？准备好了吗？"

"准备好了，曾刚汇报。"杨子晴说。

"你个老同志，见的世面多，事儿也说得圆泛些，你不上去汇报，叫人家小年轻上，你好意思吗？"程文华瞪了瞪眼，嘶哑的嗓音流露出责备的语气。

"你怎么知道小年轻没见过世面？你怎么知道小年轻会说不圆泛？"杨子晴反唇相讥，寸步不让，又说，"弄不好，人家小年轻比你这个队长还说得好。"

程文华一脸鄙视："你他妈的害怕怯场，还找理由，不是吗?”又说,“你他妈的敢跟我这小官抬杠,见大官就怕啦。”

“嘿嘿嘿,”像是被戳到了痛处,杨子晴涎着脸讪笑,自我解嘲,“你在我面前就是大官呀,我怕得很,更大的官我见都没见过。”又说,“小曾年轻,未来的路还长,早点儿逼他上去锻炼一下也好,万一哪天他自己当了大官,这不就是学习起步吗?再说,人家发现的线索我去汇报,我这不是抢功吗?”

程文华不语,转回头去看车窗外的风景,一会儿,侧身扭转头,对着他座位后的曾刚说:“你不用怕,不要紧张,再大的官也是人,没什么了不起的。”又说,“你师傅说的有道理,不管他什么心眼,有一点是肯定的,他培养你还看好你的未来,说真的,我也看好你,大胆上。”

躲在后排角落里的曾刚,见两个老警察斗嘴,心里十分忐忑,听了程文华一番话,感激的泪水已经噙在眼里,急忙说:“程队,师傅,我不怕,一定尽力。”

“好!”程文华转回身子,坐定,对司机说,“开快点儿,我们早点儿到。”

车进市局大院,三人下车直接从台阶走进主楼,来到二楼会议室,空空荡荡的,只有一个工作人员在摆座位牌和准备茶水,见他们进门,点点头算是招呼了。

会议室中央摆放着一张又宽又大的长方形会议桌,四周依次摆放一圈竹藤椅,桌面整齐放了写了姓名的座位牌。三人围着桌子走了一圈,最后走到会议桌的末端,程文华指指写着汇报席的座位叫曾刚坐下,又叫杨子晴寻了后排靠窗的一张木椅坐下。这时,开会的人陆陆续续进来,程文华满脸堆笑迎上前去打招呼,还不时寒暄几句。

曾刚一个人坐在那里,显得形单影只,心头也觉着孤立无援,抬眼看见正对面主席座位前摆放写着“牛建国”三个字的牌子,两腿不自觉地发软。他听老同志讲过,牛建国不仅是市局的局长、市政府的副市长，还是一个老革命，跟随刘邓大军从中原挺进大西南，进城后任职于西南公安部，在剿匪、镇反和缉捕潜伏敌特分子斗争中几次历经生死考验，屡立战功，在一次剿匪战斗中被一枪击中胸部差点儿丢命，“文化大革命”前转任江城市公安局长，砸烂公检法的时候被造反派揪斗，不屈，被扔进牛棚依然继续抗争，“文化大革命”后官复原职，还兼任了副市长。这样一位老公安在江城警界声名赫赫，曾刚平日听其名如雷贯耳，而今眼下就要面对面汇报工作，自然心里发虚。再看会议桌两边座位前摆的名牌，不是省厅、市局的领导，就是本省本市大名鼎鼎的刑侦专家和著名法医，更令他倒吸一口冷气，背脊直冒虚汗。

想打退堂鼓，临阵脱逃，可是已经来不及了。程文华坐在了他身边，在他耳畔说：“镇定，别紧张，你他妈的不准给老子虚火啊。”这一骂倒真使他一激灵，冷静下来，再伸手使劲捏一把大腿，在痛感刺激下，两腿也停止了哆嗦。

桌子两边和后排的参会人员都坐齐整了，牛建国大步走了进来。曾刚见他穿一套灰色呢料的中山装，领口的风纪扣扣得严严实实，肩披一件黄呢军大衣，头上不多的几绺长发横拉过来勉强盖住光秃秃的头顶，国字脸上容光焕发，腰板笔挺，走起路来虎虎生风。

牛建国走到会议桌上首的主席位坐下，目光扫视一遍与会者，再朝右边的省厅丁副厅长点点头，便开门见山说起会议的主题：“今天把各路神仙请到市局来，就是议一议上清寺餐厅杀人案的侦破进展，集思广益研究下一步案侦措施。”稍作停顿，又说，“好，你们谁先给大家介绍一下目前的情况。”

右首坐着的市局马副局长开始汇报，从案发到采取的侦查措施，从案侦进展到目前状况，简明扼要，十来分钟就谈得清清楚楚，结论是侦办一个多月没有实质性进展。也许是为了活跃会场气氛，最后他诙谐地说：“昨天是山重水复疑无路，今天窗外阳光灿烂，难得的好日子，牛副市长亲自来研究案侦，或许就柳暗花明又一村呐。”

众人哑然失笑。

笑声冲破严肃得近乎压抑的氛围，好比隆冬季节吹来一股暖流，精神为之一振，人人脸上如沐春风。

省厅丁副厅长说：“同志们，越是在困难的时候，越是要有革命的乐观主义精神。”

牛建国脸上带了笑意，乜了马副局长一眼，轻蔑地说：“我来了就会有转机？工作是大家做的，我个人算什么，众人拾柴火焰才高啊。”话锋一转，“同志们前期做了大量卓有成效的工作，我看不是无效的，是积累，目前走入困境是暂时的，需要检查一下案侦方向和划定的侦查范围，是不是因为我们的方向出现了偏差？是不是我们划出的范围没把疑犯网进来？是不是工作不扎实把嫌疑人漏掉了？这些都是今天我们研究案侦必须考虑的问题。”

牛建国是在座各位头面人物中最大的领导，也是一位长者，除了右首下方坐着的那个满头银发一脸皱纹的法医或许比他长两岁，其他人在他面前恐怕只能称为小字辈，就是省厅下来的干部对他也是尊崇备至。他在场就是一种威严的震慑，他一开口讲话，会议室的气氛像冻住了一样，冰冷而僵硬。曾刚更是时时感受他强烈的气场。

马副局长迅速收敛了他脸上的笑容，频频点头：“是的，是的，下来我们再梳理梳理这几个方面，查漏补缺。”

一位法医插话：“对现场、作案工具和尸检还要重新认识。”

牛建国点头：“对，对，破案就是一个不断调整方向和深化认识的过程，最终溯源回去一举破案擒凶。”定睛凝视一会儿正对面的程文华和曾刚，和蔼地笑了笑，“昨天局办的同志告诉我，江中区分局刑警队最近成功破掉一起特大盗窃案，专案组的同志没有简单结案了事，而是深入分析案犯李波的作案特点、工具特征和犯案动机，发现与本案存在某些联系，是否能串并案，拿不准，今天想提出来大家会诊。看，你们俩谁来给大家汇报一下？”

曾刚刚松弛一下的神经突地又紧张起来，仿佛连呼吸都停止了一般。

程文华说：“报告牛市长，我是江中区分局刑警队队长程文华，这条线索就是他——警队的年轻刑警曾刚分析出来的。经过我们初步论证，这条线索有一定价值，但确实缺乏直接证据与本案串并，所以提出来请各位领导和专家研究。”转头对曾刚说，“好，你先汇报吧。”

横下一条心豁了出去，把什么胆怯、害羞、畏惧统统抛在了脑后，曾刚深吸一口气，腰板挺得笔直，把目光埋进眼前的材料就开始了汇报。他简要谈了李波案的侦破过程，着重分析了与本案之间的异同点，其间几次出现结巴的地方但总算还顺畅，而且还多次提到程文华和杨子晴，刻意突出领导重视和集体智慧，最后说李波案同杀人案是否能够串并，我们只是提供一个思路，敬请领导和专家审定。

大家听得专心致志，听完陷入冷静的思考，会场鸦雀无声。牛建国埋首在笔记本上写着什么，曾刚抬眼观察众人都有些凝重的表情，不知冷场之后会发生什么情况，更是忐忑不安，虚汗从脚尖冒出来直蹿上额头。

“我看啊，这两起案子没什么必然联系。”省厅刑侦总队的一位副总队长率先打破沉默。他是全省赫赫有名的刑侦专家，甭说参与侦破省内发生的大要案件，就是全国闻名的大案公安部也好几次调他去参加会诊，可以说是刑侦界的权威。此时，老成持重的他掰着手指说开了理由：“首先，这两个案子性质不同，从盗窃案演变成杀人案几乎不可能；其次，李波系流窜盗窃犯，几乎没有在一地第二次作案的案底，比如在江城，除了公交公司汽车维修工厂食堂这起案子，目前没有发现第二起案子，况且他习惯盗窃，手法娴熟，轻车熟路，犯不着轻易改变；再次，两案疑犯作案动机不一，有道是杀人越货，此案只杀人不越货，不像是盗窃惯犯所为……”

“王老说的有道理，但是，只说的是表面现象，没说到内在联系。江中刑警队的曾刚同志很敏感，发现了一些内在的东西，只是他们缺乏对本案全面深入的了解，难以做出更深刻的认识。”江城市公安局刑侦处处长迟克东是个精悍凌厉的中年汉子，打断别人发言就提出一番攻势凌厉的反对意见，说话时目光炯炯，不仅含挑战权威的意味，还帮着曾刚补充完善若干看法，极力主张两案合侦，甚至口气偏激结论武断，“可以判定李波就是上清寺餐厅杀人案的疑犯或者是案犯之一，李波以盗窃钱财为目的进入现场，作案过程中惊醒了受害人，又遭遇反抗，急于脱身或者想灭口而杀人，抑或突遇其他什么变故而杀人。”

接下去的发言，先是各抒已见，而后意见相对，演变成争论，乃至针锋相对形成各不相让的两派。

迟克东嗓门儿最大，高声止住了争论，高调说：“牛市长，丁副厅长，我立军令状，串并案以后绝对能破掉此案。”扭过头来对着程文华，以命令式的口吻说，“程队，你的那个李波专案组全部并入此案，咱们再坐下来吃透案情，制订方案突破李波，一举破案。”又把眼神移至曾刚脸上，“你这小子，好样的，是块干刑警的料，先进大专案组好好干，破了案我给你向牛市长请功。”

一屋子人的眼光齐刷刷聚集在他俩的脸上，程文华右手肘搁上桌面小臂直立：“我支持。”曾刚感觉面皮像是灼烧一般火辣辣地疼，想象中一定是个鸡冠似的大红脸，只好埋头往笔记本上象征性地划拉上几个字。

“哼。”牛建国轻轻咳嗽一声，大家又把目光转向了主位，

“这样吧，我把大家的意见归纳一下，这样定，两案串并案，集中精力先攻李波以及涉及本案的线索，但是，本案其他的工作继续推进，尤其是基础工作一点儿不能丢。”他把目光投向迟克东，曾刚看见炯炯有神的光如刀剜了过去，迟克东眼光一碰下意识地直缩脖子，接着说，“有三点务必提醒同志们注意：一是要抓紧，案件久侦未破，上级重视，百姓关注，时间拖长了不好交代呀，再说，如果贻误战机，破案更加困难；二要抓细，不能遗漏任何细枝末节；三是切忌浮躁，现在还不是论功行赏的时候，认真扎实干工作才是当务之急。”

散会后，迟克东把他们三人招拢，边走边交代工作，分手时指着曾刚说：“你的队长是全市十二个区县刑警队的金牌队长，你师傅大半辈子搞破案，业务精，很专业，你跟他们好好学习，不准骄傲啊。”

迎着他期待的目光，曾刚内心充满感激之情，捣蒜似的点头。

坐上回分局的车，曾刚紧张得提到嗓子眼的心彻底落了下来，这才感觉全身冰凉，满手湿漉漉的，内衣内裤全湿透了。

十一

“哈哈哈。”姜晓雅笑得很放肆，放浪形骸的样儿，嘴似乎张大到了极限，把门儿的两瓣大门牙和两排白里显黄的牙齿暴露无遗。坐在她对面的曾刚见了，心生厌恶感，哼，这女子，还姑娘家，不雅啊，难怪三十几岁还嫁不出去。她却只管开心地笑，根本就没看他蔑视的神情，笑够了，还十分轻蔑地说：“有没有骚味儿，是憋出的尿还是吓出的汗呀？该是屁滚尿流吧？还刑警呢，还充硬汉呢？不难想象你那孬种的样儿。”

曾刚很是后悔，不该给她讲这些难堪的事，唉，尤其是在这个涉世不深，也可以说是养在深闺长在象牙塔里不省世事不大不小的姑娘面前讲自己丢脸面的故事，而且讲得有声有色十二分生动，真有损一个老刑警、一个大城市公安局刑侦处长的形象。

陷入悔意的曾刚脸色晦暗，像一块冷冰冰的生铁戳在她对面。万万没想到姜晓雅忽地起身，像一阵风从对面座位刮过来挤在他身边的厢座皮椅上，两手捧住他的脸，用一往情深的眼睛对视他的目光。他故意歪了头转动眼珠想避开她，可她的双手用力搬正了他脑袋也转动眼珠搜寻他的目光，几番无声的较量，终于使他无处可逃。他的目光终于被她水汪汪情盈盈的眼眶吸住，脸上感受到了她强烈的热度和急促的鼻息冲击，禁不住心底阵阵震颤，全身像被热水冲洗过一遍那般温暖和熨帖。他不再躲避更不想拒绝，任凭她把他的头往近前拉，近了，更近了，就在两人嘴唇即将贴上的一瞬间，她停住，两手撑住了他的脸，两眼对视着，敛息，无声，默默注视。

曾刚脑子里一闪念：这老姑娘又要搞什么名堂？忽冷忽热捉摸不定地变花样，瞎折腾，哪个小伙子经得住你啊。踩住刹车神经想阻止冉冉燃烧的激情，可哪里止得住蕴藉已久一朝点燃便越烧越旺的火焰，他的嘴他的脸他的身体控制不住紧贴了过去，两团火焰似蛟龙一般撕裂、缠绕、翻滚，从他家的书房凤驰凰随挪窝进了他家的卧室，直到滚滚火焰将两人不可遏制的激情烧得干干净净。

喃喃呻吟终止，曾刚十分依恋地将姜晓雅揽在怀抱想续存温情。一个离婚六年、长时间没接触过女性身体的中年男人对性生活的渴求，不难想象。不料，她猛地翻身起床，一把从床上抓起她的红色呢料大衣裹住身体，趿拉着他的棉拖鞋，疾步奔向盥洗间。她的动作粗狂而突然，掀开被子弄起的一股凉风使赤身裸体的他一惊又一寒。他望着她奔走撩起红衣露出雪白身体和大腿的倩影，愣怔了好一阵子，待收回眼光看见白色的床单上一摊红红的血迹，浸漫开来似一朵盛开的牡丹，氤氲一片，不禁大惊失色，倒吸一口冷气，顾不得窗外雨雪霏霏，室内寒气飕飕，竟僵硬如浇筑的生铁塑像立在床上。

“怎么了?”不知何时，穿戴整齐的姜晓雅已经站在他身后，温暖的双手按住他冰冷的肩使劲将他摁倒在床，再拉过被子盖住他赤裸的身体，眉角充满笑意，“老刑警呢，没见过血?没见过第一次?”又说，“知道了吗?啊，我对你……”

“你?”曾刚睁大眼仰望着她，目光传递的信息很复杂，更多的是疑问。

“怎么啦?想知道这把年纪的女人还守身如玉，是吧?想知道你为什么会得到我的第一次，对吧?”她直截了当，似乎没藏什么羞涩，撂下一句话就往卧室外走，“起来吧，警察先生，我在书房等你。”

警察先生，什么称呼?这时称先生，虽然文绉绉的，像是书面语言，对她一个成天藏在书斋里的人来讲，不合时宜却也勉强，称警察像是公事公办，在这私密场合显然见外，而两种称谓合为一体，此时此刻真有些不伦不类。历经多次恋爱曾经结婚离婚的曾刚对此称谓大惑不解。第一次婚姻的失败，撕心裂肺的痛使他深感女人的心像天上的云变幻莫测猜测不透。他可以而且能够鼓足勇气去面对并且有信心战胜无比狡诈凶险的犯罪分子，却不敢轻易触碰一个女人，眼前这个大姑娘更令他感觉不可捉摸，他甚至后悔与这个还是处女的剩女上了床。

当两人再次衣冠楚楚正襟危坐在书房的茶桌两边的时候，夜已经很深了，窗外江城辉煌的灯火已疏落黯淡，江上偶尔传来一两声轮船的汽笛更让人感觉冷冷的安静。

“泡茶，熟普。”她指指桌上的茶具，以不容置喙的口气说话。

“醒瞌睡啊，不睡觉?”曾刚心里起疙瘩一般不舒服不情愿，但两手已经开始动了起来。

“睡觉，你睡得着吗？你得乖乖地给我讲破案的事呀!”她杏眼圆瞪，像滗出的两杯茶水，汤色红亮清澈，倾流而下。

她端上茶杯，又突然放下，侧身从小坤包里翻出手机说：“别慌，我给我妈打个电话。”夜深人静，电话嘟响一声就传出一个老年妇女慈祥的声音：“雅雅啊，这么晚了，还不回家呀？在哪儿?”她说：“妈，你先睡吧，我在曾刚这儿，放心吧。”电话里说：“哦，干吗呢？他没欺负你吧?”她说：“他敢？我在听他说书呢。”电话里说：“哦，那孩子是个警察吧？警察够厉害的呐，警察里也有心术不正的人，你要小心啊。唉，你也老大不小的啦。”沧桑感的声音里可以感觉到不安和焦虑。她说：“好老妈，别啰里啰唆了，我挂了。”断然里透着不耐烦。

挂了电话，她小啜一口热茶，扭头对他笑笑：“你，接着说。”她把玻璃茶杯抱进怀里，换成暖意浓浓的语气，“特大盗窃案破在你这个新警手里，而且还牵出杀人案的关联思路，上清寺餐厅杀人案肯定也是你这个新手破的，那可就不得了了，刑警生涯旗开得胜，一炮走红。”

十二

刑警之路没一般人想象的那么顺当，破案真不是一件容易的事儿，遭遇挫折、危险、委屈乃至于掉下悬崖、走进死胡同的事经常会发生。

两案串并案之后，曾刚师徒四人按照大专案组的安排，围绕李波开展大量的外围调查取证工作。上世纪八十年代的技术手段极其有限，手机、电脑、互联网闻所未闻，用老刑警的话说“办案基本靠走，通讯基本靠吼，取证基本靠手”。就三五天时间取证材料一摞一摞地交回来，然后又逐件逐件归类、分析、消化，再参与制订对李波的审讯方案。可临到确定审讯人员的时候，曾刚他们就排不上号了，连押解案犯的资格都轮不上。十来天后案子破了，在案侦总结会上他们才得知，审讯李波费了大周章，就是号称侦讯专家的主审人员换了两茬，反复几个来回才攻下来，据说是曾刚他们搜集的作案工具——启子，也就是扁平头的螺丝刀，连同它的撬压痕迹比对同一，发挥了最关键的作用。全案真相大白，案犯就是李波，就他一人作案，作案动机就是想偷窃餐厅的营业款，行窃过程中惊醒了值班员，情急之下李波将值班女职工杀死。此案没捞到钱财，李波心有不甘，想再捞一票出走，就干下了公交公司汽车维修工厂食堂的盗窃案。

不让他参加侦破杀人大案最后的攻坚战，拒绝他见证或者观摩学习侦讯大案要犯，提出申请列举一大串理由依然被拒，曾刚心里头鼓起老大一个疙瘩，直到后来被戈元立政委一语刺破才烟消云散。

以省厅和市政府名义召开的破案总结表彰大会，在江中区公安分局礼堂隆重举行，不知是谁有意安排还是纯属巧合，获三等功的曾刚上台领奖的位置刚好是在主席台就座的戈元立政委。就在颁奖的时候，戈政委炯炯有神的眼睛盯住他："才入警几天就立功受奖，万万不可自以为是，路还长着呐。"他那点儿小心思似乎被看破，脸上霎时一片通红，急忙一个挺胸立定，还了一个标准的军礼。

几十年过去了，戈元立政委那鼓励期待的眼神至今还历历在目，像是镌刻在脑海里一样。作为刑警，天天同各种各样形形色色的人物打交道，随时随地在泥潭、沼泽、草丛里行走，拼搏在生死线上，能够安全平稳而且小有成就走到今天，真得感谢戈元立他老人家呀。曾刚嘴里一边冒烟，一边深有感触地对姜晓雅说话，手上的活儿也没停着，给她的玻璃杯续上茶壶里滗出来的热茶水，轻轻放下茶壶，用桌边压着的白毛巾擦擦手，像是发出无限感慨："人生啊，第一次很重要啊。"

一直专心听讲的姜晓雅被他感染了："人生路上导师很重要。"喝一口他新续上的热茶，像是被烫着了，张大嘴哈气，也像是惊愕，"哦，你的第一次都很重要，捋一捋，有多少个第一次？哪个第一次最重要，用你的话说，哪个第一次对你的人生绝对关键？"

曾刚陷入沉思，半晌才肯定地说："当然是戈元立，他对我所有的第一次，第一次见面，第一次说的话，嗯，尤其是那次的眼神，你永远不可能解开里边有多丰富的感情和意味，反正我当时像是泰山压顶一般被定住了，这以后凡是稍有疑惑或者犹豫的关口，我都会想起那次不一般的眼神。"

"刺激很深的东西，尤其是触及灵魂的东西，哪怕是一个眼神，一句话，一个小手势……都能留下深刻印象，铭记终生。"她眼里放光，话锋一转，"你的第一次很重要，我的呢？"

曾刚从回忆中猛地回过神来，声音极低但很坚定地说："绝对重要，绝对关键，决定了一个老警察下半身的性福生活。"

她似乎听出了他咬文嚼字的音有异样，认真地说："你这话有歧义，曾刚同志，我告诉你，你面前坐着的是一个大学的副教授，而且是教中文的，你给我好好说话。"她加重语气，又说，"我的第一次可是我人生的转折点啊，对我来说，绝对重要，绝对关键啊，你这一打马虎眼，别让我看不起你啊。"

"我，我，"曾刚语塞，把嘟着的嘴朝前努了努，郑重而严肃地说，"爱人，姜晓雅同志，你的第一次对我来讲绝对重要绝对关键，关系到一个老警察和一个年轻女教授下半辈子的幸福生活，我会认真看待这第一次。"说完还坐直了身体，行了一个举手礼。

姜晓雅乐了，笑呵呵地弯腰伸手过去把他举起的手拉下来，又卷曲手指在他的鼻尖嘴唇刮了一下说：“嗯，乖，我就喜欢你。”

“喜欢？没爱？”

“继续回到你的刑警生涯去。”她冷若冰霜一般。

曾刚像是疲惫了，打了个哈欠，然后说：“刑警也不是天天惊心动魄，刑警也有平淡的生活，也有有趣的日子，也有失败挫折的时候。”

姜晓雅从茶桌上拿起烟盒和打火机，抠出一支烟塞进嘴里啪地打火点燃，曾刚正吃惊地望着她，她却把点燃的烟递了过来：“来点儿粮草，先说有趣的吧，前提条件是必须与刑警有关，你那些破事小事免谈。”

“嗯，这些话有点儿刑警味道，孺子可教也。”曾刚心里欣慰，受用，趁着暖意顺势把他雪白纤秀的手抓过来，埋头亲吻了一下。

“啊!”像是被他的胡茬扎痛了，也像是被他突兀的举动惊吓，嗖地缩回了手，“臭，偷袭，占便宜。坐回原位，快，趁着我有兴趣，就讲刑警的趣事。”

十三

讲结果，有相当一部分刑事案件没破，这是不争的事实。作为专司其职的刑警破不了案，自然沮丧、悔恨、垂头丧气，但是，晦暗的底色衬托破案之后的亮丽，使惊喜更加丰富多彩，破大案有大惊喜，破小案有小惊喜。总体而言，破案是一个备尝艰难困苦的事儿，而破案的过程也并非件件都充满艰辛，有得来全不费工夫的，也有趣味横生的，甚至充斥戏剧性情节像是玩儿似的就把案破了。

曾刚酷爱摄影，业余时间常常去摄摄街景、照照静物、拍拍山水。那时玩相机成本很高，除了花二百多元买了国产的凤凰相机，胶片也得要花钱，拍完，冲、洗、印、晒一条龙下来，完全自己动手花费也不菲，每月三十几块的工资不够，就向爹妈要赞助，妈支持，爹不情愿，嘀咕说，又不是工作，花钱玩，值吗？没想到这玩儿还真派上了大用场。

有一天，城区好几处发案，技术员都派出去勘验现场，又遇一起盗案报警。程文华苦于手中无人，急得打转转，十分无奈，突然脑子里晃荡起曾刚玩相机的影子，立马站起身在二楼办公室的窗户冲着楼下的院长喊："杨子晴，带上你徒弟上来。"

杨子晴叫上曾刚几个上楼，嘴上咕哝："又什么破事儿，他摆不平，叫我上，叫我就叫我，你给点儿面子，叫老杨嘛，直呼其名，大名小视的。"进了队办，程文华直截了当地说："又发案了，大案，不出现场不行，几拨技术员都派出去了，没人了，你们几个去。"杨子晴心里不痛快："我们又不是搞技术的。"

程文华几乎不理会他的情绪，顾自感慨："改革开放才几年真有成效，一些人有钱了，有钱了你就该加强防范嘛，这不，不是被盗就是被抢，案子多了，警察忙不过来呀。"目光转到曾刚脸上，"咦，曾刚你不是在玩相机吗？技术咋样？杨子晴你带他们去出个现场，先到内勤室领一个勘查包，到现场该刷粉刷粉该照相照相，要认真啊，日后破不了案，老子找你们算账，去吧。"

杨子晴找茬儿，嘀咕道："照相？胶片很贵呀。"

程文华通情达理："哦，先买十个胶卷，开张发票回来我签字报销，冲呀洗呀什么的就在警队的暗室里搞，药水用公家的。"

杨子晴还是不痛快，又说："咱一辈子搞侦查，这技术活儿，干不好。"

程文华面露无奈之情："滥竽充数也好，这不没人了嘛。"

"要没干好，你可别怪啊。"

“蜀中无大将廖化作先锋，我说了嘛，这不没人嘛，要有人，派你去个球啊。”程文华这才意识到杨子晴的状况，拉下脸对着他开骂了，“别惹老子不痛快啊，几天没剋你了不自在是吧，谨防老子开大会来剋你啊。”

这话威严，吓得杨子晴不说话了。

程文华笑笑，语气变软：“去，下去跟司机说，说我同意的，派车送你们去现场，算是破例了啊。”

杨子晴垂头说了一句：“这还差不多。”然后带头往室外走。

这一幕，三个徒弟看在眼里，觉着滑稽搞笑，大气不敢出更不敢笑，你瞅我，我看你，交换着眼神心里乐。后来私下里，大师兄说，这杨老师也是，自己找骂。曾刚说，他是故意的，体现重要性。二师兄说，两个人感情不一样呗。

到了案发现场天已经黑尽了，被盗的家在筒子楼的三楼，楼道里黑黢黢的，挤满了看热闹的居民，派出所民警把他们隔离在了外面，杨子晴他们尽力分开人群才挤了进去，简单作了一下分工，四个人分头煞有介事地忙开了。其实，在来的路上，杨子晴已经给他们交代了要领，还愤愤不平，嘱咐说：“没吃过猪肉还没见过猪跑吗？好好干，把现场的重要部位看仔细了，抓住关键环节，咱把案子破了，咱不比谁差。”

杨子晴一一指点要害，哪里该取指纹，哪里该照相固定，由里而外。曾刚跟他身后亦步亦趋，拍完照出门已是满头大汗，一看楼道和上下楼梯聚集的人更多了。这是夏天，本来出门纳凉的人就多，有热闹看自然聚的人越来越多。借着昏黄的过道灯，曾刚瞅见一个胖乎乎的警察手把着上行楼道的栏杆使劲用后背将人群往后顶，警服已被汗湿透，因为用力，加之腰身的“游泳圈”确实够大，肚皮上警服的扣子与扣眼绷得撑开一个一个小嘴，眼看就要暴裂开来，那模样既滑稽又可爱又可笑。曾刚玩相机有一习惯，只要一见到以他自己的判断觉着可以入镜的人、事、物、景，大脑就兴奋，一兴奋就举起相机不停按快门。此时见那警察的模样，一下就触碰了他的兴奋点，拿起相机冲着他和他身后黑压压的背景咔嚓咔嚓就来了两张，强烈的闪光灯将楼道里的人吓了一大跳，只听得咚的一声闷响，一团黑影滚落下来，吓得围观的人群一阵骚乱。曾刚一激灵，对着脚下的黑团又咔嚓一张，这才看清是个精瘦的男人跪倒在面前，一边磕头作揖，一边惊慌失措地叫唤："别，别照了，你们把我都照出来了，我错了，我有罪……"

那个胖警察身手还算敏捷，三步当作两步扑过来将那瘦男子的两只手抓住反剪过来，死死擒住，才说："我琢磨着是你，你不来坦白，我也会找上你的。"那家伙被拧痛了，嗷嗷直叫唤。大师兄金龙听见屋外的响动，手握一只强光电筒冲出来，一手抓起他的头发，一手用手电照住他的脸："知道了吧，这照妖镜厉害吧，一照就让你现了原形。"那家伙满头大汗，刀条脸上嘴咧得变了形："对头，对头，我现了形，我坦白还不行吗?"

现勘还没完，案已经破了。原来那家伙也是从农村进城来做生意的，刚搬到楼上租住没几天，见周围都是比他有钱的人便起了歹心，选了楼下一家装修较好的住户，撬门盗走五千多块钱和一台红灯牌收音机。那年头儿玩相机是个稀罕事，那家伙从来都没见过这玩意儿，以为就是讲评书的人所说的能使妖精现原形的照妖镜，只要被照见，他的生前身后事暴露无遗，所以镁光灯一闪他就吓得屁滚尿流，唯恐招供不及遭重罚。那个胖警察就是该地段的户籍民警，参与审讯完那贼后说："接到群众报案，我第一个到现场，看完了，脑子里一直在排号，你是第一号。"贼恍惚地问："我，什么第一号?"胖警察说："你以为好事呀，犯罪嫌疑人。"

曾刚将胖警察的那张照片投给《江城公安报》发表，编辑在图片说明里用诙谐的语言介绍人民警察酷暑中的辛劳，以及摄影者一照破大案的故事，于是，轰动江城警界一时。

进警队之前，曾刚除了爱好看书、摄影之外，还喜欢体育锻炼，只要有时间球类、游泳、跑步轮着空儿来，以后坚持下来的就是长跑加力量锻炼，没想到这爱好也能助力破案。

有一天清晨，他沿着空无人迹的滨江路跑步，跑完十公里后，开始手撑路面脚蹬马路牙子做俯卧撑。刚做几个，埋头倒看，看见千厮门水巷子里窜出一个人影，个头儿高大但行为鬼祟略为慌张，右手拎一个红花布兜的包袱，从右肩倾斜的样子看包袱有些分量。曾刚心生疑惑，这大清早出门是干什么的，出门上班？不像。出门旅行？提着这样的包裹，更不像。像什么呢？像贼。他收了架势，悄悄跟在他身后，紧跟几步后，故意提高嗓门儿咳嗽两声，这一试探不打紧，那人头都不回一下起步就跑，这一跑就印证了曾刚的判断。

这下，曾刚来了精神，大吼一声："贼，给我站住。"那贼闻声反倒加快了奔跑的速度。曾刚以百米冲刺的速度追上去，使出扫堂腿把那贼绊了一个狗啃泥，再上去对准他的腰部狠狠地踢了好几脚，这点他动了小心思，怕这贼爬起身反抗会费大力气。果然，那贼痛得卷曲了身子只顾在地上打滚，哪里还能起身反扑。曾刚蹲下身子把贼扔掉的包袱解开，嗬，一台日本索尼画王，价值一万多元呢，还有几件呢料衣服。曾刚站起身，气势逼人，吼问："崽儿，早起的鸟儿有虫吃啊，说，在哪里偷的？"贼哆嗦手指了指："水巷子里边。"街边吊脚楼住的居民听见大街上闹起了动静，以为两人打架，有开窗看着吆喝的，有走出门来看热闹的，四周渐渐围起了人。有好事者说："分明是分赃不均打架嘛。"更有见义勇为者站了出来："两个贼，跑不脱了，走，上派出所去。"曾刚解释："我是警察，他才是贼。"有人质问："你是警察，拿证件出来看看。"曾刚一身运动服，兜里空空如也，只好任由别人擒住双臂去了最近的千厮门派出所。

还有一次“奇遇”是在健身房。那时刚时兴健美健身，曾刚就改在健身房练跑步机和器械。有一天晚上，在跑步机上正跑得汗流浃背，瞥见旁边一台机器上了一个身材苗条的女生，她把一个红色的LV提包挂在跑步机前方的挂钩上，也正好在他的前上方，不用低头一抬眼自然看见那包底部有一块黑斑，大红色块上露出一块漆黑色的斑块，反差太强而格外刺目，不由得多看了几眼，可越看越觉着心里像搁了一块石头一般不舒服。他把姿势由跑变成了走，由走变成了慢走，想把包底部的斑瞧仔细了，再用余光打量右侧跑步机上的女人。那女人三十来岁，模样俊俏，魔鬼身材，运动装是阿迪达斯品牌的，一看就知道出自富裕家庭。那个年头儿，奢侈品刚刚进入大陆，LV品牌在江城绝对是稀罕物，许多人连见都没见过，而曾刚知道，可那是近年来发生的几起盗案中的失窃物品。

曾刚一边慢走，一边在脑子里搜索几起案件中的LV包，哦，对了，前年春节前后，江城最早开发的一个楼盘顶层一家住户，男主人是一家电器厂的老板，女主人记得像是个教师，说起被盗的其他物品，包括钱财都不在乎，只是说那个LV包被偷走着实心疼，说是节前两口子去了香港，在九龙商场花三万多块钱买的，买的时候为选颜色还拌了嘴，回家后有一次不小心把包放在男主人正点着的电烙铁上留下一个黑印记。曾刚还记起那个现场，罪犯开的是防盗门，手段是技术性的，几乎没留什么痕迹，那么，眼前这个包是不是那个包呢？

曾刚假装休息，下了跑步机，擦擦汗，去休息区要了一瓶格瓦斯坐了下来，想想该怎么办。一瓶喝完，他又要了两瓶，拿着走到那个女生面前递过去一瓶，微笑着说：“美女，歇歇吧，跑多了膝盖受不了，来，喝喝这种饮料，喜欢吗？”美女回头，眸子里含笑，接过饮料就仰头喝了一口，然后说：“谢谢啊，我再跑一会儿。”

曾刚去做了一阵子器械力量锻炼，但眼光像色狼始终没离那美女，做完又回到休息区，在一张小圆桌旁坐下，见那美女拎着包款款走了过来，拉开椅子也坐了下来，顺手将包放在了桌上。他凑过头像是看包也像是打量人，有点儿好奇也有点儿色眯眯的样子，没话找话：“美女，这包，皮细腻，款型好，肯定大牌啊，洋货，什么牌?”美女将马尾式的长发一甩，美眉下的眸子流出傲视的光，鼻子里哼哼两声，说：“LV，法国的，没见过?”曾刚一脸茫然，摇头说：“没见过。”说完，伸手拎起包佯装见识见识的样子。包不重，拎起呼隆呼隆闷响，估计就是一些女人用的唇膏、粉饼之类的化妆品。另一只手去摸了摸其底部的疤，再拎高一点儿仔细瞧瞧那黑疤，确认是烫伤形成，顿时心里有数了。

把包放回原处，曾刚翘起了二郎腿，咕咚把瓶里最后一口格瓦斯倒进嘴里，脸上的笑带点儿媚味儿，口气却格外老练地说：“我没猜错的话，美女，你这风度，这火辣辣的身材，不是名模也是名模胚子，配这红艳艳的包，绝配。”又说，“我猜呀，这包得好儿万大洋吧？一定是哪位先生送的，对吧?”

“嗯，你还识货，三四万吧。”美女瞅瞅那包，得意扬扬地说，“男朋友送的。”

“可以问问吗，你男朋友干吗的?”曾刚也操起绅士风度，“如果我没猜错的话，他肯定是做大买卖的吧。”

“凑合吧。”美女低头。

“那买卖来钱很快啊。”曾刚紧紧追问，口气调侃。

美女皱眉瞪眼：“你干吗的呀？警察呀，还是太平洋的？管得够宽呀。”

曾刚双手抱拳，嘻嘻一笑：“恭喜你，猜对了。”

“你，真警察呀?”美女惊讶。

“算你有眼力。”

“真警察，该干吗干吗去，盯住我干吗？我可不愿意跟警察打交道啊。”

“盯你干吗？我盯你的包。”曾刚开始严肃了。

“我的包怎么啦？惹你啦？”说着，她把包搂过来抱在怀里。

“说吧，这包谁送你的？”

“我凭什么要告诉你？”

曾刚从耷拉在椅子上的衣服兜掏出警官证，把这个印着烫金警徽的证件放在圆桌上又平推到她面前：“就凭这个。”

她把警官证拿在手里，翻来覆去地看，看了一阵，像是明白了什么：“那好吧……这包是一个男朋友马道明送的，他说他是做电器生意的。”

“这包底下的黑疤是怎么回事？”曾刚追问。

“我不知道。他说是他不小心烫的。”

“能带我去见见马道明吗？”

“可以。”美女低下头，一丝一毫的傲气都不见了。

马道明落网的时候，头发油光水滑，西服革履，煞有做派，还拿出大中华烟盒给几个着装警察发烟，不慌不忙地说：“怎么回事啊？我是搞技术的，正派生意人啊。”

曾刚矜持道：“我也是搞技术的，正牌的警察。”

马道明认栽，一气吐了二十多起盗窃案件，其中五起大案，案值十余万元。他吐完后，仍大惑不解：“警官，我做事向来干净利索，没什么破绽啊。”

曾刚卖了一个关子：“嗯，有个细节，嗯，你疏忽了啊。”又说，“做贼啊，百密一疏。”

众警察皆笑，唯独马贼抓耳挠腮，眼睛空空洞洞，一脸茫然。

十四

当公安干警察并非曾刚的初愿，做梦都没想到过，出生工厂大院的他原来的奢望不过是同他父母一样在厂子里谋一个饭碗，要么干技术要么在车间或者厂部混个干部当当，可干上刑警之后，不仅爱上了这行当，还把行当当成了一辈子的事业，好歹这职业也不负他，时时处处荣辱悲喜都与他结缘。成天泡在案子里，无时无刻不谈案子，包括深究案子深层次的原因和后面的背景，以及案子以外的东西，使他的第一个妻子常常独守空房，耐不住缺爱和无尽的寂寞境地愤而离婚，考了托福，留学去了大洋彼岸。对个人生活他心如死灰，决意此生独身到底。没想到，八年后与出生书香世家的姜晓雅相遇相识相爱，结束单身仍然是因为案子。

大学城一位著名教授家中失盗，损失巨大，倒不是钱财，而是收藏的名人字画包括他自己的得意之作值钱，按时下市值总计数千万。该教授以国画见长，尤其以水墨画猴享誉海内外，因其姓孙，人称“孙猴子”。因此，已官至江城市公安局刑侦处处长的曾刚，也不得不下到现场亲自蹲案调查。看完现场，听完汇报，他补充完善了案侦方案，特别强调说，此案绝对关键的地方在于：必须在与教授家往来密切同时又熟悉字画的人头中排查，两者缺一不可，同时具备两个条件的人一个都不能放过。

第二天属下给他报告，有一年轻女教授同时具备两个条件，但绝不配合调查，看样子确有什么隐情。他问：“怎么个不配合法?”回答说：“那个女人像是很清高，傲慢，刁钻，还要点儿小无奈，故意躲避问题。按照你说的在知识分子中间搞调查一定要慎重的指示，我们还真拿她没办法。”这个属下是刑侦处重案队的一个资深刑警，姓杨，长得帅个儿又高，搞侦查也是把好手，业内人称“洋高人”。

“呵呵，洋高人都有搞不定的人。”曾刚来了兴趣，放下手里的活儿，“那好，就带我去见识见识，什么人啊？”

洋高人和几个刑警带着他去了她家，也是大学里的教授小院，洁净，安静，绿树成荫，但两人一见面就戗起硝烟。

推开虚掩的院门，穿过庭院，敲门，正好是姜晓雅开了门，将他们让进了客厅。还没来得及坐下，洋高人便说了来意，将两人分别作了介绍。

曾刚略有兴致，一边踱步一边沉吟：“嗯，姜晓雅，好，酱小鸭，四川名菜，我吃过，香、酥、脆，带点儿甜味。”

孰料姜晓雅愤怼：“什么菜？你尊重一下别人好不好！”

原本想诙谐一下，来个轻松的开头，被扫兴，尤其当着几个属下的面他觉着很是难堪，只好直接切入正题：“好，那，你谈谈案子。”

“谈案子，什么案子？跟我有关吗？”她余愤未消。

曾刚拉长了脸：“找你，就是想了解孙教授家失窃的案件情况。”又说，“你与他家女儿孙丽走得很近，经常来往他家，我们找你了解一下情况，有理由吧？法律规定公民有配合公安机关调查的义务，对吧？”

“你这什么态度？这般严肃，该不是怀疑是我偷的吧？”姜晓雅昂起头噘起嘴，有点儿傲慢，还有点儿放荡不羁，“你们这些警察有水平没有？找我追问案子，那不是风马牛不相及吗？你们去学院问一问，去老师同学中访一访，我姜晓雅是什么人！你这不是侮辱我的人格吗？”

反诘连珠炮似的射过来，曾刚感觉脸上刺痛，竟僵硬地直立在那里不无尴尬，连声说：“没这意思，没这意思。”说完，掏出一支烟正要打火点燃，她又说话了：“我家里不许抽烟。”

这下，他更尴尬了，就像一根电线杆子杵在屋子中央，进也不是退也不是，不知所措。

倒是姜晓雅自己解了这个围。她莞尔一笑，一脸真诚：“咱们到院子里谈吧，方便你抽烟。”

在属下面前失了体面，曾刚顿觉眼前这女人面目狰狞可恶至极，想伸手拧断她脖子的心都有，可她这一笑足见她的淳朴真诚，也就释然，就坡下驴吧。随她走到门外小院，他说：“这儿环境好，幽雅，嗯，好。”说完，把烟点上，忽地吐出一口长气。

她指点几个警察在一张石桌旁的石墩坐下，回身进屋端来一个上面放着几个茶杯和一个茶壶的盘子，给他们一一斟上茶水，一边说：“这天太冷，喝点儿热茶吧。”又说，“你们抽烟吧，坊间传闻你们警察都是烟棒茶虫酒鬼，是不是呀？”

热情加调侃，显得很近乎，俨然如入一好客之家遇上一张罗周到的主妇，如此前倨而后恭，令几个所谓见过各种世面的刑警面面相觑，不知说什么好。

之前与她打过交道的侦查员小郝，鼓足勇气主动站出来打破僵局，又把来意说了一遍：“姜老师，今天我们曾刚处长来，还是想找你了解孙教授家被盗案的情况，看你能不能提供点儿什么线索？”

她也坐了下来，看看曾刚：“是吗？”

曾刚面无表情，只点头。

她接着说：“你们找我找对了，也找错了。”

“这话怎讲？”小郝说。

“我跟孙猴子的女儿从小一起长大，我们两家过从密切，相互了解，孙叔叔还送了几幅精品猴子画给我，你们破案当然该找我。”她喝口茶，又说，“不过，他家有这么值钱的东西，我真不知道。”

曾刚说：“被盗是真实的吧？那么，你判断谁作案的可能性大？你心里捋一捋看有没有可疑的人头？”

“没有。”她一口否了。

他吁出一口长气，显然失望。

她以讥讽的口气说：“你不是刑侦处处长吗？与福尔摩斯，与大侦探波罗好有一比呀，掐指一算，烟斗一敲，这罪犯不就出来了吗？我猜想啊，两个世纪前的破案手段没现在这么多吧，人家破案多轻松多潇洒呀，有你们这般劳神费事愁眉苦脸的吗？”又说，“你看《狄公案》、《施公案》，虽说案情波诡云谲，可人家神机妙算，抽丝剥茧，运筹帷幄之中，破案云雾之外，那才叫高人，神探，再看你们……”

“姜老师，那是书，这是现实。”小郝抢先反驳。

她翘起嘴角，大门牙显然突出，不紧不慢地说：“书不是源于生活吗？没当时的现实就有反映当时的现实的书吗？告诉你，能享誉古今中外的书应该都是经典，而经典该是经过时间检验又距离人世间很近的写照。”

几个警察缄口，有的搭不上话，有的心不在此，洋高人也在一旁干着急。

“我知道你是大学教授，文化底蕴深厚，佩服佩服，”曾刚没心思与她争高低，转了话锋，敷衍道，“我对你的说法甚感兴趣。”

“是副教授，研究方向文学理论，属于会写不会做的那种，曾刚大处长。”她抿嘴微笑，目光亲切，脸上一副可爱顽皮的神情，“我对你们这一行也感兴趣，比如孙教授家的这桩案子，近在眼前又身处局外，我可观可见可议，由此领教你的水平、现代侦探的技法，也许破掉这桩扑朔迷离的案子会让我眼界大开，对你们刮目相看，佩服之至。”

听话听音，这话里有话啊，也许她谙熟此案个中隐情，甚至知道何人所为，或许“拿下”她是本案的关键，但她这般忽而冷若冰霜忽而阳光灿烂且桀骜不驯的变化着实让人难以接受。

“好啊，凭咱刑警的本事就破给你看。”曾刚吩咐小郝给她留个联系电话，便起身，又对她说，“一定要满足你的兴趣。”说完，双肩耸一耸把披着的呢料警大衣披好了，昂头向庭院的门外走去，几个警察立马跟着朝外走。

姜晓雅失落，坐在那里一动不动。

这桩看似外盗也像是熟悉内情的人员作案的大案，使专案组的刑警们费了很大的心力，工作量倍增，曾刚也忙得团团转，早把“拿下”的事忘到九霄云外去了。可几天排查下来，虽然目标集中在几个人头上，但确实难以固化。研究案侦的会上，曾刚说：“这是大学校园里的案子，案件发生在高级知识分子家，涉及人员几乎都是知识分子，必须慎重，没有百分之百的证据不能采取法律措施。所以，应该开展更缜密的侦查。”这时，他的手机在裤兜里震动，他伸手进裤兜里掐断了，不一会儿又来了，他又掐断……如此反复多次，如此执拗的来电，提醒他意识其可能的重要性。

走出会议室，摁通电话，一串银铃般的笑声直接撞击他的耳膜，再看看是个陌生号码，不无恼怒地说：“你谁呀？打错了吧？”

“没错儿，就找你，曾大处长，我姜晓雅。”

“哦，哦，”曾刚惊愕，想起了她嘻嘻哈哈笑着露出两排说黄不黄说黑不黑的牙齿，恼怒不消反增，“有事吗？是在马路边上捡到了金项链要交给警察叔叔，还是天上掉馅饼了，你这般高兴？”

“想不到吧，我会给你打电话。”电话里的人丝毫没理会他的情绪，顾自继续说，“你那个案子破得怎么样啊？没什么进展吧？该不会把你愁白了头吧？要不要请姜老师喝一盅，指点迷津，举杯解千愁啊？”

最后一句话入耳，像一股甘甜的泉水浸润心头，他忙说：“喝酒？好说好说，我请客，什么时间你定，什么地方我定。”

“No（不），No，No。”

“什么意思？英格利西的不要。”在曾刚心目中，任何时候破案都是放第一位的，只要涉及案子，其他的什么都可以放一边去不予计较，就像此刻，姜晓雅无论给他兜多大的圈子，他的耐烦心可以有无限的容量，他学着不中不洋的腔调说话，“不喝酒，喝什么？喝茶吗？”

“Yes（是的），Yes。”

“好，喝茶，什么时间？”他心里倒没在意喝酒还是喝茶，只想着与她见面从她嘴里挖点儿像样的线索，但“面谈”二字数次溜到了嘴唇边上硬是给他咽回去了，他怕这话说出口会产生歧义产生遐想，更不想让她知道自己焦急的状态和目前案侦进退不得的困局，故意懒洋洋的，“玩什么洋泾浜啊，喝茶就喝茶，我就在大学城，随时恭候。”

“马上，我打的过来。”

他说了地点，两人同时挂了。

回到会议室的座位上，他对大学城公安分局的局长说：“你继续主持研究，继续筛查几个重点人头，否定的要拿出依据，嫌疑上升的人头一定要有铁的证据，但是，要动人，比如说要动大家意见比较集中的那个人，必须经过我批准。”说完，转身拿起耷拉在椅子上的大衣，对大家伙儿说，“我要去见一个重要知情人，你们继续，继续啊，要认真。”

他先到，他点的这家名叫春意偶然的茶楼离他临时办公的分局很近，走路四五分钟就到了。要了一个包间和两杯熟普，他坐了下来，点上一支烟，静候她的到来，也正好思考一下几条重要线索。

“呵呵，抽闷烟，发呆，想什么呢？该不是想我吧？”不知何时，姜晓雅站在了他身后。

“来啦，来，请坐，等谁自然想谁喽。”回过头，他笑笑，拿起热水壶给她的茶杯续上水，“喝茶，刚泡的，熟普。”

她在他对面的位置坐下来，拿开杯盖，嘟起嘴吹了吹热气，喝上两口后盖上，再把暖暖的紫砂杯双手捧住，下颚搁在杯盖上，眨巴着杏仁眼望着他说：“嗯，热乎，暖和，温暖入心啊。”

这女人说话有意思，就像老面发酵的面筋有点儿嚼劲，有点儿味道，再看她杵在茶杯上的瓜子脸，白皙、温情、真诚。曾刚此时没心思嚼味，直奔主题：“姜大教授，关于此案有何见教？”

“隔行如隔山啊，我能有什么见教，只是读过许多侦探小说，想给你点儿提示或者说是启发。”她脸上不失温情，“教学生最好的效果不是灌输知识而是教授获取知识的方法，授人以鱼不如授人以渔，对吧？”

曾刚颔首，陷入沉思。听她提到方法，他想起第一次与她见面就认定她至少是一个重要知情人，还在脑子里盘算怎么把她“拿下”，这下好了，她主动送上门来了，这是为什么呢？个中有何玄机？

“那么，我就来启发你一下吧。”她双手撑在茶桌的边缘，目视着他，款款而谈，“孙教授大名鼎鼎，身价特高，围绕在他身边的人非富即贵，但真正景仰他的艺术成就的又有几人呢？无非是些名利之徒。在这些人中通过种种途径靠近他讨好他想换取他的好感和信任是哪些人？已经取得他信任的是谁？只有取得孙猴子的信任才能目睹这些藏品并且知道他的藏宝之地，不是吗？这个‘谁’还得是个心术不正之徒，至少怀揣着强烈的牟利动机，不是吗？依我看，盗窃艺术品，一时兴起作案的可能性不大，因此，这个‘谁’得有一个贴近、骗取信任、轻易作案、躲过调查、成功脱逃的完满过程，这不是很清楚了吗？”

曾刚眼睛一眨不眨地盯着她，脑子里的思路逐渐清晰，眼前的她却在缥缈的云雾中幻化，以至貌若天仙，婷娉而至。

“醒了吧，我说的有错吗？”她提高嗓门儿说话。

“没错儿，没错儿，”他从她婉婳的景象中惊醒，一个愣怔过后，不停点头，“你的分析有道理，像剥竹笋一层一层就要接近真相，也很准确，只是……”

“只是没告诉你，这个‘谁’是谁了，对吧？”她揭开杯盖，袅袅升起的热气把她脸上的笑容割裂得曲曲歪歪似遮似掩的。

“对了嘛，直截了当多好嘛。”他追问，显然焦急。

热气散了，又露出她热情的笑脸，可她欲说还休。

“说吧，你是知道的，说吧，我们会为你保密。”他催促道。

笑意没了，脸冷，话也冷冰冰，她说：“我也不知道这个‘谁’是谁。你知道我醉心文学，研究文学，但我从不搞文学创作，我就喜欢做这种细看、分析、品评的事，就喜欢这种站山望山隔靴搔痒的感觉，如果叫我来写小说写诗歌，那水平会比任何一个蹩脚的作家都还低下，懂了吧？”

“不懂，不懂。”他如坠雾里云中，不知她所云，心底又拔凉，只得摇头。

“还大侦探呢，这有什么不懂的，这叫看活儿的和干活儿的各是一行，看活儿我能看出门道，干活儿我可不行，懂了吧？”她像老师教育小学生，循循善诱。

“哦，懂了，你会分析案子却不会办案子，是吧。”曾刚如醍醐灌顶，豁然开朗。

“嗯，不愧为大侦探，一点拨就通。”她咧开嘴笑了，一副欣慰了然的样子，“从你这灵性的表现，我也开始景仰刑警了。我想打破行业界限也写写文学，但是，你必须把这个案子破掉，破得干净利落，也许会触发我的灵感，触动我的激情。”

“你有激情，我还没有呢。”他不为所动，心存疑虑，“这可是在高等学府里办案呐，绝对不可轻举妄动。”

“你不可以触动？”口气老练如探长。

“触动什么？激情，灵感，还是犯罪嫌疑人？”他佯装不懂。

“你傻呀，话说到这个份儿上，你还没醒豁呀，你不轻举妄动，叫他动呀。”她表现出失望，显得夸张。

“好一个‘叫他动’，对，对，谢谢你教我一招。”他恍然大悟一般，“既然你心知这个‘谁’是谁又不告诉我，我也只好回去办我的案去了，告辞吧，姜老师。”

“好吧，”姜晓雅有些恋恋不舍，但嘴不饶人，没待他走出门，又说，“你这个人，唉，没意思。”

十五

好几天了，曾刚都在犹豫彷徨中度日，综合了方方面面的情况，包括参考了姜晓雅点拨的迷津，始终不能锁定唯一的犯罪嫌疑人，更不能随便对重点嫌疑人采取什么措施，避免打草惊蛇是一说，弄不好产生负面影响才是关键因素。想到这，他又想起姜晓雅教他的一招：叫他动。他布置属下采取了几个试探性的动作，这个“谁”没动，这招没管用。他脑子里有时候浮现出她对案情的分析和款款而谈的样子，除了倍感亲切，心中漾动丝丝暖意，还觉着她的分析很地道，有见解，比刑警还专业，禁不住哑然失笑。

要想拿到确凿的证据，只有加大调查的力度。曾刚重新布置了侦查工作。

这天，姜晓雅来了电话：“曾大处长，孙丽失联了，三天打不通电话，对，你查查那个‘谁’有什么动静没。”

“别惊慌，你再说一遍。”曾刚很稳重。

孙猴子的女儿失联？这意味着什么？放下姜晓雅的电话，曾刚立马给洋高人去电话：“你们关注的那个‘谁’这两天有什么动静啊？”回答说：“没有异常啊，跟平时一样照常上班，照常回家。”挂了电话，他不禁自言自语：“这是怎么回事？目标不会错呀。”

傍晚，曾刚正准备去食堂吃晚饭，电话响了，是姜晓雅。她说：“有急事，能否面谈？”他说：“教授大人吩咐就行，这样，我开车过来，就在你们学校旁边的上岛咖啡。”

曾刚赶到时，姜晓雅已经在一个角落的厢式卡座里坐等了，见他进门，扬手招示，没待他坐下，就凑近了说：“你那里进展怎样？”

“什么进展怎样？”曾刚坐下，笑呵呵地说。

“案子呀，你装什么装？”她着急。

“恕我直言，我们有纪律，侦查阶段的案件就是我爹我老婆，哦，对不起，我没老婆，就是有我也不能说。”曾刚仍笑，但很平静，又说，“你那边什么情况？”

“你不说，还叫我说，这对等吗？”她嗔怒。

他依然笑意盈盈：“没办法，这就是穿制服与没穿制服的区别。”又说，“唉，饿了，简单吃点儿吧。”没等她回答，他叫来服务生点了两杯拿铁、几款点心、一份火腿肠和一份生菜沙拉。

她说：“你怎么知道我的习惯？我喜欢喝拿铁。”

“开玩笑，我是干什么行当的？”

“你调查我呐？”

“是了解，不是调查。”他解释。

说话间，咖啡和点餐由两个服务生送上了桌。

“我想跟你坦白，我动了，可能坏了你的事，也可能害了孙丽。”她面露悲戚，目光哀怨，“你知道的，我和孙丽是闺蜜，无话不谈，她是学经济的，在一家证券公司做高管，以前我们两人在一起谈得最多的是文学，她需要放松，我需要找寻文学和作家的感觉，自从她家的案子发生后，我们开始谈案子，毋庸讳言，我是受你的影响……我把给你分析案子的那一套全给她讲了，一个一个给她解剖围绕在她身边的所谓‘盆友’。孙丽你们了解，人长得漂亮，家庭又好，本人年薪又丰厚，追求她的人有几个不是逐利之徒?”

“你俩是闺蜜，什么都可以谈，何错之有?”曾刚端了一杯咖啡递给了她。

“分析来分析去，那个‘谁’不就明了了吗?”她用勺子把咖啡搅拌几下，热气升起，把鼻子凑近了贪婪地深吸其味。

“知道是谁，告诉专案组不就得了，剩下的事交给警察去办，何难之有?”

“要有告诉你的念头就好喽。”她吐了一口气，“我不当作家，我不写作品，但我对作家对文学作品感觉特敏锐，沿着这种感觉我会去深入研究、分析、评判。我不是作家，但我有强烈的作家感。碰上这桩案子，遇上了你，我读过的探案文学叽里咕噜往外冒，我当不了刑警，我的刑警感冒出来，至少是个合格的局外刑警吧。”

“分析问题、发表看法是每个人的权利。”曾刚喝了一口咖啡，放下杯子，“你这个‘刑警感’太厉害。”

她说：“太厉害的东西伤人。我给孙丽说得太透了，弄不好会害了她，这不，好几天联系不上她了……”

泪水已经顺着她脸颊流下来了。

曾刚心里咯噔一下，这个知识女性看什么都入木三分，玩什么都勇猛精进，“作家感”比文学创作更让人津津乐道，那么，“刑警感”比亲自去干刑警更令人着迷，不得不对她高看一分。与此同时，他算是知道了她还是个极感性的人，尖酸刻薄嬉笑怒骂率性而为的外表包裹着一颗温情脆弱的心，情感深处的善良在关键时刻显露无遗。

“你不知道，孙猴子一急病倒了，他老伴成天哭哭啼啼。天哪，也许真是我害了她。”她开始抽咽，因为在大厅里，开放式卡座旁顾客还多，她刻意压抑着自己，不停地用餐巾纸擦拭泪水。

她梨花带雨的样儿，一反之前在曾刚脑子里的形象，顿生让人怜惜之意。他清楚，是“刑警感”驱使她去干了刑警该干的一些事情，这只是她自己的“刑警感”内在的认知而已，并不需要她为现实的案子衍生的事儿负责任，这点必须要让她明白，但他确实不想破灭她的“刑警感”，就像不想让她从极其美好的梦境里醒来一样。

“这个情况我知道，我们也在全力以赴寻找孙丽的下落，她应该没事的。”他安慰她，竭力想把她“刑警感”里的事儿揽过来，“我再笨也知道怎么办案，这不关你的事。”

这时，他大衣兜里的电话响起铃声，他迅速掏出来看，见是刑侦处值班室的号码，急忙摁通。值班的刑警向他请示：“夹山县公安局报告该县所辖彩虹湖边发现一具女尸，头部明显的钝器伤呈开放性骨折，应该是命案，是否派员侦办?”曾刚下令：“市局技术、现勘、侦查人员和法医立即赶往现场开展工作，尸体检验等我到了再动，我马上出发到现场。”

他尽量压低了声音，但近在咫尺的姜晓雅也听得清清楚楚，她止住了抽咽。

放下电话，他说：“听见了吧，这就是刑警要干的事。”见她泪眼婆娑直点头，又说，“管你在干什么，发生案件就得去，这就是刑警，没办法，现场就是命令，我得先告辞了，你没事儿慢慢吃，回头给你赔罪。”

她突地起身拉住他的手，带着哭腔说：“那女尸，会不会是……”

他感觉她的手冰凉还微微颤抖，忙用另一只手握住，使劲摇了摇，镇定地说：“不可能，毕竟那个‘谁’好歹也是个知识分子，能有这么恶毒的行为?”又说，“抛开你的‘刑警感’，好好吃饭吧，我走了。”

十六

车灯像两把雪亮的利剑刺破漆黑的夜幕，大切诺基翻山越岭穿越夹沟山。在曲里拐弯的山路上，司机把车开得又快又稳。曾刚在车上倒是思绪滚滚，姜晓雅在他手上留下的冰凉和颤抖的感觉还在，一个女性的温情和哀伤引出他另外一种情感，蔓延开来觉得暖心，想把这些情感抛开却挥之不去。

静下心来思考案子，他打开导航查看大学城与彩虹湖之间的距离，手机显示仅五十二公里，正常行驶需要七十分钟，心里冷不丁像是被一个尖锐的东西刺了一下，经验和直觉都告诉他，这女尸极大可能与孙猴子家的案子有关联。

现场在彩虹湖南边的湖堤上，曾刚赶到时，警察已经拉上了警戒线，四周围观的人不多。夹山县公安局局长李步军告诉他："这是一个群山环抱中完全原生态的野湖，只有附近的村民和喜欢野钓的人常来，平时人迹罕至，今天傍晚一个钓鱼的村民发现了尸体，把她拖上岸来才报了警。"又说，"现场的目击者和能找到的野钓者我们都做了调查。"

"把勘察车上的灯都打开。"曾刚一声令下，三辆车顶上的探照灯唰地亮起，把现场照得如同白昼。他一手挑起警戒带进了中心现场，围着地上的女尸转了几圈，仔细观察，一语不发。他在想，这无疑是一起他杀的命案，可经过几天湖水的浸泡已经肿大变形呈巨人观的尸体会不会是孙丽，他拿不准。如果是，倒省去了查找尸源这项庞大的调查工作，案侦也许会很顺利，但对孙教授老两口儿的打击就太残酷了，对姜晓雅也肯定会有一个心理上难过的坎儿……

走出中心现场，他对一帮刑警说："开干吧，不用我多说了吧，该干吗干吗，仔细点儿啊。"回头对李步军说，"李局，我们到县局会议室凑凑情况，等现勘、尸检报告出来。”

路上，他给洋高人打了个电话：“你们重点监控的那个人发现什么疑点没有?”洋高人说：“没什么异常啊。”他心头一惊，那个家伙非同寻常啊。对着电话，他又说：“这样啊，洋高人，你到夹山县来辛苦一趟，辨认一下尸体。”

综合各路情况表明，死者确认是孙丽，凶手使用钝器猛击受害人头部致其死亡，然后抛尸彩虹湖，抛尸之前在尸体腰身捆绑了一块石头使其沉底，尸体浸泡发胀浮力增大，石块不知何种原因滑落，致尸体升至湖面被人发现。

命案分析会在夹山县公安局指挥中心召开，邀请了大学城公安分局参加，结果由分析到讨论进入争论再到各执一词争执不休的“分裂”会。这是曾刚在会议结束时调侃式的总结词。

大学城公安分局的刑警一上来就说，这不明摆着的嘛，盗窃孙教授家的犯罪嫌疑人肯定与孙家有一定渊源，被孙家女儿孙丽发现破绽后被逼无路，或者被激怒后杀人，再抛尸湖中。结论：两案应当合并侦查。理由再摆出一二三。

夹山县公安局的领导和民警坚持认为，孙丽被杀案是一起个案，与孙家被盗案毫无关联，而且是劫财劫色杀人案，拿出来的依据是现勘和尸检报告，再罗列出逻辑分析甲乙丙丁。

市局下来的刑警也分成了两派，分别为双方站队并参与论战。

都急于说服对方，但谁都说服不了谁，以至于有人义愤填膺：“那就分开干，各干各的，拿结果来证明谁对。”另一方有人立马针锋相对：“谁错谁赔罪，赔罪磕头喝大酒。”附和者众多，言语纷繁杂乱，难分伯仲。

这时，主持会议的曾刚嘟起嘴朝前努了努，脖子也伸长了，干咳几声让会场安静了下来，才装出一副怒目金刚的样子：“江城警察是一家，谁想‘分裂’？站起来呀。”没人应声，气氛静肃。接着，他既综合各方意见，又对两案条分缕析，讲得有理有据，最后拍板，“两案先分头办，如果发现有力依据再合并办案，但是，我再强调一下，这期间互通情报绝对关键。”

几天过去两案毫无进展，犹如车之两轮陷入泥沼动弹不得。市局一把手打来电话，第一句说：“曾刚，这段时间一直蹲在案子上，白天黑夜连轴转，辛苦啦。”接着第二句就问，“两起案件有点儿眉目了吧？进展怎么样啊？省厅和市里的领导都在过问呀。”曾刚先是感觉亲切暖心后是胸闷语塞，自觉无颜，只好敷衍：“暂时没突破性进展，但我们有信心尽快破案。”

郁闷苦恼之际，姜晓雅也来电话，没有应景的寒暄，直接追问：“那具女尸是不是孙丽？我在医院里，孙叔叔天天问起他女儿。”

他不敢正面回答，只好搪塞：“案子我们正在深入办呢，你好好安慰安慰孙教授老两口儿。”

她又说：“那个人拿下了吗？对，就是那个‘谁’。”

这个，他可以回答：“没有，无从下手哇。”

“查查他的手机。”

“查了，没什么痕迹。”

话筒里沉默，半晌又响起她的声音：“他会不会有第二部手机？”

曾刚心里一凛，这女人太厉害，她的“刑警感”强烈而敏锐，一再切中要害，真正的刑警才需要这样的“刑警感”，但他不能助长她。他说：“专案组知道怎么办。”说完挂了机。

布置下去没多久，洋高人就回话：“新发现手机和通话痕迹。”曾刚迅速调集侦技人员，先使“调虎离山”计，再铺开“深入虎穴”行动，发现被盗物品踪迹。旋即下令收网，一举抓获盗案嫌疑人李新才。

曾刚早就拟订了审讯方案，趁李新才心慌意乱之际立即开始讯问。他亲自担任主审，置因果关系于不顾，单刀直入径直追问杀人案，切入点就是在他的微型轿车上搜查到的一把大号扳手，只一回合就使方寸大乱的嫌疑人供认击晕当事人再强奸继而杀人抛尸的全过程。待交代完杀人案，嫌疑人已崩溃，提起孙家盗案，一五一十把所有细节都说得一清二楚。

出了审讯室，做审讯记录的小郝冲着等候结果的刑警们翘起大拇指，啧啧称道：“牛，哦，不是牛，简直就是神，咱处长神了，本末倒置，一招破案。”

两案告捷之后的一天，他主动约了姜晓雅，还是那间咖啡屋，还是那个卡座。他驾车疾驶，有意先到，抢先点好了与那天同样的咖啡、点心和菜品，看看约定的时间还早，便坐下来静静欣赏落地窗外的景色。夕阳的红霞普照下，玉兰花满树满枝地开了，榕树、黄桷树枝繁叶茂的冠盖上新生出一簇一丛的嫩叶，草坪泛起翠生生的绿色，树林草丛间上蹿下跳的鸟儿哧啦啦地扑翅、叽叽喳喳地欢叫，一切生物都像是极力在展现它复苏的生命力，表明世界已进入新的一轮春季。流连春光的他，直到看见一袭红衣的她从林间小径款款走来才收回眼光。

今天他心情很好，就像窗外明媚的春光，还着意收拾了一下自己，去美发店理了一个新潮的发型，换上了新买的白衬衫系了领带，把挂在衣柜里许久没动过的黑色西装也穿上了，出门前照镜子一看，呵呵，活脱脱一外企高管形象，有点儿绅士风度。他打定主意不同她谈案子，其他的谈什么都行，对，就谈她感兴趣的“作家感”。

看见她推门进来，他起身走过去迎接，满脸灿烂的笑。

十七

视觉上看不顺眼，听觉上忽而冲口而出的话刺耳扎心，怎么着也觉着是个让人难以琢磨难以接受的人，对她不至于心生厌恶就阿弥陀佛了，哪里还谈得上喜欢，更遑论爱恋，曾刚生气的时候曾在心里暗暗骂她：这个自视清高的女人哪个男人敢娶，只有打光棍一辈子了。没想到，几次接触下来，当然每次都是一番磨砺，他居然心生爱意，除了发现她心地善良，还感受到她身上散发出的一种特有的气质，这种迷人的气质或许就是她以个性特征表现出来的不能简单归结为书卷气的“作家感”。

以曾刚的理解，姜晓雅的“作家感”是在对文学作品细细咀嚼深度消化之后，形成自己独特的认知，这种“感”还不是一般的感性认识，而是在大脑里深入分析融合之后的一种升华，这过程本身就让她兴奋、着迷、沉醉，然后用之于她的教学、评论和研究，不仅相当专业，还独树一帜了。他联想，将这种“感”用于其他领域同样是极其难能可贵的利器，比如说干刑警，练就了如此的“刑警感”对侦查破案岂不事半功倍。

那天在咖啡屋，有意探讨“作家感”，曾刚始终把话题往她身上引，目的是为了回避孙家大案，不承想她谈起她研究的专业竟如决堤的江水滔滔不绝，不分古今中外，不论大家名著，信手拈来，恣意评说，见解既专业精当，又高屋建瓴，见解独到。在阐述宏旨大论的同时，她也不忘挖苦或者压他一头。她说：“我研究文学就是研究历史，就是探索作品所处的那个时代，因为文学的发展总是与时代发展相联系，文学与时代大多是吻合的，与时代可以有些疏离，但完全地背道而驰绝无可能。因此，研究文学既是现实的，也是历史的，既有微观，更有宏观，格局大着呢。可你们做刑警的，成天埋头于一个又一个案子，哪怕是惊天大案，尽管略有一点儿时代特征而性质几无变化，也都是微观世界的个案，想有大格局都难啊。”

也不承想曾刚被吸引住，听得津津有味，如痴如醉，已经没心思理会她的褒或者贬，还不时插话、提问、延伸，竟激起他心底的强烈共鸣。

她的“作家感”、他的“刑警感”应该是相通的，只有相通相融才能产生共鸣。这是后来曾刚的总结，也是之后在给警察学院刑侦系的学生授课时抛出来的一个课题。他说，通过侦查破案的反复实践，积累了相当丰厚的经验，对这些经验的深度分析综合研究就会形成规律性的理论，将之烂熟于心，并反复用之于侦查，指导破案，再用个人灵性与禀赋去充分融会贯通就会升华为自然而然无形运用的“刑警感”。又说，干刑警，有了这种理论与灵魂高度融合的“刑警感”，这份职业就算是达到了最高境界。他还说，若论渊源，这是受一个著名大学教授提出的“作家感”概念的启发。

从夕阳西下到夜阑人静，两人谈兴甚浓没完没了，以至咖啡屋打烊，服务生接连催促三次，最后以生硬的语句下了逐客令，才使两人起身动步。

曾刚驾车把她送到家门口，两人在频频回首中分别。

夜已深，残月如钩，窗外料峭的寒风打着旋儿呼啸。姜晓雅赶紧洗漱完毕，躺上床蜷缩进温暖的被子便揿灭了房灯，就一瞬间眼前一片黑暗，闭上眼睛也是一片黑暗，四周陷入冰窟窿里一般地安静，但她一直辗转反侧不能成寐，心底岩浆奔流，热浪翻滚，波澜壮阔。除了以她渊博的学识和独创的“作家感”理论俘获了那个高傲的刑侦处长，不管他承认不承认她自认为她的“刑警感”对破获孙家两起大案助了一臂之力，怎么想来也是一篇得意之作，但孙家父女遭受的灭顶之灾给她心灵的重创，再有就是他讲的那些刑警和他们的故事，这么多前所未有的兴奋点刺激她的中枢神经系统，加之两人在浓浓谈兴中不知不觉喝下一杯又一杯拿铁，从未有过的大量咖啡因的强刺激，不能不使她久久不能平静。

处于亢奋状态中的她突然产生一种冲动，索性翻身起床，重新穿上衣服，蹑手蹑脚走进书房，打开书桌上的电脑，试着记下她的所思所想，写下对他的印象和从他并非完整的讲述中筛选出来的案件以及刑警们的逸闻。她写得断断续续并不完整，只是趁着一时的冲动写道：

天哪，李新才这个人把自己掩藏得太深了，表面看起来那么文弱那么儒雅的一个人，一副正人君子的样儿，居然包藏着那么肮脏、凶恶、残暴的祸心。这个来自大巴山农村的孩子，学习相当刻苦勤奋，当年是以他们那个县的文科状元考入江城大学，在历史系的学生中也是出类拔萃的尖子人物，既是学校学生会的主席，又是市文化研究会的理事，专业上小有建树，留校后又考取现代史研究生，毕业后，从讲师到副教授，似乎是顺风顺水，自然而然。最惊动江大校园的一件事就是他评上副教授冲破了最年轻的纪录和他极具个人见解的一篇地方史论文，一时间使他成为人人艳羡啧啧称道的校园红人。没想到，一个搞历史的突然对画画来了兴趣，竟恭恭敬敬师拜孙猴子学起了国画。据孙教授讲，他不仅基础好领悟力强，而且十分聪颖颇有画国画的天赋，甚至宣称李新才搞历史是走错了路，泼墨宣纸深研国画才不失为中国画坛将来的一个巨子，处处以纳这个相貌堂堂的国画奇才为徒而骄傲。

不知道李新才的心机有多深，拜孙教授为师，是真正崇拜他的画技他的藏品，还是他的作品在市场上的价值？是想攀附孙家的名气，还是贪图孙家大小姐孙丽的美色？抑或是兼而有之。从现在的结局看，的确如此，可当初谁觑见过些许端倪？及至孙家被盗，作为孙丽的闺蜜，我曾对孙教授趋之若鹜的追随者和萦绕在她身边的追求者分类作过分析，对筛出的几个最大嫌疑人一一点评，焦点集中在了李新才身上。孙丽否认道：“他是曾经苦苦追求我，可所有的言谈举止都是温文尔雅的，丝毫不曾有半点儿过分的言行，我多次婉拒，曾经也严词拒绝，而他从不恼怒，表现出极高的涵养，自始至终彬彬有礼。”我曾问：“为什么要拒绝他？”她说：“怎么说呢？我也说不好，好像磁场不合吧，两人世界细究起来是要通往灵魂的，三观不合怎么灵肉相交？我老是觉着他的光鲜是装出来，老是觉着他骨子里有点儿卑微、猥琐和阴暗，处起来硌心，不爽。”我说：“你就是一个恃才傲物自视清高的主儿，一个骄傲的公主。”她说：“我总不能与自己的心作对吧。”至此，我无言以对。

现在回想起来，出生书香世家、身为既是高知又是高管的孙丽，自然是瞧不起从大山里走出来的李新才，可怕的是孙丽的拒绝触及了他隐藏在心底的自卑感，那可是他坚硬的外壳里隐藏极深的痛，哪怕是轻微的伤害，也会使他的痛楚演变成骨子里的仇恨，只是他把这一切隐忍在心，一旦爆发将是不计后果的结局。

夜阑人静，万籁俱寂，而她心潮澎湃，继续在键盘上疾敲：

这么一个心机很深的人，即使是舍命逐利贪色，即使是泄私愤图报复也会克制住自己的情绪，精心谋划犯案的每一个细节，把案子作得天衣无缝，用曾刚他们刑警的话来说，就是反侦查能力特强。比如孙家大案发生后，他几次与孙丽约会，还把她杀害在车内，运到几十公里外抛尸沉湖，居然躲过了刑警的严密监控。

李新才算是高智商犯罪吧，据我所知，从现场看没留下什么痕迹不说，既像是一般的盗窃犯贪图钱财作案，也像是业内懂行的人士所为，即使是专业破案的人也难以判定侦查方向。再说，从表面看，李新才绝对不具备作案动机，同时也不具备时间空间条件，按理是不可能作为犯罪嫌疑人加强侦查的，借用我说的干不了刑警，但我有自认为敏锐的“刑警感”的套路，也深感老鼠啃南瓜无从下口。然而，就在三十日之内，两起颇具难度的大案水落石出，尽管出于工作纪律的要求，曾刚不可能告诉我他们所用的技术手段，但手段毕竟就是工具，而工具的先进绝不能代替人的分析和判断，由此你不得不对刑警们由信服而推崇备至，当然他们背后的艰难、苦楚、劳累甚至屈辱却鲜为人知。

她奋笔疾书，接着又零零星星记下了曾刚给她讲的一些故事，有点儿不甚完整，有的只记下了一个引子，写着写着，脑子里老是浮现他的影子，几乎每段文字都融汇了他的音容笑貌。往细处想，这些破案故事也好，刑警的生活情趣也罢，都是从他嘴里流出来，几乎都是他的亲身经历，怎么会没他的影子？想到这，她哑然失笑，停下指头才感觉口干舌燥，起身去厨房倒了一杯热开水，捧在手里，边喝边走边想，那么，作为江城刑警最大的头儿，曾刚是个什么样的人啊？沉思好一阵子才重新坐下来，又敲开了键盘：

该怎样描述他或者刻画他呢？他是我平生接触的第一个警察，作为搞文艺理论文学评论的学术人，他一个大活人，当然他是一个经历丰富身份特殊的人，居然激发了我强烈的兴趣，吸引住了我。我的“作家感”驱使我把他当作一部文学作品来“研读”，试试看吧，也许会有很好的研究成果，也许这部作品研读下去会索然无味，黯然失色，不过也没关系，并不是每一个研究课题都是成功的。

应该说他就是一个普通的人，其貌不扬，中等的个儿，中年人的沉稳，没有潇洒的风度没有惊人雷语，只是眉宇间偶尔聚起一股英武之气方显出不同于旁人的气质，也许这就是他作为职业刑警的标志。

他严肃而又风趣，粗俗中显出优雅的点滴元素，从他的谈吐中能够体会到他具有较高的综合素质，可以想象的是要与不同层次形形色色的人打交道，不学习各种各样的知识，不具备“伐兵”、“伐谋”或者“不战而屈人之兵”的能力，是干不好刑警这行当的。难能可贵的是，他还有一颗善良慈悲的心。孙家大案的告破，似乎他没有多大的欣喜，倒是谈了许多李新才的人生际遇，说他出身卑微，生活困难，虽经自己超出常人数倍的努力，但不仅没做到出人头地，没改善父母兄弟的境况，还心生邪念，身陷囹圄。叹息感慨之语，悲天悯人之情，似乎与一个铁血刚毅的刑警判若两人，由不得你不对他刮目相看。

从破获的案子“窥见”时代特征，立足地域、人文、时代去认识、分析案子，通过案件本身去透析背后的成因、动机和环境，发现、认识这个社会存在的问题，帮助人们和社会逐步铲除违法犯罪的土壤，曾刚他们是这样做的，这就是刑警的大格局，并非我故意贬损他们只知孤立破个案的小格局。这部“作品”也许耐看，也许值得一读，走着瞧吧……

窗外的阳光射了进来，初春时节连阳光都充满生机，明亮、辉煌而跳跃，她站起身走近窗户，望着在明媚春光中醒来的江城，思绪万千……

十八

刑警干久了，经手的案子办多了，分析案件的形成，追溯刑事犯罪分子的动机，自然触及犯罪嫌疑人的家庭背景、个人环境以及受教育程度等多个因素，对于曾刚这种既敏感又理性的人，感受不同，延伸的举动也自然不同。

上个世纪八十年代末，杨子晴退休，警队任命曾刚担任一个侦查破案组的组长。虽说这个职位在共和国的体制内连兵头将尾都算不上，旁人看来也就是带头干事的一个角色，但在基层警队却是举足轻重的，因为队伍太大因为案子太多，队长不抓几个牵头的小头目就会抓瞎的。曾刚上任碰上的第一桩大案就头皮发怵。辖区红星机械厂保卫科保险柜被盗，严重的是其中一支五四式手枪被罪犯盗走，倘若罪犯用枪继续犯罪，后果不堪设想。层层上级层层批示下来，大意均同：后果严重，抓紧破案，追回枪支，避免给人民群众造成更大伤害。

接案后，市局、分局组织了庞大的专案组，但案立在江中分局，任务算在曾刚的侦破组头上，压力使他像充足了电的陀螺白天黑夜连轴转，可扎实努力工作并不等于效果突出，案侦并不遂人愿，十天、二十天过去，不见丝毫响动。

第二十四天夜里，枪声响起，罪犯在红旗河沟的下穿道内持枪打死一名妇女，抢走她身上的金项链、手镯和装有五千元现金的皮包，现场勘查、弹道鉴定和法医检验都指向的作案工具是这支失窃的手枪。于是两案并作一案侦办，曾刚头上又添一重大山。好在罪犯再度作案也暴露了踪迹，专案组划定泡江北岸做足基础工作，又在十天之内破了案，可到手的案犯汤涛什么案都吐什么罪都认，就是丝毫不吐露枪支的下落，愁得专案组上上下下心急如焚。

情急之下，曾刚冷静了下来，思考着解决问题的症结，想从案件背后迂回去寻找契机，用他的话说就是要找到绝对关键的环节。于是，他再次去了案犯所在的织布厂、居住的街道和他家。这次去不是查找线索而是深入了解他的人生成长轨迹，竟然发现这个青工做事认真工作积极表现不俗，就是家境不好，父亲离世太早，母亲守寡将他带大，但身体羸弱常年生病，而他对母亲是极尽孝道的，街坊邻居都夸他有孝心，是个好孩子。

去了江北董家溪河边的汤涛家，悬崖岩边木柱子撑起的吊脚楼内他家就一间十来平方米的屋子，进屋就闻着一股怪怪的中药味道，家中除了两张木板床一张饭桌外，就没一件像样的家具。桌上堆满了药瓶药罐，煤炭火炉上煎熬着中药。汤涛母亲半躺在床上，见有人推门进来，有气无力地问："谁呀？干什么呀？"此情此景令曾刚心头一凛，鼻头一酸，不忍心让老人知道这噩耗遭此灭顶之灾，但国法无情，只得硬着头皮走上前去亮明身份，说了半截来意，只讲了汤涛盗枪，隐了杀人之事。就这样，他母亲闻知她儿子犯罪，犹如遭受晴天霹雳一般惊恐万状继而痛苦不堪，禁不住老泪纵横，号啕大哭，一边哭一边数落她儿子不争气，从小一把屎一把尿把他拉扯大，为了让他进纺织厂她自己提前内退，他顶替当了机修工就应该好好干呀，怎么要去干坏事呀，哭得呼天抢地，就差一点儿断了气。曾刚好不容易把她劝住，轻言细语地安慰她，不知道老太太哪儿来的力气，噌地一下坐了起来，说："公安同志，我跟你走，我要去教训教训这个龟儿子，犯了事就得给政府好好交代呀。"此时的曾刚眼泪已经夺眶而出，忙不迭地掏出两百块钱塞在她手里，转身逃也似的走了。

在他母亲的帮助下，案犯终于交代了枪支的藏匿地点。

取回手枪的那天，专案组沸腾了，刑警们高声嚷嚷要喝大酒，要开庆功会，要给曾刚记功。曾刚躲在一个角落不吭一声，怎么也高兴不起来。

案件背后的故事触及他的灵魂，引发他对社会问题的深层次思考，这是第一桩。当天夜里，他想了很多也想得很深，彻底失眠了。第二天一早，红肿着两眼的他把自己的想法给组里的几个刑警讲了：一是大家捐点儿钱周济一下那个老太太；二是报请上级批准以分局的名义联系街道办事处给她按月发放救济金；三是建议以后大家有空儿多去看望一下那个可怜的老人。大家一致同意，分头落实。

听曾刚讲了这件事的当天夜里，姜晓雅在电脑上敲了这么几段话：

他说他们一帮子刑警押着汤涛去他家取手枪的那一天，他先请了街道和地段干部，安排陪他母亲去看医生，以免老人家再次受刺激，遭受无情的伤害。没料想进到空无一人的家，汤涛竟蹲在地上痛哭不已，一边哭一边跺脚，脚上铐着的铁镣哗啦啦发出刺耳的金属声，戴着手铐的双手在空中乱抓乱舞，泪水、鼻涕大把大把往下流，浸湿了一大片胸前的衣襟，痛苦难受之状难以言说。

枪是从他家半截的夹壁墙内取出来的。夹壁墙是沱江沫水两岸河边吊脚楼的外墙，中间用木方搭架，里外两面钉上竹篾再把一层石灰抹上去，就形成了简易的墙。因为穷，汤涛家的墙外面是石灰抹到顶，是完整的墙，而室内的墙体只用竹篾钉了半截，自然石灰也抹了半墙，上半部就露出一些空口和外墙背面的竹篾板，看上去十分粗糙丑陋不说，还显出些破落和寒碜。汤涛就把枪藏在墙上的空口里，曾刚是到他邻居家里借了两个木墩子爬上去取的枪，下来后再仔细打量这个一贫如洗的家，不由得鼻头一酸，眼里立马噙了泪水。

闲下来时，曾刚喜欢阅读人物传记，喜欢对不同的人生轨迹、性格特征作一番深入的剖析、比较和研究，由此产生的见解深刻而颇有见地。他说他曾经将希特勒和巴顿这两个人作过比较，两人有许多共同点：意志坚强，骁勇善战，具备谋划指挥的智慧，且性格偏执。可为什么一个是恶魔一个会成为英雄呢？原因在于一个肆无忌惮，一个有所制约，恶魔与英雄之间就差一步，这绝对关键的一步就是制约，而只有权力对权利、体制对权利才能制约得住。

为什么汤涛会前后判若两人，截然不同的两个人，从一个人人可见人人可言的大好人变成一个集盗窃、抢劫、杀人大罪于一身的恶魔？当然，希特勒、巴顿之类政治军事上的大人物需要体制上对权力的制约，而汤涛这种小人物与之无法相比，但研究模式及其特质变化是一样的。不难想象，多少个夜阑人静的深夜，汤涛就待在这徒有四壁的家中，胸中似窗外沱江的波涛汹涌澎湃，内心深处的大好人与恶魔之间正进行着殊死搏斗。这种思考极其残酷，也极其痛苦，贯穿在两者之间的是他追求改善家境补偿和报答母亲的执着，这种执着没能得到任何外部因素的抑制和修正，而一直做好人却实现不了他的执着就是眼前的现实。终于有一天，内心由受教育程度、人文理念和法制意识筑就的理性堤坝崩溃，恶魔战胜了大好人，驱使其不择手段地去实现他执着的“追求”，从而坠入万劫不复的深渊。我注意到他说这番话时的表情沉重而复杂。

汤涛被执行死刑后不到一年，他母亲也去世了。说到这里，我看见曾刚眼里又闪现着晶莹的光点，唉，这个面对巨大的压力，面对罪犯枪栓拉开子弹上膛的枪口，连眼睛都不眨一下的铮铮铁骨汉子，居然内心也柔和，心境也悲悯……

关注、了解、分析案件背后隐藏的东西，不仅使曾刚增加了破案思考的维度，更增加了他思维的广度和深度，从而拓展了他一个刑警的视野和作为的领域。

上个世纪末，警队破获一起诈骗大案。案犯程君是西北纺织城国棉二厂的一个搬运工，因为违反厂里的劳动纪律被开除，从此到处招摇撞骗，忽一日流窜到了江城，见繁华都市的大街上美女如织，便生出另一番歹意：骗色。

程君个儿高，身材魁梧，皮肤白皙，相貌堂堂，操一口流利的普通话，举手投足确有北方汉子的剽悍大气，脸上充满诚实的笑意给人以稳重踏实的印象。他一会儿冒充新华社香港分社社长的儿子徐军，一会儿摇身一变又成了朱德元帅的孙子朱军，谎称来江城的目的，就是为中央电视台拍摄八十集电视连续剧《蒋家王朝》物色女演员，针对不同类型的年轻美女，他时而是制片人，时而是总导演，时而又是出资方的全权代表，凭着三寸不烂之舌和几张伪造的批示文件，利用人们的虚荣心，先后骗取了几十个年轻女性的信任，继而骗取钱财、骗取爱情，有的女性竟深信不疑，以至于达到谈婚论嫁的地步。

终于，一个受骗的女大学生的母亲识破骗局，向公安机关报了案。警队组织专案组缕清案情，梳理线索，同时蹲坑守候，不日即将逃窜到湖南怀化的程君抓获归案。

办案过程中，眼看着一个又一个如花似玉的青春少女得知真相后追悔莫及痛哭流涕的样子，还有的女孩子执迷不悟，声称公安机关办了冤案，错抓了好人。更有甚者不顾廉耻，叫嚷着要警察放人，说他就是骗子也要嫁给他。目睹这些，曾刚心里禁不住阵阵酸痛和震愤，犯罪分子固然可恨可恶，但善良的人们，尤其是涉世不深的女孩子这么容易上当受骗，不得不令人深思。这里边绝对关键的地方就是要给人以警醒，要提高警惕，要识破骗子并不高明的伪装和骗术。

一个警察强烈的责任感驱使他拿起了笔，连夜赶写纪实文字，白天忙着破案，夜晚坐下来写作，一周后完稿。那个年代没有网络没有自媒体，传播信息的渠道只有电视和报纸，他把稿件投递给了《江城晚报》，不久，该报以“警惕啊，花言巧语——十七个年轻女性上当受骗的故事”为题，从头版转二版连载七天刊发了这篇报告文学。拿到还散发着油墨芳香的晚报，读着自己的文章，曾刚心里欣喜万分。喜的是自己手写的文字第一次变成了新闻纸上的铅字，也算是在大报上发表了作品；欣慰的是几十万受众读了这篇文章总有人会提高防骗意识，也是给江城百姓提了个醒。

后来，曾刚给姜晓雅谈及此事也不无炫耀：“当作家嘛，上个世纪我就干了一票。”她浏览了那几张他不用翻箱倒柜像是顺手就找出来的旧报纸，评论说：“嗯，写得还不错，文字通顺，事儿还是抖搂清楚了，像个样儿，不过也就一篇小学生作文。”

曾刚不服气：“第一次啊，大报啊，铅字的。”

“写文章啊，一定要有激情和动力的，对吧？”她像是肯定。

“对。”他点头。

她不无揶揄，继续说：“你恐怕不是为了向老百姓提个醒，而是对那些个花容月貌的青春女性动了情吧？”

他承认：“我替她们惋惜、痛心，你想想，她们中间有大学生，有中学生，有工人，还有机关干部，上当受骗以后，何以面对家人亲朋和社会？人生还有很长的路要走啊。”

“就没一点儿私情?”口气中明显的酸味。

“可能有一点点。”他不得不承认当时心里确有那么一点点私情，转口又说，“大男人嘛，哪有不怜香惜玉的。”接下来的话说得理直气壮，“警察嘛，揭露、打击、遏制假丑恶，关键还在于张扬真善美。刑警破掉的刑事案件，就是将假丑恶撕裂开来暴露在光天化日之下，让善良的人们看了增强鉴别力、自律和防范意识。”

姜晓雅瞪直了眼，纯澈的目光里充盈爱意和赞许之情。

十九

真实的刑警之路并非都是一路闯关夺隘所向披靡凯歌高奏，来自方方面面的阻碍和压力，囿于主客观条件的局限，譬如人的认知能力，譬如刑事技术进步的欠缺，致使相当一部分案件破不了。案未破，事未了，当事人的损失挽不回，该揭露的犯罪穷尽不了，曾刚他们除了仰天长叹甚至喟泣涕零，留在心里的是永远的痛。

上世纪九十年代的一天中午，江城市中心的解放碑广场曾发生一起抢劫大案，罪犯趁一位刚从银行取钱出来的中年妇女不备，猛力将其推倒在地，抢走其手里的提包，而后迅速跑走。整个发案过程不过十几秒钟且事发突然，当事人及附近群众皆目瞪口呆不知所措，巡警赶到时，罪犯早已不见踪影。

曾刚率刑警赶到，不仅现场涉及案情的元素一无所有，而且早已恢复常态，步行街上熙熙攘攘人来人往，外地的本地的游客川流不息，就是维护现场秩序的巡警留住两名目击者，描述发案和罪犯情况也是惊恐不已，语焉不详。可怜那个受害者遭此劫难，身体多处受伤不说，提包里的两万元现金被抢，突遇袭击使她精神受到刺激，一直处于不正常状态，刑警再怎么和颜悦色地询问，她就知道哭哭啼啼地说：“钱，从银行取的，我爸住院要交的……”

强有力的专案警力从中心现场向外延伸，像木梳篦头一样将可疑的线索和可疑的人员来来回回篦了好几遍，筛出重点人头再细细审查，破获一大串各种各样的案子，可就是不见此案半点儿踪迹。尽管已经身为江中区分局刑警队长的曾刚为此焦虑得茶饭不思寝不得安，设计了种种侦查方案，做了大量工作，半年过去也只能无可奈何地宣布，把这个案子先挂起来吧。

“挂案”的意思是把此案先放一放，待有新的线索再继续侦查。可在刑警的词典里就意味着“失望”和“放弃”，尤其像这种经过艰苦努力工作未破的大案，那种遗憾之痒心腹之痛会永远“挂”在心间。

至于一般的刑事案件，堆积如山地压在警察身上，确实因为警力紧张，技术装备设备短缺，加之这些年江城也处于经济社会大发展、大开发和大建设时期，社会治安管理措施滞后，致使刑事案件高发多发，不仅压得捉襟见肘的警力顾此失彼，还得承受重负的心理压力。

一天，江城一家大型建筑企业的工地发生一起命案。曾刚接报，毫不迟疑地丢下正端在手上的早餐，一边抹嘴一边上车，忙天火地往现场赶。

曾刚在建筑工地的围墙外下车，从堆放水泥、河沙、预制板等建材的缝隙穿过，才来到一片空旷的施工现场。当地派出所的警察已经拉起了警戒带，警戒带外密密匝匝挤满了围观的群众。再举目一望，工地四周高楼的窗户、阳台、走廊上也全都是向现场张望的人头，如此场面让他心里霎时一沉，这案子影响大嘞。

进入中心现场，他吩咐治安大队长把工地内的无关群众都疏散出去，以免再发生什么事故。转头又对先期到达的分局侦查技术人员说：“别慌，等市局的技术人员来了一起勘查。”随后，他自己一个人一步一步绕着中心现场静静地细细地观察，看了一遍又一遍，直到现勘开始他才退了出来。现场很简单，似乎一目了然，死者头朝下半截身子栽倒在一个电缆沟里，手里还握着一股断头的电缆线，一块钢筋水泥铸就的预制板压在了他身上，尸体周围及电缆沟底沟沿沟壁布满血迹，不用分析，明眼人一看就知道这是桩命案无疑，还能够将案情说出个八九不离十。

曾刚的直觉是对的，因为是命案，因为命案发生在建设江城地标性建筑的工地，因为这个项目的投资方是外资，市里领导十分重视，层层批示限期破案。市局专门召开案侦分析会，各路专家纷纷献计献策，大小领导出主意提意见，及时而顺利地拟订了侦查工作方案，唯有理应担任主攻任务的案发地公安分局分管刑侦的副局长曾刚，却自始至终沉默无语。时任市公安局局长周全福满脸疑惑，点了名说："刚子，全市公安都来给你打工，你倒好，一言不发，有屁不放。"

曾刚很不自在地站起身，一脸讪笑，有点儿学说他的语气："不对呀，局座，你是大老板，我们这些丘八都是给你打工呀。"

"什么丘八？乱说。"周全福佯装生气，用食指敲了敲桌面砰砰响，极严肃地说，"少给我嬉皮笑脸，言归正传，谈案子。案子就是官，我们都是兵，都得跟着案情转。"

"遵命。"曾刚唰地立正，就差没敬一个标准的军礼。

这亦庄亦谐的对白和场景，让一本正经的会场添了点儿轻松的气氛。

"那好，我发个言，不过我有言在先，如果我的发言有悖于各位领导的旨意，请一定手下留情。"曾刚对案件的看法，此时已是如鲠在喉不吐不快了，"我提几个问题，仅供大家参考：一，这案件什么性质？大家的意见是盗窃，案犯摸进现场就是为了盗窃电缆线，在行窃的过程中被人杀害，也就是盗窃杀人案，但我的看法是盗窃不假，案犯不是被杀而是意外伤害致死；二，盗窃电缆线是大宗物资犯罪，一般会有运输工具和同案犯，而此案到目前为止没发现这方面的线索，下面的侦查工作对这两者应当深入挖掘；三，如果是杀人案，杀人案犯该怎样刻画？如果杀人案成立，中心现场应当发现犯罪嫌疑人的脚印、作案工具等痕迹物证，遗憾的是现场并不凌乱，也没发现除死者和报案人之外的任何痕迹，难道杀人案犯是超人？众所周知，盗割通信电力线缆犯罪绝不是什么高智商犯罪，从事这类违法犯罪的人员大多是城市里生活地位都很低端的一些人，不可能具备很强的反侦查能力，如果是同类盗窃犯杀人能不留下一些痕迹，或者说把痕迹磨灭得如此干净？”最后，他斩钉截铁地说，“因此，我认为这个案件绝对关键的问题是一案成立还是两案成立，我的结论是盗窃案成立，杀人案无论如何都构成不了。”

曾刚的说法与会议的主旋律唱了反调，引发会场骚动，人们交头接耳议论，响起一片嗡嗡声。

“曾副局长，你这说法有点儿绝对了吧！”市局刑侦处一位姓陈的科长腆着个凸出的肚子，慢吞吞地站起来，一只手还把眼前的卷宗翻开，胸有成竹地说，“你看啊，这是法医鉴定书，上面写的是死者头部存在一横条形钝器伤造成大量出血，因为重压致其颈椎断裂、呼吸道窒息、胸部肋骨粉碎性骨折，上述四个要素致其快速死亡。由此可以推断为这样的一个过程：死者半夜进入工地盗窃电缆线，被犯罪分子用钝器从背后击伤头部倒进电缆沟里，然后，不知是出于杀人灭口还是掩盖罪证的动机，用预制板将其压住，致可能一息尚存的死者彻底被压死。另外，现勘材料也说明了这一点。”

“陈科长所说的这个过程和看法绝不是空穴来风，都是有扎实的证据支撑的，前面大家的意见也说明，死者是他杀，命案绝对成立。”市局技术处一位姓高的副处长以不容置疑的口气发言，还把桌前的卷宗翻得哗哗响，又说，“这些证据的收集是客观的，是不容怀疑的，至于你要把命案推翻，要么你得拿出证据，要么我得怀疑你是出于什么动机。”

这时，玉山区分局主管刑侦的副局长举手发言，半是玩笑半是认真地说：“这时节快接近年末，是命案，可短期内又破不了，压力山大呀。”说到这，他迟疑了一下，偷眼看了看周全福，又斜头觑了一眼曾刚，接着说，“这怪谁呢？上峰层层要求命案必破，年前不破考核成绩下滑不说，还要被问责。”

这话引起多人共鸣，纷纷附和此意。

市局主管刑侦的汪副局长耸了耸肩上披着的大衣，像是一锤定音：“还喳闹个什么呢？订一下侦查方案，大家抓紧干呀。停停，”又加重语气说，“我得强调一点啊，这案是市局主抓的案子，全市刑侦部门都要努力去办，各区县刑侦部门都要把这桩案子当作自己的案子来办，大家共同努力，争取年前把案子破了，咱们全都梳光光头，面子也好看，力争收头结个大瓜。”

姜晓雅后来在此处写道：

曾刚这个时候的心情只有失望，原想都是搞刑侦的，他能看出的端倪人家会看不出来？他不企望同行们会对他的意见同声相应同气相求，只想有两三个支持他的声音也好，可没有，无法想象的是一个也没有，几乎无人不把他对现场实事求是的见解误认为是他推卸责任，否定命案。再偷眼看看周全福，只见他脸色凝重，埋头在笔记本上划拉着什么，无法看出这个一把手的态度，他由失望而变得绝望。

脑子里再三斟酌反复推敲对现场的认识，他没法推翻自己的判断。如果自己不坚持己见，案侦会绕出一个大弯子浪费许多的人力物力，还可能误伤无辜……后果难料啊！

没那么多世故，没那么多顾虑，甚至不识时务，也许是固执己见，也许真是责任感使然，他置接踵而来的阻力和压力于不顾，当时的他只得伸长脖子去任宰了。这或许是我迷恋他的一个缘由。

汪副局长这番话，搞刑侦的都听得懂。曾刚更是脸上红一阵白一阵地难受，举手示意想发言，周全福没看见，只好自己做主站起身来说："我不是这个意思，更不想推卸责任，命案算在江中分局头上没关系，下来后我带着弟兄们拼命干就是了，这么多年拼着命破案的事还少了吗！"

"对啊，大家看看，破案没点儿拼命精神能成？曾局的拼命精神全市是出了名的，就得这么干。"汪副局长又耸了耸肩，眼睛放光，充分肯定。

坐在曾刚身边的江中区分局局长李长生从桌下拉了拉他的衣襟，要他坐下来，同时迎着汪副局长的目光说："案件破得了破不了，责任在我，回去我们一定集思广益好好研究，争取早日破了这个案子。"

曾刚没坐下，还悄悄伸手把他的手撑开，亮开嗓门儿说："我再把话说白一点儿，人命关天，是命案我决不含糊，撸起袖子拼命干就是，但是，关键的问题是，两个案子都不成立，何来早日破案？盗窃案有行为无结果，怎么立案？杀人案无行为人，怎么破案？"

这番话再次把会场镇住了，一时鸦雀无声。

这会也开得够长啦，不能老是议而不决呀。周全福抬起手腕看看表，目光在与会者脸上睃巡，与曾刚对视时眼光明显一振，略为不满地说："这样定，一方面把此事当作案子办，我的意思是说要全面认真开展调查，是不是案子，深入一调查自然水落石出；另一方面再请专家研究现场和尸检，也可以做侦查实验，尽快拿出客观的结论。”略有停顿后，又说，“毛主席教导我们说，真理往往在少数人手里。今天我要说，真理可能在个别人手里。就这样，散会。”

回分局的路上，李长生责怪曾刚：“刚子，你这个人太犟，这下好了，压力全堆在咱分局头上了啊。”

“行啊，李局，事儿我来做吧。”曾刚一口承担，还调皮地笑笑。

两个方面的工作都紧锣密鼓地铺开，江中分局首当其冲，曾刚义不容辞地冲锋在前，要命的是眼看年关将至，几乎没有什么突破性的进展。

那段日子，曾刚忙得脚后跟翻起来直打后脑勺，身体累不打紧，关键的是心累。侦查方面查找到了一个结伙盗窃的同案人，他交代说，那天夜里，他在楼里偷堆放的电缆线，死者在楼外偷电缆沟里的线，突然听见外面“啊”的一声惨叫，以为死者被人发现挨了一闷棍，本来就心惊胆战的他吓得丢了电缆线就开溜。第二天天亮，看见来了许多警察，他还在人群中看了一会儿热闹，看见同伙真死了，立马溜回老家去了。现勘方面，依据种种设想反复勘验，侦查实验复原现场做了好几次，始终拿不出来科学合理的结论。

这天曾刚独自一人去了市局，冒昧闯进了周全福的办公室，提出邀请公安部的技术权威来江城作分析鉴定的请求。听他说完工作进展和对现场分析的分歧，周全福以赞许的目光盯着他，坚定地说：“好，要尽快。”

公安部一位头发花白的专家带着两名助手直飞江城，曾刚到江北国际机场接机。一坐上车，他就开始汇报工作进展和出现的难题。专家也令人感动，决定立即开展工作。

第三天上午，市局又召开案侦工作会，省厅主管刑侦的副厅长也星夜赶来参会。周全福一一介绍了与会人员，讲了讲会议主题，便由专家主讲。打开墙面的大屏幕，专家组制作的 PPT 和幻灯片投影上去，老专家不疾不徐侃侃而谈，先谈了工作规程，再说重新踏勘现场、尸检、实验，对每一个疑难问题一一作出解释，最后得出结论：死者非他杀，系意外死亡。

会场静寂半晌，突然爆发出热烈的掌声。

待掌声稍微平息，老专家又站起身，双手合十："这次来江城能够顺利完成任务，得到了曾刚同志的帮助，在此表示衷心感谢。"又说，"对此案的分析判断，曾刚同志是对的。"

掌声又一次响起。

会议结束，曾刚随专家组三人走在周全福身后，突然他快速跨上几步，转身挡在周全福面前，一个立正敬礼："报告局座，我想请专家们吃顿火锅，我私人请客，求你批准。"

周全福斜睨着他，很是犹豫："你？吃火锅？"

"对，就是那种土得掉渣牛油满锅的毛肚火锅，又便宜又好吃，人家明天一早就回京城了，还没来得及品尝这江城一绝呀。"曾刚一张脸笑得很灿烂。

"好呀，好呀，我听说到江城不吃火锅就不能算到过江城。"老专家抚掌称赞，高兴得差点儿跳起来。

"那，局里早已订下的一桌晚餐，想好好感谢一下专家们，怎么办？"

"退掉退掉，我们去吃火锅。"老专家说。

"那好吧，刚子，你私人请客，买单算我一份。"周全福终于同意。

"好呀，少不了你的，谢谢局长。"曾刚放下行礼的手，拉起老专家兴高采烈地就往外走。

留下周全福一个人在楼道里又是摇头又是叹气："这个刚子，唉，有点儿疯。"

二十

姜晓雅的日子不仅平淡，还沉闷。给大学生上课讲点儿文学理论，讲点儿评论的基本要点，讲经典文学成套路而轻车熟路，最多选几篇时下炒作得有点儿热的作品评点一番，还有一丝新意，至于所带的研究生分专题或者类型指点指点就成。她的个人生活更是乏味，家里的事父母打理，父母的事不用她操心，她一门心思钻进学术的象牙塔中，故纸堆固然有靓丽的颜色，却缺乏生龙活虎有血有肉有苦有乐的生活。然而，曾刚的闯入，与他结识、熟识、相知、相爱、相恋的过程，渐渐使她产生无时无刻不牵挂在心的感觉，她清楚地意识到自己已坠入情网而不能自拔，更让她甘之若饴的是这种改变丰富了她的生活，包括她对“作家感”的理论研究内容。

记不清楚是什么时候，他带着她出现在他与那帮刑警师兄弟聚会的饭局上。谙熟世情的刑警们开口便咋咋呼呼称她“嫂子”、“兄弟媳妇”、“夫人”，敬酒的时候，为使她喝下一杯半杯酒，更是溜须拍马阿谀奉承的好话说尽，弄得她一会儿一张大红脸，一会儿又满脸红霞飞，羞涩不堪，局促不安。

曾刚安慰她：“没事儿，我要另外带一个姑娘来，他们还不是要当我老婆来看。”她嗔怒，手指尖不自觉地戳了他的鼻尖：“你想的美吧，你。”

这一幕当然被弟兄们看在眼里，又起了哄，场面有点儿乱。

曾刚说：“都是生死与共的兄弟，过命的兄弟嘛，就得有点儿过分，别在意啊。”

这次嗔怒，她拎了他耳朵：“什么过命兄弟，简直一群草莽，比梁山泊的草寇还水浒。”

曾刚故作恼怒状，一下子拂开她的手，双手护耳，怒目圆瞪，动了粗口："你他妈比孙二娘还孙大娘。"

姜晓雅此举就像一粒水珠掉进沸腾的油锅炸开了，刑警们不依不饶地闹腾起来。

大师兄金龙端一杯酒从座位上站起身，瓮声瓮气地说："兄，兄弟媳妇，你可不能欺负我兄弟啊。"

二师兄陈聪满脸通红，跌跌撞撞走过来，非得要给姜晓雅倒一杯酒，手里的酒杯高举在头顶，大大咧咧地说："兄弟媳妇，你若是欺负我兄弟，我可饶不了你。"又说，"喝酒啊，要不喝，不喝，我会从你头上倒下去。"

这边小郝唱起《好汉歌》："大河向东流哇，天上的星星参北斗……路见不平一声吼啊，该出手时就出手啊，风风火火闯九州……"

那边洋高人洪亮悠扬的歌声又晃荡过来了："嫂子，嫂子，借你一双小手，烫一壶白酒……"

座中两人用筷子敲着饭碗唱："喝了咱的酒哇，上下通气不咳嗽；喝了咱的酒哇，大嫂跟着大哥走……劈开那个重重雾吔，穿过那道道梁，走进那个洞房里吔。"

偌大的包间里无一丝清净的缝隙，天花板都差点儿被喧嚣撑破。

姜晓雅从没见过这阵势，吓得像受惊的兔子埋头躲进曾刚的怀里，悄声说："曾哥救我。"

曾刚低下头说："怎么救？弟兄们高兴啊，没事的。"

她仰起头，企求的眼神望着他："这是警察吗？张牙舞爪的痞子，满嘴污秽的无赖，一群乌合之众。"

"还贬他们？我怎么救你？"曾刚不屑。

"那好，你不救咱，咱自救。"

姜晓雅噌地站了起来，大吼一声："拿酒来。"有人递过来一瓶开了盖子的五粮液，她一把抓住，又吼一声，"你们把杯子都汇过来。”陆陆续续有人把自己跟前的桌面酒杯都传至她面前的桌上，她开始倒酒，一一斟满酒杯，再把杯子放到玻璃转盘上，再大吼一声，“规矩说好，我敬大家三杯酒，人人都得喝，不喝的再罚三杯，我先干为敬，你们再依次喝，免得有人要赖。”

一桌人惊诧万分，目瞪口呆，只好乖乖地一一喝下三杯，一圈过来最后轮到曾刚，他推杯不喝，姜晓雅作怒目金刚状：“所谓警察，不就软蛋吗？”曾刚把三杯酒倒进一个饭碗，自己再添上一杯，一梗脖子咕嘟喝完，抹抹嘴说：“为什么加一杯呢？因为你说你是我老婆。”她努努嘴否定：“谁说的？谁听见啦？”

众人几乎异口同声：“我们都听见啦。”

“喝酒，喝酒。”她转身对着众人，笑容可掬，柔柔地说，“你们谁不服，选个代表出来我奉陪到底，哼，一帮子大老爷们儿欺负一个小女子，好意思？”又说，“敢给咱刚哥当婆娘，不能喝酒咋整？”

对她的洒脱豪放之态，曾刚完全刮目相看，心中惊诧，暗叹：文弱女子还有这手，没想到，没想到。

融入之后，刑警们的饭局酒局，只要曾刚到场一定少不了她，老刑警说，这叫公不离婆，秤少不了砣，人家恩爱呀。小年轻嚷嚷说，米粉，粉蜜，咋分？姜晓雅场面上表现不俗，从来不失分寸，曾刚也愿意带着她出入私下场合。

最让姜晓雅刻骨铭心的是那年十一月十一日的那场夜酒。曾刚麾下的一帮子年轻男女刑警叫嚷着，要叫嫂子见证他们告别单身仪式，要请嫂子传授恋爱经验。

当天回到家里的这个夜晚，她几乎抱住马桶过了一夜，隔一会儿又跑一次卫生间，又吐又屙，吐得是翻江倒海，但又宣泄得酣畅淋漓，隐隐地感觉丝丝快意。稍一清醒，她又敲起了键盘：

也许只有这样，我才能融入他心里，才能让他的那帮子刑警接纳我。如果真这样，我愿意喝醉，醉得死去活来也值。

刑警也是人啊，他们只要一出现在刑事犯罪现场，就代表了国家政府，对群众而言，意味着公平正义到场，所以他们的每句话每个举动都得谨慎、恰当、合乎法律要求和程序的规范，而面对各种各样千奇百怪瞬息万变的人、事、场面，他们必须有所作为，如果作为不当，还要承担必要的责任。这群有血有肉有思想的人，同样也会有将平时压抑在胸的情绪宣泄出来的渴望，私底下放肆一点儿，借酒释愁张狂一点儿……无可厚非，无可厚非，我理解，但，是理解这个职业群体，还是因他而理解他们？现在的我，说不清楚。

初步看起来，他们是认可我了，主要以为我会嫁给他们的头儿，他们是爱戴他们的头儿的，为他们的头儿这些年做鳏夫鸣不平。小郝说，“三高”的主儿，没老婆，当单身汉，不可思议。他怕我不明白，专门解释说“三高”就是颜值高、情商高、智商高。金龙在给我敬酒的时候，拍着胸脯，眨巴眼皮，说，弟妹，嫁给他吧，这家伙干起事来专一、玩命、地道，嫁给他你不会亏的。这话暧昧，他们以为我听不懂，唉，也许他们才不知道大学里一个搞文学研究的副教授为何物，啰里啰唆地再三解释还不够，还加暗示，再来点儿肢体语言，哼，太小瞧我啦！

他们视我为他们中的一员，谈起案子，说起他们的生活，聊起案子背后形色不一的底色，无所不谈，口无遮拦，毫无禁忌，许多鲜为人知的故事，许多颇具见地的认识，聊家常一样自然流淌，于我则眼界大开，心灵震撼。

他们说得最多的就是他们的头儿和他的事儿，这也难怪，毕竟他是江城刑警最大的官，江城地面上只要发生大案要案无疑都会有他的身影，当然，这也是我最关心最感兴趣的（啪啪掌嘴，私心）。有的事随着他们的讲述，我的心都提到了嗓子眼了。有一次，他去一个劫持人质案现场，他亲自与持枪歹徒面对面谈判，歹徒好几次歇斯底里挥动上了膛的枪要他滚，可他从容不迫地解开衣服（让歹徒看清楚他没带武器）解掉皮腰带（示意歹徒他不会动武也不会跑）走上前去替换人质，就在歹徒松开人质的一刹那，狙击手的枪响了，歹徒被一枪毙命。周全福现场呵斥他不明智，太冒险。他憨憨地笑（呵呵，可能也被吓傻了）。还有搞笑的呢，他得一情报，知一杀人案逃犯躲藏在红岩村后的树林内，立马率一干人马去围捕。那天天气很好，罪犯约了几个人在山坡上玩“幺地人”（一种赌博方式），远远看见了警察的身影，惊叫一声便四散逃窜。警察鸣枪，喝令站住，几个无案底人员抱头蹲下，杀人案犯则飞奔逃窜，慌不择路至一悬崖边上犹豫了，是跳还是不跳，正徘徊……他向空中鸣枪，示警，大声喝令，罪犯纵身下跳的一刹那，他瞄准一枪，致罪犯中枪摔倒在崖下，扑地而动弹不得。四周观者莫不欢呼雀跃，大叫：神啊，神枪手。几个刑警对他竖起了大拇指，说，头儿，厉害，到底是警察科班的！他好不得意，噗噗像是吹了吹枪口并不存在的青烟，收回枪唰地插进腋下的枪套，摁紧皮带的暗扣，系列动作一气呵成干净利索，潇洒至极。不料，隔了不一会儿，倒下的罪犯爬了起身，一拐一瘸地继续逃，几个年轻刑警慌忙绕道下去把他架了上来，扔在了草地上，罪犯痛得哎哟哎哟直叫唤。接下来的一幕更喜剧了，四五个刑警将罪犯像烙饼一样抬手抬脚翻过去倒过来观察，又从头到脚用手捏了个遍，就差没把他的衣裤扒光了检查，可怎么也没见他身上半点儿伤口丁点儿血迹。有刑警给他报告，怪了，处长，没找到枪口。他说，再找，没中枪，他喊什么痛。罪犯说，我脚崴了，你们叫得那么凶，看洋相啊。那刑警恼怒，转手就扇过去一耳光，说，洋相，看谁洋相？罪犯很委屈，说，我没中枪啊，看谁洋相？刑警中有忍俊不禁者哧哧地笑，他更尴尬，悻悻说，收队。

看样子是一帮吃货，大鱼大肉，啤酒白酒，重三叠四，杯盘狼藉，其实他们没吃什么，我看他们真没吃什么，啜一小口酒夹几片菜就放了筷子，而谈兴比烈酒的滋味还浓郁，谈个案，谈系列案，谈案中案，谈人，谈故事，既谈过五关斩六将的英武之事，也谈败走麦城的倒霉之旅，一会儿眉飞色舞兴高采烈，一会儿情绪低落唏泣唏嘘，喜怒哀乐溢于言表……可亲又可爱。

这一夜，她在书房与洗手间之间往返，一会儿坐于电脑之前，一会儿坐于马桶之上，直到精疲力竭脑袋空空如也，仿佛吐尽了最后一丝气息，才踉踉跄跄进到卧室，关上门蒙头大睡。

天亮他父母起床，打开卧室门就嗅到满屋子酒气和着呕吐物的秽气。妈不满地说："老头儿，你女儿疯了，自从跟那个警察谈上恋爱，不是喝高了，就是半夜三更才回家，回家还折腾一夜。"爸淡然地说："女儿大了不由爹娘啊，让她出去经经风雨见见世面也好，你没听见人家敲了一夜电脑吗？"

二十一

走出婚姻登记大厅，曾刚一把将姜晓雅揽进胸怀，扯一把肩上的黑呢大衣盖住两人头顶，光天化日之下顷刻变成昏暗的两人世界，一张热辣辣的嘴立刻就堵上了她的口。

好一阵子，她才张开嘴，说："这大街上呢，你这老头儿，不害臊。"

"害什么臊？我亲亲自己的老婆，怕谁呢？"曾刚正气凛然的样子，"野百合也有春天，咱老头儿不该有第二春？"

她眼含秋水，用指尖戳戳他鼻尖，佯装惊讶："这警察干起坏事来也理直气壮啊。"

曾刚唰地一下掀开大衣，两人顿时又沐浴在金色的夕阳中。他问："老婆，嫁给一个老头儿后悔吗？"

"后悔死啦。"她的回答很干脆，倍儿响。

"啊。"他大惊失色，但一下子回神醒悟，拉住她的手，推着她往后退，她嗔怒道，"干吗？"

他说："回，咱们回登记处，退了结婚证。"

她竖起了柳叶眉，学着他嘟起了嘴朝前努努，郑重其事地说："你给我听好了，曾老头儿，我说的是后悔死啦，今后绝对关键的问题是什么？"

"你都后悔死啦，还有什么今后？"

"傻瓜，还警察呢？我说的是后悔之心已经死啦。"

"呵呵。"曾刚一副豁然开朗的样子，又一把扯过大衣再次将两个头颅裹在了一起。

隆重而简朴的婚礼在江城一家不起眼的宾馆举行，一个不起眼的小厅里，曾刚请了一帮子老少刑警，姜晓雅叫上了她的导师和她带的几个研究生，联排摆上的三张圆桌来宾都未坐满。曾刚没穿西装，戏说是出席校警联席会；姜晓雅没披婚纱，笑称是参加学术研讨会。能够称得上婚礼仪程的是迟克东热情洋溢的主持词和来宾们热火朝天的祝贺。

迟克东两鬓斑白但精神矍铄，端起酒杯，中气十足地致辞，实实在在地把一对新人夸赞了一番。他说："曾刚接我这个刑侦处长的班，干得比我强多了。破案指标不说了，全省第一；破大要案不讲了，那是名声在外。这些年江城的刑警弟兄们团结在他麾下，砥砺前行，所向披靡，战功显赫，可他为什么这般优秀呢？大家想过没有？什么原因呢？"

他有意停了下来，想听听反响，可偌大的包间里无人应答。小郝悄声对邻座说："老革命卖关子呢。"

"什么原因呢？"他沟壑纵横的脸上满是笑意，继续说，"今天就揭秘了，原来他金屋藏娇啊，把个'三高'姑娘掖在身边，你们想想哦，一个颜值、水平、能力都高的美女高参在身边做智囊，他想不优秀都不可能，所以，与其说是他干得好不如说是他娶得好，这个美女就是现在他的老婆——姜晓雅。"

掌声雷动，气氛热烈起来。

"不过，姜晓雅在理论研究上的成功，文学学术上独树一帜，也吸取了不少曾刚的论点，据说，'作家感'与'刑警感'的融合对当作家干刑警如虎添翼，所以两人的结合可以说是天造地设珠联璧合的一对。"他高高举起手里的酒杯，接着说，"我提议，大家起立，集体先敬新人一杯大酒。"

大家站起身举起杯，可眼光没看他，也没看他旁边的新人，却射向了一边，举杯的手也僵在了半空。他顺着大家伙的目光看过去，啊，周全福步履稳健地从大门走进来，连忙放下酒杯跑上前去迎接。

周全福不理会他，径直对着两位迎过来的新人骂骂咧咧："好个曾刚，真没良心，结婚申请是我给批的，讨杯喜酒喝的机会都不给我，没良心，不够意思。”细眯了眼上下打量一番姜晓雅，见她不施粉黛的脸满是亲和笑容，透出清新脱俗的气质，由衷赞叹，“嘿，新娘这么漂亮，又贤淑又端庄，一看就是书香门第的大家闺秀，嫁给你这没心没肺的家伙，别委屈了人家这么好的姑娘。”

曾刚慌了神，忙说：“局座，不，不是什么喜酒，就是弟兄们小聚，坐坐。”

“什么局座？叫我叔。”周全福转头对着姜晓雅，面带笑意，目光慈祥，“你爹怎么没来？”

这突如其来的插曲让姜晓雅不知所措，她多次听说江城市公安局局长周全福的英名，却无缘认识，想象中肯定是一个高大威武的警察头儿，眼前这老头儿身体单薄个头儿矮小头发稀疏，不算宽大的脸庞上还挂一副黑框大眼镜，心中升起一串疑问，这是周全福吗？这是江城的警察巨头吗？不过这老头儿的笑颜倒是挺暖心暖肺。痴痴想着这些，她自然不知如何回答他。

眼瞅着姜晓雅愣怔，曾刚抢答：“局座，不算喝喜酒，双方父母都没请。”

周全福也不理睬他，继续说：“小姜，你爸叫姜德明，对吧？”

姜晓雅回过神来，满面带笑，点头称：“对，对。”

“你爸跟我在党校同吃同住过，你该不该叫我叔？”说这话时，周全福还拿手梳了梳头上那没几根的头发，一腔长辈的口气。

她异常灵动，甜甜地说：“该，该，叔，周叔。”

“欸。”应声悠扬，周全福十分欣慰的样子，掉头对曾刚，“刚子，你他妈别时不时地发飙啊，欺负了我侄女，老子饶不了你。”

曾刚唰地立定身体，双手抱拳作揖，仿作古装戏演绎戏文：

“不敢，属下不敢，遵命，属下遵命。”侧身对姜晓雅说，“娘子，饶命，今后还请多多关照。”

她背过身，羞涩地说：“去你的吧。”

曾刚放下双手，转脸对着众人，压低嗓门儿：“她不欺负我，这辈子就算我烧高香了，阿弥陀佛。”

“呵呵呵呵。”众人哄笑，热度升腾。

周全福从身后拎出一个纸袋，递给曾刚：“我侄女结婚，我是一定要来凑个热闹的。喏，两瓶老茅台，三十年的，原浆酒，打开，咱们一起祝贺祝贺。”转身对着迟克东，半是戏谑半是郑重地说，“迟老，不好意思，打断了你主持工作，赏我一个座位，继续吧。”

迟克东放下高高的身段，一手搭在他肩上，一手做了个请的姿势，连声说了几个好。

周全福说：“要不了多久，我也退下来当寓公享天福了。”

迟克东边走边合十打恭：“那好那好，那你就是全福老人呐。”

两人哈哈大笑，旁人听懂没听懂的都跟着笑。

周全福坐了下来，热情洋溢，给一对新人正式说了一番勉励祝福的话，又敬了三杯酒，然后站起身，把三小杯茅台一一倒进一个分酒器，再把它高举过头，朗声说：“我敬各位刑侦小哥一杯酒，干刑警辛苦，熬脑髓流汗水，还可能流泪水，压力如山大，斗智斗勇费力不一定讨好，但回过头想，案破了，心里头甜啊，群众拥护啊，像你们的头儿，刚子，迟头儿，形象高大，有人爱呀。咦，迟克东，最近听说你找了个贴心的老伴儿，日子过得有滋有味啊，大家瞧见了吧，辛苦是有回报的，干刑侦是光荣的，值啊。说多了啊，同意我的观点就一个字。”

在座的多半是刑警，对局长说的话耳熟能详，大学的来宾也自然心领神会，大家纷纷起身，几乎是同声应答：“喝。”

放下酒杯，周全福双手合十："抱歉啊，我还有点儿事，先走一步，我这糟老头子走了，你们也好尽兴。"回首对姜晓雅说，"失礼呐，见到你爸代我向他问好，现在咱们是亲家了，得多走动。"说完就朝外走，几个人簇拥前来要送送他，被他全力拦阻，挥手离去。

是夜，姜晓雅在被窝里说出心中的疑惑，最大的疑问就是这个小米老头儿居然能当公安局长，江城警察这支千军万马的队伍在他的指挥下这些年居然能取得不俗的成绩。曾刚嘟起嘴朝前努了努，断然否定了她："你可别小瞧他呐，老头子厉害着呐，到底是脚踏实地干出来的，经过多少历练啊。干事，为人，做官，自有一套，样样炉火纯青。"

"你都那么佩服他，赞不绝口的，那，你说说他有什么秘诀，绝对关键的一招是什么？"研究"警察感"的兴趣上来，姜晓雅似乎对新婚都不感兴趣了。

"这个问题我还真没想过。"曾刚翻身下床，趿拉起拖鞋，去电视柜上拿起烟盒，抠一支点上，一边在卧室里踱步一边认真思考，点上第二支烟的时候停了下来，"就是抓警心，人心凝聚起来了，其力无穷啊。"停停，吐出一口烟气，又说，"老头子，有人格魅力呀。"

"是吗？你保证，你没有偏爱，没有私心，换句话说，你的评价是否公正？""作家感"较真的理性仍使她一再提问，"毕竟他看重你提拔你欣赏你，那么，你看他不可能公正。"

曾刚闭上眼睛，想了想，郑重地说："时下官场确实污秽，但我敢保证，我即使有偏私，也不失客观公正。"

"哦。"她心里暗叹，这老头儿位高权重，步履深不可测高手云集的警界官场多年，居然颇得警心，不简单啊。

二十二

孰料，周全福一语成谶。

新婚不久的一个晚上，姜晓雅在书房里研读一篇论文，曾刚回来了，一身酒气，阴沉沉的脸上嘟起了嘴，黑雾弥漫，不用问，一看就知道他是遇上极不顺心的事了，忙丢下手里的活儿，上前接过他手里的公文包，关切地问："刚子，摊上大事了？啥事？能对我说吗？"

曾刚一屁股坐在沙发上，点上烟一个劲儿地猛抽，猛不丁地被呛了一口引起剧烈的咳嗽。姜晓雅站到他身边一把夺了他手里的烟，再给他轻轻地拍背，边拍边念叨："遇事拿烟出气，烟拿肺出气，肺拿命出气，你还要命不要命？"

咳嗽稍缓，曾刚又伸手从茶几上拿起了烟盒，她双手捧住他的脸："这样好不好，我去泡一壶熟普，咱哥们儿再聊一聊？"

"哥们儿？聊聊？"曾刚挑起眼，醉眼蒙眬地望着她，手指头夹着烟比画着什么，突地一个饱嗝涌上来，一股难闻的气息直冲她的脸。她掉过头去，挥手扇了扇，动作幅度很大，像是张大手扇掉弥天大雾一般："仙人，你这仙气也太臭了，十里八乡的庄稼都给熏倒了。"

"哈哈哈。"曾刚破愁为笑，长吁一口气，拿腔拿调地说，"娘子，泡茶。"

姜晓雅在书房的茶桌上忙乎一阵，曾刚在一旁静候，喝下三小杯热茶，差不多也清醒了。

再给他杯里续上茶水，放下滗水壶，她一本正经地说："说吧，老实交代，是不是有外遇啦？"

"是。"曾刚重重点头，也一本正经的样儿。

"啊，"她瞪圆了眼，嘴也张得老大，"你还真是的？蹬鼻子上脸呐?”

“嗯，这‘外遇’来头儿挺大啊。”曾刚加重语气，“江城官场，江城警察，还不一定挺得住哦。”

“啊?”她更吃惊，仿佛这才意识到问题的严重性，“有这么邪乎？想翻天啊?”

曾刚眉毛胡子皱成一堆，脸上凝重得像是可以拧出水来，沉沉地说：“你不知道前不久外来了一个市委书记，名叫周博来，北方省过来的，还兼省委常委，上任伊始就哇啦哇啦搞‘唱红打黑’，叫得可凶啦，而下面不来气，没动静，这下惹恼了他，从北方省调了一个公安局长过来，还兼副市长。”

“这算你的‘外遇’？领导干部交流是正常的嘛。”她不以为然，也松了口气。

“你太不懂政治，不了解官场，江城撞上这两个‘外遇’，我预感，也初步判断极可能是一场灾难啊。”曾刚脸色更沉重，语气更沉闷。

“就说今天上午市局开干部大会吧，任命这个叫汪进军的为市政府党组成员、公安局局长，周博来亲自到场唱赞歌，说他是北方省的打黑英雄，精通公安工作，具有超强的策动能力。”曾刚还是点燃了一支烟，只是轻轻吸两口，“这个汪进军也不是省油的灯，一般是宣布委任状之后，说点儿官话套话走走程序而已，可他不，一上台就口若悬河滔滔不绝，说警局所有警察必须做到‘一个声音，一个调子，一个动作，一盘棋’，要推行‘三项体改’，将全局副科以上干部全部‘解任’，重新考试竞争上岗，这是其一。其二是撤销一批派出所，警力充实街头的交巡警平台，屯警街头，震慑犯罪，帮助百姓，还说他要亲自设计开敞式交巡警平台和新的警车制式，说警察就是要与百姓零距离。其三是破积案，追逃犯，全市上下开展‘打黑除恶’，以‘打黑’促反腐，打掉黑社会后面的保护伞，打掉黑社会组织的经济基础，要有枪声，要声势浩大，要震惊海内外，还江城一片蓝天，还百姓一片安宁。”

姜晓雅端着一杯茶小口小口地喝，凝心聚神地听，柳叶眉竖起来了，眉头皱纹越堆越多，心事越来越重，听他住口，慢慢地说：“我研究文学也多研究它的艺术性，政治性我是不关心的，但我感觉这两个‘外遇’来者不善。”又说，“那，周全福那个小米老头儿呢？被整了吧？以他的性格是看不惯这一切的，不整他整谁?”

“你记得我们结婚的时候，他对迟克东说想和他结伴做寓公，这下他如愿以偿了。”见她点头，曾刚又解释说，“市委书记安排他去人大，他以身体不好为由推了，又说他这些年劳苦功高应当去国企干个理事长什么的，拿几年高管的年薪，他说他不懂经济又推辞了，下课，给人家腾位子，他提前退休回家当寓公了。”

“还好还好，这个时候退避三舍为上上策。”她欣慰，但刚一平静又忧心起来，“那么，你呢？这才是绝对关键的问题。”又说，“两个‘外遇’狼一般强势，一定会咬人的，你这刑侦处长的位置首当其冲，这些年你可谓战功赫赫，名声在外，人家不找你的碴儿都说不过去。”

“我一不偷二不贪三不胡乱搞，怎奈我何?”曾刚又嘟起了嘴还朝前努了努，无可奈何地摇头叹气，“依我看，他们是兔子的尾巴长不了。”

“但愿吧。”姜晓雅双手做祈祷状，脸上难堪极了。

后来，姜晓雅在她的笔记本电脑里记下了那天她的想法和以后发生的事：

事实上，无论你干什么事情，只要你用心去思考，如果你再结合自己受教育的程度、人生经验和研究方式，那你总会对你遇事的事，作出自己的判断。此后的这几年，这两个“外遇”确实使江城陷入一场灾难。

……

曾刚被“解任”后，拒绝重新竞争上岗，还抱怨说，我这处长是风里来雨里去，破大案追逃犯，干事干出来的，再说是上级党组织按程序任命的，怎么能他一个人说免就免了呢？这话被告密者传至汪进军那里，他勃然大怒，砸了茶杯，把办公桌拍得山响，说，他妈的，这鬼子六胆儿忒大，居然阻挡公安机关机构改革大局，不收拾收拾他，不搬掉这块绊脚石，改革大业怎么进行？他下令，组织专案组查他的根根底底，就不信他办了这么多案子就没有放纵罪犯，就没有徇私枉法，就没有收受贿赂。那段不短的时期里，曾刚苦闷、烦躁而又无奈，白天在学习班按要求写交代材料，写学习心得，写对机改的认识和感悟，晚上又带几个人去巡查交巡警平台，回家早已是精疲力竭。曾刚是敏感的，早已意识到步步逼近的危险。在一个风雨交加的深夜，他夜巡回家，我给他送上一杯热茶，他端杯子的手哆嗦得很厉害，差点儿连茶杯都端不稳。我摸摸他额头，冰凉，问他是不是感冒了，他摇头。我劝他说，忍忍吧，再忍忍，也许天就快亮了。他坐下来，两眼直勾勾地望着我，极其沉重地说，也许熬不到天亮。我心里一下子变得空荡荡的，就剩下惊惶，问他为什么，他说不为什么，人为刀俎我为鱼肉，欲加之罪何患无辞。说着，两行清泪无声地往下流，如此铮铮铁骨的汉子竟然泪流满面，我心底一颤，急忙抽了纸巾给他擦脸，他接过纸巾自己擦拭，然后说：“今天就算是我交代后事吧，我说三句话：第一要绝对相信你老公是一个行得端走得正的人，我一辈子堂堂正正光明磊落；第二如果他们要弄我去坐牢，要屈打成招，你可绝对不要相信他们向我身上泼的污水，但是你决不可与他们抗争；第三如果他们弄我，我已经下定决心同他们拼个鱼死网破。你别伤心，我认为人生最大的意义就是做自己觉得值的事情。记下这一切吧，以后用来给我申冤或者作为一段历史的记载，会对我们党我们国家的法治建设有所借鉴的。”说话间，他目光喷火早已把泪水烧干，满脸大义凛然的神色，我呢，哭得撕心裂肺悲痛欲绝，差点儿晕倒在地。那个铭心刻骨的夜晚永远永远铭记在我心里，我想只要我活一天我就会记一天。

二十三

曾刚不忙了，但更累了，不仅心累，莫名其妙袭来的烦恼、委屈乃至屈辱，就差没把憔悴的心灵压个粉碎。不管头天晚上去检查交巡警平台干到多晚，第二天一早的上班时间，他就得准时赶到市局十三楼的那间大会议室，同另外十几名“解任”的处级干部一起学习。

曾刚深感屈辱，心里泣血，笔在手上写，泪模糊了双眼。

晚饭后回到家里，他竟然病倒了，发烧发寒，全身无力，孱弱得连说话的力气都没有了。姜晓雅吓得够呛，慌忙打了120。医生把他送到医院，一检查，没大碍，就一重感冒。她不依不饶：“发高烧，人都要死啦，一定是烧成了肺炎。”又说，“要不然，怎么会说不出话，走不动路呢？”急诊科医生是个中年妇女，茫然地睁大双眼，对她说：“你是个什么人呀？懂道理不？”

“我还是副教授呢，怎么不懂道理？”她说，像是自言自语，“我就知道他说不出话走不动路就是病重了。”

那医生霍地将听诊盒扔在了病床上，目光怪怪地望着她："他没大病，哦，他病了，病得很重，可他那是心病，我医不了。"

姜晓雅拉住了医生的袖子，恳求她："你，医得了他。他得肺炎了，得住院治疗。"

女医生恍然大悟一般，坐了下来，开了单子，递给她："安心治疗吧。"

高烧退了，两个人的世界暂时有了宁静有了温馨。曾刚伸手用食指狠狠刮了她的鼻子，亲昵地说："知我者，老婆也。"她说："他们这样整你，用不了多久，你就会垮的。"他故意挺了挺身子说："看你说的，难道我是泥捏的？"

两人依偎在病床上，姜晓雅深情地说："人家打你，绝对关键是打到了七寸，不是吗？"

"打我？用绝对关键打我？"

"知道你软肋在于自信，就是要挫败你的自信。"

曾刚真像是被击中软肋，又瘫倒在床。

她安慰他："管他妈的，偷得几日闲算几日闲。"又说，"这年头儿只能过一天是一天啊，你还能看得了长远吗？"

果不其然，好景不长。

这天，市局学习班的管理人员来医院看望他，同时传达汪进军的指示，江城轻轨线上发生一起袭击杀人案，点着名叫他参加破案。姜晓雅据理力争："生病啦，不能休息吗？谁吃了五谷不生病？"

来人武断地做了个了断的手势："汪局长说，叫他别装了，有案子破就是还在乎他。"又说，"明天直接到专案组报到。"

曾刚听说有案子破便来了精神。不管他自己身处什么样的环境，毕竟破案是他人生的第一兴奋点，破案毕竟是伸张正义消除邪恶的行为，他乐意而为。

第二天一大早，他就早早地来到了专案组所在的市局402会议室。偌大的会议室空无一人，他去角落的柜子找一个茶杯泡上一杯绿茶，拣了个边缘位置坐了下来，点上支烟，静候在那里。

开会的人三三两两陆陆续续到了，走进会议室的人除极其个别的跟他点点头感觉脸熟之外，其他的人几乎完全陌生，听口音要么是北方人要么是下面区县上来的人，但绝不是原来搞刑侦的人，原来这条线上的人即使他不认识，人家也会熟识他，他想，他的人缘再差也不会差到连熟悉的人都不向他颔首致意的地步吧，那么只有一种解释，全局换脸了。他惊诧不已。

临开会了，会议室里密密麻麻坐满了人，但无人喧哗。这时，门外走进一个高大的汉子，手里拿一沓名单，站在会议桌前操一口北方话就开始点名，一边点一边分组，曾刚被分在外围调查组。刚点完名，四五个人簇拥着一个精瘦矮个子男人走进了门，高个儿男子立马迎上前去，弯下腰满脸媚笑："金处长，按你的吩咐编组完毕，请你作指示。"

矮个子男人在主座坐下来，跟随的几个人便分列站在他身后，变戏法似的掏出笔和笔记本，全神贯注地摆好准备做记录的样子。高个儿男人大声宣布："这位是市局党委委员、刑侦处长、市局打黑领导小组办公室主任金祖贵同志，也是市局任命的我们这个专案组的组长。金祖贵同志在北方省就是刑侦专家、打黑英雄，按照他的指示，我们这个专案组从全市二十个区县局和各个警种抽掉了人，今天到会的都是各个小组的头儿，我们就是要给犯罪分子以强大的声势，下面让我们以热烈的掌声欢迎金祖贵同志讲话。"

金祖贵站起身，极其傲慢地乜了众人一眼，昂着头，敞亮着喉咙说："打黑在我市开展得轰轰烈烈，到目前为止，一百多个黑社会组织被打掉，一百多个保护伞被打掉，犯罪分子的经济基础被摧毁，但是，打得这么久，打得这么大，就是没听见枪声。

这下好啦，轻轨线上的一声枪响，给我们的打黑运动添了动感，给我们的打黑英雄添了行色，这就是黑社会组织在向我们宣战。死者是什么人大家知道吗？死者是黑水县法院刑事审判庭的庭长，他刚刚审判完当地的一个黑社会组织，到城区给市院送材料就遭到黑社会组织的报复，这说明什么？说明黑社会组织犯罪，主城区有，边缘的区县也有，而且很猖獗。”他犀利的目光把会场睃巡一圈，碰上的纷纷躲避，迎上的他会以目光示意，接着又十分自负地说，“我们必须坚信汪进军副市长的判断，这就是黑社会组织犯罪，是藏在‘深水区’的炸弹，我们的改革正在进入‘深层次’，打黑正在踏入‘深水区’，我们决不畏惧，就是要用‘集约攻坚’‘大兵压境’的气势破案，打击犯罪分子的嚣张气焰。不破全案，不再打掉一批犯罪分子，决不收兵。”转身问身边的高个儿男子，“方案都分配了吗？”那男人点头哈腰：“已经安排了，已经安排好了。”

“那好，”金祖贵双手握拳，高高举起，厉声说道，“我们一定要打赢这场人民战争，各个战斗小组按方案分头行动。”

会散场，人头攒动乱哄哄的。

曾刚也不知道该干什么，只好先去隔壁的内勤室，找相关人员了解一下案情或者现场资料。一个女警察正在整理资料，曾刚凑过去想要一份案件报告：“小妹，关于案件的材料能不能借一份看看？”孰料小警察瞪圆了小眼，警惕地说：“你想干什么？你是干什么的？对不起，本案保密。”他涎着脸说：“我是本专案组的呀，对案情都不了解，怎么破案呀？”她说：“你说得有道理哈，你叫什么名字？原来干什么的？”他说：“我叫曾刚，原来就是刑侦处的。”

“啊！”小警察惊讶地一下子用手掌捂住嘴，“你，你就是曾处长，你不是被打进基地了吗？”

“你怎么认识我？什么基地？”曾刚四下看看，见乱哄哄的办公室里没人注意到这个角落，压低声音问。

“我爸是江中分局刑侦的，传说你被打进打黑基地了。”

“才几个月呀，物是人非，谣言遍地，唉。”曾刚转念，“小妹，你给点儿资料给我，不然我怎么去破案?”

小警察粲然一笑，露出一排整齐的小米牙齿，煞是好看，甜甜地说：“叔啊，曾叔，我也纳闷，这案子没现场勘查记录，没资料，有一份死者的尸检报告还保留在专案组高层。统一说法就是死者张永健，是黑水县法院刑事审判庭庭长，到市里送审判材料，在牛角沱站刚上轻轨就被窗外射来的子弹击中左边的太阳穴，当场死亡。定性就是黑社会作案。”

“没了?”

“没了，我知道的就这些了。”小警察肯定地点点头。

他蒙了头，离开这儿去找他的上级。他是分到黑水县外围调查组，必须找到组织报到。

当晚，他把这段经历作为趣闻讲给姜晓雅，心里拔凉拔凉地冰透了。这也算破案？这是破案吗？他心底里在嘲笑一个人掐着指头神机妙算，在嘲弄此案的作案者也许是不经意间弄出来的案子会在此时的江城掀起惊天大浪，弄不好又是一幕滑稽大戏。他这一分析，弄得姜晓雅也哭笑不得。

不管怎么说，第二天一早他搭上第一班去黑水的长途客车，颠簸摇晃七个小时到了县城，来到设在县公安局的专案组报到，居然一个熟悉的人都没有。县局和刑侦的领导都竞争进城了，县局机关的人都是下面乡镇上来的，彼此之间都不熟悉，更谈不上对市里下来的人了。机关里只有一个说北方话的人说话管用，人人都听他的，曾刚也只好向他报到。他只领到一个任务，就是和一个当地警察小赖结成搭档，摸排死者张永健的生前关系，从中发现疑点。

晚饭后，专案小组学习，内容是周博来的指示、汪进军的批示和传真过来的金祖贵的几条破案措施。

“这哪里是破案?”曾刚在电话里同姜晓雅谈了真实的看法。

“忍住，忍住。千万不能爆发啊。”她轻言轻语劝他，还说，“我怀孕了，怎么也得为下一代忍住啊。”

他感觉手脚都被一根无形的绳索捆绑起来，想挣扎却被捆得更紧，以至于无力再挣扎，仰望冷寂的夜空，两行清泪无声滴下。

难道只有泪水才属于自己?

二十四

半年过后，袭击轻轨列车案告破，真相很简单，两个半大孩子闲来无聊，在泡江左岸的河滩上比着用弹弓射击一棵树上的鸟儿，正巧一颗铁弹子击上风驰电掣而来的列车右侧车窗，速度极快的铁弹子将玻璃击穿一个小孔，再击射在横向而坐的张永健的太阳穴，致其死亡。

真相大白之时，这个遍布全市的庞大的专案组非但没有半点儿尴尬，反倒大张旗鼓地总结其打掉三十余个涉黑组织、破一大批刑事大案的辉煌战绩。金祖贵在总结大会上大言不惭地说，像这种全警联动破一案带一串大案要案的做法闻所未闻，前无古人，是要载入打黑史册的，是刑侦史上的一个创举。曾刚给我说起这一段冷史时的表情沉重而悲切，说到荒诞无稽之处反倒冷笑不已，笑声令人毛骨悚然。唯一可以告慰我的是曾刚回到了我身边，一见面他就伸手抚摸我的肚子问，我儿子呢?真有我儿子一说?目光如炬，容不得我再隐瞒，只得说，理解我，我一个弱女子想不出什么法子来帮你呐。他一把将我揽进胸怀，抱住我的脸颊一个劲儿亲吻，那目光之柔，情如秋水之清澈，令人终生难以忘怀，我想，这情已经将两个生命融化在了一起。我甚至有点儿暗自庆幸江城这场乱象，它对我的情感世界的补偿恰到好处，那句话不是很荒唐吗，夫妻本是同林鸟，大难临头各自飞？

曾刚继续去学习班改造，每晚继续去督查交巡警平台……半年后的一天深夜，他回到家里，一关上门就悄声说，听说了吗，周博来被中纪委召去了北京，汪进军也被抓了？我说，不相信，不可能。他压抑不住内心的喜悦，哼起了小调：眼看他起高楼，眼看他宴宾客，眼看他楼塌了，顷刻间……第二天他所说的消息得以证实。

江城公安许多人回到了原有的工作岗位，但回去的人感觉一切都回不去了。在召集刑侦处的全处大会上，曾刚说："大家要尽快忘记这场劫难，尽快恢复原来的基础工作，尽快以旺盛的革命精神投入到工作中去。"小郝摸了摸满头银发说："曾处，身上的伤在明处，心中的伤在暗处，明处的伤好治，心中的伤难疗啊。咱们都是干执法的，不明不白被关，不明不白平反，这些说得明白吗？说不明白的事，怎么服众？怎么顺气？气不顺，人心不齐啊，怎么干事？"一席话说得大家无言以对。

似乎来不及有充裕的时间让这帮子刑警疗治心灵的创伤。会议还没结束，市局指挥中心传来出警通报：长山县鹿角乡煤矿发生爆炸案，已经致三人死亡，其中有一名乡派出所民警，七人受重伤，爆炸原因正查。念完出警单上那段不长的文字，曾刚一脸凝重，嘟起了嘴朝前努了努，几乎是不容置疑地说："还用得着讨论吗？咱刑警干什么吃的？什么比人命关天还重要？刑警的天职容得下咱们坐视杀人而不管吗？个人荣辱算什么？难道我们比那些神经病还要荒唐吗？”

满屋子寂静，没人说话，有人点烟，啪啪的打火声清脆响亮，把这一切衬托出更安静的沉闷。

有人小声嘀咕：“领导，我们挨整的时候，怎么没人出于什么天职来救救我们呢？”

有人干脆说开了：“他们整人，理应受到法律制裁，可组织在哪里？正义在哪里？”

曾刚也窝火，可他不耐烦了：“汪进军、金祖贵之流已经去了他们该去的地方，他们是不能代表组织的。”又说，“你们挨整的时候，我也被整了，那时候我想的是以死抗争，拼个鱼死网破……今天，不用多说，我要的是真正的刑警，再次重振雄风，干好我们的本分。”

“我，我报名，去现场。”小郝举起手站起身说。

“好，好样的。”曾刚投之以赞许的目光。

“我去。”“我报名。”有人纷纷响应。

曾刚率队去了长山县，路上给姜晓雅通了电话。她缠缠绵绵地说：“曾老头儿，这回没骗你，我肚子里真揣上你的种啦。”又说，“你忙，我自己去的妇产科医院，估计是个儿子，不会有假的。”曾刚窝了一肚子火，没好气地说：“再次谎报军情，罪加三等。”她说：“这回呀，千真万确。”又说，“老公，你可得小心一点儿哦，你可要当老爸了呀。”

是夜，姜晓雅刚在电脑前坐下，就感觉肚皮里的小东西使劲踹了一脚，哦，是新生命的躁动呀，她大脑里面兴奋异常，顿觉文思如泉涌，指尖在键盘上挥洒。她写道：

每天都有警察在倒下，刑警冲在与犯罪分子作战的第一线，既要较量风雨中猝不及防袭来的枪口和尖刀，又不得不防砸落错位了的生死利剑。这次去现场，他揣着一肚子的屈辱、委屈、憋屈，去了六百公里以外的大山深处，但他义无反顾。因为他知道那是一个与犯罪分子生死较量的战场，因为他知道自己依然是刑警，他什么都不计较，只计较一个绝对关键的地方，那就是刑警的职责。

抓什么都得抓住关键，所有的关键之中有一个绝对关键，抓住了绝对关键，问题就解决了一半。他是这么说的，也是这么做的，从当刑警的第一天起就在练就抓绝对关键的方法，慢慢地他被人唤作“绝对关键”，曾刚之名反倒弱化到无人提及。至于他的那些黄泥巴、臭狗屎、表面帅哥之类的外号、小名、绰号，虽然都有些来历，除了联想到他孩童般的顽劣，背后还有些有趣的故事，比如他还有一个赫赫有名的日本名字，叫作曾刚一行，缘由是某次他率队去外地办案，接机的人图省事，举起个接机牌上只写了“曾刚一行”四个大字，没想到一接就中，于是对方直接就叫开了“曾刚一行”。当然，这些名号风行一时但很快就退位给了“绝对关键”。

没想到“绝对关键”对我居然还有这么强的感染力。长期以来专业研究抑或是我从小沉醉其间的“作家感”，看别人写作，读人家的作品，完了还得横挑鼻子竖挑眼评头论足一番，这吹毛求疵的一套还能出成果，感觉真是好。可万万没有想到，一桩案子将我俩牵到了一起，影响和感染我的是他的人格魅力，但这人格魅力里很大程度上是因为他把刑警这种职业干到了一种常人难以企及的境界。刑警的职业感超强，既干刑警，又具“刑警感”，这就是他超过我感染我的地方。跟这么优秀的刑警在一起，一向沉醉于“看”的人不产生出“干”的冲动都不行，就像我腹中躁动的新生儿，埋下了种子总得要开花结果。

写刑警，怎么写？尽管我记下了很多文字，但杂乱无序，东拼西凑，毫无逻辑联系，如何抓住写好刑警的关键，仍需好好思量，否则，我这文学评论家桂冠之下的作品写出来见不得人，如何是好？可以想象我写出来的警察绝非高大上，而是生动有趣生龙活虎有血有肉更有缺陷的警察。什么都一边倒的社会是不健全的，是有问题的社会。也许从刑警这个窗口去看世间万物，会增加透视度，会更深层次了解这个社会，但愿我的文字面世不会太丑，以至于让人不忍卒读。

就像发了宏旨大愿，这天深夜，姜晓雅沐浴之后，泡了一杯热气腾腾的熟普，坐在了电脑前，面对窗外星光灿烂的夜空，双手合十，闭目祈祷。有他和他的儿子在她心里，她的幸福滋长得很茂盛，相信她的作品犹如她的儿子终会瓜熟蒂落呱呱坠地，那一天哪怕只有一颗流星划过也如她愿。终于，她开始在键盘上一个键一个键地敲下了她这部小说的标题：《绝对关键——并非逻辑颠倒的警察叙事》。

一地碎心

生活是客观而真实的，任何对生活的描摹或叙述都可能被歪曲，任何思想的表述都可能被误解。

——题记

一

秋来，远方，灰蒙蒙的天上大雁成列成行遥遥飘曳。突然，一只大雁像是折断了翅膀从雁阵里坠落下来，像一个跑调的音符脱离了原来的旋律，长空雁叫，声声哀鸣。

这一幕恰巧让雷子看见了，折翅坠落的大雁戳中了他心底的痛楚，阵阵悸痛袭上来由不得全身抽搐。他的心情比天空还灰暗，比落单的大雁还凄惨而无望。好不容易把眼光从天上的雁阵收回，他又盯上了脚下两条瘦得像飘带一样的涪江沫水，蜿蜒逶迤，寒水瑟瑟，冷不丁又打了个寒战。

人一生下来就得选择一条路来走，不管你怎么选，你总得在一条路上走，而这条路不可能永远笔直往前，也不可能一直往上走，说不定会撞上一块龇牙嶙峋的大石头。这石头可能是飞来横祸，也可能注定横亘在你要走的路上，弄不好它就会砸向你，让你的心摔成碎片撒落一地而不可收拾，于是，你的人生就在不经意间定格成永恒。

这些日子，从夕阳西下到夜入阑干，抑或是一个整整的白天，雷子枯坐在自家阳台的躺椅上仰望从灿烂绚丽到深邃无边的天穹，俯瞰波光粼粼流淌千年的涪江和沫水，眺望两江四岸苍翠山峦和依山傍水鳞次栉比的楼宇，把自己四十来年的人生来来回回想了好几遍就得出这么个结论。

雷子不是哲学家，甚至认认真真读过的书都没几本，何以静下心来思考人生且浮想出这番感慨？

以往他坐在阳台上会感觉十分轻松、愉悦和满足，点上一支烟，喝一口家乡的绿茶，心中那份惬意难以形容。他的眼光会不由自主地顺着涪江逆流而上远眺川北方向，他的家乡就在上游的长江边上，想到家就会想起家里许多有趣的事情，特别是父母常常为了他发生争吵的场景。他从小淘气，老是在学校跟人打架，只要有人告到家里，老爸准会用那根又厚又窄的竹子板狠狠地揍他的屁股，打的次数多了，那根竹子板显得又光又滑。他痛恨那根"打人凶器"，好几次动了心思把它折断或者用刀劈了扔进粪坑"毁尸灭迹"，但好几次下了真功夫找遍家里的犄角旮旯都不见踪影，而他一惹事，他爹就像变戏法似的一会儿就操在了手上。不过只要他挨揍，母亲准会站过来护着他，使劲拧住父亲手上的竹子板跟他理论。他呢，瞅着这空当儿就悄悄地溜出了家门，让家里的战争双方演变成了父母。每想到这些，他会禁不住哑然失笑，嘿嘿地笑得舒畅，还有几分得意。

接下来，他眺望的目光会随着成行的大雁飘飘遥遥向往南方，在珠江三角洲的那座繁华的城市里有他从小穿开裆裤一起长大的生死兄弟马龙。当初跟着他一起到这座城里的马龙，熬不过建筑工地的苦活儿，自己南下闯生活。没想到十几年过去，他把生意做进了欧盟，又反过来帮衬他发展外贸业务。眺望南飞的大雁时不时地想念马龙，倒不是仅仅感激他当初在金融危机发生的那个年头实实在在地拉了自己一把，也不是眼羡他做了多大的生意，而是仰慕他儒雅的气质和那份风流倜傥的潇洒。同是农家子弟为什么会有这么不同？在阿姆斯特丹逛完那条令人心旌荡漾的红灯街，他俩钻进一家酒吧刚端上一杯子爵红酒，他就这样直言不讳地问他，马龙把手中的红酒杯晃荡了好几圈，一字一顿说了两个字：读书。他听了一激灵，是啊，从农村进城打工，马龙是因为家里穷考上大学没去成，自己是成绩太差弃了学。看来还是得听卢晓丽的劝，真得读书，不然做什么都做不好。打那以后，他一读书就想起马龙和卢晓丽，一想起他俩就提醒自己要多读书，越读书就越觉着马龙的生活肯定比自己有味道，他的日子过得肯定比自己更加丰富多彩，心中许多的艳羡添了一丝嫉妒，也就是时下小鲜肉们所说的羡慕嫉妒恨。

但是，自从他碰上，不，准确地说是他的心里被踹进了这么一块冰凉坚硬的“大石头”以后，他就再也没想过远方的事儿了，闭门谢客足不出户成了他与以往截然不同的日常生活。夜幕还没降临，他早早来到宽阔的阳台，自己动手操作，在红木根座雕成的茶座上烧水、烫碗、撮茶、冲泡、滗水、添水，泡好功夫茶，然后静静地躺进沙滩椅，啜一小口杯的大红袍，一支接一支燃着香烟。他从来没这么安静过，但心却静不下来，而且很乱，乱得一塌糊涂。他强迫自己静下心，一遍一遍想能够回忆起的经历过的人和事，包括一些枝微末节犄角旮旯的琐碎，当然也想未来，尽管他没有未来，也臆想出各种各样稀奇古怪的结束生命的方式。人的生不由自主，死也不可避免，但死的方式自己是可以自主选择的，比如上吊、跳楼、破腹、割动脉血管，他不敢想下去。再想，脑子里又乱了，顶级的大红袍喝进嘴里没味儿，天子一号重庆烟抽起来没劲儿。他感慨人生，但更多的是暗自叹气，到头儿了，怎么会是这样？

雷子是他的小名，他的大名雷活久除了被他的红颜知己卢晓丽在这套高层公寓楼的空中花园洋房里呼来唤去之外，其他的大小场合几乎无人提及。小名倒是驰骋江湖大名鼎鼎，在江城的官场坊间业界内外三教九流凡跟他见过面的都叫他小名，未曾谋面的谈起这个人也叫他雷子。当然这些个叫他雷子的“面儿”非常大，大都因为他结识的层面多，他熟识的朋友上至江城官方的最高层，乃至省里的几个领导，下到他早年初到江城时在江家巷租房子住的房东和那条宽窄不一狭长的青石板巷子里的大妈大婶，还因为他接触的各行各业的人头多，参与或者出席的场面多，熟悉或者知晓他的人就多，而且人前人后都叫他雷子。不过，这小名叫起来丝毫没有蔑视或贬损的意思，口气倒多少含有些称道也有些妒忌的味道。

不管怎么说，虽然是小名，可在江城叫得相当响亮，知名度也高，关键因素在于这个人物响当当硬邦邦。你想，一个乡下的孩子因为家里穷得日子都没法儿过，以至于初中没毕业就辍学出门找活路，不到二十岁就一个人赤手空拳闯进了这个高楼大厦林立车水马龙喧嚣的国际化大都市，从建筑工地的小工干起，用了二十来年的光景就搭建起了房地产、矿业、物流、宾馆、旅游、典当、融资诸多行业归属于他名下的企业集团，这个奇迹般耸立的庞大的产业王国怎么不令人侧目，使人仰望，让人啧啧称道？怎么说雷子名头大？江城坊间流传有这么个段子，说是有个政府机关的小吏经常在外边吃吃喝喝不挨到半夜不回家，惹得老婆骂天骂地骂遍了他祖宗八代都没个完，可是，有一天晚上他喝得醉醺醺地回家，老婆正待发作，不料他先翻了翻眼皮，不屑一顾地白了她几眼，得意扬扬地说："别吵了，今晚这顿大酒咱是跟雷子喝的。""雷子？哪个雷子？是那个大名鼎鼎的雷子？"老婆得到肯定的回答后，不仅不吵了，还把睡意蒙眬的小孩儿叫起来教训，"你看，你看，你爸出息了，跟雷子都攀上了，好好学学。"

雷子在官场长袖善舞，在商场上应付裕如，在江城这个位于祖国西南腹地的国际化大都市里要风得风要雨得雨，在别人眼里他整日灯红酒绿，骄奢淫逸，可谓风光无限。实际上他发达之后，更多地保持着他本色的一面。这些年，他每年都要拿出一大笔钱给江城下面的边远山区捐建几所希望小学，不仅出钱，还派出过硬的施工队伍去建，聘请他信得过的监理人员去横挑鼻子竖挑眼，监督和保障建筑质量。楼盖好了，当地一般都要搞个什么典礼宣传一下，市县领导要莅临，无数次邀请他出席，他都找个理由推托了，只派个公司的经理去站站台做做样子。校方和领导们又三番五次提出要以他的名字冠作校名或者把他的大名镌刻在校门旁边的大理石碑上，或者题个词作为校训什么的，可他半开玩笑半是认真地婉拒了，说他这几个狗屎字看上去都臭，写出来岂不是臭不可闻，或者十分坦诚地说他的大名是没文化的爹妈取的，俗，简直俗不可耐，再亦庄亦谐地讲起他这一系列名字的来头。为什么他的大名叫雷活久呢？是他爹妈看着他生下来灰头土脸黄皮寡瘦，一副要死不得活的可怜样儿，怕他活不长才取了这个名，上学的时候同学们一起哄就叫成了雷喝酒，以后拉着同学打架斗殴，胆子忒大，大家伙儿又叫他雷子。雷子在乡下指的是炸弹，里边装了火药碰火就炸的那种。到了江城要干点儿事情不出入各种各样的酒局咋成，这下好了，大伙儿又把他叫成喝酒，这大名叫起来拗口，小名叫雷子叫酒儿都有，叫起来滑溜顺耳大家乐呵，可是要写出来，还要用烫金的大字写到学校的大门上，不雅，碍眼，俗，就免了吧。还有领导说，你公司不是叫活久集团公司吗？一点儿也不俗，生意还蓬勃旺盛呢。他说，那是做生意办公司呢，就是要活得久一点儿，老牌资本主义国家的百年老店百年品牌多的是呐，咱得学，得可持续发展，这用他的名字，合适而且吉利。他的说辞有情有理有趣，别人也就不再计较。

有人赞扬他低调、谦虚，具备做了好事不留名的古代名士风范。他紧抿着嘴，微笑着不解释。自从集团公司成立，他每年还要拿出上百万去资助农村考上大学而无法启程的贫困学子，让数十个家庭感动得热泪盈眶，千恩万谢想磕头作揖却找不到主儿。他把这事做得悄无声息，但受资助学生穷困潦倒的境况倒是准之又准。这事被用心的媒体记者追踪调查深度挖掘，终于一朝曝光，他身不由己地荣登当年“十大感动江城人物”的榜首。接下来，他进了市政协当委员，被选为江城商会会长。这些煽情热闹的事可并非他的本意。

这样说来，雷子倒像是一个不合时宜的人，像是一个与时下追名逐利贪功利己的社会风气格格不入的人。事实则不然，这二十来年他不融入江湖不去迎合来自不同方面的目光、口味乃至影子的暗示，是无论如何也打拼不出如此庞大的资产王国，不能挥放出如此耀眼光影的。但他确实与众不同。他异于常人的不同在于他从小憧憬他眼中的有权有钱人的生活，老是艳羡那些走出山乡的人，一颗心老是生活在别处的风景里，但是，及至他成年特别是进城也当上了城里人，在创业、干事、成事、做大企业的过程中，他才明白进入到原来自己艳羡的所谓“别处的风景”也并非那么美好。从此，他收回眼光埋头做事，而且坚持干建设性的事，认为自己筑就的景色不管是晦暗如雾霾漫天还是无比绚烂的亮丽都是实实在在接地气的。他也见过许多变故，知道一切如浮云过眼，而只要不断干事就会获得货真价实的快乐，只要能够独辟蹊径就有一方美丽的风景等着自己。

眼下，他的公司正筹备上市。的确是在跟风，在上市圈钱的风潮下他也蠢蠢欲动，但在董事会上他力排众议，摈弃了在沪深港上市的意见，另辟蹊径选择了一家资源丰富的孵导公司去澳大利亚上市。这又让他的团队惊诧，他最终说服这帮大股东的理由就一条：在别人砸资金的地方投钱是赚不了大钱的。

在别人眼里他功成名就辉煌灿烂，在他自己心里就一心想着把企业做大做强，除了必要的应酬和身不由己的“骄奢淫逸”，他对自己都很抠门。直到有一天他参加了一个会，脑子一闪念就像他小时候弹玻璃球一样弹出一个极高明的商业点子，滋生出一个想法，孰料竟是自己给自己头顶砸下来一块大石头，把他那颗完整的结实的心砸得七零八落鲜血淋漓。

他的命运就此急转直下。

二

这天，江城市委市政府召开“求真务实抓好民生工程”座谈会。台上该讲的官话套话都讲完了，市委书记郝建国点着名叫雷活久发言，他支支吾吾磨磨蹭蹭半晌，语不成调，话不成句，推说是还没想好。市长吴健像是看透了他的心思，敲边鼓激将：“雷子，这回不是叫你出钱，是市里准备出台一些政策一些措施，看你能不能出出主意提点儿思路。”市政协主席周志军扑哧一笑：“雷子你别紧张，这是市委市政府的会，不是政协开会，咱市长最不缺的就是钱。”吴健急忙摆手制止周志军：“不是这话，现在哪级地方政府不缺钱，抓民生，谋发展，资金缺口还大嘞，要说不缺钱的还就是雷子他们这种企业家。不过，今天会议的主题是讨论工作思路和措施，不谈钱的问题。”两位领导这番对话使严肃得有些沉闷的会场气氛变得轻松了一些，稀稀拉拉的笑声也出来了。

雷子倒是觉得鼻子里进水够呛，脸色涨得通红，头顶冒出细细密密一层汗珠，讷讷地说：“我，我缺钱，企业也缺钱，集团公司正筹备上市，一笔钱都不能挪用。当然喽，如果市领导发话，我们民营企业家理当站出来助一臂之力，那是没话说。”说这话又是这窘态，又引起会场一阵哄笑和嗡嗡的议论。郝建国轻轻地咳嗽一声，不想经他面前的麦克风一放大就成了大大的一声响动，像是故意传出来对场面的控制，紧接着说：“不要跑题，言归正传，言归正传。”

雷子这才平静下来，有条不紊地说出了他的建议。他说：“我虽然不是土生土长的江城人，但我热爱江城的山山水水，我跑了许多山区和河汊水域，发现一些海拔一千米以上的山村和河网中间的一些孤岛，根本不适宜人的居住，谈不上发展，更何谈小康。说到小康，我们的文件里说得很空洞，山里人说得可实在呢，是怎么说的，领导们知道吗？男人说白天有馍馍，晚上有奶摸，就好日子呐。女人说得也形象，说白天有干饭，晚上有蛋蛋，还不是小康是啥？”

说到这里，会场又起了笑声。

雷子一本正经，接着说：“没什么可笑，是可怜啊，白天的事情没解决，晚上的事情也成了问题，也就是说这些农民渔民除了基本的生计以外什么都没有。因为穷，有的成了‘光棍村’，娶不起老婆的人只得花钱从人贩子手里买从河南、四川骗来的女人做老婆。被骗的妇女发觉上当，要么寻着机会逃跑，要么寻死觅活地闹腾，真有死人的，弄得农户鸡飞蛋打人财两空穷上加穷或者是一社一村的不安宁。青壮年都出去打工了，村子里留下些老、小、弱、残，典型的‘老残村’。因为穷，盖不起房子，一家子窝在老旧不堪的土房棚屋里，风雨飘零，摇摇欲坠，家不像家，一旦坍塌可能是举家灭门呀，这绝不是危言耸听。”说到这里，雷子在桌面上竖起手臂，继续说，“除了建议政府出资将这些地方的农村居民搬迁到山下平坝，将孤岛上的渔民移至江岸安置，划出土地组织生产之外，我们这些企业还可以吸收一些劳动力，尽社会责任解决部分就业问题。”

雷子侃侃而谈，谈得认真，谈得动情，也不乏幽默，引得主席台上的四大家领导或颔首赞许或频频点头。市人大常委会主任张全福伸手推了推因为不停点头已经滑到鼻尖的眼镜说：“雷子这个建议好，以前也有人大代表提过类似议案，今天他把这个问题说翔实讲透亮了。我个人认为，解决这些贫困农民和渔民的脱贫问题是当前我市最大的民生工程。”雷子受到鼓励，补充道：“我调查了，大约有近千家不到一万人，数量不大。”末了，还鼓足勇气提高嗓门儿说，“我相信在我们这个经济飞速发展的大城市，具有一夜之间造一座新城的能力，想解决这么个事情，应该问题不大。”

这话颇具感染力，会场响起一阵掌声。

郝建国深谙这个多半是大农村大山区的大城市的底细，对花大投入抓民生工程底气有些不足，雷子这样颇有影响的企业家表态无疑给了他信心。心底一舒坦，他眉眼嘴角都是笑意，充分肯定雷子是一个有责任感的企业家：“雷子今天是有备而来，做了很深入的调查研究，建议很中肯啊，给市委市政府抓民生工程提了极富建设性的一项意见，是个切入点，一个抓手。”他转身把手搭上椅子靠背，对吴健说，“吴市长啊，这是将你的军啊。”一把手是省委常委，分量不轻，这一通官腔让吴健按捺不住了，他站起身来双手撑住桌边，满脸诚挚的神色：“感谢雷活久同志提出的好建议，只要市委定了，人大通过，这件事由市政府来统筹，我亲自挂帅，而且一定会想方设法把它做好。”

会场上又响起隆重的掌声。

经久不绝的掌声响在吴健的话音落处，但一多半是给雷子的，因为前前后后的人都把热辣辣的目光投向了他，他脸上像是被细密的针脚扎得绯红。红着脸的雷子埋下头去注视自己胸襟里一片红叶飘荡似的领带，伸手用指头弹掉上面的一个小白点，热烘烘的脑子里突地一激灵冒出个想法，眼光老是向外，小时候老艳羡城里的生活，进了城有了一些身家就老想到关注别的贫困群体，自己怎么样啊？老家的父母兄弟怎么样啊？自己有没有“民生工程”啊？企业的员工们生存状态怎么样啊？我能为他们做点儿什么啊？及至会议散场，这些想法一直缠绕在他脑子里，挥之不去。

雷子只顾着想自己的事，对接下去的会议情况没多在意。

会临结束时，郝建国收敛了笑容，郑重其事地说：“趁今天本市的头头脑脑都在，我着重强调一下，这次全省抓民生工程是动真格的，既有宏伟目标和全方位的规划，又相当具体细致。细到什么程度呢？包括整治街道、粉饰立面楼墙、种植银杏树增加绿化的档次和面积，还有净化社会面的问题，这方面以‘唱红打黑’为中心渐次拉开帷幕。”又提示，“这次可是省委书记亲自抓的‘一把手’工程，咱书记的分量大家应该是清楚的。”

这时，坐在下面前排的一个人举了举手，向郝建国用眼神示意有话说，郝建国顺手一指，凑近话筒：“哦，大勇同志有话说啊，可能有的同志不熟悉他啊，我着重介绍一下啊，廖大勇同志是省委庄书记从北方省点将调过来的打黑英雄，前不久市人大已经任命他为副市长兼公安局长，来来来，大家听听他的意见。”

廖大勇站了起来，中等个头儿，熊腰虎背的，健硕身体上的面相极似一儒生，白，细眯眼，带一副玳瑁眼镜，说一口非常顺溜的北方话，但语气慷慨激昂透出一股狠劲：“省委庄书记亲自发动的‘唱红打黑’运动是有战略考虑的，是最大的民生工程。这项事业在江城已经滞后了，我们正在组织上百个专案组开展轰轰烈烈的打黑运动，就是要通过打黑，打掉众多的黑社会组织，铲除黑社会的经济基础和背后的保护伞，还要以打黑开路查处一批贪腐分子，尤其是隐藏在公检法系统的贪官污吏，还老百姓一片晴朗的蓝天。”

鸦雀无声。

郝建国宣布散会。

第二天上午集团公司开董事会，雷子自然要说一段开场白：“我首先谈一个想法，今年集团公司拿出百十万块钱来给每个正式员工做一次体检。”他阐述道，“从中央到地方都把民生问题看得很重，我们企业的员工生计如何，身体健康状态怎样，我们不了解，只知道叫人家干活儿。那么，通过这次体检掌握管理层和员工的健康状况，给每人建一档案，发现问题该治治该医医，体现企业的人文关怀，让员工更好地把企业当作自己的家。”他说得动情动理。有个独立董事，是个鬓发斑白的老太婆，眨巴着润湿的眼珠子说：“企业越做越大，董事长越心疼下属和员工，知道管理就是暖心的原理，这是企业向上和做强的迹象，你当家，我们放心。”自然也有人反对，说是没必要花这些冤枉钱，增加企业的成本，但雷子坚持说：“我们塑造以人为本心系发展为主题的企业文化，要把关注员工健康作为一项实质性内容纳入人文关怀范畴。如果我们筑就了有核心价值观的企业文化，何愁企业不发展不强大啊？”

在集团公司，雷子咬定的事就像法官判案轻轻举起重重落下的法槌，一锤定音。

晚上接待完市发改委的几个领导，雷子酒气醺醺醉步踉跄地回到也算是家的那套空中别墅。

刚打开门，卢晓丽像轻盈的箭燕一般迎面射过来，抱着他的脸对准他的嘴又是啄又是吻，一边还哼哧哼哧如痴如醉地呻吟。他心中腾地涌出一股暖流，下体也不由自主地起了动静。毫不犹豫，他一下子把她抱进怀里，她吊紧了他的脖子，依旧脸贴脸嘴对嘴。他快走几步把她放到卧室里的床上，两人缠作一团，翻江倒海一般干起快乐的事来。

完事之后，两人分别去了洗漱间，洗了澡，换上睡衣，拥坐在落地窗前的红木靠背沙发上。雷子平静地问："今儿个我的爱人是怎么啦，这么钟情向往。"卢晓丽脸上的红晕还没褪尽，亲昵地又在他脸上啃了一口："你自己看嘛，体检通知在集团网页上发布以后，上千个点赞，一片叫好，你这举措得民心呐。"雷子不屑地瘪瘪嘴说："这等小事有你这么上心动情的吗？我给你送跑车，还是奔驰的，你都没这么来劲。"卢晓丽拖鞋都没穿，光脚跑进书房里抱出来一台手提电脑，打开，找到公司的网页递到他手里，唠叨一通，"看看你有多少拥趸，你有所不知，那些小鲜肉、萌萌女多崇拜你。有个小美女今天下午钻进我的办公室，兴冲冲地说了你好多动人的事迹，说你是一个有大爱的人，她爱死你了，这辈子要你一次叫她跳楼都心甘情愿。我听得心烦意乱，还得装出若无其事的样儿，TM 的，我恨死她的心都有，你说我得了你不爱个够，行吗？"雷子滑动鼠标看见一片欢呼，耳听她银铃一般哪怕是骂娘也动听的声音，更何况她还是在情真意切地述情，酒也渐渐醒了，抬头凝视着她长长的睫毛下晶莹的眼珠，心里像是被滚水熨烫了一遍那么温暖，明白这个跟他在一起耳鬓厮磨六七年的女孩子说的话掏心掏肺，不由得用双手抓住她浑圆白皙的腿轻轻地揉捏摩挲，还把她葱白嫩乳的脚指头放进嘴里细细地咬……卢晓丽激动得浑身战栗，哎哟一声仰躺在沙发上，很享受地哼哼个不停。

歇息两天之后，也就是这两天没出去大吃大喝，雷子平生第一次走进了医院，体检中心该有的项目，什么 CT、扫描、X 光、验血，该查的都一一过了，能立即知道结果的都被医生告知良好。他和卢晓丽是一起进去的，走的是绿色通道，他先出来在揽胜上玩手机等她。

待卢晓丽上车，他笑容满面地凑上去关心："怎么样，小娘子，没问题吧?"她说："本姑娘还年轻嘛，咦，老头儿，你查出鬼影儿了吧?"他用拳头使猛劲捶了捶胸脯，嘭嘭嘭发出脆响，信心满满地说："老头儿?有四十来岁的老头儿吗?告诉你小娘子，老头儿哪个器官都正常，结实着呢，还可以操你。"卢晓丽伸出拳头一下子擂在他的头上："狗嘴里吐不出象牙来，只要各项指标正常就好，那句广告是咋说的呢，身体好才是真的好，才能活得久。"雷子说："这哪是广告，是你在涮我。"卢晓丽眨巴眨巴眼睛，乌黑细长的睫毛上下闪动："祈望你活得久，不是你，你爹你妈你爷你奶的愿望嘛，你家就你一根葱，期望值高啊。"雷子连连点头："是啊，是啊，我还有两个愿望，一是挣很多钱，二是要有一点儿社会地位。周志军主席说了，明年换届叫我进常委。"卢晓丽哧哧地笑，两眼放光，揶揄道："雷哥事业做大了，还想的是钱，你俗不俗啊。"他正色道："我挣钱，不是为自己，是想给社会做点儿事。"卢晓丽双手合掌："祈望咱董事长如愿。"眼瞅着她一脸虔诚，长长的睫毛在微闭的双眼上翕动更显楚楚动人，无限怜爱之情弥漫雷子的整个身心，他伸手一把将她揽进怀里，在她的脸上狠狠地吻了一口，美滋滋地说："你呀，就是我的真爱。"

功成名就，有情有爱，美滋滋的日子就快乐，快乐的日子不知不觉在指缝中溜走得极快。

近段时间，雷子率领他的团队同孵导公司的几个专业人员洽谈集团上市的一些技术性问题。一帮人关在宾馆的大套房里忙得不亦乐乎，吃喝拉撒睡全由老总卢晓丽安排得妥妥帖帖，工作进展顺利得出人意料。这天下午，正与对方谈资金账目中的一个细节问题，如果不出意外，这应当是和盘托出的最后一个子项，好比万里长征走完就等会师告捷一般，所以，雷子的心情挺好，踌躇满志，红光满面地说："今晚咱们喝顿大酒，大家高兴高兴，庆祝庆祝。”

话音未落，电话铃响，他操起手机接听没几句，赶紧用另一只手捂住了听筒，然后起身，埋首走出了房间。来到空无一人的廊厅，像是招致一记闷棍的猛击，他的腿立马瘫软了，感觉天塌地陷，赶紧拿一只手扶住墙壁，心里怦怦狂跳不已，又用手去捂住胸部，换了肩膀靠住墙，嘴里不停地哆嗦，连声说："什么，什么，你再说一遍，啊，哦，不，不可能啊！"

接完电话回来，众人瞅见他的脸膛失去了血色，阴郁得像蒙上了重重雾霾，前后判若两人，刚才沸腾的场景一下子冷了下来。

领着服务生进来送茶水的卢晓丽发觉了异样，急忙问道："你这是怎么啦，发生什么事了？"

他说："没事。"

"你哪儿不舒服，感冒啦？"

雷子嘴角勉强挤出丁点儿笑容，连说："没事儿，真没事儿。"又说，"晚上我有个应酬，今天的活儿到此为止吧。"众人愕然，纷纷用疑问、迷惑的眼光盯住他，怎么刚才还是器宇轩昂踌躇满志的他一转眼变成萎靡不振衰败不堪的样儿，想从那没有一丝血色的脸捕捉到风云突变的缘由，可他们失望了。

雷子一声不吭，头也不回地走了。

三

雷子没叫司机，也没叫上被集团内部安排为商务助理实则是他的保镖的王影，有时他想，做有钱人如李嘉诚，当大官如奥巴马，处处让人眼热，时时一大堆人如影随形，他们还有没有自己的私密空间，那种活法儿还有点儿自由吗？还活得自在吗？所以他常常单独行动，有时还在高速路上飙车，图的就是自由自在的痛快。今天这事他更不想给别人添堵闹不痛快，不想也不敢叫人知道他这点儿隐私，或许说成是丑闻也不为过，就自己驾车驶往滨江路去见那个想见而又不愿见的人。

橡树林西餐厅坐落在泡江左岸一大片草坪树林后面，这座哥特式建筑是抗战时期来江城的美国人建的。它并不宏伟高大，但古朴中显出典雅，暗淡中透着华贵，尤其是门前大块的草坪中一丛丛树木郁郁葱葱，到处鸟语花香。这是他经常光顾的地方，平素来用餐再忙也要驻足观赏一时半会儿，可此刻却没了心情。在泊位停了车，他沿着绿荫小道快步走向预定的 VIP 房。

轻轻推开门，他就见王贤哲摊开双腿半躺在软沙发上发呆，铺上洁净桌布的圆形台面上就一只盛满黑咖啡的细长玻璃杯，孤零零的。

听见门响，王贤哲抬起头见雷子阴沉着脸进来，立马起身，故作轻松笑了笑，调侃说："雷总，要下雨啦，你这朵云超量重啊。"雷子咬紧嘴唇腮帮子一鼓一瘪的没吱声，一屁股坐在了他对面，摁铃叫来服务生，点了立顿红茶、比萨、生菜沙拉、火腿肠、烤肉片。

"叫这么多啊？午餐都没吃吗？"王贤哲想把气氛调节得轻松一点儿，故作惊讶。

雷子双手捧着还冒着热气的红茶杯，眼露凶光直视王贤哲的脸，咄咄逼人，良久不语。

王贤哲被盯得心底发虚，觉得像做错了什么事似的浑身不自在，只好端起咖啡小啜一口，长叹一口气。不大的房间里，空气凝重得几乎可以拧出水一般。

作为医生，作为与雷子交往十几年的老朋友，王贤哲对他此时的心情和想法深深理解。他想把沉重的气氛缓和下来，也想宽慰宽慰老朋友的心："这事还不一定呢。"

雷子像是求救似的说："王大哥，我的哥，咱俩像兄弟一样知根知底，你负责任地告诉我，怎么个不一定，能不能说得准确点儿?”

雷子与他可谓刎颈之交，他容易在他面前失去理智，但眼前必须先尽好医生的职责。他转身慢慢从手提包里拿出一份打印的体检报告，指着上面的“HIV”几个字母，字斟句酌地说：“你看嘛，这里写着。就是我在电话里说的，我们对你的血清做了抗体实验和分析，结论是你可能感染艾滋病毒，也就是 HIV。这个 AIDS 是获得性免疫缺陷综合征的英文名词的缩写，你也有可能只是艾滋病菌携带者。”不用多说，雷子显然是听懂了他文绉绉的解释，眼里一直闪现哀怨至绝望的光：“可能，可能性多大?”又说，“哪种可能都离死不远啦。”王贤哲像是被逼到墙角，一字一顿地说：“百分之八九十吧，不过，为了准确，明天我陪你去省里的疾控中心血检，他们的检测报告才权威。”

自从接了王贤哲第一个电话，雷子心头就像踢进一块沉甸甸的大石头，此时又像是被一记重锤砸中脑袋，顿觉天旋地转，眼前的一切都在转动，正转，逆转，上下左右乱转，而且越转越快，只好紧闭双眼……王贤哲看见他突地昏厥，急忙起身跨过去附耳贴近他胸部听了听，再用一只手扶住他的头部，另一只手用大拇指使劲掐他的人中穴。半晌，雷子嘴里重重地窜出一股粗气，喃喃自语：“完了，完了，这下完了，这辈子玩完了。”

就是以一个出类拔萃医生的聪颖和成千上万次临床诊治的体验，王贤哲也感悟不到一个患上不治之症的病人灵魂深处的东西，而只能挂着职业性的微笑，编一些空而无用大而恰当的话去安慰临近生命尽头的病人。此刻他就面对着这样一个病人，不同的是，这个对他来说有着知遇之恩，不说是恩重如山，至少是在他很苦恼很艰难的时候帮助他实现人生转折的病人，是他视为手足兄弟的人。

那时，他在市医院当外科副主任，年轻得志，一把手术刀在他手里玩得游刃有余，人家发怵的不敢上的手术他站上去几下子就搞定，好几篇颇有见地的学术论文上了国内顶级的医学杂志，提起他，甭说江城，省内外都有几分名气，同行们把他誉为专家型人才。可以说是他天生不合世事，有人说他故作高雅假装悲天悯人，也有人说他恃才傲物超凡脱俗，他公然在新任院长大刀阔斧高调推行医改新政的当口站出来，反对以收入多少考核科室绩效的改革。

用他的话说，也活该他躺枪。那天的院务会恰巧主任生病，王贤哲替会，当院长宣布完医改方案，再一次征求大家的意见，与会的各科主任、医护人员、职工代表纷纷表示一致赞成坚决拥护之后，他慢悠悠地站了起来说："我有意见，医改方案里有一条，就是以收入多少来衡量各科的工作，将收益纳入绩效，作为绩效工资、奖金的依据，这不是鼓励医生都对病人过度医疗吗？支持医生多开药品或者高开药品吗？医院的收益上去了，病人的负担却加重了，医院的形象破坏了，咱们这些白衣天使的良心就没啦。"旁边的妇产科主任拉了拉他白大褂的下摆，要他坐下来，他却低下头对着她，"你说说，咱们是医生，医生的天职是什么？"妇产科主任是个鬓发花白慈眉善目的老大姐，经他这么一将军，见所有人的目光都齐刷刷地射过来，悄悄松了手，转头对着主席台，正襟危坐，似乎身边这个人这个事跟她半毛钱的关系都没有。

如果不是半路杀出个程咬金，春风满面的院长就准备吆喝一声通过，接下来就是迎接热烈持久的掌声，可……唉，这个不识时务的王贤哲。院长克制住又烦又恼的情绪说："王副主任，就你一个人有意见，就你一个人挡医改的道。"

"我一个人有意见吗？"王贤哲转头看了看周围的人，有人避开了他的眼光，有人低下了头，没有一个人的目光向着他。他有点儿发慌，嘴里讪讪地说，"肯定不止我一个人有意见，大家只是不敢对你提而已。”

“是吗?”院长犀利的目光像蚂蟥叮腿一样铆住他，容不得他脱身，嘴里不断发出诘问，“不这样，怎么调动医护人员的积极性？怎么改善医院的硬件条件？那些高级的精密的进口检测治疗仪器拿什么去买回来？怎么提高医院的等级？怎么更好地为患者为病人服好务?”

看似柔和温润的话语却像一根根钢针飞射在他脸上，热辣辣地疼。王贤哲瘦长的身材戳在那里孤零零似鹤立鸡群，人坐不下去了，执拗的性子却上来了，嗓门儿也大了：“你这是蒙人，多开药品，高开药价，过度医疗，甚至是无效医疗，简直就是坑病人，是对老百姓的不公平。”

“那，按你所说的那样，对医院对辛辛苦苦工作的医护人员就公平吗?”院长显然不想老是在这个问题上纠缠，耐性在一点一点地销蚀。

脑袋里轰地一下，王贤哲立马意识到自己被推到了在座所有人的对立面，不禁心底颤动，但他坚持自己的信仰，就像他信任手里的手术刀对病灶的正确处理一样充满自信，执拗地说：“医生就是医生，就像希波克拉底誓言所说，医生有医生的天职，否则就不配当医生。”

院长终于失去了温情，抛弃了一个高级知识分子的温文尔雅，恼羞成怒，气呼呼地说：“我，我们都不配做医生，你，你太自以为是，食古不化，你有什么资格教训我，我看啊，你才不配做现代化医院的医生。”

冲突发展到这步，事情已经不在是非曲直的轨道上了，偏离到了人格上的荣辱、面子上尊严与否的岔道。院长还是副院长的时候对王贤哲是赞赏的，王贤哲不理解他怎么一当院长就变脸了呢，难道真是人一阔就变脸吗？院长也觉着奇怪，两人以前很投缘啊，都是医科大学的科班出身，医术上各有成就，学术上也有许多共同的见解，猜想是他的嫉妒心发酵吧。两人都骑虎难下，旁人也不好插话，会场没有硝烟却火药味十足地僵住了。

“我不配，我走。”王贤哲憋不住气，冲冠一怒，拂袖而去。

院长冲他的背影，长吁了一口气，收敛了脸上的怒容：“走吧，离开这个位置你什么都不是。”又说，“我才不信呢，没了张屠夫咱会吃混毛猪。”

这事凭风起波澜，不胫而走，王贤哲变得里外不是人。不出一个星期，院办发出的一纸文件免去了他外科副主任的职务，发配他去了医院急救部干值班医生。面对领导的批评、家人的指责和劝慰，背对同事的指点和议论，王贤哲倏忽一下从当红明星一般的角色变成了任人指指点点的人物，往日期待仰慕的目光不见了，人人见了他唯恐避之不及，避让不及也就不冷不热地哼哼两句便走开了。这时他才意识到白衣天使也有龌龊的灵魂，天使扎堆的地方原来也这么肮脏，他的心境变得非同一般地复杂而糟糕。

就在他百般无聊无奈无望的时候，他遇上了雷子。雷子不仅帮助他走出了人生的困境，而且他从他的身上学到了许多东西。也就是说，雷子不仅对他有知遇之恩，还让他学会了生存之道和在时下这个复杂社会的为人之术。

四

说来也偶然。

深秋时节的雨下起来就连绵不绝，时大时小的。那天王贤哲值班，碰巧一个病人都没有，整个急救部比较安静，窗外的雨洗刷着树叶，发出稀稀疏疏的声响。他拿出一本新到的《柳叶刀》趴在值班室的桌子上认真读起来。从天天迎接尊敬目光的日子，跌进处处遭人白眼的境地，他内心的苦恼、烦闷、痛苦和不甘，是可想而知的，总想把这些他自认为是杂念的东西挤出大脑，但屡屡挥之不去。于是，他选择用学术的东西把自己的大脑占据了，好让越来越焦虑烦躁的心平静下来。

突然，楼道里传来一阵熙熙攘攘的喧闹。两个护士推着一个血肉模糊的伤者急促地闯了进来，佝偻着身子推车的还有一个男子，大口喘出的粗气在冷冽的寒气中拖出一股白雾，后面跟着一群男女老少。他放下书，站了起来，问怎么回事。那男子看见医生，站直身子，嘶哑的声音十分焦急："医生，快，救救他，他从十几米高的脚手架上摔下来了。"王贤哲看见他麻白色西服的胸襟和袖口染上好几处鲜血，白红分明，给人最明显的印象，是他不大却炯炯有神的眼睛，那双眼睛里流露出惊惶、哀伤、乞求的光，一碰上竟在心里咯噔一响，下意识地问："他是谁，是你什么人?"回答的声音是真切的痛楚："是，是我大哥，快，救命啊，医生。"

王贤哲急忙转身跟着推车进了手术室，一会儿推门出来，见值班室里密匝匝站了一圈人，就提高嗓门儿吼了一声："安静，安静，无关的人都出去，谁是病人家属？过来说话。"那个高大魁梧的男子两步跨上来立在他面前："我，我是家属，什么情况?"另一个矮矮胖胖的男人钻出人堆举了举手，急促地说："医生，我是他哥，他是我们老板。"

王贤哲伸出指头指着高个儿男人，对胖子说："你是他哥？我问的是谁是病人的家属，没问你谁是他哥。"

胖子鸡啄米似的点头："是呀，是呀，我是病人的家属，他是我们公司的老板。"高个儿男子抢着说："我是病人的弟弟。"

"你们是哪个公司的?"王贤哲莞尔一笑，一眼就能看出伤者就一来自社会最底层的农民工，而且还处于生命危险期，救命、治疗、康复可能会花很大一笔钱，嘿嘿，眼前这两人还争着认亲。

胖子说：“我们是活久建筑公司的。”

“那好，你们两个跟我到办公室来。王贤哲说完转身朝里走，一边走，一边小声咕哝，“活久公司，公司活得久，这病人活不活得成，还难说。”

“医生你一定要他活啊，还要他活得久啊。”紧跟在他后边的高个儿男人听见了，一把抓住他的胳臂，焦急地说。

王贤哲见惯不惊，镇静地说：“我会尽力的，不过，我想把抢救和治疗的手术一并做了，这样可能……”

“可能要花一大笔钱，对吧？医生，求求你啦，只要能救他，保住他的命，花多少钱都行。”高个儿男人迫不及待地截断了他的话，说着掏出一沓钱，一手拽住他的白大褂就往兜里塞。

王贤哲使劲捂住口袋，摆脱身子，朝后退了两步，横眉怒目，大为光火，诘问：“你这是干什么？我提到钱了吗？我说了钱的事吗？你有钱，是不是？你有钱就任性，是不是？你这土伙。”

这“土伙”一词在江城方言里是骂农民骂下力人的话，蔑视贬损的意味浓烈。说到钱，触及王贤哲的敏感的神经，被骂成“土伙”，戳到了高个儿男人的痛处，两个人竟一下子戗住了，注视对方的眼里闪动着恼怒、挑衅的光，宽绰明亮的走廊一下子变得局促而逼仄，火药味在狭窄的空间里渐渐聚集。胖子见状，凑上前来解围：“我是土伙，我是土伙，人家是白衣天使，是脱离了低级趣味的人，是一个纯粹的人，你是企业家，不是土伙，土伙是我，是吧，雷子？”侧转身拉住王贤哲的衣袖，脸上挤出一丝笑容，又说，“医生，救人要紧，咱不说这个。”

那个被叫作雷子的人看样子是竭力摁下受辱的窝火，就坡下驴，语气和缓地说：“不说这个，那，你说什么呢？”

“我想说的是医疗方案。”王贤哲说。

雷子脸上露出点滴笑意：“甭说别的，咱也不懂，就这一点，瞧不起钱的医生就值得兄弟信赖，全凭你做主了，大哥。”又说，“你这个大哥咱交定了。”

我也许太刻薄了吧，自己好无厘头地发火，但对方却是濒临病危的伤者的亲属，着急的心情可以理解呀。王贤哲为自己出言不逊顿生悔意。他穿过走廊，头也不回地朝手术室走去，一边走，一边戴上护士递过来的橡皮手套，丢下一句轻飘飘的话：“哼，还是一个俗字。”

这台手术做了七八个小时，王贤哲尽心尽力累得够呛，送伤者去了重症监护室后回到值班室已是夜色初上，窗外的街灯忽闪着亮光照了进来。看样子一直在值班室等候着的胖子满脸堆笑地凑上来，弓着身子，像被鱼钩吊起的鱼一样张大了嘴巴，吭哧一下说：“谢谢你救了我弟，大恩不言谢，来日再报答。”又说，“我们董事长是个重情重义的汉子，他说你这个朋友他交定了，他在宴宾楼定了一个豪华包间，亲自点了菜，已经在那里恭候你啦。”

王贤哲断然拒绝。

待王贤哲换了衣服出来，胖子瞅着空儿又凑上来：“求求你啦，你不去我没法儿给董事长交代呀。”王贤哲看他愁眉苦脸，转念想到回家也没热饭菜吃，还得看老婆那张冷冰冰的脸，叹口气勉强答应。

就那顿饭成了王贤哲的转机。他结识了那个高个儿男人，也就是雷子，也得到了他尽心尽力的帮助。先是雷子搬动了市里分管科教文卫的领导，点着名叫上那个院长，在一桌丰盛的宴会上与王贤哲把酒言和，接下来又多次带上王贤哲上门去拜见院长，才算把两人之间的恩怨了结，沟壑填平。医院决定派王贤哲去北京进修一年，回来后提拔他当了急救部主任，三年后又干上了副院长。

王贤哲弯下了腰，不再追求原本自以为很高贵的价值观，尝到了甜头之后，在酒色财气充盈的官场和高雅如象牙塔的学术场双双获得丰收，就像比翼双飞的鸟儿翱翔天空越飞越高，恣意展翅，尽管有时夜里从梦中醒来想想自己的变化，为自己沉溺于醉生梦死的名利场而汗颜而愧疚而不齿，但较之于人前的风光完全可以忽略不计了。可不管怎样，雷子对他来讲是情义似渊恩重如山的。及至眼前的雷子，突兀一下子就垮掉了的状态，超出了他事前的种种设想，让他忧心如焚，更手脚无措。

五

人生道路上，翻云覆雨的命运，扑朔迷离的生活，许多事情我们是掌控不了的，自己唯一能左右的是自己的心灵。

王贤哲把雷子揽在怀里，双手摇晃着他的身体，几乎是冲着他的耳朵用低沉的声音喊：“这些话不是你说的吗，自己的景儿自己造，人要活在自己的风景里呀，雷总？”

这话不仅是自己说的，更是自己的人生体验啊。雷子渐渐恢复了几分清醒：“对不起，我失态了。”又说，“我相信你的医术，相信你的分析，你也应当相信我会面对这倒霉的命运，大不了一死，没啥了不起的。”说完，他又叫来服务生点了一打子爵红酒、两份法式鹅肝、两份七成熟的牛排和几个热菜。

服务生满脸疑惑，轻声说：“先生，您这桌上的菜还没吃完呢，是不是吃完再点？”他瞪大眼睛，爆了粗口：“老子能不能吃完，关你屁事。”服务生是个小年轻，只好摇摇头，拿着菜单转身走了。

雷子回过头，紧紧握住王贤哲的手，热情地说：“你陪我，今晚咱俩不醉不散。”

王贤哲感觉到他的手微微发抖，不难想象是他来自心底里悲哀伤痛的颤栗。是呀，谁碰上了要死的事会无动于衷呢？谁都能做到像苏格拉底圣人一般坦然受死吗？他只能平静地安慰他：

“雷总，咱们平时不是常说发生什么事情都得面对，无畏无惧吗?”又说，“有病咱就医嘛，听说美国出了一种新药对抑制艾滋病有效，我回去查查，先买来试试。”虽然说出去的话很平静，而他的心却一点儿都不平静。拿到分析报告后，在要不要告诉他这件事上，他曾犹豫好久，也曾设想过种种可能出现的状况，有一点是肯定的，得关心他以后的每一天和每一步。

雷子瞪圆了眼，放大了的瞳孔布满血丝，像一匹发现猎物正准备猛扑上去的饿狼，放射出绿幽幽的光，看上去恐怖而瘆人，喃喃地说：“死，我倒不怕。”

“死都不怕，那还怕什么?”王贤哲想都没想就接上了一句。

雷子无语，端起倒满红酒的高脚杯咕咚咕咚倒进喉咙，嘴角留下一圈像血一样的猩红。

王贤哲把手中的酒杯举了举，陪了一杯，抽了一张餐巾纸递给雷子，然后自己拿纸擦擦嘴，心里还是后悔这么快就把这个不好的消息告诉他，可不告诉他，行吗?拿着这个结果的时候，他宁愿相信是误判是误诊，立马去了化验室，那个中年秃顶的化验师把单子上的项目和指标一项项给他作了分析，以斩钉截铁的口气说：“这还有假，这项指标的检测几乎不可能出错，不用质疑，而且这个人的指标显示已经处于艾滋病的晚期。”还说，“院长大人，你是专家，还看不懂吗?”他说：“不是看不懂，我是不情愿相信嘛。”化验师晃了晃油光光的头，不无揶揄地说：“看来，这个人对你很重要哦，不过他这病可不是上帝掷骰子选中谁的问题，是他自找的，咎由自取啊。”他所言不虚，他无言以对。此刻他眼里晃荡出秃顶化验师挂着不阴不阳一副坏笑的脸，心里阵阵悸痛，也想陪雷子用酒精麻痹自己的神经。

两人一杯接一杯像大热天喝可口的冰镇饮料一样痛饮，唯求用酒精燃烧掉自己。

当晚怎么回的家，雷子完全不知道了，再睁开眼时，窗外明亮的阳光透过窗帘的缝隙把卧室照得白一块黑一块的。房间里安静得过分，仿佛安静了许久，像是尘埃都一一落地的感觉，这感觉响应在他心里使他身轻如尘埃，飘飘然而归于沉寂。不知又过了多久，他才渐渐恢复了意识，卢晓丽肯定上班去了，隐约听见窸窸窣窣的声音，嗯，是保姆在客厅移动桌椅做清洁。他动了动身子，感觉全身每个关节都疼，有的关节还是一种蚂蚁啃骨头似的麻酥酥的痛，脑子昏沉沉的，像是装了一袋特别黏的糨糊。完了，病毒在身体里蔓延，完了完了，用不了几天真变成一粒尘埃了。哀从心生，悲从中来，他心中悲凉如一湖寒水。

床头柜上的手机叮咚一声，他伸手抓起一看，王贤哲发来一条微信：古希腊哲学家苏格拉底被判死刑后，他能逃却不逃，坦然受死。他对死亡有一个精彩的论断：死亡就好像是无梦的安眠，这是求之不得的。死亡也是前往一个过去的人所去的世界，所以我死后到这个世界可以同很多圣贤见面，这很好啊！

好，好个屁，你见过的死人多呢，你坦然你超脱，再说又不是你死，当然好。他愤愤地骂着，把手机设置成静音扔到柜子上。他不想见任何人，最不想见的就是他，甚至设想自己的形象在他心目中天翻地覆地颠倒，难堪！翻身坐起，转念又想到，王贤哲是医生，他的话可得当真，我这艾滋病得定了。再说他跟我是铁哥们儿，决不会坑我的，只会为我好。

嗯，我是得安排后事了。可，可我这病，唉，说得出口吗？他深感绝望，真想一死了之。想到死，不禁浑身哆嗦，四肢发抖，再想到死后，大家对他的不屑、唾弃甚至咒骂，尤其是那些不了解他的过去的人仿佛走出一个弥天大谎编织的骗局后的恍然大悟，会将他视为不值一文钱的狗屎，再跺着脚恶毒诅咒的样子，眼前一黑又栽倒在床上。

不知过了多久，他慢吞吞地起床了。保姆丹娘已经准备好了早饭，见他走进餐厅，一边满脸堆笑地问候，一边手脚麻利地在厨房和餐厅之间来回穿行，一一端上他的早餐。一片全麦面包，一个酱肉包，一个煎鸡蛋，一杯牛奶，一碗小米燕麦粥，一小碟油酥花生米，还有一瓶已经旋开盖子的榄菜，中西结合，营养丰富。他最看重早餐食物的多样性，也最看重一日三餐中的早餐。

拉开高靠背的木椅，在红木餐桌的一端坐了下来，他望着丰盛的早餐，激活不起食欲，反而心生凄凉，不胜悲哀。他鼓鼓劲勉强喝下半杯奶，再拿起面包咬了一口，就起身离开了。

在客厅里的沙发上躺下，他心中一片茫然。往日他会同卢晓丽一起吃早餐，然后一同出门分头去做自己的事，今儿个该干吗？他不知道。

他强撑起身，缓步走进书房，打开电脑点击百度输进“艾滋病”三个字，哗啦啦跳出成百上千个词条，什么“艾滋病潜伏期”，什么“艾滋病窗口期”，什么“艾滋病传染渠道”，什么“艾滋病人能活多久”……直看得他眼花缭乱，心惊胆战，心里压着的那块石头越来越沉重，身体却越来越轻飘，感觉出气多进气少，体虚气短如虚脱一般。一个快要死去的人该做什么，他不知道，他也不敢知道，他甚至不敢死，怎么个死法儿，什么样的设想都情何以堪。

“在家吃饭吗？我准备了几个菜，您将就吃了吧，雷子。”丹娘在书房门边站了许久，这时轻声问。平时，从未见他在家里吃午饭和晚饭，也从未见他大白天的一个人在家里待这么久，又见他眉头紧蹙脸色铁青，她心里忐忑不安，说话都小心翼翼的。

“哦，吃饭了？”他像是吃了一惊，有点儿恼怒，挥挥手说，“不吃，不吃，你别管我。”

“卢总打电话来关心您，说您不接电话，怎么回事？”

他拿起电脑旁的手机一看，显示十几个未接电话，好几个是卢晓丽打来的，有两个是周志军的，抬头见丹娘还候在门口，不耐烦地说：“哦，她打家里电话呐，你跟她讲我没事，有点儿感冒，在家休息休息。”

丹娘转身轻手轻脚走了。他过去关上门，反拨周志军的电话，嘟嘟响了两声，通了，周志军磁性的声音蹦出来：“雷常委，怎么啦？好几天不见人呀？”

他淡淡地说：“没事儿，嗯，受了点儿风寒，有点儿感冒，在家休息休息。”

“听声音，怎么蔫不唧儿的，就一点儿感冒？”周志军的声音透着亲切的关心。

“真没事儿，主席，感谢关心。”这几年，雷子进市工商联当选主席，而后又加入政协，目前正谋划进入常委，这些全靠周志军的帮衬和提携。自然，雷子对他花尽心思甚至是巧妙设计实现目的的帮助，奉上的不仅仅是若干饭局，实质性的利益输送既选择了恰当时机又方式隐秘，彼此心知肚明，配合默契。人穷志短，马瘦毛长，是对的，可手里有了大把的钱不志存高远，岂不空负了半生辛苦，所以，雷子对他帮助自己走上政界依然心存感激，而且很是尊敬，也很信赖，即使这样他也不情愿奉告实情，只是说：“主席有什么事，吩咐就是。”

“政协办公厅已经发了通知，明天开个小会研究一下怎么贯彻市委市政府抓民生谋发展的意见，想请你参加，想听听你的高见。咱们得有点儿实际内容啊！”他的话仍然热气腾腾。

这个老官僚从热岗位去坐了冷板凳，怎么还这么热衷于官场的事啊？是不是好几日不见饭局，他那品鉴茅台的技痒了，抑或是几日不见味甘醇厚而口淡了？雷子脑子里闪现他在酒桌上面带酡色醉眼蒙眬喋喋不休地述说酒经谈论酒道的样子，心中虽有不快，却没太过不去，嘴上仍不失谦恭：“主席有指示尽管说，我执行，没问题。只是这会只好请假，确实身体欠佳，回头我再摆酒赔罪。”

“那，只好这样。不过，你得照顾好自己。感冒好了就过来坐坐。”话音里仍透出某种关切。

不断提到感冒，反复说起风寒，是不是谎言说上千遍就真了。雷子挂了电话真感觉身体发热，口干舌燥，手心冒汗，不禁心头一凛，脑子里立刻冒出一个念头，这不是艾滋病的症状是什么？如果是风寒感冒那倒好。

关了电脑，他拿出纸和笔在桌上划拉，想写点儿什么，想了半天，是想拉出一个能够托付后事的人的名单，还想列出在极其有限的生命期内要干的事情，不承想这单子画出一串，又被他一一划掉了。唉，他长长地叹口气，无奈地掉头望向窗外。远处的南山在秋阳的照耀下并非那么肃杀，而是温情脉脉地泛绿泛光。唉，他不胜唏嘘，整个身子瘫软下来，这世界处处充满生机，但它却不属于自己啊！

六

披上一件丝质睡衣，趿拉着暖融融的棉拖鞋，他踱步来到宽大的阳台上，一屁股坐在红木茶台旁的躺椅上。这个茶台是马龙送给他的，是他专门从马来西亚进口送上门来的，据说硕大的红木根有着数百年历史。远的不说，就看这经过数十道工序打磨加工后独特的造型、层次分明的年轮和纹理清晰的台面，瞄上一眼就知晓其价值不菲。他没心思欣赏他平日里的至爱，只抬眼望着灰蒙蒙的天，眼珠子随远方的雁阵跳跃，跟着近处在楼宇间追逐的几十只鸽子转悠，再低头看看脚下的泡江沫水，脑子里老想心事，郁闷、低沉、憋气、沮丧、后悔、痛苦，什么糟糕的情绪都郁积在肚子里。丹娘早就给他沏好了一壶上好的金骏眉功夫茶，他自己从小壶斟一杯慢慢啜一口，醇厚味甘的茶水在颊齿间滚动一圈顺喉头浸润下去，清冽入脾，心里才觉得熨帖了些。

点上一支烟，没几口便抽得只剩下过滤嘴，再点上一支，鼓足劲吸几口，吐出一股长长的烟柱，不料被呛了口气猛地咳嗽起来。他好一阵子才缓过劲来，直骂自己倒霉，人要是撞了大霉，喝凉水磕牙走平地摔跟斗，抽支烟呛气管，这不霉透顶了吗！往事不堪回首，这一生可怎么交代呀？

“雷总，卢总又打家里电话，问您咋回事，给您发了微信也不见回。”丹娘不知什么时候站在了阳台门口，手里拿着他的手机，小心翼翼地说话，“她说无论如何叫你看看微信，给她回个话。”

他头都没回，伸手接过手机，另一只手挥了挥，示意她离开。他不想有人看到他难堪的样子。划开蓝屏，收取卢晓丽的微信：“怎么啦？想休我呀，是你想，还是兄弟想啊？异想天开！”

他“扑哧”一声笑了。曾经的一次，风在上龙在下云雨初霁之后，他心满意足地在床上摆成一个“大”字，不自觉地长舒一口气，连叫“舒服”。卢晓丽笑笑说：“舒服吗？”

“当然啦！真舒服！”他十分肯定地点头。她修长的玉腿缠绕在他腰部来回滑动，两手摆弄着他下面，戏曰：“你倒是舒服了，兄弟怎么说？”他搂紧了她说：“还怎么说，肯定舒服啊。”她乜斜了他一眼说：“那，我是一女嫁两哥？”他哈哈大笑，用手指狠狠戳她的额头说：“你呀，还想嫁两个啊？这辈子，哼，异想天开呀。”两人开怀大笑。

他回了微信：“怎么？想离开我哥儿俩啊？简直异想天开！”还发了一个“爱”的表情包。

一会儿，屏幕现了三个“偷哭”的表情包。

接着又现一句：“您有事儿瞒着我，肯定的！”

“没事儿！我能有什么事瞒你。”

“昨晚回来那么晚，喝得酩酊大醉，今天又没出去忙事儿，不正常啊，雷活久。”她回。

“不就有点儿感冒嘛，没事儿。”

“唉，都怪我，是我没把您照顾好。”她在后面缀了一个

“伤心”的表情包和一个扎两个小辫活蹦乱跳的小女孩儿样儿。

他心里咯噔一下，这小女孩儿，不，这个女人，不不，这个爱人，她同自己究竟什么关系他心里一直都拿捏不准。这么如胶似漆在一起六七年，不是夫妻胜似夫妻，她比自家的老婆还体贴可心，算是情妇吧，有悦情之乐而无偷情之累。她不仅处处替他着想，不贪图钱财不说，一般的“情妇”“小三”所要的什么名分可从来没提起过，黏糊起来两人像一团火想把彼此烧化，清醒的时候两人真是“举案齐眉”，还事事都替对方着想。他爱着她，且总觉着亏欠着她。

“都怪我，昨晚回家那么晚，喝醉了，又感冒了。还好，今儿个公司没什么事，正好休息一天。”他回。

“没事吗？雷活久，你说谎吧？运作上市的团队一帮人在等你，群龙无首啊！”这次她用的是语音，播放器里的声音温润但带点儿怒气。

他从心底里喜欢她带点儿娇羞的嗔怒，又郑重其事地直呼他的大名说事的样儿，这时想起来，一股热乎乎的暖意涌上来，把心中的块垒融掉了一大半，感觉舒服多了。

按眼下时新的说法，雷子就一个“凤凰男”，有点儿像老戏里的穷书生，出自穷山沟，一生苦读书，偶遇富家女或者官宦大贾之家的闺秀资助并且以身相许，毫无悬念地一朝跨龙门，举家齐富贵，鸡犬都升天。但他不是，他从小喜欢舞枪弄棍，不会读书但情商不低悟性极高，遇事总有自己的主见，特别能吃苦特别能干事。他自知没靠山没背景，只能靠自己的勤劳和辛苦改变命运，他没有“偶遇仙女”般的幸运，却在命中注定碰上卢晓丽这个美丽善良又使他心悦诚服的“女神”。甭说别的，他这个拿起书就头疼的主儿，在她的甜言蜜语循循善诱下，慢慢也开始读书，而且读起了大部头，计划每个月读一本好书。他曾得意地夸耀，我这个学渣，前面有学霸马龙做榜样，身边有这么好的导师，我不大大地进步才怪呢。卢晓丽也表扬他，说咱雷总有两件让人暖心的东西，一是耳朵听得进人话，二是眼睛看得进好书。他摇头说你是夸我呢还是贬损我呢，我是猪吗，听不进人话？她哈哈大笑，说人话就是好的意见。

只要想起她，雷子心中就会心旌飘荡迷离，联想出许多美好的字眼。

七

雷子与卢晓丽相逢的时候，他正面临一个危机。她就像一个大救星突然降临在他头顶，更像一个美丽的仙女在童话王国里闯进他的生活。

亚洲金融危机没受千山万水的阻隔，同样波及这个大西南内陆腹地的城市，雷子的公司一样陷入了困境。这天，集团公司董事会和高层的管理人员齐聚在公司旗下的东方银座酒店808会议室，商量应对之策。这间董事会专用的会议室不大，装修也简单朴素但不失典雅，圆形桌子边上每个人的座位都相对固定，会开了不一会儿就开不下去了，平日里衣着光鲜、满面流光溢彩的与会人员眼前是个个愁眉苦脸，人人唉声叹气，一屋子烟雾缭绕，愁云密布。这也难怪，困境明摆在那儿，银行压缩银根，该动用的关系都用上了，到手的款也就杯水车薪，“三角债”你拖我欠像绞索缠紧了脖子就差一口气让人窒息，公司原有的行当运转不灵，新到手的项目开不了工。

经常，雷子的感觉和联想独特而怪诞。眼前压抑且沉闷的会场，让他脑子里生发出活生生一副“日落西山，气息奄奄”的颓废景象，紧接着又闪现出一座座坟茔，阴森恐怖的墓地。

“雷总，我可以发个言吗?”一个银铃般的女声突然响起，打破了一屋子的沉闷。雷子像是被吓了一跳，手里端着茶杯正往嘴里送水的动作戛然停住，循声望过去，旁边一排工作人员席站起一个身材高挑儿的女孩儿，圆脸，眉清目秀，白衬衣外套一件黑灰色的小方领西装，模样好看但不认识，不由得心里嘀咕，这谁呀？黄毛丫头，嫩妹，酒店的员工吧？嘿，这里有你说话的份儿吗？

果不其然，酒店老总李明洲转过头去用指头点了点她：“打住打住啊，晓丽，叫你来做记录，就不该你说话，坐下。”又掉头对着雷子，双手合十，“不好意思啊，雷总，今天董事会秘书小张请了病假，临时叫财务部的卢晓丽来做做记录，冒昧啊冒昧。”

另一个公司高管不耐烦地连连摆手：“去吧去吧，一边去吧，这帮大佬谈正事，你捣什么乱，你能有什么高见？”

雷子眼前一亮，见卢晓丽不但没有坐下的意思反倒下意识地微微挺了挺胸，前凸后翘的身材更显笔挺，充满青春的活力，只是凝视他的眼光清澈明亮，掺和着急切、紧张、不安、胆怯，似乎还有一点儿别的什么。死马，死马，一群死马。他脑子里突地冒出一幅令他都觉着十分怪诞的图景，空寂的旷野，寸草不生的荒原，远处是成片的死马，一匹健壮的马驰骋而来，嘚嘚的马蹄声有力地敲击大地，声声嘶鸣雄壮高亢，也许是受这强健力量的刺激，原来倒在地上一动不动的马有的抬起了头，有的试着站起了身，有的竟然跟在后面跑了起来，呵呵，神马，神奇，这一切直接闯进他的身体内，顿时感觉精神一振，刚才萎靡不振的情绪不知去了哪儿。他说：“小卢，你说吧，有什么好的意见？”

看到雷子放亮的眼光，卢晓丽有点儿退缩了，声音低了几度说：“我，我怕说不好。”

“没事儿，你大胆说，有什么想法，说出来大家听听。”他继续鼓励她，心里嘀咕道，这群死马没了招数，还指望他们什么，也许这美女才是那匹神马。

“集团公司的困难我不是很了解，可我们宾馆的难处我清楚，消费欠款大笔大笔收不回来，要运转还得垫款，现在消费又下降，几乎没什么盈利，资金捉襟见肘不说，还恶性循环，这样迟早拉断资金链。我想，集团公司的困境就是一个资金问题。”大概是受了董事长的鼓励，卢晓丽从容不迫地侃侃而谈，“资金是一个问题，大家把所有的路子都说了，我想还有一个拓展思路的问题，现在流行一句话，没有做不到，只有想不到。”

“呵呵，我们这都一帮酒囊饭袋，该想的办法我们都想了，就你行，啊?”李明洲完全的嘲讽味道。

雷子不光眼光犀利，嗅觉也过人，他拿鼻子也能测人。此时，从她的眼里感到了醇厚朴实的真，也嗅到了迷离的暖意。向来果断的他，不留情面地止住了李明洲：“别插嘴，听人家把话说完。”又有些不屑地说，“起码得尊重女士啊。”

他瞅着她，做了一个请的手势。

她报以感激的目光，掰起指头继续说：“我们确实把本地人脉、资金、销售资源用尽了，老总们确实为企业费尽了心血，但是要想跨过这道坎儿，要维持企业的持续发展，我们可不可以把眼光看得更远一点儿，把思路再开阔一点儿。具体地讲，第一，我们可以把外资渠道延伸到欧美去吸集资金，跳出危机圈；第二，可以成立自己的融资平台，比如自己成立小额贷款公司或者投资咨询公司，我查了相关的法律和资料，有的地方政府在发牌照，工商部门也在批执照，现在处于资金低潮期，只要有稍高一点儿的息就能吸资，先渡过难关再降息还债，再说，法无禁止便是许可；第三，我们的工业产品、贵金属矿产可以卖到欧美去，这就是一个找渠道开拓市场的问题；第四，东方银座酒店可以适当降价以增加人气，但是必须确保服务质量以维持这个江城值得骄傲的品牌，要知道集团公司呕心沥血打造的品牌是无价的，这是企业最大的资本。此外，我还有一个建议，降低成本但尽可能不要裁减员工，闲置的人力资源可以去做郊区的观光农业，为渡过难关以后的扩大再生产而保留技术骨干，这样做，员工不伤心，企业可发展。我讲完了。”

落落大方，风格俊朗。卢晓丽在那个死气沉沉的会议室讲的一番话不啻落下一颗重磅炸弹，把一个个昏沉沉的头脑震醒了。

她落座半晌，仍不见半点儿声响。

“我说啊，这还不是拆东墙补西墙的事儿啊，没什么新意，弄不好篱笆没补好窟窿弄得越大，最后把集团弄垮。”李明洲连连摇头，老练中不容置疑地否定。

雷子听出了点儿味道，点上一支烟，思忖再三，点头说：“嗯，大家注意几个关键词啊，危机圈，融资平台，销售向外，转移人力成本。”

他这一说，会议室里七嘴八舌就议论开了，越说越明朗，几条具体的措施出来了。他问小卢：“记下了吗？”

“嗯。”卢晓丽点头。

他宣布散会，然后叫她留下来再谈几个问题。

这天下午，他们谈得很投缘，不是说经营管理，就是聊公司的人与事，直到夜幕降临仍意犹未尽。最终还是她提议说：“饿了吧，雷总，我们边吃边聊，民以食为天啊。”

与她谈话，他原本以为自己很有优越感，毕竟身份不对等，再说人长得漂亮就有水平，鬼才相信呢。没料到她刚落座的一番话不仅震垮了他高高在上的心理优势，还打掉了他对这位小女孩儿的蔑视。

“盛极则衰，月满则亏，日中则昃，一定之理，那移不得。”这话说得郑重其事，经典是经典，深刻也深刻，但出自一脸稚气的卢晓丽之口，只能让雷子觉着这个黄毛丫头是在背诵某一篇课文一般。

“你，什么意思?”他细眯了眼，认真地问。

“什么意思？这是汉语，听不懂吗?”她像是故意斜了头，眼睛却直视着他。

“盛极则衰，盛极则衰。”他在沉吟，目光却咄咄逼人，“我盛极了吗？我骄傲了吗？公司走到了极点，虚高了吗？拜托了，卢晓丽同志，这次是外部原因，是东南亚金融危机。不是我，也不是公司内部的原因，好不好！”

迎着他犀利的目光，她丝毫没表现出胆怯或者退缩的迹象，像是一个固守阵地的战士早就准备好了反击，感叹地说：“真得感谢这次金融危机。”

“啊……”他惊愕。

“是啊，不然我连跟您说话的机缘都没有。”

“哦。”他像是悟出点儿什么。

“是啊，如果不是这次金融危机来了，你成天干些什么还想得起来吗？你个人天天周转于各种酒局饭场，一副踌躇满志得意扬扬老子天下第一的样子，你确实该得意呀，因为集团公司不是忙着兼并其他的企业，就是盲目扩张经营项目，什么行业都要揽在旗下，你以为很快就会赶超李嘉诚，越过比尔·盖茨，你牛啊！而实际上呢，公司该抵押的资产都抵押了，早已是资不抵债了，空壳上还压着一块沉重的石头，这状况好比皇帝的新衣没人说破而已，你还牛什么牛啊?”她不像是员工对老板谈工作，倒像是老师在数落一个不听话的小学生，说着说着还掰起指头列举一串串数据证明她的观点。

他一声不吭，额头冒出一层层虚汗，很不自在。为了掩饰，他又点燃一支烟。

“这下好了，金融危机打破了你的膨胀泡沫，逼使你坐了下来，一个十分偶然的机遇，也就是今天让你坐在了我的面前，听听我的谏言，所以我要感谢这次危机。”她微微笑，语速不快不慢，但不乏真诚。

起初他认为她含点儿幸灾乐祸的味道，听下来居然有些感动："你为什么会对我说这些？想帮我还是想看我的笑话，想涮我？"

"我，这，像涮您的样子吗？"她眼睛放亮，凌厉刺人，脸上的笑容不减反增。

他倒有点儿尴尬，举手把烟头揿灭在烟灰缸里还使足劲揉了揉说："那么，你是想帮我哟？"

"帮您，也是帮我。"卢晓丽用手指指窗外，天幕已黑，远处高楼的霓虹灯闪闪烁烁映射进来。她挪了挪身子，换了柔和的口气说，"我饿了，雷总，吃饭吧？"

这下，他找回来了感觉，端起架子，戏曰："你还知道我是老总，嘿，我没饭吃了。"

"对的嘛，老板没饭吃，打工仔得饿死，所以，帮您就是帮我。"她嘻嘻哈哈的笑声真像婉转的黄鹂鸟叫，这女人温柔一点点就让人润心熨帖。

"那，好吧。"雷子意犹未尽，勉强起身。

两人去了餐厅。

八

这一餐不中不西的饭局，简单搭配的几样菜肴别开生面，卢晓丽更让雷子刮目相看了。

走进电梯，他摁下 28 楼的按钮，想去设在行政楼层的公司高层的专用餐厅，那间金碧辉煌的房内吃的喝的应有尽有，专门的厨师班子可以做川菜、淮扬菜、鲁菜等各种菜品，一壁从地脚到天花板的厨架上摆满高端品牌的红酒白酒洋酒啤酒供人随取饮用，长方形红木餐桌首座是他的专用座位，坐在那里用餐对他而言不仅仅是吃得可口，吃得高大上，更重要的是他面对众多下属那种高高在上的感觉。尽管早已过了吃饭时间，只要他一出现，候着的厨师和服务生立马就会上来伺候他用餐，就像在自己家里一样随意。但是，卢晓丽伸手挡开他的胳膊，销掉了他摁下的楼层再往下摁红了二楼的指示灯。他不解地问："去行政餐厅吃，不好吗?"她莞尔一笑："就咱两人不必大动干戈，去二楼西餐厅，找一个厢座，简单点几个菜，吃起来不是很惬意吗!"

"厢座?"他似乎不知何物。

"对，像火车厢的座位，现在的年轻人叫情侣座。"

"哦，情侣，哦，坐，坐一起啊?"她就站在他的身前，雪白的颈脖煞是诱人，一头乌黑的秀发两边翻翘造了一个很时尚的型，在他鼻翼下散发出的幽幽香气禁不住使他走神，他鼻孔里呼出一股粗粗的热气撩动几丝黑发。他想入非非，说话也有些暧昧，不承想前面的人儿一动不动像是一座雕塑，只是一心在等候电梯到站。

"坐一起，想得美，对坐。"她喃喃自语。

电梯里就他两人，出奇地安静。

他心里埋怨楼层太少，时间太短。

这一餐确实简单，两份汉堡、一份热炒牛仔骨、一份腰果烩芦笋、一份五颜六色的生菜沙拉、两杯黑啤，不中不西的。卢晓丽举杯，煞有介事地说："来，预祝本公司成功渡过危机，祝雷活久董事长事业发达，再创辉煌，身体健康，永远健康，干杯!"

"这，这么简单，你还这么正式?"雷子笑出声来，不屑里透出丝丝傲慢，"你去过行政餐厅没?去那儿吃饭什么感觉?"

"好笑吗?简单吗?"她依然一本正经，只是眉头皱了皱，"一点儿都不好笑，两个人吃饭用得着搞那么复杂吗?行政楼层那个专门用膳的地方，饭厅金碧辉煌，餐具高档锃亮，山珍海味齐备，厚味膏粱杂陈，对吧?您还可以随心所欲地选择各种品牌的酒水，对吧？更让您心满意足的是一帮子人前俯后仰地围着您转，处处逢迎拍马，您呢，可以颐指气使，随意骂人，稍不如意就雷霆万钧，那是何等气派，何等威风啊！”

雷子终于发现明眸皓齿的她眸子里有一根尖锐的刺，刺得他脸色有点儿不受看，碰过的酒杯没来得及递进嘴唇，愣怔一会儿，讪讪地说：“你去过还是没去过？没去过就别谈你的想象。”

她粲然一笑，摇摇头说：“言重了，言重了，喝酒喝酒，我先干为敬。”

第一杯酒下去，两人开始吃菜，埋头闷吃。毕竟早过了饭点，彼此已是饥肠辘辘了，但两人的吃相很文雅。

“你没去过28楼的行政餐厅，怎么知道那屋子里的情景？我有这么霸道吗？”饥饿感止住了，他心里依然纠结，虽然觉着她笑起来甜蜜蜜的样子真是好看，但对他的嘲弄讽刺仍耿耿于怀。难道她用心在关注着自己？她也许看重我。也许吧，他猜想。

“去过，但没资格在那里用膳。”她放下筷子，弓身给他面前的啤酒杯倒上小半杯酒，再给自己的杯子倒上，慢慢坐下，抽一张餐巾纸擦擦嘴，笑意盈盈地说着话。

只要笑意上脸，她眸子里的那根刺就不见了，说话也温润，雷子觉得特别舒服。他说：“不吃饭去那儿干吗？”

“去当差呀，去伺候你们那帮老爷呀。”

“不可能，我怎么从未见过你呀？在那儿干的小姑娘小伙子我都认识，至少脸熟。”

“去过一次，是一天的午餐时间，给李明洲送报表，急着要他签字。”

“碰上吃饭时间，怎么没坐下一起吃？”他饶有兴趣。

“吃，还吃饭？没被吓死就侥幸了。”她眼中的刺又冒了出来。

“怎么啦？”

那根刺沾了油也点燃了，变成箭射了过来。“怎么啦？我小心翼翼地推门进去，那么高大的空间，古典的欧式装修确实在我们这个五星级酒店也算是超豪华的了，餐具器皿华丽得就差镶金镀银了，这么个山吃海喝的地儿，我也算是开了眼了。呵呵，你别抿嘴偷偷笑，以为我是个刚进城的土货，没见过什么世面，以为我会羡慕你们花天酒地的日子，告诉你，我就出生在江城市中心的解放碑广场，爹妈都是江城大学的老师，什么没见过？那天真让我开眼的是你这个董事长，是你那不可一世的猖狂样儿。我站在李明洲旁边等着他一页一页地签字，你正在呵斥坐在他对面的王胖子，对，就是那个矮矮的黑黑的王胖子，骂起劲了扯出人家的祖宗八代不说，那粗话比骂街的婆娘还破烂，不知那胖子怎么受得了，我只看见他低着头一言不发。这还不够，一转头开始骂李明洲，说你这个狗屁经济学硕士，老子花大价钱请你，你一单就丢了五百万，那可是纯利润啊，得做多少业务才赚得来呀，说他是猪啊，是狗娘养的。这下，我看见了李明洲的难堪样子，他签完字把报表递给我的时候，他眼眶里包着的泪水就差一点点掉下来，他在尽力克制，也可以说是忍了又忍。我站在那里都恨不得地上有条缝儿钻进去就不出来了，可以想象他这个平日里十分顾及面子和尊严的老总，众目睽睽之下，又在我这个下属面前，何等难堪。拿到报表，我吓得是屁滚尿流，唯恐逃之不及。”卢晓丽说这番话时，配之以恰当的表情和手势，惟妙惟肖。

“是吗？我是这个样子吗？”他点上一支烟，把宾仕打火机嘭的一声扔在桌上。

“在公司内部你何时何处不这个样子？我是学中文的，我有必要杜撰你的故事吗？有必要给你脸上抹颜色吗？尊敬的雷总。”她说话满是嘲弄的口吻。

“你说的那个王胖子叫王智，是第三建筑公司的总经理，说起那个家伙我就气不打一处来。那次是叫他给市里一个姓周的副市长送礼，可他说话很不得体，方式很不讲究，竟被人家婉转地退了回来，这不打紧，一单两个多亿的工程项目打了水漂，这还不打紧，这事还可能给人家当官的惹下麻烦，对，就是城南那片经济适用房项目，你说我能不气吗？还有，你们那个李明洲，亏了他还是学经济的高才生，什么抵押都没有，拆借五百万给那个海外旅行社，谁知道那个姓高的家伙把他所有的钱款一卷而空，去美国逍遥去了。哼，都他妈的王八蛋，你说我能不气吗？我骂他，我真想扇他几耳光呢。”说完，他连抽几口烟喷了出来，像是在撒气，一副义愤填膺的样子。

“对，就这副样子，雷霆万钧，完全是咆哮，瞧你这德性，冲谁来呀？你是董事长，还有点儿绅士风度没有？”卢晓丽仰靠在椅背上，像是在静静地观赏一段演出，眸子里的那根刺依然盯着他，除了辛辣，还饱含轻蔑。

“哦，哦，对不起，我不是冲你，我是说起那几个人就气愤，对不起啊，对不起。”他感觉到了失态，连声道歉，身体坐正，把手里的香烟使劲摁灭在烟灰缸里，再端起酒杯，“来来，我敬你一杯，赔罪。”

她没理他的茬儿，不说话，也不端杯，斜靠在沙发上的身体一动不动。

“怎么啦？不给面子吗？你懂不懂尊重人啊？”他僵住了，却耐住性子说话。

她噌地坐直了身子，凸出的胸部碰上桌沿把她笔挺的职业装压出一道折痕，脸上的笑意带点儿夸张的表情：“你也知道人有面子，你也知道尊重人？董事长，我善意地提醒您，人人都有面子，人人都需要尊重。您对公司里的人，尤其是对公司的高层人员，他们是些什么人啊？是你的团队，是你的精英，是你的依靠，不要以为你是他们仰望的领导，是什么老板，离了他们你什么都不是。在他们面前你骄横、狂妄、飞扬跋扈、颐指气使，天王老子一般，至少对他们缺少起码的尊重，这样伤人自尊让人心寒，人心会散，队伍会散，企业迟早会垮。”

多少年了没人在他面前这样说话，可听她说这般如训斥的话竟能忍住，他自己都吃惊。但他还是觉着刺耳，皱起眉头如深沟大壑，面色凝重，若有所思，手中端着的酒杯成了他缓和情绪的道具，心中的怒气都使劲发泄在了杯子上。

她睁圆双眼看着他，黑白分明的瞳仁熠熠闪光，接着说：“我告诉您，人是有尊严的，这是人类共同的普遍的价值观，是每个人不可轻易触碰的‘精神雷区’，不管你地位多高，多么有钱，切忌不能肆无忌惮地损害下属的尊严，否则你将会踏进‘雷区’，说不定什么时候遭受被炸得粉身碎骨的报应。”

“哦，有这么严重！”他似乎被震颤，屁股扭来扭去地坐不安分。

“还有，你听不得不同意见，这是你最大的毛病。两千多年前的庄子说，世俗之人，皆喜人之同乎己，而恶人之异于己也。对照一下吧，你还是没逃脱一个‘俗’字。”

这番话既高深又浅显，闻所未闻。雷子文化不高，初中毕业就进城打工，但自幼性格倔强，自尊心极强，可能为其父遗传所致。他父亲虽是个大字识不得几个的庄稼汉，却是个“宁输脑袋不输理，打破脑袋不缩头”的倔强之人，乡民称之“雷石匠”，喻之倔强如石头。最闻名于乡里的事是当年村长决定要找块风水宝地修村办，看中了他的承包地，他应承了下来但认定了一笔赔偿费，而村长粗暴地拒绝了他的要求。为了这合理的利益，他不惜以命相搏，强硬对付，迫使村长只得放弃此地，另外择地建楼。雷子从康伟军那里接手后，干了好几件漂亮事，兼并、重组、扩充企业做成集团公司，产值扶摇直上，利润接连翻番，在集团内外声名日隆，哪个不佩服？哪个提到他不竖大拇指？功成名就的他成为了众人瞩目的人物，成就事业的雄心几乎要撑破胸膛，这时，他就越发维护和珍惜自己的尊严、权威和面子，甚至容不得有人在他面前说重话，心中最忌恨的是人家瞧不起祖祖辈辈挖泥巴出身的他。可今晚他却是一反常态，卢晓丽的话句句近乎严词训斥，尽管听得似懂非懂，但却感觉她说得温润如玉，字字珠玑，很是受用，而且深感眼前这个小女子不可小觑，甚至连连吃惊。他被折服了，对这个看似弱不禁风的女子起先是惊奇而后是惊诧，除了她眉清目秀的美貌，更佩服她心底里的不同于常人的见解和稚气中表现出来的成熟气质。老实说，他也不是一个不健谈的人，在许多场合他滔滔不绝地讲话容不得人插嘴，但跟她交谈，他更愿意做一个听众，听她娓娓道来，虽然有些刺耳，却是真情的流露，因而恰到好处地动听，脑子里不知怎么萌生出相见恨晚企望相亲相拥毕生相爱的念头。后来他俩相爱了多次说到这天晚上的情景，雷子是这样形容他的感受，真实的人间奇迹啊，什么是一见钟情，这就是啊，这“情”是“钟”得震撼，眨眼间就在心底里生根发芽开花呀！

又是她提议散了。她伸手叫来服务生，利索地把单买了，转身对他说：“走吧，雷总，都半夜了，该回家了。”

他再一次瞪大了眼睛不无诧异：“自己的店，还要买单，我签字就成。”

她轻描淡写地回道：“这叫公私分明。”

他愕然道：“您给我上了一堂课，谢谢您。”

“得感谢这次金融危机，感谢您给了我谏言的机会，感谢您百忙之中静下来听了我半天废话。”她已经起身，忽闪的眼神中那根扎人的刺也荡然无存，柔柔地说，“再见吧，雷总。”

“那，我送送您。”他热情地有点儿讨好地伸出手想跟她握握手，见她没理会，顺势将伸出的手变成了请的姿势。

“不用了，拜拜。”她轻轻地挥挥手，像一片轻盈的树叶飘走了。

他像一根烧焦的树桩杵在原地，黑着脸，怅然若失。

九

一双手从后面伸下来捂住了他的双眼，不用猜，从细腻纤秀的肌肤和扑鼻而来的气息他就能判断出是谁，可他不说，却把后脑勺使劲往后仰，跌进她弯下腰抵近他的胸脯，用硬茬似的短头发左右摇晃着磨蹭。她感觉痒酥酥地刺疼便痛快地呵呵笑出了声，松开双手顺着他的脸颊脖子两肩胸部往下捋，温柔地抚摸，挠得他忍俊不禁哈哈大笑。

她把下颚放在他的前额上，含情地说："怎么啦？雷活久，装狗熊啦？你一定有事瞒着我，对吧？老实交代吧。"

"没事，真的没事。"他偏过头，两手用力抓住她的双臂，想把她拉到前面来。

她踉踉跄跄站立不稳竟一下子倒进他怀里，他抱住她的脸吻上她的唇，两条龙舌搅和在一起，自然响起此起彼伏哼哼的呻吟，亲够了吻够了，两人几乎同时抽了纸巾去给对方擦嘴角的哈喇子。这一擦擦得两人咧嘴哈哈大笑。亲昵的动作声响大了，惊动了正在厨房里准备晚餐的丹娘，她走到客厅就看见阳台上的一幕，嗔怪念叨："我还以为出什么事了，晓丽啥时回来的？哼，这么大两个人呐，还疯疯癫癫的。"

两人闻声又一阵傻笑，把丹娘笑得摸不着门儿。

"真得感谢那次金融危机。"这是卢晓丽说的话，更是雷子心里的真实感受。第一次与她接触不能不说是一次邂逅，而契机是那场来之迅猛摧枯拉朽的金融风暴。她的出现，她的一番话对他而言不啻醍醐灌顶，不仅迷津洞开，他还日复一日不由自主地期冀着什么。那之后，他时不时地请她到办公室来请教问题，有时碰上什么挠头的事，他会迫不及待地跑去找她，在她办公室的格子间探讨甚至争论问题，惹得财务室的那帮女人们眼红耳热，也难免在背后指指点点。这个过程绝对是男女授受不亲的，只是谁都在揣度着对方言谈举止后面的寓意，体贴之中不时夹杂些微嘲讽，有时深沉有时轻松，但谁都看得出来是故作的稳重样子，不越雷池一步。

终于有了那么一个自然而然的机会，内心渴望如久旱禾苗的两人捅破了那层薄薄的窗户纸。

那一年春节前夕，东方银座酒店从京城请到了一个正当红的大牌歌唱家来江城歌剧院举行演唱会。演出之前，公司隆重举行接风宴，雷子邀请了市里的领导和一些老板，李明洲安排了酒店的几个姑娘陪酒，其中就有卢晓丽。酒酣耳热之际，众人捧逗之下，女歌唱家来了兴致，拉开架势要清唱一曲，大家纷纷离开酒桌，散坐到边上的沙发，在偌大的宴会厅挪开一块地儿让歌唱家表演。恰巧卢晓丽坐在了他的旁边，在鼓掌欢呼以后他把手放回沙发，不料却压在了一只手上，他一惊，扭头一看是她，又一惊，想把手缩回来又不愿，干脆再用力压了压。她转头见是他，眸子闪烁出一丝惊喜略带点儿惶惶不安的光，挂在脸庞的笑意明确释放出欣然接受的信息，任手背被他用力压得生痛也默默承受，直到他腾出手去为一位领导震耳欲聋的高歌鼓掌。

江城究竟比不得京城，大腕歌星受追捧的热度可谓盛况空前，就连自称见识甚广的政界官僚商界精英也不能免俗。在饭厅，歌星连唱三曲也脱不了身，众人七嘴八舌闹闹哄哄嚷着没尽兴，要去歌厅与歌唱家共唱一曲伴舞一段。还有人嘴里喷着酒气，高声大叫："这美女来自天子脚下，咱们怎么也得沾点儿仙气。"有人附和："对呀，从来没与美女歌星这么近距离接触过，一起高兴高兴。"雷子不慌不忙站起身来，双手高举，大声宣布："行啊，今晚大家不尽兴不散啊，大家下楼去歌厅。"接着，他把歌星的经纪人叫到身边征求意见，经纪人说："哥，只要您开的价够意思，歌星没问题，别说是张张嘴的事儿，怎么都行。"

歌星握着一只话筒，另一只话筒被宾客们争着抢着，歌声不断，高潮迭起。没唱歌的跳舞，没跳舞的喝酒，轮到雷子唱歌了，他上去从歌星手里拿过话筒，笑笑说："你休息一会儿。"转身点名叫卢晓丽上来唱歌。卢晓丽刚陪一位市领导跳完一曲舞，喘息未定，听见他点名只好羞怯怯地挪步上台。掌声未落，伴奏响起，两人应乐曲唱响《广岛之恋》：

你早就该拒绝我

不该放任我的追求

……

越过道德的边境

我们走过爱的禁区

……

爱过你

爱过你

最后一个音符坠落，震耳欲聋的掌声和欢呼声呼啸而来，也有人喁喁私语："看来，雷子又有艳遇了。"

他乘兴把手伸向她，她知道这种场面容不得她拒绝的，谁知她刚伸出左手就被他一把攥在手掌心里用力地捏得生痛。两个人手牵着手走下表演台。他侧头看她一眼，见她微带笑意的脸上依然矜持，但在旋转闪烁的霓虹灯照耀下眼眶里珠烁晶莹，便鼓足勇气对她说："今晚你得陪我。"她微微点头。他欣喜若狂，举起话筒，大声武气地吼了一句："酒喝干，再斟满，今夜不醉不还。"反复一遍，韵味十足，晚会欢快的气氛在他声嘶力竭的歌声中趋向最高潮。

她陪着他送走最后一个来宾已是夜半时分，最后剩下他两人站在酒店的门廊下。周遭夜阑人静，一阵微风吹过，他真实地嗅到她身上清新湿润的香味，不觉心旷神怡。他说："你不能失约哦。"她说："你永远不能辜负我哦。"他两眼直视着她像是喷出两团火，攥紧拳头的手举过额头像是极其郑重的宣誓："永远!"又说，"爱您爱到骨髓里去了。"

这一夜，两颗心徐徐积累的热量炙热如干柴烈火般差点儿把两人从躯体到灵魂都消融了。

清晨，一轮红日高悬，床上的卢晓丽拥衾独坐，面对窗外金光灿灿的轮盘喃喃自吟："太阳每天都是新的，今天我是新的吗？也许是，也许不是。"懒洋洋地躺在被窝里假寐的雷子坐起身，接话说："是，怎么不是？我是大老粗，没您有文化，我信奉的是每天不干点儿事，每天就是白活。"她转头嫣然一笑："我爱的就是你这百折不挠的劲儿。"他学着她文绉绉的味儿："我爱您的一切，包括您的味儿，您的气，您灵魂的书香气。"惟妙惟肖的学说和他荒诞夸张的表情逗乐了她，几乎同时彼此伸出胳膊把对方拥入怀里，咯咯的笑声与洒进屋子里的阳光融在了一起。

从那以后，两个互相倾慕互相欣赏的人似乎没有任何障碍地走到了一起，朝夕相伴，耳鬓厮磨，在旁人看来似乎也顺理成章甚至天经地义，卢晓丽单身，想爱谁爱谁，雷子呢，也几乎是个"光棍"，女儿在国外留学，老婆可能是这些年跟他一起打拚累得心力交瘁，一直病病歪歪地在家将息，这几年听说又皈依佛门整日吃斋念佛不问世事，所以两人在一起没人觉着不合适。再说卢晓丽在场面上应付裕如，光彩照人，与谁相处都觉着舒服，难怪有人说他俩是天生的一对。这些年来，除了忙事业，他俩天天朝夕相伴，耳鬓厮磨，深爱不息，谁的心都像是雨后的蓝天一样明亮、高远、开阔，仿佛拥有了整个世界。

但是今天，就是今天下午，就在自家的阳台，两人相拥在一起本该将这身心愉悦的快乐继续延伸，可他的心底咯噔一下像有一把无情的剪刀把自己大脑中管快乐的神经嘎地切断了。他清醒地意识到她的笑声与当年相比一点儿没变，从她的笑声里不由得浮想起当年的情景。是啊，两人耳鬓厮磨七八年从来都是溶溶如水乳交融乐乐又相敬如宾，可今天的笑声听着怎么也不协调，就像一首奏鸣曲中的一些音符跑了调，对呀，是自己的笑声缺失了真实的高兴劲儿。

“怎么了？我的爱人。”她双手端正了他的头，手指轻轻摩挲着他的脸颊，目光直视他的眼，柔情似水，又说，“也就一天不见，你脸色青黄明显憔悴了，你的眼睛告诉我，你心里有事，而且是十分重大的事瞒着我。”

他眨了眨眼，似乎无动于衷，感觉到自己的鼻腔里陡然一酸。

“不管什么事，不管你有多大压力，说出来，也许我可以分担一点儿。”她的手像馋虫温柔地贪婪地向上攀援，五指并拢揉搓他的头皮抵达百会，再细细地往下搓，反反复复，但始终感觉到的是冰凉，“如果你不信任我，如果涉及公司的商业机密，涉及你心底的隐私，你可以不告诉我，但你没必要这么苦苦折磨自己，再说了，有什么大不了的事这么挠心，难道天塌地陷？难道性命攸关？”

性命攸关？远不止一条命啊！他心里颤抖，破口吐出一个“悲”字就打住了。鼻腔里的酸瞬间变成一股灼热燃烧的硫酸从喉管流向体内，又像一把利刃正一刀一刀地切割着五脏六腑，阵阵悸痛滚滚袭来，他仿佛看见自己的心脏裂开鲜血流淌，所以他欲言又止。他不敢猜想说出真相的后果，她的惊讶，她的恐怖，她的愤怒，会是一种什么样的状况？还有对他过去的联想，肮脏，龌龊，臭不可闻，面对真诚纯洁的她，情何以堪？就是一死，也无以面对啊。他能说什么呢？只有沉重地闭上眼皮，就差挤出泪水。

“悲什么呀？雷哥。有什么悲伤的事，说出来呀！”她罗列出种种猜想，从公司到项目，从老家到他父母，从他老婆到他女儿，凡她能想到的都说了，换来的依然是他紧闭着眼一一摇头否认。

她急了，最令人苦恼的是相处这些年她自认为是钻进铁扇公主肚皮里的孙行者，对他揣着的心事了如指掌，可眼前面对一夜之间判若两人的他居然无从说起，漠然如路人。她噌地一下子站起身来，不无恼怒地说：“你倒是说话呀，是悲剧还是噩梦，我会陪你到底。”

他嘴唇动了动，仍未吐一字。

她无奈，顾自在阳台上踱步，像个在严厉的老师面前认真背诵课文的小学生一样，边走边说：“我可以把大哲学家尼采说的那段名言一字不差地背下来：‘就算人生是出悲剧，我们要有声有色地演这出悲剧，不要失掉了悲剧的壮丽和快慰；就算人生是个梦，我们也要有滋有味地做这个梦，不要失掉了梦的情致和乐趣。’大哲学家说的话能够传诵百年自有它的道理，对吧？”

“对对对对。”他心里想的却是这事对她得永远关紧闸门，哪怕让她误会至死，可情感的僵局总得有个发泄口啊。不可思议的激情喷发，他从椅子上站起身，一把把她拥进怀里，湿润的眼里充满感激抑或是愧疚的光，“我们有我们的壮丽和快慰，还有情致和乐趣，走，我们去找我们差点儿丢掉的东西。”

她从来没拒绝过他。两人像一对热恋中的情人缠缠绵绵一起走进卧室，陡然升起的激情让两人酣战淋漓，直到精疲力竭。

深夜，她的手机响起，接了，是周志军打来的，说是雷子的手机老关机，他有急事要找他。她看了看酣睡的雷子，真不忍喊醒他，就说：“主席，我跟他不在一起。”对方叹口气，挂了。

天亮，雷子醒来，她说：“昨天半夜，周志军打电话找你。”

他原本睡眼惺忪，听她一说，两眼顿大，问：“他没说啥事？”

“没说。这老头儿能有啥事？”她想想，又说，“不过，我听人说，冯可以进去了，纪委在查他什么事。”回头看他已经起床在穿衣服，犹如恍然大悟，“喔，原来你是为他的事忧心忡忡?”

“没有。他什么事会跟我有关，没有的事。”他断然否定，一边说，一边利索地把自己收拾停当，还去盥洗间漱了口刷了牙，走过来，一脸笑靥，亲吻一下她的嘴，抬眼说，“晓丽，别乱想，我没事。我去上班了，咱们该干吗干吗。”

看见他亦步亦趋走出房门，听见外面大门“哐当”一声关掉，她心底也咚的一声，惊吓、害怕、惶恐一一袭上脑子，尽管身边霎时变得一片寂静。

十

周志军在江城绝对算是个人物，土生土长，从江城市下面的一个县下面的一个乡的供销社销售柴米油盐针头线脑的店员干起，三十来年就坐上地市级领导的位置实属不易。在这个有着上千年历史号称大城市大农村的西南重镇，具体地说就是在区域差异巨大、市情极其复杂、人际关系盘根错节的环境里不断升迁，不具备超强的攀援动力不具备稔熟应对智慧是根本办不到的。在他官至江岸区区长时与雷子相遇了，从此以后，对公司而言，是两代人的恩情，对雷子来讲，说是恩重如山也不为过。

第一次见他是上个世纪九十年代的一次宴会上，康伟军，也就是雷子的师傅，邀请了在雷子看来是本市的一些有头有面的人物给新到任的区长接风。雷子躲在师傅的身后胆怯得既害羞又害怕。一是因为他刚出道，从没这么正式出席过这么盛大恢弘的场合，从没见识过这些大官；二是他怎么觉着也是师傅给新区长摆的“鸿门宴”。那时的康伟军财大气粗事业正旺，走过江岸区泡江边宽敞整洁绿树蓊郁的滨江路，看上了一块黄金地段便恋恋不舍，一而再再而三地给区里递交开发一个综合性商业体连带建一片高档小区的申请，可前任区长软硬不吃，以不符合总体规划为由断然拒绝。正无奈之际，区里班子换届，他把全部希望寄托在新区长身上，先是通过市里的关系请到了周志军，再邀请市里相关部门的头儿和一帮民营企业家在江城最高档的渝州宾馆设宴，名曰接风，实则想让他既感觉压力又抹不开情面，再加之盛情难却，进而逼之就范。孰料雷子的一切忧虑都是多余的。周志军乐呵呵地来了，觥筹交错之间乐呵呵地应了，临走还乐呵呵地拉着康伟军的手，意味深长地说："江岸滨江路开发成独具特色的外滩离不开像你这种有实力有激情的企业家呀。"又沉吟道，"嗯，八路军、新四军都是共产党领导下的抗日队伍，康伟军、周志军，两军合成一军为了一个共同的革命目标走到一起来了，何愁咱们的滨江路开发不成上海的外滩呢?"言毕哈哈大笑而去。剩下一帮人面面相觑，继而笑逐颜开，有人对康伟军竖起了大拇指，戏曰："你他妈'伪军'撞上了'八路军'呢。"

那天，周志军给他留下的印象极佳，既和蔼热情又坦诚亲切，还有点儿大智若愚。后来康伟军在一次因为矿难而发生的矿工与农民工械斗中被一块飞石击伤后脑，弥留之际，气息奄奄地拉着他的手嘱咐了三件事，其中最重要的一事就是要他紧紧依靠周志军做大企业，原话是说："'伪军'不见了，你必须得紧紧依靠'八路军'呀。"听起来像是一句玩笑，他明白话中的分量。之后，他一直将周志军当作长辈、领导来尊敬，同时也当作配合默契的朋友，暗暗地恰到好处地做好他私人领域的保障活儿，比如他儿子要去英国留学，他会适时把人民币换成英镑直接打到他儿子在国外的账户，比如他老婆开办会计师事务所，就会把相关或者不相关的单位项目给她的事务所做，再比如他有了小蜜也不避他，约会时请他一起吃饭，席间听说两人幽会没舒适的窝儿，不出半月他就单独约她送上了一套大平层套房钥匙，还有在他的仕途上升过程中自然少不了他填石铺路。对这一切，周志军从不提口从不经手也佯装概不知情，只是偶尔会对他说几句看似不着边际的话："嗬，没想到哇，你这五大三粗的汉子做起事来这么细腻，这么周到啊。"或者意味深长地说，"好事做了好事在，厚德载福啊。"这些话，旁人听了似乎漫不经心，可雷子听了心知肚明。投桃报李，无论对公司还是对雷子个人，周志军在他的权力范围内竭尽全力予以帮助和支持。虽说是有来有往，而且这来来往往不显山不露水不露半点儿痕迹，可在雷子看来，周志军像座大山一样觉着可靠值得信赖。有一次两人单独喝酒喝高了，雷子要与他歃血为盟，他制止说："咱共产党人不搞江湖那一套，是真兄弟好在心里。"雷子呢，不赌一咒不足以表现心中的感激之情，信誓旦旦："你是哥，大哥有事就是兄弟的事，小弟愿为大哥肝脑涂地在所不辞，否则天打雷劈不得好死。"

得知周志军找他，雷子顾不上身体有病，自然马不停蹄地问候。可他几天不出门，情况有变。前段时间风闻新港开发区管委会主任冯可以被省纪委立案审查，双规期间交代了几十个涉案人员，个别人头涉及省、市级官员，最要命的是七年前他给周志军当过四年秘书，那个时间段正值周志军从区长上升到副市长的关键时期，也是江岸区大开发大建设的鼎盛时期，自然也少不了雷子和活久公司的趁势发展。雷子原以为冯可以出事是他出任开发区首脑捞钱惹的祸，与自己与周志军应该没什么干系，因为凭着与周的深交，干什么事都犯不着秘书在中间斡旋，因此不可能有什么破绽暴露在他眼皮底下。

不用打电话，雷子直接去了市政府院子里的政协楼，在挂着"主席室"吊牌的办公室门前站定，轻轻敲了几下门，听见里边略显沙哑的声音说了"请进"便推门进去。周志军正坐在门后的沙发看文件，见雷子进来，一把将文件夹放在茶几上，脸色平静而不乏热情地说："嗬，来啦，请坐。"隔壁秘书室的小王闻声过来，默默地泡上一杯茶摆放在茶几上，做了个请的手势就轻手轻脚走了。雷子在靠近他的沙发上坐了下来，还把身子朝他跟前挪了挪，凑近他耳根说："主席，近来可好？"

"好啊！"他把尾音拖得很长，移开脸，伸手从茶几上抓起一包软中华抠出一根烟递给他，自己也把烟叼在嘴上。雷子赶紧起身掏出打火机，弓腰过去双手捧着给他点燃，然后回手给自己点烟。

"这段时间你还好吗？怎么失联了？电话也打不通，怎么回事？有什么事吗？我是担心你呀。"周志军吸一口烟没等烟气呼出来，就开始发问，一边说话一边冒气像是嘴里在咀嚼烟雾。

雷子倒没在意他的责难，听出话音里更多的是关切和焦急，仔细端详他平静的脸上尚存一丝隐忧，明白是他有心事，忙说："我没事儿，主席有什么吩咐？"

"主席？我俩在一起称什么官衔。"周志军白皙丰满的脸上明显地露出心满意足神闲气定的表情，手夹着香烟匀匀地抽，淡淡的烟雾丝丝缕缕从嘴里冉冉飘升，又端起茶杯吹了吹漂浮的叶子，小啜一口慢慢吞下方说，"我这到了政协手中无权身体有闲，不就是平平安安养老嘛，能有什么事呢？"

"没事儿就好，平平安安好。"雷子想到自己的事从内心发出慨叹，饱经沧桑一般，"人这一辈子没事儿真好，无事以为贵嘛。"

周志军眯着的眼像虚掩的两扇门，瞳仁从门缝里窥探着云遮雾罩外的一切，疑问道："怎么看着你憔悴了？这段时间怎么不见人，还关机？公司上市的进展怎样？你公司在工业园区的加工厂运行正常吗？"

"一切正常啊，我真没事儿，谢谢主席关心。"雷子挥挥手驱散面前的烟雾。

"你知道冯可以出事了吗？"

"知道啊。可他跟你跟我有关系吗？"他不想打哑谜，反问道。

“也许吧，想想。”这时，周志军略显疑虑，又说，“听说他出事，我翻来覆去把与他有关的事过滤了好几遍，想来想去，大的问题没有，可有件小事可能有点儿纰漏。”

“不可能哟。我跟您老人家之间的事从没让他知道过。”雷子断然否定，连连摇头，又说，“听闻他出事我也是梳理了好几遍，没想起什么来。”

“嗯，百密一疏啊。好像是八年前，那天晚上，有点儿急用，那个牛皮纸信封……不好叫你出面，好像是冯可以经了手。”周志军坐直了身体，用手挠挠头像是在做某种暗示或者提示，又说，“也许，那是唯一的一次。”

哦，想起来了。雷子脑子里突地一亮。对，那是七八年前的一个晚上，时间有点儿晚了，他接了周志军的一个电话，叫他立马送二十万块钱过来有急用，还特意叮嘱他用一个大号的牛皮纸信封装好，送到渝州宾馆三号楼下交到冯可以手里就成。他立刻驱车去公司从保险柜取出两个整捆的十万块钱，再赶到渝州宾馆交到早已等候在门外的冯可以手上，只寒暄了几句，见冯可以进了大门，他就离开了。时隔几天，冯可以拎着一个大号的牛皮纸信封来到他公司，把鼓鼓囊囊的大信封往他桌子上一放：“老爷子借了你的书，用完了，叫我专门送过来还你。”还说，“老爷子做事可用心了，讲话材料亲自修改不说，还引经据典要查原句原典，说是推陈方能出新，用典不能出错，否则会贻笑大方。”他推崇备至的神色溢于言表，雷子对此记忆尤深。当着他面，雷子打开信封取出四本《四书五经》精装本，是中华书局出的文白对照本，笑笑说：“周区长也是，几本书值不了几个钱，留着用就是了，还还什么呀？”他纠正说：“什么周区长？是周市长啊，他说他买了一套简装版，这精装本一定还，有借有还再借不难嘛。”其实这一借一还都是周志军安排的，他也知道那天晚上那笔钱是送给省里下来调研的何鲁副省长，何鲁是省委常委，在省委省政府两边说话都能起作用，是他提名并且力挺周志军上位江城市副市长。这是冯可以唯一一次经手他与周志军之间的事情，也是他唯一一次赤裸裸地直接送钱。

“对对对对，唯一的一次。不过，对冯可以来说就是借书还书的一件小事，他不知道内情的。”他一直叹服周志军做人做事的用心缜密，不相信会有疏漏。

周志军皱了皱眉头，顾自点了支烟，半眯了眼想心事，半晌才沉吟道：“嗯，不能低估了这家伙的智商，那个信封的体积和重量，他看不出来，拿在手里的分量他掂不出来？以他的精明他会不知？我是了解他的。”

雷子对冯可以也是了解的。周志军刚到江岸区任职就收到冯可以的自荐信，信中介绍他自己从农村考大学出来，经社招进了机关，目前在人社局任主任科员，正在职读研，听闻周区长重贤爱才，想自荐来给他当专职秘书，文字中间自然少不了对他火辣辣的吹捧和赤裸裸地表忠心。第二天，他叫人社局通知他来办公室看了看聊了聊，见他头脑灵活，身材魁梧，相貌堂堂，拍板把他留了下来。周志军曾经跟他聊起过冯可以，说当初留他干秘书，一念他是家乡人，农民娃娃进城大不易；二念他勤奋爱读书。还开玩笑似的说，那封效忠信写得还可以，马屁拍得倍儿响呢，谁他妈不喜欢戴高帽子？他有所隐忧的是，说这个人太聪明而且会钻营，弄不好会失足的。

“你老人家眼光有毒，看人挺准，你给了他一方舞台，他上去就乱舞乱跳，起劲的时候连自己姓甚名谁都不知道了。”雷子掏出烟来点上一支，呼地吐出一大口，有点儿言不由衷地说话。听了周志军的分析，想着冯可以费心费力低头哈腰在官场上混，最终落得个凄惨的结局，联想到自己也是山沟沟里的农村娃，打小在干净的泥巴地里玩，从清新的土里“刨食”到蹚进浊水污泥中拳打脚踢横啃竖咬地“劳命”，一路混江湖至今差不多也到头儿了，不禁悲从中来，有点儿惺惺惜惺惺的凄凉，嘴上却说，“主席，这些年你对他的教育、培养和提携不可不谓用心良苦，可以说是再生父母一般，他进去了，凭做人的良知，凭江湖道义，知恩图报甭说了，我想至少他不会坑你吧。”

“难说呀，兄弟，人心会变，重度压力之下人性会扭曲会撕裂，会破碎得难堪，让谁都难以置信。”周志军把烟头使劲揿灭在烟灰缸里，两眼直勾勾地盯着雷子，瞳仁里仿佛冒出了火星子，怒火中烧但看得出来是竭力压制着，又说，“忘恩负义的事，以怨报德的人，层出不穷，比比皆是啊。”

“不会的，不会。你对他恩重如山，他吐谁的事都不会吐你，我坚信。”话虽这么说，但一股冷气从雷子的后脊嗖嗖地往上蹿，周志军的不怒自威让他不寒而栗，是一种比想到他的病更加恐惧的慌乱。他蹲过派出所的号子，遭遇警察的白眼和严厉呵斥，在伸手不见五指的寒夜里独享黑暗与凄凉，也算尝试过失去尊严的冷漠与惶惶不可终日的恐惧，从那种五味杂陈的滋味联想到冯可以现在的处境以及从他那里延伸开去的事，那可是瞬间推倒且无一能幸免的多米诺骨牌，不难设想后果的恐怖。转念，他仍把希望寄托在冯可以身上，要么他健忘或者忽略了这么一件小事，要么他知恩而坚不吐实。想到这，他弯腰十分恭敬地给周志军递上一支烟，再打火给他点上，又说，“得相信他会有起码的人性啊。”

周志军挥手撩开眼前的烟雾，十分坚定地说：“不管怎样，我们不得不防。”

这时，门外的过道响起一阵喧嚣，是一群人闹闹嚷嚷的声音，乱糟糟地吵成一团，听不出究竟怎么回事。突然有个尖厉的声音喊：“我们要见周志军，周志军出来给我们个说法，躲得了吗！”另一个声音粗壮些：“躲，躲得过初一还躲得过十五！”分不出男女，只是分贝高些越过嚷嚷声传进屋子里，周志军身体陷在沙发里一动不动，原本不见血色的脸由白变青，铁青，眉头紧蹙，金属铸铁般冷峻，半晌，喃喃自语：“又是那帮刁民，油盐不进，怎么解释都不听，到处上访，还到省里去告我。”停停，又说，“这不，又闹上门来了。”

“是哪伙人？”雷子顺口问。

“哪伙？不就是保安路的拆迁户嘛。这几年拆迁费上涨了，他们要按新标准来，这可能吗？”周志军一副烦不胜烦焦头烂额的样子。

雷子心头一凛，保安路商贸综合体项目不就是他们公司做的吗？那也是周志军在江岸区做区长时主抓的项目之一。那条不足三公里的老街歪歪斜斜挤满了板房和吊脚楼，是早就该改造的城中村，只是此地段靠近江城最大商业中心，确实是做商贸的一块宝地，诸多商家动用各种关系争着要。原著居民也不傻，齐心协力地一再抬高拆迁费，这盘根错节的种种矛盾和上上下下的重重阻力压得周志军喘不过气来，但最终被他联手雷子拿下了，当然其中甘苦与不可明示于人的手段唯他俩知之。他疑惑的是，这么多年过去了，怎么还会有遗留问题？有人上访，而且是一个群体，说明问题还不小。

不一会儿，楼道里恢复了寂静，秘书推门进来报告说：“一帮上访户已经被劝走了。”周志军只是轻飘飘地挥挥手：“知道了。”

小俊识趣地悻悻离去，临走把门关上了。

周志军的脸色恢复了常态，转头对着雷子，极其严肃地说：“城市发展太快，难免会出现一些当初没有考虑到的问题，我们做了这么多事情，成就是主要的，当然，也难免会有疏漏，关键在于我们怎样去补救，弄不好这些问题就会堆积发酵形成巨大的陷阱把自己陷进去。”

这话一语双关，雷子听得明白，重重地点了一下头。

十一

这天是周六，马龙回江城了。

这次打道回府似乎没前几次那么风光，以前回江城，市委、市政府以及下面的几个涉及管经济的部委争相接待，而且规格颇高，这次回来只看到机场迎接他的状况，就明白无误地显示受了冷落。官方代表就是市政府一个副秘书长，他带了一台别克商务车等候在江北国际机场外面，飞机落地的时间是晚上，萧瑟的秋风把不怎么明亮的灯光摇曳得昏黄破碎，场面冷落清秋。

倒是雷子带了一帮人和一个豪华车队，一如既往地把热闹和热情展现给了马龙。在雷子一帮人簇拥下穿过宽阔明亮的大厅，仍不见官方的人影，马龙习惯性地抽搐了一下鼻头，放慢了脚步，走出机场的玻璃门才见守着垃圾桶抽烟的副秘书长。那人一抬头望见他，急忙扔掉烟头满脸堆笑地迎了上来："不好意思啊，这是周末，几个主要领导都回省城探家去了，就派我来接你，明天周志军主席安排了宴会给你接风。"这解释也合情合理，毕竟书记、市长都是交流干部，在离家数百里外劳顿一周都眼巴巴望着回家享享天伦之乐。马龙抽了抽鼻头，伸手与副秘书长轻轻握了握，面无表情地说："人之常情，可以理解，可以理解。"接着不咸不淡地寒暄几句，就吩咐他的几个助手上政府的车去政府招待所住，说好明天一早碰头，然后回身跳上了雷子的奔驰。

没待屁股坐稳，马龙故作疑惑，煞有介事地问："这次，为何家乡人民不待见咱们呢?"

坐在旁边的雷子折身用肘嘭地一下擂上他胸脯，哈哈大笑："你这不是屁话吗？一群美女帅哥外加鲜花，再加上热情洋溢的问候，还不待见你呀?"

马龙皱了皱眉忍了痛，悄悄用手抻抻弄皱了的西装和领带，斜眼瞪着他，半是认真半是恼怒地说："还这么玩？都这把年纪了，这个身份了啊。"

马龙这说法有点儿来头。小时候的农村男孩子们只恨日子太长，百无聊赖，哪怕肚皮饿得咕咕直叫也觉着精力过剩，无论在田间地头，还是在院坝操场，不是玩打仗，打水仗打泥仗约打架，就是对立性抗拒性的游戏，什么官兵斗强盗，什么警察抓小偷，不管玩什么怎么玩雷子老是取胜，除了他性格倔强英勇顽强外，其中一个原因就是他会使一个绝招，在挥拳舞脚的同时瞅准对方的空当以强有力的肘部猛击其要害部位，要命的是他屡屡得手，对手往往不堪一击。在巴山村一起长大的孩子群里，他以肘击人的绝技是出了名的，凡是跟他玩的小伙伴都惧他这一招，他因而成为孩子王。

坐在前面副驾座的卢晓丽转过身子，笑逐颜开："他这人就这样，越亲的人就越给你玩真的，偶发童心，你俩什么人啊？过命的兄弟。"

"嫂子，还没过门就这般护着咱哥呀。"马龙挤眉弄眼，张大了嘴，南腔北调，鹦鹉学舌，"如此这般，这般贤达的嫂子，看来俺哥，俺哥积了几世的德，福分不浅呢！"

众人会意，小车厢里笑声顿起，沸反盈天。

欢乐退潮，马龙抽了抽鼻头，正色道："这次回来有些突然，我这不速之客带回来的全是不好的消息，一堆糟糕事儿。"

卢晓丽笑意不减："什么糟糕的事儿？大不了就少赚几个钱嘛，还有什么不好的消息？几年前的那次金融危机不是靠着你和大家伙的努力渡过来了吗？还有比那次差点儿全部崩盘更严重的事儿？你俩兄弟情重，没什么大不了的事儿。"

马龙心里陡然一亮，八年前雷子的企业历经艰难走出困境，而那场金融危机还成就了她与雷子的结合，原来清纯秀丽的姑娘摇身一变成了眼前这位多了几分成熟但依然美丽的女人。从她风姿绰约的身上，能够看出他俩的日子过得美满而幸福，不由得心中艳羡这像是天设地造的一对，叹服雷子艳福不浅。转念又黯淡下来，因为眼前不由自主地浮现起雷子老婆耿菊花泪眼婆娑的伤心样子。

雷子连声说："是的是的。"又说，"欧盟打着反倾销的名义，抵制和阻止中国的光伏产品，共和国总理都出面说话了，这能怪你吗？"

"我俩好沟通，好谅解，可江城官方可能不好解释，弄不好会有误解的呀。"马龙语气滞重，又说，"比如价格、运费、销售量等。"

车窗外不时有灯光滑进来，可以看见马龙凝重的脸色，雷子说："这倒也是，尤其这段时间江城官场忒敏感，省、市面临换届，郝建国从省里下到地市辗转三个地儿，早就在打点想回省委去当副书记，吴健从省直机关下派没两年，这次想接市委书记的班。可好事不如愿，糗事却接着来。这不，省委巡视组'回头看'反馈了一大堆问题，刚走，省纪委工作组又进驻了。你知道吗？冯可以被抓了，就是周志军原来的大秘。最要命的是今年以来全市经济大幅度下滑，房地产遭限制拉不上去，煤炭矿产打不开销路，你这工业产品、光伏产品又卖不出去，你可代理了江城几个大型企业的产品呀，你说你不好过，他们的日子能好过吗？这日子一不好过，心情就烦，这次你回来料想带的不是兴奋剂，能待见你吗？"又说，"可能还有一番指责等着你呢。"

黑暗中听不见马龙搭话，似乎他明白无误地知道这一切。

车抵东方银座酒店。李明洲率几个集团公司的高层人员在门廊站着迎接，看见车到，快步走下台阶，一手打开车右边后座的门，另一手挡住门楣，接下马龙。

两人还没站稳就打着哈哈又是握手又是拥抱，热情无比。自从卢晓丽接手酒店老总，李明洲就升任集团副总，而且主管工业生产和销售这块，自然与外销代理商马龙熟络得不得了。

一行人鱼贯进入餐厅，几个冷餐菜已经摆上长条形餐桌，几个醒酒瓶里的红酒散发出幽幽的香气。雷子居中而坐，热情洋溢地说：“马龙，喝什么？白酒洋酒红酒，你定。”

马龙摆手推却：“我，我在飞机上吃过了。”

“没叫你吃饭，是请你喝酒。”雷子不容分说，顾自举杯，高声说，“大家举杯，我们先喝红酒，这法国原产原瓶的小龙船是马总的最爱，咱们先举三杯隆重欢迎马总，三杯过后喝什么怎么喝，大家随意随缘，好不好？”

众人齐呼：“好，热烈欢迎马总。”

马龙、雷子各怀心事，三杯酒后就没再多喝，有人来敬酒也只是礼节性地意思一下。马龙转过头与专门来陪他的李明洲谈业务上的事，雷子同身边的卢晓丽说一会儿情话，又说一会儿酒店管理的事项，还说今晚就陪马龙在酒店住了，她含笑说完全理解。其他人三三两两喁喁私语，宴会没了主角，也就失去了主题，气氛低落，众人了无兴趣，不一会儿随着雷子一声吆喝便四下散了。

马龙跟随雷子上到行政楼层，推开总统套房，见服务员已经把一应茶水准备好了。他说：“雷哥，咱没必要住这么大的房间，再有钱也没必要浪费嘛。”

雷子一脸酡红，伴着微醺的酒气说：“浪费什么？咱哥们儿是有这条件啊，想当初，唉，想都没法儿想。”没待坐稳，马龙递过来一支烟，等他递上火点燃，又说，“有条件你不住，还不浪费了吗？不过，这半个楼层的房间是空荡荡的呀，要不，待会儿，我安排安排？”这话不言而喻，无非香艳美女，极乐一夜而已。这话虽然是说给马龙听的，却勾起他一番心旌荡漾。曾几何时在不同的场合自己不也骄奢淫逸过，那是何等快活，何等意气风发，那时遥想二十几年前打破脑袋都想不到的香车宝马灯红酒绿变戏法似的成了现实，禁不住“时来运转”“鸿运当头”“运气来了挡都挡不住”之类的感觉在脑际盘旋上升，以至整个身心都氤氲在功成名就得意非凡的气场里。那时的感觉真好，而如今呢？

马龙没接茬儿，不知是喝多了，还是沉浸在自己麻烦的事务里，忧心忡忡但谈兴甚浓：“我只能在江城待一天，周一回香港。明天上午我约了政府几个部门的头儿和另两个企业一起谈，可能还有些扯皮的问题，唉，如今这外贸的生意不好做啊。”停停，喷出一口烟，又端起茶杯呷了一小口，“你公司几个业务上的事我同李明洲已经商量好了，明天下午你出席一下，签几个文件就了事，该退该赔该补偿的一目了然，放心吧，哥。”见雷子神情凝重，顾自抽烟，又半是感慨半是劝慰地说起了往事，“小时候，听麻二爷在村头的黄桷树下说聊斋，说完角色人等之后常常感叹‘富日子有富日子的麻烦，穷日子有穷日子的开心’，那时不上心，现在想想真是这样。唉，想想当初咱们刚来江城的时候多好呀，四处打工，露宿街头，吃了上顿没下顿，日子穷得快过不下去了，可穷是穷，苦是苦，累是累，咱没把这些放在心上，睡一觉起床又精神抖擞去上工，活得没烦没恼，一份回锅肉你一块我一块分着吃，快活着呢。现在有钱了，大把大把的钱，又怎么样呢？这烦心事一个接一个没完，不快活呀。”

马龙说个不停，雷子却闷声想自己的心事，一言不发。近段时间只要稍有空隙，那个要命的心事就会止不住地往外冒，他想，马龙从小一起长大，进城一起打拼，彼此间根根底底都一清二楚，这个世界上除了他，了解自己的就是原配耿菊花了，但老婆暂时不能讲，不仅仅因为自己已经愧对她了，更多考虑的是她孱弱的身体承受得了这晴天霹雳一般的噩耗吗？表面看她成天吃斋礼佛不问凡事，实则对他对她远在国外的女儿是放在心上的。而马龙呢，可以对他说吗？对他说了怎样？把家事、企业一股脑儿全托付给他吗？作为兄弟，他肯定不会拒绝，可他也是干企业的，自己一大堆事，能行吗？但不给他讲，还能给谁讲呢？也许今晚就是见他的最后一面啊。左思右想，顾虑再三，雷子仿佛又感觉气出不匀，心力不断衰竭。

看着雷子铁青着脸，额头上的皱褶紧凑，心情异常沉重的样子，马龙宽慰他："这次贵公司的损失可能接近一个亿，不过没事儿，哥，等情势好转，咱们再赚回来嘛。"吐了几个烟圈，又说，"有赚有赔，商家常事。咱赚得盆满钵满的时候像是蜜灌了蜂巢满心的甜，得意，得意还加忘形，忘乎所以；亏了呢，亏的时候像钝刀割心瓣，割得满地碎心，痛彻肺腑。这都正常。商场如战场，胜败乃兵家常事。"

满地碎心。这话暗合梦中之境，雷子怦然心悸。

昨晚雷子辗转反侧夜不成寐，似睡非睡的，恍惚间梦见自己奋力在崎岖蜿蜒的山路攀登，空中突然响起一个尖厉且怪异的声音，刚抬头一看就见一块巨石以飞快的速度直接砸了下来，躲都没法躲，脑子一懵，想这下完了，可怪呢，那块石头没砸在他头上，却将他的心脏砸碎在地上，他眼睁睁看着他一颗完整的心被砸得七零八碎，鲜血淋漓地满地翻滚，一片狼藉……胸部剧烈的刺痛将他惊醒，黑夜里满地碎心仍然历历在目，挥之不去。

雷子想，心之痛岂止盈亏得失，我这一死，死得不值不说，还得现丑当下，遗臭万年啊，这等屈辱滋味只有我这种欲生不得欲死不得之人才体味得到，谁知我心？谁知我苦？行啦，我得先给我这最信得过的兄弟亮亮丑。想定，抬起头，见马龙还念念有词沉浸在他的思绪里，欲言又止。唉，水暖水寒鱼自知，人事酸甜自悟之。

"这个世界上，人人都想抓住的东西太多，可真正能抓住的又太少。"这话马龙常挂在嘴边，这会儿说给他听却别有一番味道。这次回江城，马龙见雷子热情洋溢的脸总暗藏着一丝戚色，总觉着他有一丝怪怪的异样，想着他从来都把生意上的盈亏看得不重呀，怎么变得这么沉重？心里越发觉得自己有愧，愈发想把他从生意亏损的阴影中拉出来，便灵机一动变换了话题，“哥，这可不是咱最走背运的事呀，最倒霉的是哪件事儿？想起来没有？对，就是那年，在康伟军的矿上，我下井去挖煤炭，一根顶梁塌下来把我砸伤，你带着几个兄弟去矿上帮我要医疗费和工资，可矿上拒不搭理，你急了，跑到康伟军的公司楼顶要跳楼，结果呢？结果却出乎意料，全靠了那个警察。噫，那个警察呢？就是那个派出所长，对，叫迟少雄的，怎么样？多久没音讯了？”

雷子的心着实咚地一颤，倏地站起身移步在偌大的厅堂兜起了圈子，一边走一边环视宽敞的厅堂和四周的几个套房。豪华而不失典雅的装饰，房间和走廊铺满羊绒地毯，羊绒又密又厚，整片米色基调镶着浅蓝的边，中央绛紫色的花案，重瓣繁蕊，枝藤蔓延，看上去气派华丽，头顶的阿拉伯球灯和四周散布的蓬灯洒下明亮而柔和的光，置身其中，不产生荣华富贵的感觉都难。想起当初与此迥然不同的凄凉境况，不，完全是冰火两重天。这在他脑子突地一激灵，仿佛思绪跳出自己的身体，恍如隔世一般突然忆起了那个陌生人和那遥远得近乎缥缈的穷酸且坎坷的日子。冥思苦想好一阵子，他才喃喃自语：“是呀，迟少雄，差点儿忘了这个警察，他可是个好人。”又说，“没他，我都死了好多年啦，你呢，差不多也是个半死，哪能还坐在这里叽叽咕咕呀。”

坐回沙发，雷子像是问他也像是问自己：“对着迟少雄，我是个什么人呀？”说着一手握拳使劲锤了锤脑袋，羞愧懊恼的模样。

马龙愣怔望着他，轻吁一口气，又摇了摇头。从见面到现在，他真没看懂他。马龙说：“要不，我给迟大哥打个电话请他过来聊聊？”

“你打吧。”雷子眼里露出期望的光，不无失望地说，“对人家，是我们没做好，也许他早把我们忘了。”

十二

提起迟少雄，雷子一下子就想起那个头儿魁梧身板厚实的汉子，轮廓分明的脸上严肃而不乏厚道的表情，偶尔一笑显出厚厚嘴唇里两排洁白的牙齿，不得不吸引旁人的眼球，疑问和惊讶自然而然在人家眼光里闪现。这人黝黑的脸上竟然会露出如此白净整齐好看的牙，黑白分明格外刺眼，怪诞的是这一口白牙出自一个长期烟不离手的警察嘴里，烟熏火燎的炙烤居然没把它那白釉炙成黄灿灿的陶瓷。

雷子第一次见到他就是这印象。

第一次见到他的那种境地说不清楚对错而且非常尴尬。那时的雷子与今日的雷子不可同日而语，那时他窘迫到一文不名不说，简直到了吃了上顿没下顿的地步，想象他去做贼可以说是理所当然，可他这个警察不这么看，于是他这厚道朴实却不乏智慧的形象像是烙铁在木板上烙画一样印刻在他心底。

那一年的夏季，说不清楚什么原因，江城特别热，整个城市像是在天地间围成的大蒸笼，每个人都在里边被炙烤，愁眉苦脸地诅咒这难挨难熬的酷暑。

这日清晨，燥热的暑气把雷子弄醒，抹一把身上似水流淌的汗，禁不住连骂数声狗日的鬼天气，然后摸摸索索地起了床。耿菊花睡眼惺忪说了句：“天才麻麻亮，起来做啥?”这时，屋外也就是从横搭竖拼龇牙漏缝的竹板外，由远及近传来一阵嘈杂的嚷嚷声，有脚步声有说话声还有远处的狗吠，一个声音高叫：“就是这个板房。”紧接着哐当一声有人粗暴地踢开被当作房门的木板，七八个人裹挟着一股热浪冲了进来。

“雷子，你偷的角钢和钢条到哪儿去了？是不是拿去卖了换钱了?”一个粗壮的矮个儿胖子挺着圆滚滚的肚子，指着雷子凶神恶煞地喝问。

雷子显然是被这突如其来的状况吓晕了，坐在用破砖头和工地上用的几块跳板搭成的床边，仰头，惊惶的眼睛懵懂地看着他说:“偷?偷什么?这大清早的，干什么呀?”

“偷什么?你他妈还装蒜。”房子逼仄像个窝棚，从门口到床前不过一两步距离，胖子蹿上前一把揪住雷子的头发使劲往后拽，不想他的头发因为出汗湿漉漉滑不唧唧的，抓就滑掉，再使劲抓紧，另一只手的大拇指和食指像两只铁钳卡住他的喉咙，恶狠狠地又说，“我看你装，装正经，鼻孔里插葱你装相（象）。”

一群陌生的男人横闯进门，耿菊花已是吓得大惊失色，拉过床上唯一的一张又黑又脏的毛巾被裹了身子蜷缩在床角瑟瑟发抖。此时见那个粗壮的男人如此暴力地欺负她丈夫，她一下子激怒了，简直怒不可遏，大叫一声“你干什么”，如咆哮的狮子一般扑过去拽住胖子的裤带想拖开这个野蛮的汉子。不承想用力过猛哧溜一下把他的裤带拉断，连带把短裤撕开一个大口子，她身上的毛巾被也滑落在地上，只穿着背心和小裤头的胴体暴露无遗。胖子赶紧松开双手去捂住裤子，蓝布的外短裤差一点点就自上而下彻底撕破，露出一片红碎花的内裤，场面很是尴尬，气氛更紧张。胖子恼羞成怒，见耿菊花还紧紧抓住他的裤头不放，转过身来飞起一脚朝耿菊花踹过去，这时，旁边一个穿蓝色警服的中年男人突然出手一掌将他推开，才没踹着她。胖子遭此一击，不仅腿落了地，还侧着身子踉跄好几步差点儿摔倒，外裤被死死拽住的耿菊花撕成两片掉落在脚下，方才站稳，回头恼怒反问:“迟警官，你干吗?他是贼，是偷东西的罪犯，你干吗帮他?”

中年警察回他，声音极严厉：“他是不是贼，不是你说了算。”转过头对床上的两个人说，“你，还有你，把衣服穿上吧。”胖子还在号叫:“警察，这两个人是贼啊，得把他们抓起来呀，还有那个狗日的婆娘，好可恶哟，他妈的，你赔我裤子。”警察对他说：“别叫了，别丢人啦，你去找条裤子穿上。”胖子弯腰捡起地上的短裤，挤过门口围着的人群，骂骂咧咧地走了，没待走远又回过头来大骂：“你等着，老子回头跟你算账，狗日的东西。”

围观人群一阵嚷嚷，一片哄笑。有人嘲笑道：“包工头儿吴胖子，这丑丢大了。”还有骂声：“他狗日的，就知道拖欠咱们的工资，吃咱们的血汗钱，该遭倒霉。”

说话间，雷子和耿菊花已经往身上穿了件衣服算是遮住了身体，站在了床边。警察问：“你就是雷活久？”雷子点头说：“是。”警察说：“有人举报你盗卖工地上的钢材，你跟我去一趟派出所接受调查。”

雷子说：“我没偷，我不去。”

“偷没偷，去派出所说清楚不就得了。”

雷子犯犟：“我没偷，为什么要去派出所？”

“去接受调查呀。”警察耐心解释。

耿菊花拉住雷子的手臂，惊慌地说：“雷子，别去，他们要把你关起来。”

“雷子？啊，雷子。”警察微微一笑，眯了眼有些疑惑地问，“你叫雷子，看来你是个好人，你知道不？江城这地面上许多人都私下把警察叫作雷子。”又说，“听口音你不是本地人吧？到江城没几天吧？”

围观的人又一片哄笑，有个民工说：“他到我们工地打工没多久，我们都不知道他叫雷子。”有人讪笑道：“他也敢叫雷子，胆儿忒大啦。”

眼前这警察破颜一笑，雷子才注意到他黝黑的脸庞居然露出两排雪白的牙齿，也才感觉这个面带煞气的警察有点儿温情，就这一下子就记住了这张不苟言笑严肃有余的脸。

“走吧，去派出所。”警察催促。

“我不去。”

警察没戴帽子，汗水从他有些凌乱的头发和看起来有些疲惫的脸颊冒出来往下流，一片一片地把他的领子和前胸洇湿，浅蓝色的警服变成深蓝。他抹了一把脸上挂满了的汗珠，厉声说：“我告诉你，你涉嫌犯罪，我这是口头传唤，让你到公安机关接受调查，再不走，我们就强制传唤。”

这时，两名年轻力壮的警察从人堆里站了出来，呼啦一下扭住雷子的双臂。从未与警察打过交道的雷子，见这个阵势顿时感觉腿软，耿菊花倒是不知高低，转身死死抱住他：“放了他，我去。”

这中年警察微微一笑，翕动露出一排白牙的嘴唇，温和地说：“这派出所是讲理讲法的地儿，又不吃人。”然后，对另两个警察挥挥手，又说，“放了他，相信他，他自己会走。”说完，自己头里往门外走。

雷子用力掰开耿菊花的双臂：“花儿，没事儿，我去去就回，我又没做坏事，怕啥！”说完，钻过围观的人墙，跟着追了出去。

进了派出所没半天，雷子就出来了。那两个年轻民警把他带进办案区，做了笔录，又带他去进行了辨认，那个盗窃团伙中的一个络腮胡男人隔着辨认墙再次指认他是同伙。可民警单独提讯他时，络腮胡根本就说不出雷子姓甚名谁何方人士，交代的犯案事实就只有他们自己的作案过程，说不清楚雷子参与其中的证据。回头，办案民警问雷子何故，雷子这才恍然大悟：“一天晚上月光明亮但天热得像蒸笼，我睡不着觉，起床用自来水冲了澡，就在工地上兜圈纳凉。突然看见几个人影在动，我大吼一声，什么人？干什么？只听见‘哐当’几声响，那几个人惊惊慌慌朝工地外跑，我走过去一看，是几圈盘圆钢筋和几块角钢，才知道那几个是贼，还有个贼回过头冲我喊，小子，关你什么事？你等着，老子不会放过你。那个人好像是个络腮胡。”他接着说，“我一直担心这伙人来报复我，没想到他们这样诬陷我，我也成了贼。”听到这儿，两个年轻警察相视一笑，一个说：“姜还是老的辣呀。”另一个说：“咱迟所料事如神，看人挺准的。”雷子不明就里，懵懂地说：“我说的是事实，你们不相信？”可能他这神态又萌又憨，逗得两个年轻警察差点儿笑岔了气，缓过气来才说：“咱迟所说一看就知道你不是坏人，早就看出你是被诬陷的，还说你小子穷是穷，骨子里有股子正气。好了，没事了，你走吧。”这时他才知道那个中年警察叫迟少雄，是民生路派出所的副所长。他对他很是感激，想当面对他说声谢谢，一问说是他去市局开会去了，只好悻悻走了。

跨出派出所大门，一直守候在外的耿菊花扑进他怀里又惊又喜泪水涟涟，问他：“咋这么快就被放出来了？”他眼眶里噙着说不清楚是委屈还是幸运的泪水说：“多亏了咱迟所。”语气有点儿像那两个警察说起他们所长，还有点儿像说起老家的某个亲戚。不过从此以后，只要说到警察就会谈起迟少雄，说起迟少雄自然有点儿特别的感觉，心里头暖意洋洋的。不管怎么说，迟少雄是个稀罕人物，从小生活在乡下的他所见过的警察就是乡里的公安员，且从没打过交道，正面的近距离接触警察仅此一次。以他少年老成或者是天生的判断力，他认为迟少雄与其他的警察就是不同，倒不仅仅因为他那张黑黝黝的脸庞生就一口白生生的牙，黑白分明，格外引人注目，然而他的不同之处究竟在哪里，可一直没想明白。

再一次与迟少雄邂逅相遇是在三四年后，而且又是在那种非常尴尬，甚而称得上是那种欲跳楼而又不想死的难堪境地。

十三

那是初春的一个清晨。

哗啦啦一阵响。雷子一上楼顶反身就拨动锈迹斑斑的铁棒插销，把进到房顶的唯一通道——同样是锈迹斑驳的铁栅栏门给拴死了。

换着其他季节的这个时候，南坪镇的街面上早已是人来人往车水马龙了，而这时，虽然时令上的冬季已经结束，春天的种种迹象开始萌生，但远处缙云山山巅的积雪还明晃晃地展现着它的存在，近处屋顶、大街、草坪、树木还星星点点残留着白色，人们还习惯于在家猫冬，起不了那么早，起了床也没必要那么早出门，所以宽宽的街道除了偶尔有一辆车驶过，几乎没人影。

天意的昭示依然是寒冷。雷子双手撑住屋顶的围墙把脖子伸出够长才越过厚厚的墙垛看下去，大街上还看不见熙熙攘攘的情景。缩回脖子，拍拍手上的尘土，紧了紧衣襟，又在硕大的平面屋顶溜起了圈子。昨晚他想着马龙要死不得活的样子心急如焚，睡不着觉，索性翻身起床，一再盘算着去找康伟军要账的办法。掐着点，他埋头急匆匆走进这幢大楼的时候，门卫老头儿把他挡了下来，问他找谁。他挺直了腰板，干咳一声壮了壮胆，操京腔说："找康伟军董事长。"老头儿觑两眼他，又上下打量一番说："什么事？约了吗？"他说："约了，生意上的事。"老头儿仍不放心："我一直在门卫室坐着，没见董事长进门呀。这样吧，我给他秘书打个电话通报通报。"他赶紧摆手："不用不用，我自己上去。"

老头儿一松口，他赶紧往楼梯上走。上到二楼，不知是出于好奇还是什么想法，他开始在每个楼面晃悠一圈再上另一个楼层，怕引起别人注意，刻意把穿着胶底鞋的脚步放得轻轻的。几层楼看过去，这上班的点刚过，每个办公室的门都开着，他瞅见里边的人不多，可看样子都在干活儿。他想，嗯，这土财主不仅苛刻而且吝啬，不养闲人啊。只有四楼的左边他没去，那是集团公司的煤矿分公司，他曾去那儿找那个娘娘腔的总经理闹过一次，要他补发拖欠三个月的农民工的工资和马龙的医疗费，娘娘腔粗暴地拒绝了他，被激怒了的他挥拳出手要与他拼命，可他被人死死扭住了双臂，最终被逐出这幢大楼。康伟军把他的所有分公司都集中在这楼里，雷子这次来是找他算账的，没必要被娘娘腔发现了。

上到七楼，慢慢从楼道溜达过去，确实看见挂董事长吊牌的办公室大门紧闭，刚扭过头就见一个五大三粗的汉子横在走廊中央，警惕地问："你找谁?"他故作轻松地笑了笑："没事，找煤矿公司。"那人粗声粗气地说："没事，没事就下去，煤矿公司在四楼。"他走进楼梯躲过那人的目光，直接上到九层的屋顶，回身关死了楼门。

在宽到可以跑马的屋顶，雷子踏着露水和化了的雪水掺和的泥浆忽快忽慢地兜了好几圈，凛冽的北风仍不停地吹，但他身上暖和了，停下脚步才听到些人喧车鸣的声音。他没费什么劲就爬上齐胸高的围墙，站在几十米的高度往下看，湿漉漉的公路和人行道上蠕动的人车并非各行其道，穿梭不息，还有些凌乱，能看见的只是些人头，黑头发和大多是灰颜色的帽子以及女人脖子上大红大紫的围巾，天上没下雨也没下雪，人们缩头埋首走自己的路，没人看天，过来过去的小车就一个移动的盒子，大货车车厢里装着的东西看起来模糊不清。他感觉有点儿头晕目眩，定了定神试着在两块砖宽的墙头上走了几步，嗯，稳当，可怎样才能引起下面的人注意?嗯，得整出点儿动静来。弯腰拾起墙头上的一小块水泥渣，瞄准路边一个支起案板架着火炉的小面摊儿扔了下去，十几秒钟后就看见摆摊儿的两口子抬头望了一望，可能还咧嘴骂了一句，又埋头忙活自己手里的活儿，围绕小面摊儿的人行道上或蹲或坐或站的人有十来个人，看样子生意不错。

没人理他，没人理他这个想整出大动静甚至是不要命的人，他心里有些委顿，黯淡，转念又想到躺在医院的马龙因为缺钱断了治疗，更不用说动手术，就连止痛针医生也不给打了，那痛苦不堪的惨状看起都叫人心疼。联想到家乡蜷缩在床上缺医少药的母亲和为弟弟的学费而唉声叹气的父亲，眼前再次浮现耿菊花企望、焦虑的眼神，那一团怒火又燃烧起来，心一横左右开弓飞起几脚将墙头上的泥沙和水泥疙瘩嗖嗖踢了出去。

黑魆魆的泥沙天女散花般撒下去，掉在车顶上噼噼啪啪响，砸在路人的头顶上引起一片惊叫，叫声恐怖还带点儿痛苦，可能有颗石粒砸中一个坐在矮凳上的女人正端着扒拉进嘴的面碗，伴随着一声尖厉的惊叫，她吓得一松手将一碗面翻在地上，碗摔碎了，汤汤水水溅了她一身，筷子丢得老远。这下，大街上一切流动的景象都停止了，人们纷纷驻足，仰头，看天，去搜寻这些不明飞行物的来处。

“看见了，那楼顶站着一个人。”有人惊呼。

“嗬，这么高的楼，那个人爬上去做啥子?”有人疑问。

那个被砸中饭碗的女人一边用餐巾纸擦拭身上残留的污秽，一边跺起脚指着天大骂：“你个龟儿子没事干，爬那么高使坏，你小子摔死你。”

这一切，雷子看得清清楚楚，听起来只是一片嚷嚷声，知道引人注目了，便使出一个金鸡独立的招式，双臂张大作飞翔状，又听见下面一片惊叫声，看见密密麻麻的人群一阵骚乱。

“他要跳楼，快打110。”有人高叫。

围观的人越聚越多，公路被轧断了。办公楼里的人也都涌上了街头，门卫老头儿向上看了看说：“那小子不是说来找康总谈生意吗？怎么上去跳楼啊?”娘娘腔手搭上额头作凉棚状眺望好一会儿才看清楚了人，心里一下子明白了咋回事，惊惶地叫了起来：“那不是山岩矿五队的煤子嘛，叫雷子，他肯定是来要钱的，上周才来公司闹过，这次怕是来玩命了。”他朝上挥挥手，大喊，“雷子，你干什么？下来，下来，什么都好商量。”

雷子在上面看到他忸怩作态的举动和尖声尖气的叫喊，已经看出他就是娘娘腔，心中的愤怒，加上如吞食了一只苍蝇一般的厌恶感觉不打一处来，就两手捧作一个话筒拼足力气喊：“狗日的，滚开。”接着从怀里掏出叠得整整齐齐的白色细麻布，一一展开，然后唰地抖搂开来，上面是他请人写的几个有点儿像隶书的大字：“找康伟军讨血汗钱”。

条幅从楼顶竖挂下来，下边的人看得真切，“哇”“哗”叫声一片，人群又一阵骚动。

娘娘腔立马意识到遇上的不是个善茬儿，心中更慌了。他立马叫几个保安把公司大院的门关上，又派一队保安去大街上疏导交通，下令无论如何要让车辆畅通，接着叫煤矿公司的人上楼顶去劝阻，再指定人向派出所、消防队报警并给120打电话让急救车备用，最后安排一个亲信打电话给康伟军报告情况，俨然一个战场上指挥若定的将军。

他拿起一个电喇叭对着楼顶喊话：“雷子，下来，不就几个工钱嘛，好商量啊。”

“你做不了主，你说话不算话，滚开吧，你。”雷子张大喉咙喊下来，随风吹来，下面的人隐约能听见，院内外大街上叽叽喳喳的议论声哄闹声乱哄哄一片。

人群中有几个声音挺大：“这公司也太黑了，下井挖煤的农民工够贱的了，还欠人家的工钱。”“是啊，是啊，欠煤黑子的血汗钱，这老板的屁眼比煤炭还黑。”还有人生怕事情闹不大，竟高声大叫，“跳哇，小子有胆量跳哇，磨叽个锤子。”

“我代表康总，全权做主，下来吧。万一掉下来了，小子你就没命啦。”电喇叭的声音明显盖过吵嚷声，但传出去的仍然是娘娘腔，尖厉还伴着电流的吱吱声。这时，有个人举着手机跑过来说：“康总叫你接电话。”手机还没凑近耳朵，里边凶巴巴的声音就炸响了：“怎么会闹出这么大的动静？叫你安抚好安抚好，你他妈的没弄好，还整出这么大的事来，你看怎么收场，啊，我跟你说，那小子要是跳楼死了，你去抵命。”娘娘腔显然被骂得惊慌失措，语无伦次：“我，我，跟他谈判，他，他不听，要见你。”电话里又骂开了：“他妈的，他算什么东西，你全权处理，什么条件都答应他，先把他弄下来再说。”电话挂了，娘娘腔傻愣在那里，半晌回不过神来。

从楼上下来的人气喘吁吁地跑过来，对着他耳边说：“屋顶的门锁死了打不开。”已经六神无主急得满头冷汗的娘娘腔突地暴跳起来：“砸呀，你们不知道把门砸开呀？”来人是公司的员工，被他的暴吼吓着了：“铁门铁栓，从里面锁着，你去砸砸看。”

这时，一辆警车和两辆消防车啸叫着驶进院子。警车上下来四个警察，领头的中年警察走近娘娘腔问：“怎么回事？”娘娘腔像是溺水濒临灭顶之灾而突然抓住救命稻草一般，两眼放光：“哎呀呀，迟所长呀，你终于来啦，快来救命呀。”接着一五一十很快把事情经过说了。

迟所长倒显得不慌不忙稳重有余，上下左右把四周的情形看了一番，才把消防队长叫过来，吩咐派人上楼把铁门切割了进去救人，把登高车的救援梯升上去做好准备，再把气垫和救护网在楼下铺好。他转身又安排几个警察：“猴子、王忠带几个保安上楼顶跟他谈判，分散他的注意力，寻机把它拉下墙头；张华去查清这个人的身份和家庭情况，看能不能找到他亲近的人来劝解他；李中宇负责全程录音录像，保存证据。”最后一挥手，“好，分头行动。”

一旁的娘娘腔看傻眼了，他也经常下矿区处理事情，也有些经验，但看迟所长有条不紊镇定自若的大将风度，折服地说：“迟所，有你在这事就解决了，谢谢你呀！”

“谢我什么呀？人还在楼顶，要是摔下来死了，血肉模糊，多难看，哭都来不及呀。”迟所长乜了他一眼，一手从他手里接过电喇叭，开始对上面喊话，“小伙子你听着，我是警察，我知道你就是为了讨工钱，我负责给你调查清楚，还你公道，听清楚了吗?”

雷子肯定是听清楚了，他把手中的条幅抖了几下，大声喊：“警察同志，不关你的事，我找康伟军，他不拿钱来，我就不下来。你们要快呀，不然我真跳了，我——不——怕——死。”说完又做了一个欲跳的动作，吓得楼下的人群一片惊叫迭起。

“小子，你还年轻，没必要玩命。”电喇叭的声音严肃而恳切。

“警察叔叔，别啰唆了，找康伟军来兑现，其他，免——谈。”

“我是南坪镇公安派出所的所长迟少雄，我负责任地告诉你，自古杀人偿命，欠债还钱，这是必须做的。欠农民工的工资，老板必须还，政府给你做主。”这番话硬朗，斩钉截铁一般。电喇叭的声音还没消失，墙头上的人影消失了，垂在墙面的条幅也拉上去了，还发出窸窸窣窣的响声，众目睽睽之下的变化，让楼下的人发出阵阵轻松的或许是失望的唏嘘声，密密匝匝的围观人群正在松动，有人干脆散了。

可不一会儿，条幅又垂挂了下来，墙头又蹿上那个人影且一个趔趄差点儿摔了下来，楼下又响起阵阵惊呼，人们落回肚子里的心又提到了嗓子眼。

迟少雄肩头挂着的对讲机响了：“头儿，我们已经进了房顶，正同他谈，他情绪有点儿激动，靠不近。”他歪了头，伸手按了讲话键，嘴对对讲机说：“要有耐心，别急，寻找机会。”转头对着娘娘腔说，“你们康总，什么时候来呀？他不来，看来是解决不了问题的。”

娘娘腔面露难色：“打了，他说他在市里忙着呢。”又说，“我一打电话就挨骂。”

“那不行，他得来，还得当面把农民工欠薪的事兑现了，否则，这事完不了。”迟少雄踮起脚尖看了看满院子满大街密密麻麻塞满的人头，毋庸置疑地说，“你打，打通了我跟他说，他必须来。”

天开始下雨，细密密的雨滴在寒风中扯起千丝万缕的银丝线，侵骨的寒意更加凛冽，却丝毫没降低人们看热闹的热度。人越聚越多，看得出来有些是从井下上来没来得及换工装的矿工，花猫一样的脸上蒙着一层煤灰，许多人把手里的手机相机举得老高伸得老远，想把在命悬一线的惊险拍得更清晰，更期望抓拍到那个生死瞬间的镜头。

迟少雄显出了焦急，看见娘娘腔盯着手机迟疑的样儿，不由得动了粗口：“你他妈的打还是不打？你他妈的怕挨骂，可上面是条人命呀。你打，通了，我说话。”娘娘腔这才哆嗦着指头拨起了号码，只嘟地响一声，骂声就钻了出来：“那个狗日的还没下来吗？你这个狗日的这点儿本事都没有，老子花这么多钱养你这龟儿子，这么点儿小事都摆不平，还要你干什么用？”娘娘腔脸色煞白，汗水和着雨水从额头流过脸颊灌进前胸后背，不知是冷还是害怕，他的腿颤抖得厉害。

眼见他在农民工面前凶神恶煞的样子，又见他在主子跟前像一条抽了脊梁的癞皮狗，如此前倨后恭的变化，令迟少雄感觉就像喉咙里噎了一只苍蝇厌恶至极，一直冷眼鄙视他，想痛痛快快骂他一通，小人，狗，变色龙。抬眼望了望楼顶的人影，想必那小子不是日子过不下去了是不会拿命来搏的，此时应当又冷又饿又紧张，时间长了怕撑不住的，万一掉下来，就是他不想死……唉，这后果不堪设想。所以他隐忍了，伸手接过娘娘腔递来的手机，整理了一下情绪说：“康总，我是派出所的迟少雄，这里的情况你知道了吧？”

“哦，迟所长，不知大驾光临，有失远迎啊。这点儿小事惊动你了，不好意思啊。”电话里的声音一百八十度大转弯，谦恭里带点儿马屁味儿。

“这事，你得来，到现场来。”迟少雄没心思黏糊，直截了当地说。

“哦，迟所长，不好意思，我在市里同领导谈一个开发项目，真来不了。”这话有绵里藏针的味儿。

“不行，你得来，你不来兑现农民工的工资，他不下来，可能出人命的，你必须来现场。”迟少雄以不容置疑的口气说道。

“这点儿小事我下面的人会解决的，迟所长，市领导跟我在一起的，真来不了。市领导要问我什么事，我还不好说呢，对吧？”拉大旗作虎皮以势压人的味道不用掩饰。

迟少雄耐不住性子，强硬地说：“康伟军，是你的项目重要，还是一条生命重要？人命关天啊。我告诉你，你必须在半个小时之内到现场，不然，出了人命你要负法律责任。”说完，气呼呼地摁断电话。

高个子警察张华挤开人墙走过来，双手合成喇叭状对着迟少雄的耳朵汇报查人的情况。这时，肩上的对讲机响了：“迟所长，我是分局指挥中心，现场情况怎么样？需要分局增援警力吗？局长叫你接手机。”

迟少雄这才意识到手机在响，忙从裤兜里掏出来接听，局长说他已经了解了现场情况，相信他能够圆满处理好，再问康伟军可不可以不去现场，说他正与市领导谈事。他急了，冲口一句：“不可以。”再解释说，“李局长，你知道解铃还须系铃人，他不来，不现场兑现农民工的欠薪，上面那小子死活不肯下来，我怕强行动作弄出人命来呀。”电话里“哦”一声挂了。他举着手机的手硬硬地僵在那里，想到康伟军所言不虚，不禁寒从心起。以他对康伟军的了解，这个以打打杀杀起家靠做一些说不清道不明的生意致富的家伙，居然与市里的大领导过从甚密且关系火热，简直不可思议。不过，联想到时下社会那些为富不仁的土豪面对权力胁肩谄笑，有些官员在百姓和下属面前正气凛然地装模作样，而对所谓的老板大款富人却像宠物见到主人一样摇尾乞怜，又觉着见怪不怪了。但作为警察，他似乎永远看不惯这种“怪”，情感的天平总是倾斜于弱者，因而在现实生活中他总是显得格格不入不合时宜，他苦恼，他愤懑，常常暗自神伤，摇头叹气。

“哇!”“呜!”“啊!”人群里又响起阵阵惊叫。迟少雄抬头见楼顶的人影手指着里边激动地挥舞，好几次差点儿跌倒，险象环生。他的心悬得更高，急忙对对讲机喊：“王忠、猴子，不要操之过急，慢慢来，稳住他。”没等他俩回话，就拿起了电喇叭，稳了稳神，不疾不徐地喊道，“雷子，我知道你的情况了，你下来吧，我给你做主。你要不下来，你给我站稳了，年轻人，生命最重要，你得为你爹妈想想，为你老婆想想啊，今后的路还长着呢，千万不要犯糊涂啊。”

楼上的人影喊道：“迟所长，我知道是你，这事跟你没关系。我要见康伟军，他不拿钱，我就死在这里。”肯定是声嘶力竭喊出来的声音，但传到楼下却飘忽得断断续续若隐若现，淅沥沥的雨中，让人更添一丝寒意。

他想上楼去与他当面谈谈，也许动之以情晓之以理能让他放弃轻生的念头，又怕离开楼下真发生意外，也许他指挥消防和保安队员一直手牵着的尼龙绳网能够救下那条小命，但他更坚信自己的判断，雷子这冒险之举就是为了把动静闹大逼迫康伟军偿还欠薪。对讲机又响了：“分局指挥中心说这事闹大了，网上图片、视频、吐槽、评论，铺天盖地，说什么的都有，市里、区里、省厅、市局领导都在过问，分局前来支援的交警、治安、特警已经在路上，要尽快结束这种局面，李局长问有什么难处。”

“其他没问题，难处就一个。”迟少雄回答。

“什么?”

“叫那个康伟军赶快到现场来。”迟少雄不无恼怒，但又憋着不好发作。

“来啦，来啦，迟所长，我，康伟军，不就来了嘛。外面人围多了，车开不进来，不好意思，来晚了。”说话间，迟少雄身旁钻出一个又矮又粗的汉子，涎着一张皮笑肉不笑的脸凑到跟前，说话口气不乏傲慢，“早就想到派出所拜见你呢，迟所长，没想到这小事惊动了你的大驾，那小子老子弄他下来给你赔罪。”

康伟军的突然出现并没有使迟少雄露出半点儿欣喜，反倒激起他一肚子厌恶和满腔怒火，但他强迫自己忍住了，只拿眼乜斜着他，眼光里熊熊燃烧的火焰直逼着他，悄无声息却无法抵御。

娘娘腔在一旁讨好说：“康总来了，这么快。”

本已尴尬至极的康伟军，只得干咳两声自我解嘲。这时转个身子，狠狠地瞪着娘娘腔说：“都是你他妈的没本事，这点儿小事都摆不平。”又说，“把话筒拿过来，我来叫那小子下来，他妈的老子什么场合没见过，我还不信那个邪。”说完，他张大两腿站了出去，一手叉腰一手举起电喇叭扯开嗓门儿就开骂，“楼上那小子你听着，老子就是康伟军，你给老子丢丑丢大了，赶快把那个条幅收拾了，赶快下来走人，不然，老子弄死你个龟儿子，听见没有。”

楼上那人影站直了，手指着下面也骂开了：“康伟军，你他妈的不是人，咱挖煤工的血汗钱你都要抠，受伤的工友躺在医院要拿钱救命，你一分钱都不给，你他妈还是人吗？告诉你，老子不怕死。”

“你不怕死？有种，有种你就跳下来呀。”电喇叭的声音盖住了所有叽叽喳喳嘈杂的声音，淹没了楼上那个人影弱小的吼声。

“怕死？怕死老子就不来了，康伟军，老子不怕你，当着这么多人的面，只要你敢说不给弟兄们工钱，不给受伤的工人医疗费，老子就跳下来，还要砸——死——你。”楼顶的声音一点儿不示弱。

“好，你个狗日的，你等着，老子上来跟你算账。”康伟军把电喇叭扔给娘娘腔，迈腿就往楼里走，没走两步就被一只结实有力的手抓住胳膊，使劲甩了甩没甩掉，手臂像被铁钳钳住一般，只得回身，“迟所长，拉住我干吗？我上去跟那个不要命的家伙算账。”

“不行，要算账就在这儿算。”迟少雄拉住他不松手。

“算账？这儿？我跟你算什么账？”康伟军满脸疑惑。

“不是你跟我算账，是叫你把欠农民工的钱算清楚，把账结了，事情不就解决了吗？”

“那个家伙，就这么，哦，便宜了他呀？不行，老子要上去跟他算账。”康伟军想甩掉迟少雄的手，但试了几次都不行，又说，“你放手，老子上楼去教训教训他。”

“教训谁呀？你欠农民工的钱，你还有理呀？人家不是山穷水尽会走这一步，拿命来搏吗？”迟少雄耐着性子，说得有理有节，攥住他的手捏得更紧，“再说，从国务院到江城市政府都要求不能欠薪，要保障农民工的合法权益。”

康伟军斜睨，一脸不爽：“你是警察吗？你这么帮那些农伙儿说话？”“农伙儿”在江城土话里是对农民的蔑称，更是骂人低级类似于下三滥的土话。

“农伙儿？你家上数三代不是农伙儿才怪呢。”迟少雄心中压抑的怒火开始不动声色地往外冒，攥着他的手使劲捏了捏，痛得康伟军斜牙咧嘴瞪起了三角眼，“今天，现在，你先把账给他清了，然后剩下的事，我来处理。”

“必须这样吗？”康伟军心有不甘。

“必须这样。”迟少雄肯定地点点头，松开了手。

康伟军伸了伸被捏得生痛的手臂，低下了头，不一会儿抬头说："迟少雄，老子要告你们李局长，你跟楼上那个雷子熟，你们是一伙儿的，串通了来讹我。"

迟少雄微微一笑，黝黑的脸上露出两排雪白的牙，催促说："办正事，告我，等把这事弄好了，随你怎么告。"

表面看迟少雄样子柔和，骨子里却是理直气壮正义在握的强硬，再抬眼见满院子满大街的人群，耳听人们义愤汹汹的议论和叫骂，自知理亏的康伟军被逼到了墙角，上层再有人撑腰，再有恃无恐，此时此地也不敢耍无赖，造次生事，否则，就是找死。他只得把娘娘腔叫过来吩咐一番，令他立马结账拿钱。

迟少雄举起电喇叭喊道："雷子，康总已经答应给你结账，你赶快下来拿钱。"又喊，"天太冷了，别冻坏了，赶快下来暖和暖和，听见没？"

雷子弯了腰，双手捧嘴使出吃奶的力气喊道："谢——谢——您，迟所长，您是咱们的救命恩人，谢谢警——察——叔——叔——"

人群中有人喊："感谢警察叔叔。"

阵阵掌声响起，群情激动，场面感人。

没想到几分钟之后，这番喊话这段视频被有心的网友用俯拍仰拍平视的图片组合，再加一段解说一并发到了网上，一时间点击、点赞、跟帖、吐槽风起云涌。迟少雄被网友赞为"最美警察"、"江城人民警察形象"，网友吐槽康伟军是"为富不仁的土豪"、"昧了良心的煤老板"，两种形象刹那间蹿红。

娘娘腔抱着账本和一捆钱过来，康伟军喊："雷子，下来拿钱。"

雷子朝大街上的人群喊："彪子，张昂，你们俩去领钱。"

话音未落，院子的铁栅栏门前冒出两个脑袋说："康总，叫他们开门，我们进来领钱。"

迟少雄、康伟军面面相觑，看见这两个人后面跟着一群矿工模样的人，几乎同时冒出同一个判断：这雷子真不可小觑，人群里果然有他的同伴。

事态平息之后，雷子进了拘留所。

蹲完局子，他一溜烟跑去了派出所，找到迟少雄说了一大堆感恩感谢的话，迟少雄只微微一笑，开启露出两排白牙的嘴："雷子，珍惜生命，做个好人。"

十四

丁零零，丁零零，急促的电话铃声响起，打破了满屋子的沉闷。雷子抓起手机，来电显示是王贤哲，一下子摁断了。不一会儿，来电又响起，他确实不想接，意识中老觉着这飞来横祸是他给带来似的，这段时日想到医院或者医生就顿生厌恶之感，搞不懂这些白衣天使成天生怕抓不到病人，发现了可疑的病灶非得要穷追烂打找到确诊的结果，不然就没饭吃一般让人心烦，但一想到王贤哲那关切的目光，又不忍拒绝，终于当铃声再次响起时，他摁下了通话键。

"雷总，怎么老不接我的电话？我跟省城的疾控中心都联系好了，你定时间，什么时候去做检查？我陪你去。"电话一通，王贤哲连珠炮似的说话。

"非得要去？"雷子反问。

"去吧，去确认一下也好，免得……"王贤哲温婉劝导。

"非得确认？"雷子眼觑着一脸疑惑的马龙，故意翻来覆去地问，而且还加重了语气。

丁零零，门铃响起。雷子捂着话筒，示意马龙去开门。他才得以把话说完："确认了又怎样？确认了好死得快？好死得难看啊？"

"不，不，不，不是这个意思，雷总，我怀疑……"王贤哲急了，急于想解释清楚却语无伦次。

雷子打断了他："不是这个意思，是什么意思？非得要确认是那个不光彩的病，非得要我死得臭名远扬？"长长地叹了一口气，又说，"你的好意我领了，改日吧，改日有空儿再约你。"接着，不由分说摁断了电话。

"哈哈哈哈，雷总，你看，谁来了？我说老哥子会来吧，看看，大哥还这么精神。"马龙满脸堆笑，嘴里打着哈哈，一手勾住迟少雄的腰一手搂着他的背亲密无间地走进门来。

"呵呵呵，迟大哥，好久不见，十分想念，好想你哟。"雷子趋步上去，两把推开马龙的手，一个熊抱把迟少雄拥进怀里，嘴对着他耳朵悄声说，"像想老婆一样想你呀，老大，见你好不容易哟！"

迟少雄的耳朵被他说话的气息刺激得奇痒难忍，禁不住猛一下挣脱他的双臂，啊嚏一声打了个响亮的喷嚏，这才直起身子，正色道："这不废话嘛，我靠边站着，就要退休的糟老头儿，成天在家候着有人找，一天到晚手机都开着，可它就是不响。"

这话说得一本正经，有点儿冷幽默，待迟少雄把手机啪地扔在了茶几上，把身体放进皮沙发里，比画了一个无可奈何的手势，雷子、马龙像是突然领悟到什么，同时哈哈大笑。阴郁的房间像是冒出一股喜气。

雷子给迟少雄递上大中华，啪嗒点燃。马龙从泡壶里滗出一小杯大红袍茶水，双手捧着递到他手上。迟少雄呢，一副很受用很享受的样子，一杯茶润了润喉咕噜下去，一支烟悠悠吸去大半支，才说："说吧，找我来，有啥事？"

"没事呀，大老哥，真没事，就是想你了。"马龙急忙解释。

迟少雄稳稳一笑："没事？这半夜三更的，这又是派车又是来人上门接人，没事，有这么急的，有这么隆重的？"又说，"这干了一辈子警察，想的就是没麻烦事不会找警察。"

“呵呵，大老哥，你这是典型的警察思维啊。”马龙说完又笑，笑得很开心。

雷子说：“是这样，大老哥，马龙今儿个才回来，我两人突然想到你啦，我跟他打赌试试看你能来不，结果他赢了，你看他好不得意。”低下头，又说，“不过，想起你，我总觉着自己这辈子什么都没做好，愧疚得慌。”

丁零零，门铃响起。雷子拿起茶几上的呼叫器，按下一个按钮问：“谁？有事吗？”松开按钮，呼叫器里说：“雷总，我们是餐厅的服务员，给你们送餐来了。”雷子按了另一个键，隐隐听见啪的一声，套房外的大门自动打开，三个女服务生推着一辆造型精致的送餐车款款走了进来，领头的女生请示，“雷总，我们把夜餐摆放在餐厅，好吗？”

雷子点了点头，餐车转进旁边的小餐厅。

马龙像是突然明白了什么：“雷总，你搞什么呢，你明明有自动开门器，却叫我跑过去给大老哥开门？你接那个电话就鬼鬼祟祟的，说什么见不得人的事？”掉头，对迟少雄说，“大老哥，你看这雷总欺负人呢。”

孰料，雷子旋即摆出一副勃然大怒的样子：“马龙，你个忘恩负义的家伙，当年你躺在重症监护室没钱治疗，一副要死不得活的样子，你忘了，要不是大老哥，要么你就没命了，要么今天你就是连腰都伸不直的残疾人。”说完，他还塌肩弯腰一瘸一拐地学着走了几步。

马龙居然给镇住了，犹如醍醐灌顶，突然跪在迟少雄面前，双手合十举在胸前，虔诚地说：“大老哥，这辈子除了父母，你就是我命中的大恩人大贵人，此生怎么谢你都不为过。”说完，双手撑地就要磕头。

迟少雄连忙弓身，双手拉住马龙：“你们两兄弟这是干吗？演戏吗？”

马龙极不情愿地立起身，双腿仍在地上：“真的，大老哥，这一生真的要谢你救命之恩。”说到这，两眼红红的，掉下了泪水，“那年躺在ICU昏昏迷迷的，就差一点点把命拿过去了，没有你哪有马龙的今天啊。”说完，倒头又拜。

迟少雄只好站起身来，一把拉起他，再把他推进沙发坐下。回身自己坐下时，他的眼睛也湿润了。他不仅想起当年为了让雷子下来逼康伟军偿还矿工欠账的那一幕，更为那天以后他所受的憋屈感到悲哀，那时候他为此愤怒过抗争过，但没有用，以后在警界又受到一些不公正的对待，比如现在他所处的在岗不在位的尴尬状态，他反倒释然了，尽管心底也知道这种释然是一种心灰意冷的自我麻痹，确实不容易让自己再动什么真情了。他说：“你这是干什么？作为警察，那是我该做的。”叹口气，又说，“就怪那个康伟军。”

“那个狗日的康伟军，真他妈不是个东西，把我们给害惨了。”马龙口吐粗气，聚满血丝的眼像要喷火。

“雷总，菜上好了，红酒已经醒起，请贵宾用餐。”三个服务生推着卸空的餐车出来，待雷子点点头，领头的一个又说，“那，我们先下去了，有事叫我们。”

“马龙，别说了，其实，康总也是个性情中人。”雷子起身，做了个请的姿势，随后伸手去扶迟少雄。

进了小餐厅，桌上摆放的菜肴不多但很精致，淡色的小拉菲从高脚杯里散发出诱人的香气。雷子先请迟少雄坐下了，给他面前铺好洁白的餐巾，再把跟前的汤盅揭开盖子，佛跳墙浓汤的香味扑鼻而来，迟少雄情不自禁地赞了句：“嗯，好香。”又说，“这么好的酒这么好的菜，来，咱们说点儿愉快的事。”

其实，早在他进门时就注意到了雷子脸上虽然笑容可掬，仍感觉他心事重重，情绪不高，这时马龙提到康伟军，见他面容失色如霜打的茄子，神情黯淡。猜想，一向快人快语的雷子究竟装着什么心事呢？

十五

雷子硬起心肠走了，之前，没跟任何一个人说一声，身上两部手机也关机了。

他独自一人驾驶一辆揽胜沿长江上溯至金沙江流域，撇开江流横穿大小凉山的重重山峦，又曲里拐弯折回到金沙江边一个山坳坳底部的村子。这就是他的老家，也就二十来户茅草房和木板房散落在三面环山的半坡，沟底相对平坦的地面是耕地和一片片稻田，也许是时令所致，田地里光秃秃的，不见生气。他马不停蹄地跑了十几个小时，到村口时，夕阳还差点儿下山，金色阳光下户户炊烟冉冉飘升，仿佛闻到家的味道。

他好长时间没有这样独自长途跋涉了，他不知道现在是热血沸腾还是冷酷多了，跟康伟军当马仔的时候，碰上打打杀杀的场合他会毫不犹豫地冲在头里，听见撕心裂肺的惨叫，看见倒在血泊里抽搐的人体，竟然连眉头都不会皱一下，甚至不知道自己当然也包括别人的生命为何物。没想到，日子过好了，身心反倒不得安宁，成天不是忙于找项目、签合同、谈合作，就是周旋于虚情假意的官场、钩心斗角的商场和各种各样穷于应付的欢场，还有剪不断理还乱的情感纠葛，看似忙忙碌碌实则是戴着光鲜面具的浑浑噩噩，几乎不知道自己为何人，真实的生命该干些什么。这一路走来，他想了很多，除了触景伤情，来日不多的生命也倒逼着他深入地拷问自己。

站在自家的土屋门前，他有意识地稳了稳神，然后推开吱呀作响的木板门，一股混合着中药味和霉臭味的气味扑鼻而来。他叫一声妈，就直接闯进堂屋旁边黑魆魆的西厢房。墙角一张木板床上躺着病歪歪的母亲，听见儿子的喊声，她伸手拉亮了头顶上的电灯，雷子扑向她跟前……

安排好家里的事，雷子去了老丈人家里。他同耿菊花在这个山旮旯的村子里从小一起长大，老丈人一家对他了如指掌，厚爱有加，不过对他这次一个人单独回来起了疑惑。他不得不一再解释，还拿出一大笔钱塞给老两口，才使得老人家转疑为喜。这以后，他一一拜访了村里的长者和几户家境贫困的邻居，看望了学校的老师。

两天，就两天时间，他把汽车后备箱的现金全部用完，把老家的事按他自己的想法处理得妥妥帖帖的，离开的时候，默默地再三思忖，觉着没留下什么遗憾才驾车上路。

汽车沿盘山公路蜿蜒上到村后的馒头山，他特意停车下来，站在山坳的土坡上，点上一支烟，眺望村子上飘浮的雾岚、远处金沙江的水波和起起伏伏的层层山峦，百感交集，思绪万千。眼前的山山水水都铺上了一层金色，原本烙印在心里的贫困、悲苦、荒凉、丑陋转瞬销蚀，一切都变得那么美好，然而却要一别千载，也许只能魂归故里。红火的烟头烧痛了他的指头，他蹲了下来，把头埋进土里禁不住号啕大哭，泪雨滂沱，不胜悲凉。

第二天午后，他才回到江城。他没去公司，也没去找卢晓丽，而是直接去了城东高尔夫别墅区自己的家。摁下门铃，没想到出来开门的是耿菊花，愣怔半下，他立刻满脸堆笑迎上去："花儿，我回来了。"耿菊花没搭腔，转身往屋子里走，他跟在后面，又说，"我回来，看看你，就走。"

冷冰冰的家里没有热气没有生气，一切都显得那么冷漠，他下意识地吸一口气，仿佛血液都凝固了。只有小保姆给他泡上一杯热气腾腾的绿茶，甜甜地说了一句："叔叔，你坐会儿。"就退回厨房去了。

坐了一阵，他百无聊赖，只好一口接一口喝茶。他不敢抽烟，因为耿菊花闻不得半点儿烟味。耿菊花呢，连正眼都不给他，只管坐在客厅的沙发上看韩剧，当然，音量开得很小，她看得很专注，既看人物情节，还得一字不漏地把中文字幕看完，旁若无人一般。

冰窖里的火苗再怎么旺也燃不成熊熊大火。雷子在她面前是没底气的，连说话都低声细语像是喃喃自语：“难道我在你心目中连多看一眼的地位都没有吗？我知道我做过对不起你的事，我知道你瞧不起我做的事，但是，菊花，我也是没办法呀，我们要活命，要生存呀，难道我们就做一辈子苦力？贫贱夫妻百事哀的道理你懂不懂？为了我们的孩子，我们不可能永远在求吃一碗饱饭的底线上挣扎呀？”又说，“我知道你吃斋念佛，是为我们这个家救赎，你自食其力，是不想花我那些不干净的钱，我理解，没怨言，可一日夫妻百日恩呀，你真是一点点情分都没有了呀？”他不明白自己是在忏悔，还是最后一次给她做解释，抑或是兼而有之，说完，感觉心里轻松了许多。

“穷的时候你安分？洗脚房的搓脚妹都找上门来了。”耿菊花低头垂目，瘦削的脸苍白无血，半晌，又说了一句，“富了以后你干净？别以为你那些乱七八糟的事只瞒着我一个人，我不知道呀，唉，不知道也好，装着不知道也罢，正好落个心底清净。”

雷子听得一惊一颤，感觉心惊肉跳。他知道她心如死灰，薪尽火灭，不想再与她计较。正待起身告辞，他说：“我放了一张银行卡在茶几上，密码是你的生日。”

不料她说：“作孽多了未必有善果，来路不净未必有好结局，拿走吧，我不需要。”她的口气冰凉但异常坚决。

他心头陡然沉重起来，双腿开始打颤：“给孩子留着吧。”

走出家门，回头望着这栋太熟悉不过的小楼，尽管厌恶甚至憎恨但还是念念不舍，想到这是他心中需要最后一个告别的地方，想到这以后他就要去直面死亡，不禁潸然泪下，泪流满面，好在别墅区的街道清静，此刻不见人影。

当雷子回到那套空中别墅的家时，他才真正找回了家的感觉。卢晓丽不在家，丹娘热情地迎了上来，嘘寒问暖一番，嗔怪他："失踪好几天，让人担心得害怕。"还说，"卢晓丽在家哭了好几场，半夜起来在阳台上发呆，人像傻了一样。"

他看见丹娘的眼角挂了泪花，心底一暖，沮丧沉重的心情轻松了许多，这时才感觉全身疲惫不堪。他说："谢谢你，丹娘。"又说，"你去放水吧，我泡个澡，晚饭熬点儿粥，弄点儿泡咸菜、榄菜，简单点儿清淡点儿，你给卢总打个电话吧，说我回家了。"

丹娘唉唉地应着，高高兴兴地忙活去了。

雷子还在浴缸里泡澡，浴室外就响起咚咚的敲门声，卢晓丽的声音在喊："雷活久，你死哪儿去了，你还知道回来呀。"俄顷，传进来嘤嘤的抽泣声。温水里泡着的他，身心都感觉极度熨帖。他想，她确实是个值得信任的女人。

不断地抽水换水，一会儿是波浪的冲击，一会儿是涡旋式水流，躺在全功能的大浴缸里，几乎不用自己动手，适宜温度的水把雷子冲刷得好不惬意。不知泡了多久，他才起身穿好宽松的内衣长裤，披上松软的丝质睡袍，再用电吹风吹了吹湿漉漉的头发，收拾停当后又照了照镜子，嗯，有点儿意气风发的样子，才打开了浴房的门。

门前的一幕让他惊呆了，卢晓丽蜷缩在墙角，头发散乱，泪水涟涟，听见他开门，瞅他的眼神满是忧伤，活脱脱一副孤立无助可怜兮兮的景象。

他心底一疼，慌忙蹲下身子，把她抱进怀里："晓丽，怎么啦？我这不是好好的吗！"

她双手搂紧他的脖子，淌满泪水的脸贴近他脸颊，呜咽着说："我不要你离开我，我离不开你呀，永远啊，永远。"

"永远，永远不离开啊。"他乐呵呵地应承着，两手一使劲把她抱了起来，慢慢走进卧室。

前所未有的激情鼎沸，情不可遏，两人紧紧拥抱着翻滚在宽大松软的床上，如烈焰翻腾，如大河奔流，直至夕阳西沉。

“该吃饭了，两位老总。”丹娘在客厅吆喝。

两人整顿好自己，坐下来吃了一顿简单的晚餐。

“接下来做什么呢?”雷子问。

“开机。你失联好多天，公司乱成了一锅粥，找你的人把我的手机都打爆了。”卢晓丽莞尔一笑，起身作个揖，又说，“小女子我只是建议哦，做什么，你定，你是我的主人。”

雷子呵呵直笑：“这世界离了谁都没屁大的影响，这地球离了谁都得转。”又说，“那好，今晚我做主，咱俩喝茶，我操刀喝功夫茶，好好聊聊，行不?”

“行。”她爽朗答应。然后，两人手挽手去了书房兼茶室。茶室的一切都很上档次，茶具、茶杯、茶匙、电壶、桶装山泉水和红茶、黑茶、绿茶、乌龙茶中的高端品种一应俱有，就说这硕大的茶几，是用一个树龄上百年的完整的红树根部切面加工而成，精心打磨之后刷上透明的光漆，身上的根茎木纹清晰可见，其本身就价值不菲。“喝什么?好，我做主喝铁罗汉，铁打的柱子罗汉的肚，喝进肚里埋柱柱，沉香清肺回味甘，神清气爽不夜天。”雷子一边念叨，一边坐上操作台手脚娴熟地忙活开了，上水、烫壶、涮杯、撮茶、冲水、倒水、再冲，压紧壶盖滗出第一杯汤色红亮的茶水，双手捧上递给了卢晓丽。

“呵呵，小女子受用不起，受宠若惊啊。”卢晓丽郑重地擦了擦两手，然后毕恭毕敬地接过小茶杯，试着小啜一口，轻启双唇，咂咂舌，再品一口，由衷称赞，“嗯，好茶，好手艺，老大，你这茶道功夫深呢。”

“是吗?”雷子也品了一口，对自己的杰作颇为得意。

茶过三巡，雷子放下茶杯，郑重其事地说：“晓丽，我想，我想把我的一切都告诉你。”

卢晓丽对这段时间以来雷子刻意隐瞒什么或顾左右而言他的言行早已心存芥蒂，这芥蒂像一颗植物种子埋进心田，越是好奇越是关注就越是生长得快，没几天竟枝繁叶茂投下大片阴影。冰雪聪明的她，早就看出来雷子有事而且是一桩大事瞒着她，尤其这次他失联好几天的出走，这可是自从他俩在一起之后从未发生过的事。她关心她着急却不便打听也不好直接问他，怕因为她不恰当的言行影响他俩的感情或者误了他的大事，她也明白商场官场有许多讳莫如深不可言说的事，只好从旁观察，自己琢磨，但是一段时间过去却一直没把这件大事猜透。从他叫停公司上市和停止对山里的扶贫动作来看，可以分析到资金上出了纰漏，但以她对公司内部的运行状况的了解，不至于会出多大的问题，这个判断可以否定；从他失联这几天周志军三番五次来电话找他的情形分析，他秘书冯可以在里边肯定张开大口把他的事吐给了纪委，但这事儿跟雷子应该没多大关系；医生王贤哲也着急找他，难道是他的身体出了毛病，可不对呀，雷子生龙活虎的正当年啊，看不出任何病态倦容，再说刚去做了全面体检都没听说什么问题；那么，还有他老婆，他女儿，他父母，他老家……这些，能想到的她都想到了，但都被她一一排除了。原以为她对这个男人了解到骨子里去了，但关键时刻还是解不开他心底的谜团，为此她曾彻夜难眠地忧虑和焦急，也为不得其解而深感悲哀。此刻，听他这一说，又见他这般严肃，知道她久久期待的谜底将从他的嘴里解开了，既兴趣浓浓又兴奋不已，更为眼前这个自己心仪的男人对自己的信任而骤升感激之情。她郑重地点头，隔着茶几伸过手去摸摸他脸颊，柔情百转地说：“亲，说吧，我愿为你做一切。”

还是有些犹豫，还是有些惧怕直面他人，他点上一支烟，站起身走到窗前，远眺两江汇聚的朝天门浓郁的夜色，把背影留给了卢晓丽。曾经在卢晓丽的要求下，读了卢梭的《忏悔录》，他极其佩服作者剖析灵魂把自己的丑恶污秽肮脏都暴露于人前的勇气和胆量，如今，不，就在眼前，面对挚爱他的女人，他有这勇气，可结局会怎样呢？他战栗不安。可他别无选择，他知道自己来日不多了。转身，坐下，他把手中的烟蒂狠狠地揿灭在烟缸里，正眼看着卢晓丽，开始娓娓道来。

这一夜，他自己把深藏腹心的秘密一一戳破了，把灵魂深处的污秽摊开了，一股脑儿展开在卢晓丽面前，羞臊不已，震颤不断，除了像一个垂垂老矣的耄耋老人顾自叨唠他的过去，还有点儿想证明自己从垃圾到精英的蜕变之外，剩下的不是尴尬就是难堪。唯一的听众听得很专心，神情很复杂，他完全理解卢晓丽不断变化的神情所包含的情绪、态度和心境，因为这种理解，他完全沉醉在自己的诉说里，无一遗漏，声情并茂，说到最难堪的地方，就以拼命地抽烟来缓缓节奏，股股浓烟迷雾一般罩住无以面对的脸。

卢晓丽呢，一直很安静，哪怕听得惊愕、害羞、难堪、惊悚，一会儿张大了嘴，一会儿瞪大了眼睛，禁不住抓起烟盒一支接一支抽起来，两股烟雾在空中搅和，袅袅绕绕，悬浮在两人之间，让彼此都在对方眼里迷离、弥漫再迷蒙再飘逸，直到听到他说起患上那可怕的贵恙，脑子里像是被一记重锤击中，顿时目瞪口呆不说，还差点儿从椅子上摔下去，自觉失态也掩饰不住。眼前的雷子不再是她脑底记忆片子中印刻的那个谈吐风趣有担当敢作为风度翩翩的雷活久，那他是什么人呢？是地痞无赖，是混迹商界官场玩得风生水起的红顶商人，还是衣冠楚楚举止得体的绅士，她看不清楚，像是突然邂逅的陌生人，她迷惑了，像是手捧一本字词句生僻情节晦涩内容庞杂的厚书读得困苦不堪，最后只得无奈地长叹一口气："我乱了，一切都乱了，我得找个地方，一个人好好想想。"

情到深处难自持。卢晓丽就要离开的时候，泪眼婆娑的两人紧紧地拥抱在了一起，两个人胸前的衣襟都一片水湿。雷子从她微微颤抖的肩胛和双臂能够感受到她内心深处的震撼，隔着重重泪花看见她恍惚茫然的眼神隐藏不住的许多无助和无奈，可以想见她的世界已是一地碎心，如覆水难收。卢晓丽像是被抽去了筋骨一般瘫软在他怀里，带点儿哭腔却满是温柔的诚恳："雷子，在我心里你永远是伟大的，人生贵在心灵之上写出一个真实的'我'字，你写了而且给我看了，我明白只有真正相爱的人才做得到这一点，即使我离开你，我也是永远爱你的。"

这时，天边那片银白迅速扩张，浑圆的金色蛋黄从铜锣峡背后的山峦一跃而出发出强烈的光，书房里亮得灿烂扎眼，黑夜以及黑暗中的污秽正在被淡化。

太阳出来了，太阳不属于我，我是没有明天的。雷子轰然倒在了书房的沙发上，感觉已是形销骨立的他唰地掉进了镪水池，强烈的腐蚀剂将他的身体和灵魂一点一点地融化掉，这是他今日最后一点儿清醒的意识。

十六

"省纪委找我去谈了话，说是我与一些商人过从甚密，其中必有猫腻，但存在什么问题没讲，我坚持说没问题，他们就点了你的名。"周志军焦急万分，一俟打通雷子的电话就如下命令一般把他叫到办公室，待他进门，没待他在大班桌前的皮椅上坐稳，就开门见山挑明了这主题。

"怎么回事？什么意思？"雷子进门时的一脸笑容还没来得及消失，立马换上着急的神色，"那，你怎么说？"

"怎么说？我能怎么说？"周志军没好气地回道。

在周志军火烧眉毛般焦急和愁眉苦脸面前，雷子不得不表现出感同身受的样子，但心中反倒豁然坦荡。一早打开手机见周志军催得紧急就立马赶了过来，除了想知道他这般急促是为何事之外，原本还想把自己的“难言之隐”跟这个自己最看重的领导讲讲，看“高人”能否支点儿“高招”，也想把自己的后事有所托付。可一见面就听他把这事说得这么直白这么严重，知道他已是惊弓之鸟，最要命的是他一贯把他的仕途看得很重，就会把这事儿看得比天大，如果此时不识时务再给他说自己的事，肯定会搅成一团乱麻，想来还是闭口不提的好。转念想想自己自从把“难言之隐”对卢晓丽摊开了，仿佛戳破了心表面那一层硬壳，有点儿蚕蛹破茧重生的意味，似乎上到了把生死都置之度外的境界，倒是比周志军更超脱了。他不急，先派烟再点火，待两人吸上两口之后，慢条斯理地说：“依你老人家对康伟军、对我、对活久集团公司这么多年的关心关爱，这么厚重的支持帮助，老实说，该怎么感谢你都不过分，这个理儿到哪里都讲得通。”

雷子说的是真心话。从康伟军手里接过的企业，也就几家夜总会和澡堂子，还有就是几孔破煤窑，真正的发展是在周志军任江岸区区长后大刀阔斧搞企业改制。雷子抓住机遇兼并了几家破产企业，又在周志军大力推进城市建设的项目中，拿到了滨江路改造扩建的政府工程和几个沿江商业项目的开发工程。有了这些项目垫底，雷子才把企业建成了集团公司，以后随着周志军的步步高升，又在他的处处关照下拓展业务，这才把集团公司的体量做大，且做成了江城民营企业的老大。关键的是周志军把这些关照做得十分巧妙和体面，不得不令他由衷地佩服和感动。他记得有一次，周志军通知他上午十点钟到区政府他办公室谈事，他按时赶到，推开门一看一屋子的局长、主任、处长正围坐在周志军身边谈着什么重要的事，气氛很是沉闷，他猛地意识到出了什么意外且与他有关，那段时间他可是有好几个区里的项目正在进行。看见他探头推门进来，所有人的眼光都齐刷刷地射向他，目光异样，神态各异，其中有他熟悉的建委主任、规划局长，他立马感觉紧张，虚汗直冒。只有周志军站起身走过来，握住他的手，热情有加地说：“正好，你来啦。”这话让他如丈二和尚摸不着头脑，手脚无措，孰料周志军只管拉着他的手，走到另一侧办公桌前的皮椅旁，让他坐下，然后转身对那些人挥挥手，“你们去隔壁的会议室再议议，我同雷总有个重要事情要谈，完了，我过来咱们接着议。”口气很生硬，完全是命令式的。一屋子的人纷纷起身，像是极不情愿地走了出去，雷子看见规划局的方局长临出门前还回头望了他一眼，饱含猜测、疑问和诧异，有点儿意味深长。雷子知道这帮人的分量，待人走完，诚惶诚恐地站了起来说：“周区长，这样不好吧，我来就把你的正事给耽误了。”周志军笑笑说：“没事儿，没事儿。”他心有余悸：“这样恐怕不好，他们知道咱俩的关系恐怕对你不好吧，再说，冒犯他们对我也不利啊。”周志军依然笑意盈盈，轻松地说：“没事儿，没事儿，不管他们。请你来也没什么大事，就是聊聊天，好久没见你了，想聊聊。”这一聊就是一个多小时，两人谈笑风生，但说的都是些无关痛痒的话题，临别，他俩握着手穿过走廊去上电梯，路过会议室的时候，有人侧目相望，周志军悄声说：“看见了吧，我怕什么，我要的就是这个效果。”从那以后，雷子和他的活久集团在江岸区办什么事情都通行无阻。这才有后来他的大发展，也才有他现在的体量和风光。

“天哪，我的小祖宗，这个时候了，你还说这话。”可以猜想到这话让心中有鬼的周志军惊悚不已。心中有鬼倒不怕，哪个人心里没点儿见不得人的鬼，怕的是这鬼冒出头来或者被人捉住去曝光，那他就死定了且死得难堪。眼下的周志军正处在这风声鹤唳当口，任何风吹草动都足以吓飞他几条魂魄。他刚吸进去一口烟竟然憋在了气管，呛得连连咳嗽不已，弯腰，捶胸，脸色煞白，唾沫、鼻涕、泪水一起喷溅开来，稍缓，才从办公桌上的纸巾盒唰唰抽出几张纸，一一把脸上几个部位的分泌物擦拭干净，又说，“你这个理儿到纪委就讲不通，你可千万不能对纪委这么说啊。”

在江城，尤其是在江城官场，周志军是个引人注目的人物，甚至有人私下把他称为一个传奇，说他一个草根这些年这么快走上市领导台阶，历经多少次官场劫难却一向沉稳如山，而且在公众眼里还是个“高山仰止，景行行止”的大领导形象，口碑较好。确实，周志军是个敢想敢干敢作敢为的领导，在不同的岗位都干出了不俗的政绩，至少在雷子眼里他是一座不可撼动的高山，但此刻居然也会这般惊惶失态，除了心里觉着有点儿滑稽可笑之外，也意识到问题的严重性。“领导，我的话还没说完，我说领导很正直很低调，他老是说关心民营企业的发展是党中央国务院的大政策，是各级领导该做的事情，不用感谢。”雷子想想，又说，“周主席与我之间，君子之交淡如水，如此而已。”

“呃呃。”闻听此言周志军稍许心安，以手捂嘴干咳几声掩饰心虚的失态，自我解嘲说，“人他妈的倒霉，喝凉水都呛死人。”又说，“我也反反复复想了，我确实没什么过错，我们之间的交往也没什么纰漏。但是，但是，纪委找上门来绝不是好事，也绝不是没事。”

“谈了话，让你走人，不就是没事吗？”雷子想继续安慰他。

“没这么简单吧，叫我回去好好想想，想起了什么再主动去谈，这实际上有看我态度的意味，也有可能他们没拿到确切的证据。”周志军脸色凝重，忧心忡忡地说，“这几天我觉都没睡好，想来想去，还是觉着是冯可以嘴里吐了事，十有八九还是那包书的事，他估计是你送了钱给我，咦，你记住没有，那个文件袋封口没有？”

雷子毫不含糊地回答：“封口了，我亲自封的，我用订书机扎了三处眼。”怕他担心，又加重语气说，“我记得清清楚楚。”

“还书的时候，我没封口，我是故意的，也许这就让他起了疑心。”周志军吹出一股烟气，义愤填膺，咬牙切齿地说，“这狗日的家伙，典型的凤凰男嘛，老子对他不薄啊，怎么会狗咬吕洞宾？唉，也许他可能崩溃了，听说在里边什么都吐，咬了不少人。”

这话指桑骂槐，一语双关，听着刺耳，也把雷子的心刺得生痛。看着周志军复杂的情绪，不用猜也知道他是色厉内荏，其内心的害怕与恐惧没法儿掩饰得滴水不漏。想到此刻，周志军最需要的是他给出一粒定心丸，毕竟在送“书”这件事上，冯可以怎么咬他，他都可以不认账，但自己作为当事人的一方无疑成为了事情转折的关键，如果松口，印证了冯可以的口供不说，还会撕开许多事情的口子，那他必死无疑。眼前他能做的就是继续安慰他，于是，爽朗地说：“相信我，领导，不问我则已，问我我会一口咬死没这事，不仅没这事，我跟周志军主席之间的关系是清清白白可以见天的。”又加重语气反问，“难道政府领导关心民营企业有错？难道民营企业求得政府支持有错？难道政府领导与企业家之间不能有正常的交往？”

前几天雷子失联，周志军焦急万分，以为他被纪委找进去了，以为今生难逃这一劫，为此，他已经作了最坏的打算。雷子这番话说明他已心领神会且态度决绝，无须再赘言，他找他来要的就是这个效果。前一刻还死气沉沉的眼神，此刻活泛起来，他长吁一口气，慨叹：“今生有你这样的兄弟，吾之大幸。”

雷子心里一股暖流涌动，站起身走过办公桌，把斜放在沙发脚下一个沉甸甸的牛皮纸袋拎过去放在桌下，对视他眨眨眼说：“放心吧，大哥，危难方显兄弟情。这几本书送你，我该告辞了。”

对“书”的概念周志军了然于胸，心中暖流汹涌，竟破天荒地离了大班椅，站起身来一手握住他的手，一手拍拍他的肩，这样依依不舍地将他送到办公室门口，格外动情地说：“有情有义真兄弟，谢了。”

放着电梯不坐，怀揣着浓浓暖意，穿过长长的廊道再下三层楼梯，雷子几乎是一步一步稳稳地走着，像是刻意想把这份情谊在心中多留些时分。走出市政协大楼，一脚踏进细雨朦胧的天地，他仰头看看天，任雨滴扑面，滴进脖子，秋风肆掠，禁不住打个寒战，萌生一念：世间冷暖一转瞬，人之死生无常间。

钻进揽胜，车厢里很安静，他的心平静下来，这才感觉裤兜里的手机震动，掏出了接通，李明洲的声音急急冒出来：“雷总，卢晓丽辞职了，怎么回事呀？”

这消息既在意料之中，更多在他的意料之外。那天的彻夜长谈，他不顾一切，把自己过去的所有的经历都与卢晓丽和盘托出，卢晓丽听了很是震撼，用她的话说：“恰似卢梭的忏悔，只不过卢梭的叙述是贵族式的，而他是平民的草根的忏悔，但不管怎样，都是一种对灵魂的救赎方式。”这个他最心爱的女人回应他的期待是，她需要安静地认真地考虑考虑。几天过去，答案终于揭晓：她选择了离开。

半晌不见雷子的声音，李明洲继续说：“她留了一封辞职信，说她已经走了，跟她的一个闺蜜一起去南方城市发展，说公司的一切财产她没带走一丝一缕。”又说，“我查了，卢晓丽确实走得干干净净，车钥匙、账本、笔记本电脑都放在办公桌上，办公室也收拾得干干净净。怎么会突然走了？搞不懂，搞不懂。”

雷子心里好气又好笑，曾经与他爱得死去活来的女人，我都没搞懂，你他妈还搞得懂？他问：“卡号呢？”

李明洲显然一头雾水：“卡号？什么卡号？”

“卢晓丽的工资卡号，发给我。”

“哦。”

挂了电话，雷子开车去了银行。那天，他推心置腹给了她两个选择，一是把整个公司托付给她，条件是静静地陪他走完最后一程，虽然这条件对于一个未婚女子来讲有些苛刻还有些不光彩，但雷子说了一句极富哲理的话——没有不蒙羞的光鲜，备尝艰辛的苦涩之后才有大甜筒；二是可以选择离开，但绝不亏待她。如今她离开了，他得兑现承诺，给她的卡打上一大笔钱，因为他不止一次说过，他永远不会让他真心爱过的女人有失魂落魄的那一天，而今那个曾经爱得死去活来的女人离开了他，可以想见一定会是一副为爱伤心又不堪重负的“失魂”样儿，他不能让她“落魄潦倒”，他要让这个为他奉献了青春的心爱的女人一辈子过得优雅活得从容。

从银行出来，郁愤悲凉的感觉以前所未有的烈度直冲脑门，雷子顿感天昏地旋，立即靠住墙角，竭尽全力稳住神才不至于摔倒。他勉强在宽大的大理石台阶上站住脚跟，抬眼瞅着天公落泪，远山如黛，雨雾笼罩，泣血的心里哀叹，老天任性想哭就哭且泪流不尽，而我呢，泪已干血将尽，最好就此一头栽倒在地，让一切顷刻间变成彻底解脱。

十七

进了房间，雷子一个人反倒不自在起来，从刚才忙活这应付那被呼来唤去还生怕有半点儿怠慢的状态中隔离出来，似乎手脚都不知怎么摆放。房间倒是超豪华的，莲花形倒吊金钟般的射灯喷出的光线，柔和但不失明亮，照在一溜水的红木家具和绣着暗红镶边浅蓝色荷花图案的羊绒地毯上，显得静谧而协调。他在等，等什么？仿佛心里没数，是等手机响，有人召唤他又去安排什么活儿，是等他临时相中的小美花上门，还是等扫黄的警察突然撞门而入？他不知道，只是心中忐忑不安，甚至有点儿心慌，由此坐一会儿站一会儿，接着踏在厚绒绒的地毯上来来回回地走一会儿，都觉着不安不妥，不知所措，也百无聊赖。

对雷子来说，省城完全是一个陌生的让他大开眼界的城市，就像当初他从乡旮旯来到江城一样感觉什么都新鲜新奇，产生出从未有过的别样的体会。尽管江城也是一个国际化大都市，高楼大厦，飞机高铁，工业信息化产业，应有尽有，但这个城市建设在山间平地大江两岸，颇具特色却天生一个大缺陷，那就是恢宏的整体气势。建筑在大平原上的省城可不一样，宽阔的通衢大路直达一眼望不到尽头的天边，蓝天白云之下高楼成片成群，一望无际，就连吃饭下榻的宾馆饭店都比江城高端大气上档次。省府里的大官个个都容光焕发，神采奕奕，他远远窥见那位何鲁副省长来赴宴，连走路都仿佛端着架势，稳稳地迈着四方步，真是气度不凡。这些，除了让他心生艳羡外，更使他时时处处感觉到卑微和矮小，被压得喘不过气来一般。此行以他为主题，但他却上不到台面。江城的一帮子官员在周志军率领下到省府到省直相关部门一一磕头作揖，是为了江城规划在沫水的一个支流建一个大型的综合水体项目，因为要截流筑坝、引流分洪、改变航道，还要造就一个综合发电枢纽和大型湿地公园，其体量超过江城市政府的审批权限，其影响范围大大超过江城行政区域，因此需要到省城来公关拿到批文。这项工程投资也浩大，争接项目的公司趋之若鹜，但一听说工程的前期费用也大而且不纳入项目招标的消息，又唯恐避之不及，只有雷子逆势而上，由此获得市里高层一致赞赏，决定由副市长周志军牵头，全面负责抓好这一造福江城人民的政府工程。周志军不负众望，接手就大刀阔斧铺开工作，三下五除二很快就把该在本市能做的事完成了，然后把报告和请示打到了省里，一行人就到省里来跑这最后一关了。

今天应该是大获全胜的日子，主管城建的何鲁副省长都来出席了晚宴，雷子也从“幕后”走到了“台前”。周志军陪副省长和几个省直部门一把手进到金碧辉煌的贵宾厅，领导们的随从便由江城建委主任刘林、雷子负责安排进了另外的包房，雷子自然成了一席酒桌的主人。

待领导尽兴离去后，雷子想放松一下，于是带着属下来到KTV房。歌声响起，掌声喝彩声敬酒碰杯声和着发嗲的打情骂俏声接踵而来，掀起一波高潮，沸反盈天。下一位歌手接过麦克，高潮又起。雷子在包房一角坐着，他对按自己眼光点的小姐很顺意，两人就在一旁窃窃私语，喝酒聊天。她翘起樱桃小嘴说她叫美花是川西人，刚来省城，再挑动细长的睫毛瞪大熠熠闪光的眼眉目传情说她就喜欢哥这样淳朴英俊的男人，而且肯定地说他不是一般人，是个能干大事的汉子。这话撩动了雷子的心，除了煽情，除了念及小老乡的情，关键是把他上省城以来压抑在心头的卑微一风吹过，陡然开朗，在这个外来妹面前自我感觉雄心大发。不一会儿，两人就从熟络到动手动脚的黏糊程度。她伸出白皙纤细的手，拉着他手把手地教他玩骰盅凑点子，什么“一条龙”，什么“十八点”、“马股”、“龙盘”，他一学就会，那机灵劲儿让小美花直叫惊叹，折身吊住他的脖子直接送上香吻。雷子青春的身体里早已是春雷翻滚，搂紧了她散发出体香的柔软身子，迫不及待地说：“今晚，就今晚，我在楼上房间等你。”小美花咯咯笑，闪动长长的睫毛，满口答应。

夜深了，沉浸入甜美的回忆，几天来积累的疲惫和压抑被统统挤出了大脑，人也渐渐安静下来。头枕双臂，斜靠在宽宽软软的席梦思床边，雷子想到小美花的窈窕身肢，回味起手上还有她瓷实的肉感，心潮澎湃，满心期待她如仙女下凡。

嘟嘟，宛如秋虫低吟的电子门铃只响了两声，雷子如闻震耳欲聋的警报，突地从床边一跃而起，几个箭步射向门口，哗啦哗啦开了门。果真是她，高挑的个儿，雪梨的脸儿，会说话的眼睛楚楚动人，只是脱了旗袍换上一件粉红色的小袄，下穿淡色牛仔裤，足蹬一双白色高跟鞋，更显前凸后翘，平添几分妖娆。见他开门，她半掩了脸半是害羞半是胆怯地说：“大哥，是你呀。”早已心旌荡漾的雷子此时已是心急火燎，不容她多说，一把将她拉进门，没待她站稳便将她拥抱在怀里，没待她惊讶出声就将火辣辣的嘴唇堵住了她的嘴。她身体动弹不得，只是顺从地伸出舌头任他在两人的口腔里上下左右翻腾，两眼骨碌转动传递出不知是性还是爱的光，暧昧的眼神里肯定闪烁着渴望，因为她已经情不自禁哼出嗯呐嗯呐的呻吟。他拥着她朝前移动，用她的背顶过去把门关上，然后弓下腰一把将她抱起来，转身走到床边轻轻放下，两人就在席梦思上开始翻滚，年轻的生命潜能激活开来如洪水猛兽般势不可挡。

终于歇息下来，两人瘫软在床上。“糟了。”小美花突然一激灵翻身起床连呼“糟糕”，双手拍脑后悔不迭的样子。“怎么啦？”雷子急忙起身抱住她，关切地问。“都是你，都是你。”她握紧拳的小手噼噼啪啪砸向他。雷子懵头，急问：“怎么啦？究竟怎么回事？”她止住拳头，眼泪哗啦啦往下流，嘴唇一张一合但没声息，可怜兮兮的样子无法不惹人怜爱。

他抽了纸巾轻手轻脚地给她擦拭泪水，轻声说：“说吧，什么事？有什么难处我给你分担。”

“我做了傻事，都怪我呀。”她终于说话，泪水涟涟。

“什么傻事？你不说，我咋知道？”

“哇。”她大叫一声扑进他怀里痛哭起来，边哭边说，“怪我自己不好，一高兴就忘了，我，我没戴套。”

他扑哧一声笑了：“哦，我还以为多大的事呢。”

她哭得更凶：“你当然无所谓了，我可惨了，怀孕了怎么办？我爸躺在医院要死不活的，怎么办？我弟弟没钱交学费，怎么办？他们都眼巴巴望着我呀。”

他呵呵直笑，双手把她摁倒在身体下面，再腾出一只手拉过被子盖在两人身上，嘴唇轻吻她脸上的泪痕，吻够笑够了，骑马似的立起身子，真诚地说：“小乖乖，别急，我做的事我担当，我下的种我来养，你家里的事就是我的事。”说完，埋头下去将她一只雪白坚挺的乳头大口含进嘴里使劲吮吸，接着再换一只。她激动地顺势吊住他脖子，感激、愉悦、兴奋的情绪喷薄而出，扭动身子尽力去迎合他。犹如死灰复燃，熊熊烈火再度燃烧，更强更猛，欲仙欲死。

对，对，对，就是那次。雷子猛地一拍脑门，啪的一声脆响在静静的夜里格外分明，也刺激他唰地坐了起来，像是恍然大悟，他妈的，对了眼，生了情，根本就没想到那门子事。

就是她，就是她没戴套，她就是艾滋病，害得我好惨。他翻身下床，却感觉大腿根那个东西硬邦邦地顶着，伸手摸摸，一股暖流涌上心头，瞬间充盈体内，让他意识到喷薄欲射的迹象。她是艾滋病，也可能不是；她是，可能她自己都不知道；她是，又故意来害我，可能吗？不可能。只要是涉及她的种种不好的设想都被他自己否定了。下体那个硬硬的东西把棉质内裤顶起一个灰色的伞，仿佛里边就藏着惹人怜爱的小美花，那楚楚动人的眼神容不得丝毫亵渎。

他又软软地躺进被窝，可思绪断不了。她是妓女呀，不，她这般清纯，她不是。她不是从良了吗？拿了我给她的钱，医好了她爹的病，供她弟弟上学，举家搬到了川西那个盛产石榴的县城，前几年还给我通电话发微信，看起来生活好了。这几年没了音讯，也许她嫁人了，生了小孩儿，在家相夫教子呢。咦，她生的是男孩儿还是女孩儿呀？想到这，他披衣起床，趿拉上拖鞋，穿过宽大的客厅走进书房，翻箱倒柜找出另一个手机，找出她的号码拨出去，回答是：该用户已停机。再刷屏找到她的微信，一张张很美的照片接连跳了出来，尤其那张美丽的大头照容颜依然光艳可爱，眼神依然略含羞涩。端详半天，爱不释手但暗自神伤，唉，就算她是艾滋病患者，就算她是想故意传染给我，如此美丽动人的她，怎么可能如此心理阴暗，也让人憎恨不起来呀。不料，手指顺着一划，蓝屏上出现尼采的一段话："其实人跟树是一样的，越是向往高处的阳光，它的根就越要伸向黑暗的地底。”这是卢晓丽发给他的，还配有尼采的画像，他反复读过，觉得就像是对他的人生写照，就保存下来，仔细想想，不是吗？

自从卢晓丽出走，雷子把丹娘也打发走了，硕大的空中别墅更显安静空旷，但他没感觉寂寞，脑子想了很多事，像是塞满了杂七杂八的东西，总想理出个头绪却越理越乱。原先不知道什么艾滋，什么获得性免疫缺陷综合征，自从患上贵恙才学习了相关的知识，极力想搜寻出自己被传染的源头，针头传染、吸毒传染都否定了，剩下的可能就是性交传染，于他而言这不是可能而是肯定，那么这个可恶的她是谁呢？这些天，他把脑子想得生痛也没个头儿，忽地冒出个小美花，总算是“冤有头债有主”了，居然生不出个“恨”来。

虽说嫖娼和召妓实质上都是拿金钱与肉体做交易换取性满足的行为，前些年他干这活儿可谓轻车熟路，也太多太滥太乱，但他固执地把这两者看着是有区别的，除了档次、价位、地点的不同之外，还有质的区别，分水岭就是小美花。之前，特别是早年他一个人闯江城，白天在工地上苦活儿脏活儿累活儿什么都干，日子也混得快，可晚上躺在木板工棚里，从漏雨的天花板缝隙望出去，看着满天的星星眨眼闪烁，满脑子胡思乱想，还没使完的劲儿不知往哪儿发泄。终于有一天，他路过一家发廊，被一个妖艳的女人招了进去，几乎不用她装腔作势搬弄发嗲的语言勾引，也犯不着她搔首弄姿动手动脚的撩拨，一边讨价还价，一边三下两下就扒光了衣服，也就在发廊里间那张阴暗逼仄散发出阵阵污秽气味的竹木板床上，两人吭哧吭哧喘着粗气做完这笔交易，直到喘息甫定，他才嗅到一丝丝廉价的洗发香波的味儿，然后他逃也似的溜掉了。至今，对那个与耿菊花以外的女人性交的第一次，对那个女人妩媚的脸和油光水滑白生生的肌肤记忆犹新。打那以后，尽管如做贼似的心虚，但猎奇、不同尝试的刺激、性欲的极大满足诱惑他时不时出入发廊、洗脚房、木桶浴、水疗室那些廉价的“偷腥”场所，即使耿菊花来江城同他一起打工之后，他还是偷偷摸摸这样干。尽管他也担惊受怕，怕被警察抓住蹲号子，怕被耿菊花发现惹起后院起火，怕被熟人发现没了脸面，唯独想都没想到过性病的传染，以至于后来发迹的他，即使追悔莫及，也只得哀叹当初拘于自身的条件也只能如此。但是，自从上了省城邂逅小美花，他的“偷腥”生涯变化大啦，从嫖娼到召妓，至少形式上堂皇，内容上关注到了对方从相貌、身材、身份到文化品位以及套子、避孕、性病之类，从纯粹的肉欲满足向两情相悦提升，到后来苦苦追求卢晓丽，达到他情欲生活的巅峰，用他读过的一些书里边的话来说，他与卢晓丽的爱情有了灵魂的参与。

“嘿嘿嘿。”想到这，他禁不住笑出声来。就是交学费，为小美花花上大把的钱也值呀。就算是她传染给了我这倒霉的性病也不冤，况且还真不一定是她。

想来想去，又是一个不眠之夜。当晨曦爬上窗帘，雷子感觉全身瘫软无力，本来就一团乱麻的心里又塞进一些说不清道不明的东西，晨昏交割之际昏昏沉沉的大脑惊现一副奇异的景象：黛色的远山逶迤莽莽，绿荫无涯的大草原上，散落着一大群洁白的绵羊，突然狂风大作闪电雷鸣暴雨骤袭，羊群受惊四下奔走，这时头羊站了出来，拼命咩咩叫着朝一个方向奔跑，渐渐地一只只羊聚拢又成一个群体循着声音靠近队伍跟着行进，嘚嘚的羊蹄声犹如千军万马奔腾。这时，一道闪电哗地裂开天穹，啊，羊群前面居然是一道断崖，下面是深不见底的万丈深渊，眼看羊群就要……就要死过去的他一下子惊醒，从头到脚出一身冷汗，在那套就算是家的空中别墅里，因为空寂，他的喃喃自语也响得刺耳，且扭曲狰狞：“呵呵，此生注定万劫不复吗？我真是咎由自取呀！”

十八

“不行，不行，不行，绝对不行。”雷子刚把自己的想法说完，迟少雄毫不犹豫地拒绝，那语气容不得半点儿商量，果断，明确。

这下，雷子傻眼了，四顾茫茫再也不见可以托付终身的人了。他这个“终生”也许就在倏忽之间，正因为他有清醒的认识，他想在闭眼之前把“后事”安排妥当，这时他主要考虑的是康伟军和他两代人创下的企业。康伟军无后，而且是在猝不及防的危急情况下才把当初那点儿“家业”传给了他，如今的活久集团公司可是当初康氏企业成几何级数的体量，占到江城民营企业的半壁河山，且关乎上万员工和数万家庭的生计，由不得他不深思熟虑妥善安排，这里边选准一个“头羊”是关键。

怎么选？他早把熟悉的了解的人在心里一一过滤，最令他中意的人选是卢晓丽，可她出走了，令他意料之中的失望仍将他抛至绝望的边缘。其他人要么被他逐一否决，要么就是人家以坚决而充足的理由拒绝了他，拒绝他的人他认为都是优秀的人，因为他们优秀才可能清醒地认识到接手的不仅仅是财富，更多的是责任。最后就剩下一个迟少雄。迟少雄是警察，官至江城市公安局刑警支队支队长，是国家公职人员，响当当的正处长实职领导干部，按理说怎么也不可能出任私营企业老板。依迟少雄的人品和能力，以及几十年来在江城工作生活积累起来的人脉资源，把活久集团托付给他，占尽“地利”、“人和”，最关键的是雷子认为适逢一个契机，那就是“天时”降临，原本雷打不动的迟少雄极有可能自己脱下警服，此可谓天助我也。

原来，省上从外地引进了一个挂满教授、学者、专家头衔的打黑英雄廖大勇，今年年初安排来江城任公安局长，该人上任伊始就宣称要打黑必先整肃队伍，整肃队伍一定要打破潜规则，有破才有立。接着，即刻挥舞权杖开始了公安人事体制改革，先将市局、分局、派出所三级公安机关的所有处长、科长、所长全部就地“解任”，然后公布职位职数，设置条件，公开遴选。迟少雄被“解任”后一直不服气，认为自己这官是自己脚踏实地一步一步干出来的，不是靠跑关系走门子的潜规则起来的，再说呢，组织上经过严格程序考察任命的数百名领导干部，怎么能什么原因都不讲说“解任”就“解任”，再进一步说，“解任”是个什么程序或者是个什么概念，查遍正式文件可找不到这么个发明创造。所以他窝火，也失望，甚至困惑，被“解任”后又拒不参加遴选，对相关人员的劝说也软磨婉拒，就这样不伦不类地被晾在了一边。雷子猜想，这个刚直不阿又不乏智慧的警察可以承受来自各个方面的压力，唯独抗击不了警察内部对他的打击，这个时候他的情绪会低落，他的精神状态一定会萎靡不振，如果鼓动他退职或者提前退休来干企业，不啻为一个好时机。

“你这是何必呢？迟大哥，我知道你不是贪官，你一世清明，我不是给你行贿，不是给你钱财，是托付给你企业，是对社会的责任啊。”这番话可是雷子真切的心声。这个时候对他该怎么称呼，雷子心里颇费了一番思虑，叫官衔显然不合适，还有可能引起他反感，干脆就真心实意叫他大哥。但不管怎么动情，迟少雄毫无悬念地拒绝了，神情冷漠决然，而雷子心有不甘。

那天晚上碍于马龙在场，雷子不好与迟少雄深谈，今天又专门把他约到这里认真谈谈。草坪树丛深处的橡树林餐厅是江城唯一的法式西餐厅，环境幽静，格调高雅，平素顾客就不多，此时半下午的更没几个人，加之秋雨淫靡，看起来冷清得有些凄凉。偌大的一个包间里，两人对坐，除了一支接一支地抽烟，说话也接不上，连中间的条形茶几上摆放的一杯咖啡、一个玻璃杯泡的立顿红茶和一个陶瓷烟灰缸也显得形单影只般冷清，只有窗外飘进丝丝丹桂花香和着浓烈的烟草味，才让人感到一点儿热度。

“何必？哪有那么多‘何必’，我穿上警服就没想过脱下，这辈子就这样了。”迟少雄眉头紧皱，似乎对一切都毫不在乎的模样，漫不经心地回答。

“也许是我没说清楚。”雷子不灰心，拿出那日与卢晓丽谈话的劲头和热情，甚至是更丰富的表情，把请他出来长谈的缘由、自己的生活轨迹和托付的理由一一道来，迟少雄知道的他省略了，不知道的谈得很详尽。他明白这是最后一搏，如果迟少雄答应，就可以告慰自己了，如果他再拒绝，他会死不瞑目，所以他毫无保留，他尽心尽情陈述得尽可能圆满。说话的过程中，他似乎察觉到自己的声音越来越虚弱，身体里的所有器官都在衰落在虚脱，仿佛又看见那一地碎心。坚持把话说完，他竟然破口大骂，“这狗日的病毒厉害呀，居然潜伏这么多年，这一爆发就得让老子一命呜呼啊。”

“艾滋，艾滋病。”迟少雄沉吟着站起身，伫立在巨大的落地窗前，一边抽烟，一边瞅着窗外的几只小鸟在树丛间上下翻飞，突然转过身来，“你确定，你肯定，真是艾滋？”

雷子被他突然的提问和这般严肃的样子吓了一跳：“这种检测很简单，这技术又不是什么高科技，成熟得很。”

“我个人认为，你还是应该去确认一下。”

雷子好像不屑于在这个问题上争论，笑了笑说：“市人民医院做的检测，王贤哲院长给我拿来的检测报告。”又说，“王院长可是专家哦。”

“我始终有疑问。”迟少雄像是发现一宗疑难案件的线索，抓住不放。

“大哥，我跟你说的事，行不行？别忙，你再考虑考虑。”雷子扭转主题，眼盯着他，急于想让他答应。

迟少雄坐了下来，喝一口茶，郑重其事地说："雷总，你的情我心领了，但我确实不想答应你。"他摆摆手止住了他插话，又说，"不是因为你，完全是因为我的原因。你不了解我们这代人，想当初自愿选择穿上这身警服，受的就是传统的正规教育，那时就立志'做了公安人，死了埋进公安坟'，那可是一辈子的事啊，只有朝前走。"

"你现在那个上峰，哼，人家不是不看好你吗?"雷子递给他一支烟，口气不无揶揄。

"我要谁看好？自己有信念，自己有初心，我要谁看好?"迟少雄脸色陡变，剑眉下的小眼睛瞪圆了，说话间露出的两排白牙齿在黝黑的脸庞中格外显眼，"告诉你，雷子兄弟，这辈子咱经历的事儿多啦，受贬受打压也不是一次两次啦，那有什么呢？咱当一天警察，就干好警察的事，对得起这身警服，对得住头顶的国徽，不昧良心，此生足矣。"

雷子无言以对。

迟少雄说来仍不尽兴，接着说："说实话，发财谁不想，上个世纪九十年代初，党政机关干部兴起一股下海潮，人人都想经商发大财，我也动心过，可最终自己把自己说服了。今天你送了一个机会，我也可以摇身一变，脱下警服当商人，别的我不讲，大道理我不讲，我就是脑子里转不过这个弯。"

沉默，沉闷，两人只管抽烟，两股青烟缥缈，一切都显得格外孤寂。

"这样行不行？大哥，我把企业转让在你儿子名下，你来做顾问。"雷子想退而求其次，换一种思路询问他。

"不行。"迟少雄把烟头揿灭在堆满烟头的烟灰缸里，一口回绝。

"你，不会玩权；他，过得也不好。"雷子嗫嚅道，"这世道谁他妈的有点儿权不玩死人呀，不谋私呀？就是你那个上司廖大勇兴师动众搞‘打黑’玩‘体改’，背后的动机还不是想达到个人目的，满足自己的私欲，谁像你这么正直，儿子还在一家汽修厂打工，又脏又累又廉价，唉。”

“打工怎么啦？打工挣钱养活自己，来得干净，活得舒心，不好吗？”迟少雄一笑，白牙齿露了出来，醒目，又说，“那小子就这命。”

“通过努力或者碰上好机会，命运是可以改变的嘛。”雷子用小勺啜一口咖啡，咂咂嘴说。

不知何时，迟少雄叫服务生换上了一杯山城沱茶，此时呷上一口浓烈的茶水在口腔里滚动一圈后吞下，不无感触地说：“大叶种，半发酵，味道浓，喝起得劲，咱们呀，下里巴人也，喝粗茶习惯。”又说，“兄弟，想想，草根拼了命，经过毕生努力好不容易到达的高度，以为够高了，抬眼一看，哦，自己的天花板原来还在人家的脚下，人家轻轻一跺脚，你头顶的天花板哗啦啦往下掉，你呢，不也掉得更惨，嗯，不是这个理儿吗？”

闻言，雷子心里咯噔一下，手也不由自主地颤抖一下，手指夹着的烟半截燃尽的灰无声坠落在洁净的茶几上。郊外二圣山半山坡上有座云豁寺，有一年他同几个工友闲游去过一次，那里常年住着一个跛脚的老和尚，当他拿着一支刚抽到的下下签神情沮丧地找他解签时，他扫了一眼签却拿眼盯住他看，两眼熠熠闪光，满脸的皱纹舒展开来，双手作揖，没说半句偈语，而是说恭喜恭喜，签是下下签，人却是上上人。他的心顿时云开雾散，一扫阴霾。从此与这个老旧破败的寺庙结下一丝佛缘，有事无事都爱去寺里看看，拜拜佛，拿点儿香火钱，关键是想同这个人称布道师父的老僧攀谈一阵子。多去几次，他对耿菊花烧香拜佛皈依佛门的行为由困惑变为了理解，也把布道和尚的话领悟在心里。此刻，不得不让他感觉震撼的是，布道和尚不止一次同他说的话从这个老警察嘴里说了出来。人生真是殊途同归吗？这僧人出家之前是俗人，而且肯定是历经俗世坎坷的俗人，直到看破红尘才出家，而俗人呢，历经沧桑感悟颇多，即便是不出家，也萌生了出世的思想，也应算作僧人吧。想着想着竟把这段话唠叨出了口。

雷子念念有词，迟少雄听得真切，也叹道："是呀，有道是英雄到老皆皈佛，宿将还山不论兵。"

两人唏嘘一阵。

天色暗了下来，雨还是淅淅沥沥下。

雷子说："我这半老不老的就得离世，算什么，俗人？僧人？都不是，只能算是弃人。"又说，"我该怎么办？我死不打紧，这么大的企业怎么办？"

"这样，我给你出出主意：第一，全面实行股份制，大股东按比例持股外，正式员工一律做股东；第二，扩大董事会，让员工代表进董事会有话语权；第三，完善董事会制度；第四，选好董事长……"迟少雄掰着指头给他提建议。

"唉，说半天，就是董事长不好选呐。"

"我认为还是在你公司内部选为好。"说着，迟少雄又掰着指头数他熟悉的公司领导，不料他数一个被雷子摇头否一个，数了好几个，一个都不成。"咦，"他一拍脑门说，"王智，这个死胖子，可以呀，做事敢作敢为，有冲劲啊。记得不，那次你上屋顶，他第一个冲上来拉你，对吧？"又说，"他就是文化差一点儿，不过这种人仗义，吃苦，能干，值得信赖。"

"嗯，嗯。"雷子弹了弹手指的烟头，"以前考虑过，你这一说，我看可以呀。"

这时，服务生敲门进来说："雷总，你请的客人已经到了，冷餐已经上了，请你用餐。"

迟少雄一脸愕然，拿眼神问他。

雷子连忙解释："不好意思，事先没告诉你，我让公司高层的几个人来陪你喝杯酒，你都认识的，再说他们听说跟你喝酒都高兴得不得了。”说完，起身拉住迟少雄的手，又说，“走吧，大哥，高兴一下。不管我怎么样，这辈子遇上你是我雷子千年修来的缘分。”此时，他想的是，自己老是在一些说不上光彩的节点与这个警察相遇，而且每次相遇都有戏剧性的演绎，是机缘还是他的宿命，但愿都是。

两人牵着手走进隔壁的 VIP 宴会厅，里边候着的十几个人纷纷拥到迟少雄身边热情问候，有叫大哥的，有叫大叔的，这些商界精英对江城官场警界的动态不说是了若指掌，至少也有所耳闻，所以在场面上的分寸拿捏得恰到好处。

迟少雄被大家簇拥到主席位置坐下，有人还给他脖子上系好了餐巾。一俟大家坐定，雷子抬眼看了看问：“王智怎么没来？”

李明洲说：“电话打不通，问了他弟弟王军，说他病了进了医院。”

“什么病？”迟少雄追问。

“不知道，王军没说，估计也不是什么大不了的病。”

“李总，明天你记住关心一下啊！”雷子吩咐。

待李明洲点头后，他高高举起酒杯，满脸堆笑：“大哥，你来说几句开场白。”

迟少雄少不得客气两句：“你来，你说。”

雷子拿眼光飞快睃巡一周说：“来呀，咱们跟迟大哥高兴一下呀，许久不见，十分想念，先干了这第一杯。”

“好。”众人一起响应。

十九

云雾升腾不见仙，寺在深山更深处。

汽车音响老是循环缭绕的歌，雷子心烦，伸手啪地关掉了。

车窗外大雾弥漫，汽车穿云破雾行驶在凸凹不平坑坎不断的山道上，加之弯多路窄山势又陡，怎么也不敢提起速度来跑。雷子虽然又急又烦，但又不得不专心致志开车，这前不见村后不着店的地儿，万一人仰马翻把命给丢了，那才叫冤呢。想到这，他脚下松开了油门，心里却骂开了，骂这鬼天气都日上三竿了还浓雾不散，骂这崎岖山路真不好走，骂这巴人县的鸟县长收了老百姓的钱却不修路，还想骂那云豁寺建哪儿不好偏偏建在深山旮旯让人拜佛不易，可一联想到布道师父那张布满褶皱却不温不火波澜不惊的脸，就止住了骂，毕竟那儿是自己人生的转折点，人可不能昧良心，得知道感恩呀，感恩的人才有未来。

此时雷子的心境开始逆转了，薪尽火灭，死灰复燃，对来日不多的生命又开始珍惜，至少从一大早的二圣山之行隐隐约约感觉到点儿什么，可能是生命的转机。他坐不住了，从还没坐热的石墩上起身，心急火燎地下山返回江城。

今儿个一大早，他就驾车进了山。当他气喘吁吁登上云豁寺大殿时，天刚敞亮，几个小和尚正忙着洒扫庭院，一见他便放下手中的扫帚簸箕之类的家伙什，走过来作揖问好。一个叫静悟的小和尚笑嘻嘻地说："不用猜，雷总，你肯定是来找布道师父的。"

雷子也认识他，笑笑说："静悟，师父呢？"

"走呢。"几个和尚几乎异口同声。

"去哪儿了？"

"不知道，师父走的时候没说。"静悟直摇头，又说，"可能是云游去了。"

说话间，雷子已经在大殿外的石墩坐下来，气喘匀了，额头上抬头纹却紧蹙成了沟壑，既疑惑又担忧："云游？他一残疾人，跛着脚，能去哪儿？能游多远？"

"千万别这么说，师父常说身残志不能残，还说呢，出家人一切都是空，哪儿有什么腿疾。"静悟两手合十，一脸虔诚。

雷子内心震颤，一时竟无言以对。

一会儿，他突然想起什么，弯腰从放在脚边的手提包里掏出两个实实匝匝的信封递给静悟："接着，一个给寺里做功德，一个留给布道师父，等他云游回来，代我向他问好。"

静悟和尚一手推挡，一手作揖，嘴里默念："阿弥陀佛，施主不可，万万不可，阿弥陀佛。"

雷子嗔怒，一把将信封塞到他怀里："小兄弟，你敢拒绝我对佛门的诚意，拒绝我对师父的敬意，小心师父回来我告你。"

静悟岿然不动，认真打恭，一脸戚色："施主万万不可告我，好不容易佛门收留了我，师父给我受戒，出了这山门我无家可归呀。"

"既如此，你就收下。这不是钱，是我敬佛的诚心。"雷子肃然起敬，又说，"你们帮我准备两支红烛，三炷香，我去大殿拜拜佛祖。"

静悟抬眼看了看几位师兄，几个和尚也面面相觑，而后迟疑着把信封接在手里说："既然施主诚心向佛，我们暂且收下。不过，师父的为人你是知道的，给他私人的钱他是绝对不会收的，他收的全是庙里的香火和施主的功德。"又说，"这次出门，他也就一僧衣一钵一棍而已，他说出家人四大皆空，一件僧衣保暖，一棍打狗，一钵化缘，化得缘来，住店吃斋，化不来缘，天当房地当床，野菜野果当干粮。"

"对。""对的。""师父是这么说的。"一应和尚合十作揖，随声附和。

灵魂受到震撼，雷子脑袋里充满一个僧衣素裤芒鞋竹杖的跛脚老者，风餐露宿，一会儿艰难跋涉，一会儿乘风飘逸，灵动的画面一帧帧涌至眼底，不禁大惊失色，差点儿大喊一声，师父，我要随你去。但说出来的话却是，出家人视空为本，我将为无，师父去而无憾，我惧什么呢？无非皆空，皆空。

雷子拜佛，从来没有这么虔诚，平心敛气，跪拜、平身、作揖，纹丝不乱，格外在意，拜毕又整理衣着正步上前一一扶正香烛供果，转身走出大殿才抬头望天长舒一口气。这时，他的手机铃声大作，在空寂的山涧格外响亮，忙掏出来接听，是李明洲的声音，焦嘈炸响："不好了，雷总，出事了，出大事了。"

雷子大脑如闷雷炸响，感觉整个身心直往下沉，第一反应是自己捂在心里的那个不光彩的贵恙被人发现，公司内部炸了营。但他还是稳住神说："慌什么？慢慢说，什么事？"

电话里的声音还是惊慌慌的，语无伦次："王，王智死了，死胖子，死啦。"

一阵山风吹来，惊起四周树木林丛哗啦啦响，如涛声阵阵。雷子心头一凛，虽然他知道王智生病住院，但听说就是一般的感冒发烧，也就没放在心上，怎么突然出现这结果？这消息让他猝不及防，更深一层的是情感因素，毕竟是一起在江湖上摸爬滚打十几年的兄弟，想当初在窝棚在井下，一块饼你一半我一半，一壶水你一口我一口，彼此照应，可谓生死与共，后来在江城地面上冲冲杀杀，日夜厮混在一起，那份情黏得如胶似漆。只是公司做大之后，雷子叫他去掌管煤矿，才难得见上一面。

"喂，喂，雷总，说话呀，我也觉得突然啊。"好一阵子听不见声音，李明洲急得大声喊叫。

"死了？怎么就死了？怎么回事？"他管控不住情绪，有点儿失态，"你怎么早不给我报告？你这个总经理怎么当的？"

"雷总，我过问了，他兄弟说就是感冒发烧，没大毛病。今天早上王军才告诉我，他再三嘱咐说不要告诉任何人，他是艾滋病。"

啊，艾滋病，怎么回事啊？他是，我也是，啊，巧合啊，巧合吗？雷子脑子一激灵，举起手机的手微微颤抖。是的，是的，那些年，一对年轻的"城里光棍"怎么消耗过剩的精力，打发无聊的时光，只有经常光顾那些登不了大雅之堂甚至说不出口的低档场所，和那些同样年轻的洗脚妹、洗头妹搅和，不染上淋病、梅毒、艾滋之类的性病是意外，染上“贵恙”是必然。巧的是两兄弟同时患上艾滋，真是“但求同年同月同日死”的异姓兄弟，可咱们却没有歃血结义啊。是天意，是偶然，还是存在某种蹊跷？

“雷总，怎么回事啊？你怎么啦？怎么又不说话了？”电话里的李明洲感觉到点儿什么，声音平稳些了，“雷总，好些天没见你了，王智这事怎么处理？你指示我来办，我建议啊，最好你得出面，你再不露面，公司内外传闻也多呀。”

“我知道怎么办，用不着你来教训我。”雷子气呼呼地挂了电话。

“施主有事不必过急，谨防气大伤身。”身后不远处的静悟走上前来，施礼劝告，“平心静性，善莫大焉。”

雷子侧身还礼，面带愧色：“我得走啦，怎么也一俗人，我得去把俗世的事厘清。”又说，“如果此生有缘，早晚有一天我也会皈依佛门，肃清罪孽。”临别，再次叮嘱静悟，“师父回来一定要告诉一声。”

心中有事，归心似箭。路上，雷子打电话把王智的事告诉了王贤哲，他吃惊而疑惑：“你们一批体检，你查出艾滋，他没查出来却是艾滋，而且这么快就死啦。”

王贤哲没把心中的疑问说出来，只问：“王智死在哪个医院？”等雷子说是江岸区医院后，又说，“雷总，你自己得抓紧来复查一下。”

雷子赶回集团总部大楼已过晌午，推开自己的办公室，见李明洲、王贤哲已经等在那里，焦急、惊恐不安的表情写在脸上。

“怎么回事？”雷子坐下就问，“公司的民生工程，全部都安排了体检，高层人员的体检费我记得都在两千以上，项目应该是最全的，怎么没听说他得那玩意儿，体检，他到底去没去？”

“去了，肯定去了，那天我俩一起去的，王院长安排的绿色通道，就在你和卢晓丽之后不久，我俩一起去的体检中心。”李明洲肯定地说。

“那，你说说，王院长，会是什么情况？”雷子带点儿责难怨恨的目光像两根雪亮的刺，直射王贤哲的眼，“你那个医院可是江城最好的医院，三甲啊。”

王贤哲显然已经意识到在某个环节出了错，心里虚虚的，喃喃说：“我去了江岸区医院，核实了王智肯定是死于艾滋，按照雷总的意思，我和院方约定对外就说王智的病是肺部感染，死于心力衰竭，他家属我也打了招呼，不过问题是……”他迟疑了，拿眼看了看雷子，但一碰上他带刺的眼光就缩了回来，话头也转了向，“问题是体检怎么没查出来呀，查出来的……”

“查出来又怎么样？你能治？你能妙手回春，保他不死？”雷子怕他说漏嘴，急忙打断他，“怎么处理王智的后事，我说几条啊：一，他的死因就按王院长说的不变；二，由他家属办丧事，公司协助；三，王智死了，该公司赔偿的一分不能少；四，丧事要办得体面，规格要高，要热闹，公司该去的人都得去……”

雷子安排停当，李明洲站了起来说：“雷总，按你指示，我立即去落实。”得到雷子点头首肯，他转身出门时，又被叫住了。

雷子起身三步两步迈到门口，一手握住他的手，一手重重地在他肩上拍了两下，很正式地说：“李总，送你两句话：遇事不必惊慌，要有静气；办事既要灵活又要果断，不要书生气。”

李明洲郑重点头，回首关门的时候，深情地回望了他一眼。

雷子回到办公桌后，从抽屉里拿出两包“天子一号”黄皮烟，扔一包给王贤哲，一包打开掏出一支点上，嘴里喷出一股长长的烟柱，脚步慢慢地迈到了窗前，远眺泡江南岸的山峦说：

"王院长，这里边一定有问题啊。"

王贤哲望着他宽厚敦实的背影在烟雾缭绕中有些褶皱有些虚幻，胆怯地说："是呀，艾滋病检测是个很成熟很简单的技术，王智经过体检却没有查出问题，在医院应该是一次事故，应当好好反省啊。"

"反省，那是你的事。问题可能还不仅仅是这一点，你再想想。"雷子头也不回，语气冰凉，让人感觉到了冷峻。

"我，我回去组织人好好查查。"王贤哲拿打火机点烟的手都在抖，几次打火才把烟点燃，"感谢雷总你把这么大一单业务给了我们医院，可是，上千员工要在三天内体检完，我们只好临时从其他部门抽调了一些医生护士到体检中心帮助工作，这里边可能出错。"

"出错？还可能出什么错？"

"譬如，管理上的，再譬如，工作上的不负责任……"

雷子转过头来，脸色和悦，沉吟道："会不会把人头搞错，譬如张冠李戴？人命关天啊，可得好好想想，好好查查。"

"哦。"王贤哲如醍醐灌顶一般恍然大悟，手指头夹着的烟头掉在了地上，又说，"我立刻回去查查。"

二十

雷子始终拒绝女儿要与他视频通话的要求。从来都不会刻意照照镜子的他，这段时间里居然有意无意地去镜前打量打量自己，端详一下面容，整理一下衣装，每看一次都觉着自己越来越憔悴，越来越不受看，所以他不愿意让心爱的女儿看见老爸的这副尊容。

他只给女儿发邮件，告诉她只管努力学习，学好专业，回国不回国自己定，但一定要有所发展有所作为。还叮嘱她管理好自己的账户，学会理财。女儿可能意识到什么，反复问他，怎么啦？他回答，一切照旧，老爸安好。

其实不是安好，而是越来越差，身体日益衰弱使他时时有世界末日的感觉。在死亡面前，他才开始认真思考生命的意义，解剖自己的灵魂，这才认识到自己从蝼蚁一般卑微走向自以为是的辉煌又回到了人性的卑微，既是循环又是本真。在自然面前，人不过是一棵脆弱的苇草，只是因为会思考而变得所谓的强大。

眼前的现实处境也对他越来越差，卢晓丽出走对他打击最大，其次是马龙和迟少雄对他的拒绝，紧接着闻知周志军终于进去了，知情人讲是何鲁副省长出事后供出了他，据说他跑官的层面高数额大，目前正查他巨额行贿的资金来源。昨天，也就在昨天，他听说迟少雄与他们的铁腕局长闹翻了，起因是局长屈尊亲自找他谈话，要他参加聘任考试重新回到原位，不料他竟拍案而起，说他独断专行破坏组织原则，使得局长恼羞成怒，大叫撤职查办，谁知他倔劲一发不可收，昂起头颅说职已经被你撤了，你有权，你可以滥用权，要查要办随你便。这下捅了马蜂窝，局长立马命令政治部主任劝其退休，迟少雄说不用劝，我自动退。当场写了几十个字的申请，当场就被批准提前退休。第二天，迟少雄带着他儿子离开江城去了南方城市。听完迟少雄的事，一挂断电话，他竟掩面而泣。平心而论，周志军无论怎样伪装怎样狡诈，毕竟是个贪官，被纪委查处，完全是咎由自取，可迟少雄呢？这么一个秉性耿直清正廉洁披沥直言，也不轻易改变主见的好警察，偌大一个坐拥大山大水的江城居然容不下他。

还有，李明洲来电话汇报，集团近一个月来严重亏损，好几个项目投标落空。他还条分缕析头头是道地分析了原因，有条不紊地提出扭亏增盈的措施，最后几乎是哀求地说："最重要的一条就是你雷总赶快回来主政，这样，活久集团才有根本性的改变，才有做大做强的希望。"雷子似听非听，待他念念叨叨说完才说："你看着办吧。"

雷子早已心如死灰，脑子里什么都没了，翻来覆去就一个词：圆寂。

去二圣山云豁寺就冲着僧人的这个结局去的，他想象着圆寂，圆满地寂灭肉体而让灵魂升天，实现的方式就是坐化，盘腿坐在那里一切都化为了无形，形象不仅有尊严还具神圣神秘色彩，让人憧憬。既然死是必然的，那就得选择死得有尊严。他想去求教布道师父，可他孤僧云游，虽然可亲可敬但却无处寻觅，这使得他早已破损的心被摔向坚硬的岩石，化成不可收拾的一地泥泞。

李明洲来电话告之王智逝去的消息，他猛地意识到某种转机，他得去寻觅，去弄清楚个中原因，解开心中的结。于是，他回到了江城。

这时他在等，心平气和地等，没有焦急，没有期待，也许他会回心转意，重出江湖去执掌并且拯救自己的集团公司，也许他会彻底寂灭，他不知道怎么选择，也不知道什么是自然，然后顺其自然。

终于电话铃声响了，见是王贤哲来电急忙摁通，哦，断了，再打过去，回答是该用户无法接通。再打，如此。反复打，依然如此。往常出现这种情形，他会暴跳如雷，会如虎咆哮，会……可如今，他没起半点儿波澜，平静如窗外悠悠飘浮的闲云。

不一会儿，丁零零的提示音响起，王贤哲发来微信，写道："真不好意思面对你呀，雷总。我在医院认真查了，是那天临时抽调来加班的护士把血样和标瓶搞错了，事先编好你的血样瓶是868号，可能抽你的血放进了668号瓶，查了668号瓶是王智的，这样就完全搞错了。我们正在查那天抽血的护士，查出来予以严处。但由此给你带来的伤害可是不可估量的，哪怕让我去死我也觉着无法赔偿。原谅我吧，雷总。"后面跟着发了一大串"伤心、哭泣、祈祷”的表情包。

张冠李戴。无以面对。情何以堪。雷总简短地想象了一下王贤哲白皙斯文的脸上愧疚的表情和复杂糟糕的心境，回了一句：“不必再查了，原谅那个出错的小姑娘，算我求你。”隔了一会儿，又编写了一条，“此生感谢有你，还望一生保重。感谢人生出错，让我检验了人性。”写完，看看，觉着有点儿出世的意味，想到既是出家人，一切当释然，又加了一句，“今天当比昨日好，未来光景胜往昔。”随后按了发送键。

雷子后悔再回江城，后悔知道这个结果，因为他执意要离去了，因为他的心已碎已死已经“圆寂”。在这个“家”已经待不住了，他起身，挨个房间直到空中花园都巡视一遭，临出门，给他的律师发了一则短信：“照我说的，速办。”他已安排律师把这套别墅和他这辆路虎揽胜卖掉，所得全部款项用于维修云豁寺，再造两间草棚木板房，他要去等云游回来的布道师父，要在“雨中山果落，灯下草虫鸣”的大山深处面壁、修行、悟禅。

车驶上泡江大桥，他有意放慢速度，左看菱形吊架的千厮门大桥，右瞅瞅上游彩虹一般的鹅公岩大桥，心中竟然不见半点儿念想。

翻上南山峰顶，他驻车走上一棵树观景台，俯瞰山脚下奔腾不息波光粼粼的泡江沫水，远眺高楼林立的江城笼罩在一片物欲横流的滚滚红尘之中，他知道那是一个“一切皆可编程，万物皆可联网”资讯高度发达联系密如蛛网的空间，在那个物欲泛滥人欲横流的世界里，人人热衷于拼命搏取以金钱财富美色权力构筑的所谓辉煌。这时，他突发奇想，把晃悠在脑子里的形形色色的人头对应贴上对岸江城高高矮矮的楼宇，那么，谁该上那栋最高的标志性建筑呢？郝建国，按理该是他，他毕竟是江城最大的官，但他立得住吗？雷子心里把他否定了。筛选过来筛选过去，最后选定一个人：迟少雄。

再反观自己，伫立一孤峰，孤身一尘埃，就要逃离这闹世，应该有的悲哀心中竟然一丁点的感觉都没有，是醒悟，还是简单的一走了之？思绪漫无目标地游动，脑子里突地冒出帕斯卡尔说过的一段话：人是一个被废黜的国王，否则就不会因为自己失去了王位而悲哀了。所以，从人的悲哀也可证明人的伟大。曾经的雷董事长也是站在这江城右岸的最高峰同簇拥身边的公司高层人员，踌躇满志地大谈自己和公司的宏愿大旨，勾勒集团在江城大地上布局的宏伟蓝图，顷刻间如幻境湮灭，连悲哀都没留下，足见自己卑微如瓦砾如微尘，身后竟一片空无。

就在这么一段短暂的时光里，世态人心充满诡异的变化。作为骨肉之躯的凡人，他自然也少不了世俗的烦恼，但面对死亡，尤其是在他情感深处自认为值得依靠的人作出种种不可思议的表现，让他把人性看得如此透彻。他得走啦，他比任何时候都更向往“无我、无住、无着”的禅宗真境，他心甘情愿把这一切统统抛在脑后。

从临崖的山涧退后几步，毅然转身，他义无反顾走向路边停着的车。

坐上车，发动车，猛轰几脚油门，立体的梵音袅袅飘起，霎时充满车厢，他脑子里全是布道和尚那张布满皱纹慈祥平静的脸，还想什么呢？他问自己。

熄火下车，他给律师发了个短信，告诉他车的位置，然后把手机和车钥匙锁进车内，背起双肩布袋，甩开大步朝前走去。脚下便是人生路，不同的脚走不同的路，但殊途同归，从空空的世界来，终将去一个寂灭了的虚无的空间，这两者之间的过程，悲哀也好，精彩也罢，便是不可逆料的命运支配的人生。

他已经看见山麓间的冉冉升起的霞光，把天边洇出一片通红。

我写《绝对意外》

读过禅书的人几乎都知道这样一个耳熟能详的故事，其实就是一个盲人女居士与他人一段颇有禅意的对话。说是有一天，一个女居士在禅院做完功课已是天色漆黑，居士要回家，禅师点燃一盏灯笼递给她说：“天黑了，打个灯笼方便些。”居士说：“天黑了吗？我是个瞎子，天亮天黑都一样，跟师傅修行以后心里亮堂着呢，回家的路我熟，心里明镜似的，还用得着打什么灯笼。”禅师说：“你是个盲人，当然无所谓天黑，可你提盏灯笼让人家看见你，免得人家撞了你，为你好也为人家好。”一番暖情暖意的话让她心存感激，于是就提着灯笼上路了。谁知道半道上还是被人撞上了。她出言不逊：“你是瞎子吗？你没看见我手里的灯笼吗？”对方是个明眼人，回敬她：“你才瞎子呢，你不知道你灯笼里的灯早就熄灭了，还黑灯瞎火地乱闯。”就在此时，两人一愣怔像是恍然大悟，会心一笑就此分道扬镳。第二天上课，居士把这段故事讲给禅师听，禅师听了，略有所思，之后也会心地哈哈大笑。

三人皆有所悟，悟到些什么？怎么也说不好，因为意会的节点不一，“玄机”不同，但有一点应该是共识，光明既有内在的也有外在的，失去外在的光明我们看不清路，但没有内在的光明我们仍然会撞人，甚至会在障碍面前撞得头破血流。

这就使我们有这样一个意识，睁着眼要看到辉煌灿烂灯火通明的光芒，更要找到内心的光明，也就是说心志不要被湮灭，才是做人的心底本色，才是人生的根本之光。

就职场生涯而言，我骨子里就一职业警察，进入警队认定当好警察就是干好党的事业，就把“生是公安人，死了埋进公安坟”作为毕生的信念，无论在什么岗位都问心无愧地做到了尽心尽责尽己力，出新出彩不出错。然而，前行的路上没坎坷没障碍没歧途，是不可能的事。就在《绝对意外》里的“香城”这个特殊城市的一个特殊时期，确实出现了许多异常现象。

那个违背自然规律的“特殊时期”盘桓在那块小地儿上的时间自然不会很长。该怎样看待这么一个时期？该怎样总结其中的教训，尤其是为今后党的建设、国家的法治建设提供历史的经验？这些问题一直在我这匹夫的脑子里打旋、纠结、困扰、迷惑着，思考力不从心，立言又羞于位卑言轻，但作为经历者不尽一点儿对党对国家对社会的微薄责任，委实心有不甘，甚至觉着莅临真相深藏舌根明哲保身将会是一种沉重的负罪。

仰头看天，低头思想，是人类区别于其他动物的根本特征。雕塑家罗丹刀下的那尊名扬天下的《思想者》，神态肃穆，凝神沉思，像是在审视世界，也在拷问着灵魂。“香城”出现的“唱红打黑”运动，表面看红红火火一片光明，实际上暗中涌动着“唱红异化”和“打黑泛化”现象，隐藏着不可昭告于世人的用心和目的。不管是趋利避害也好，还是出于攀龙附凤的动机想身居高位捞取一杯羹也罢，许多人失去了内在的光明，跟着那一片耀眼的“光明”亦步亦趋，殊不知表面的辉煌是假象，是靠不住的虚幻的假象，最终自己堕入万劫不复的深渊，酿成人生悲剧。

没有对历史的反思，一个民族就没有光明的未来。

法国思想家帕斯卡尔说：“人只不过是一根苇草，是自然界最脆弱的东西，但他是一根能思想的苇草。”我思，故我在。我在，我得记录下事实和思考。

该怎么写？用什么体裁来写？这是值得考量的问题。这个题材因为种种原因不能纪实，反复考虑后决定写成小说，用“离地三尺”的叙述来“折射”那些“人、事、物、活动”，用现实生活的“烛照”来考量“人”之内心。那么，怎样才能把这些内容“串联”起来呢？作为职业警察，首先想到的是案子，用一桩刑事大案的侦破过程来表现吧。苦苦构思完成，又一大难题凸显了，想用小说来表现，但小说我读过，而且大量读过，可从来没有写过。现在回想起来，一个人的精神力量太强大了。当初，我脑子里想的是没吃过猪肉还没见过猪跑吗，藐视并克服个人的难题，实现既定的目标，只需真干实干就能跨越。于是，边写边学，还临时抓了一些关于小说写作的书籍急读急用，从 2013 年 10 月初动笔，历经三个月至年底写成 25 万多字的初稿，之后，马不停蹄地作了许多补充和修改，到 2014 年 2 月算是完成全稿。值得一提的是，为抓紧时间完成这“急就章”，我居然舍弃电脑键盘采用手写方式，密密麻麻地写满 100 余张 A4 纸。

写成之后怎么办？这篇习作不可能“藏诸名山”，当然也不可能“传之万世”，但总得让人看呀。我把想法和稿子汇报给了重庆公安的老作家黎明辉，他看了之后，说把它推荐给《啄木鸟》杂志的杨桂峰总编审阅。历经一番周折，这么一篇从内容、文字到技巧都十分粗糙的习作终于刊发在 2014 年《啄木鸟》

(夏季号）上，并且入选当年全国公安文联选编的“2014 年度公安文学精选”(中篇小说卷)，2016 年 1 月群众出版社将长篇小说《绝对意外》正式出版。

作品发表后，收到的反响有褒有贬。我想，只要对读者有所启发，有所感悟，特别是有助于我们党、国家和社会的进步发展，这本书就没白写，一个原来只知道埋头做事适才学着抬头看天的初学创作者的一丝心血便没白费，亦可告慰自己，告慰“香城”和那块土地上的人们。

笔之所至心之言

——写在《绝对现场》前面

曾几何时，穿上那套上白下蓝“革命红旗挂两边”的警服，浑身洋溢着青春气息，无数次站在纤尘不染的镜前自我欣赏一个年轻警察挺拔的身板和勃勃英姿，细想起来，那已是上个世纪八十年代初的事了。

时光如白驹过隙，不觉时间已离去三十年有余。

誓死守护这个世界这个时代的平安宁静，舍身捍卫社会的公平正义和百姓的安危祥和，为了让这个社会一天比一天好起来，身为人民警察每天或马不停蹄或清寂难耐，抑或焦心如焚，倏忽间或许就得面临挺身而出于生死之间的关键时刻，就是在那些个平凡普通的日子，尤其在命悬一丝而又化险为夷那一刻的前前后后，使得我对警察对生命对责任有了深刻的理解。时光就像旋转的滚滚车轮，穿行于都市的高楼大厦，逡巡在广袤的田野山川，从东边日出到夕阳西下。当城市亮起万家灯火，警察疲惫的脸上才会出现一抹会意的笑容，接着抹掉倦容，又转身去干自己该干的活儿——巡逻、查缉、讯问、值班，这就是警察，这就是警察的日子，警察的宿命。

警务倥偬之余，自己常常扪心自问：我这警察干得怎样？头上三尺有神明，小我不敢打诳语。回答说：尽职尽责，略有建树，问心无愧。那么，除了公安的老本行外，我还留住了些什么？万籁俱寂，枯坐书斋，摊开几十本工作笔记，滑动鼠标浏览电脑里储存的手稿，上百万字的论文、随笔、通讯、报告文学、小说如晶莹剔透的碎珠攒动，汩汩涌入眼帘，这寂静无声毫不起眼的涓涓溪流，辉映的不是今昔的时空？折射的哪怕是些微的光影不也正是我们这个时代的吗？我这三十多年，欣逢我们国家改革开放社会转型的三十多年，在这个古老的东方大国所经历的前所未有的大时代之下，每一个生活在这个国度的人无不感受到社会变化的脉搏。联想至此，仿佛生命的沧浪之水在胸中翻腾，一个职业警察的存在感油然而生，或许这些文字能留住一个人的时光，也能“烛照”这个时代的一些片段。

仰望天空，银河浩瀚，繁星璀璨。那些仅仅在天幕上闪烁一丝划痕的流星，瞬息消殒，我心中一颤，流星不也是能发光的星吗！

从警三十多年，从做一名刑警入行到辗转多个岗位，岁月已然斗转星移，世事却非过眼烟云。常人眼里，做警察的驱车提枪惩恶扬善英武得很，却很少留意警察兜里的那个本和那支笔——时时处处有个做笔记的好习惯。入警时，老警教我，要干好警察，孔武有力是不够的，还得比“三子”讲“三勤”：比嘴巴子、腿杆子和笔杆子，讲究嘴勤、腿勤、脑子勤。从此，无论走到哪里，无论在什么岗位，手里的本儿上都离不了笔的墨迹，走访调查，开会记录，甚至出差晚上倒床之前还不忘记写上几笔漏掉的线索。日积月累，这样的笔记本，大的小的，薄的厚的，倒也充斥书架赫赫刺目。曾几何时，放言：记下琐碎事，缀成千秋史。

真如是吗？否。我的笔记虽记录了几十年来亲历的人和事，所见所闻有巨有细，有时还写下几句诙谐俏皮却不乏真实的杂感，内容虽繁茂，但黍草难分，芜杂不堪，实难堪当“千秋史”之大任。然则有了这些“琐碎事”，哪怕就随手一翻，那些被岁月洇干了水分的文字，就会在我的眼里滋润活泛生动起来，变幻成一个个栩栩如生而形态各异的人和一件件时空转换且情节生动的事。不用想也能直接感知，这种“变幻”是过去的却是真实的，有缘由也有结果，因为有“故”，所以有“事”，合并同类串联异类逻辑关联这些毫无生气的文字不就是故事吗？

整理“琐碎事”，就是整理自己的人生，细究起来却没什么起眼的东西，至少没一两件足以“彪炳史册”“青史留名”的大事，倒是这些年来从警界到官场，所亲历所触碰所深入了解的世相百态引发的思考刻骨铭心，尤其是面临生死关头的一闪念一惊悚真实而激荡，深刻而弥久。年轻时血气方刚，雷厉风行奔跑在破案擒凶的第一线，披星戴月蹲守在打击犯罪的最前沿，至今我的耳边都还响着自己沉重的喘息和吹拂在巴蜀大地上呼啦啦的风，当给一个个犯罪嫌疑人搭上手铐送进监狱时，人民警察的使命感、战胜邪恶的自豪感便油然而生。我是多么留恋那段时光啊！那可真是一个年轻的公安战士疾恶如仇、藐视一切艰难困苦乃至死生、激情燃烧极富血性的青春岁月，至今思之，仍血脉贲张，心潮难平。然则经手的案子多了，罪孽深重触犯刑律的犯罪嫌疑人被送到了他该去的地方，而案件背后的社会成因和问题，却送不进监狱，这不能不引人深思。走上领导岗位，再去到一级政府里循环，耳闻目睹许许多多的党员干部，为着百姓的利益，为着巩固我们党的执政之基，而殚精竭虑、呕心沥血做事的动人情景。同时也看到有的人滥用职权，颐指气使，作威作福，欺压百姓；有的人台上道貌岸然口吐莲花，台下权权、权色、权钱交易无所不用其极；有些人扭曲人性，追名逐利，趋炎附势，到头来竹篮子打水一场空；有些人表面风光，事业辉煌，博得过无数掌声、鲜花和荣誉，结局却是触犯法律，罹难血光，身陷囹圄……时间翻过了那一页，但那些手记文字或多或少留下记忆，读之思之总有一种灵动，一个知天命的人极尽智识压抑不住的灵动，我不知道该怎么审视，至少应该是弥足珍贵的吧，于是我想说想喊想书想写，想整理这些杂乱无章的文字，当然也是整理自己的灵魂。

说实话，我们这个社会现实的问题很多，就是警察面临的生死关头，岂止是罪犯手里的刀枪，但我们不能埋头于垃圾而不见朗朗乾坤，闭眼说黑而不见光明灿烂的未来。相对于这个时代，个人太卑微，自己太庸常，想要突破庸常，就得抬高望眼，越过高墙，写出经得起时间考验的文字，写下感人肺腑的心声，哪怕就是虚拟一处时空的小说，也要发出真实感悟的心声，飞翔在贴近时代生活的上空。

倘若如此，这些年我从警从政的历练即没有白费，真心干事用心向民的良知才得以昭世。感谢《啄木鸟》杂志——我心中尊崇的全国公安文学的天坛，对我这样一个从未考量过文学语言、文学结构、文学思维的写作者给予的极大帮助，第一部中篇小说《绝对意外》得以散发出油墨的芳香，得以入选“2014年度公安文学精选”（中篇小说卷）。激情重新燃烧，我由此生发，创作了我的第一部长篇小说《绝对意外》（群众出版社2016年1月出版）。近三年来，《啄木鸟》杂志、《红岩》杂志、中国公安文学精选网和一些报纸又陆续发表了我二十余万字的中短篇小说。

这次以中篇小说《绝对现场》《刑警的后脑勺》为代表的六

篇小说结集出版，也是对我文学创作的再一次鼓励。文学的确需要鼓励，尤其最适合像我这种半路出家从野路子上蹚过来的人。然而只有写过或正在写着，才知道创作对我而言，是件笔力孱弱难以为继的事。但是，我也清楚地意识到，就算是个以严肃态度对待写作的人，一个身穿白色警服、肩佩警监警衔的警察所创作的小说重点不应该只在侦查破案的一般套路上，靠渲染血腥恐怖去博人眼球，用故弄玄虚去哄骗读者，而应当是展开案件辐射开去的社会面，去勾勒社会各个阶层或领域的人，如何角力挣扎，顽强博弈，官商渗透，人性沉沦。虽然一个职业警察写起案件来可谓轻车熟路，哪怕笔力再差也能写出七分真实，也能博得几分卖点，但是我意不在此。案件只是一个载体或是一隅视角，祈愿通过我讲述的故事让世人看到当今社会形形色色表象下面底色纷呈的众生世相，至少能给人以些许启迪。

拙作发表之后，陆续收到读者的一些反响，褒贬有之，我都将它们当作一面镜子来反观自己的写作历程和下一部作品的创作。已经面世的文字，不可改变，正在写着的东西可以求变求新求提升。对我而言，创作水平的提升永远在路上。

我也在不断地阅读一些前辈大家的名作及新作，边读边审视自己今后的作品，时时告诫自己要写慢些再慢些，慢是一种打磨。对笔下塑造的人物、小说的语言乃至细节都应该有更生动形象的描写；对涉及以往的案件、事件还应该有更加深刻的反思、更加精准的表达。

没有在黑夜里椎心泣血地反思过，不足以语人生。没吃过皮肉之苦，没尝过切肤之痛，没经过生死考验，不能够深刻剖析这个时代和社会。优秀的作品绝不是浅表地写写人人所见的云雨翻覆，还应当涉及社会的深层次问题，还应当深触人的灵魂世界和把握时代的脉搏。

我无意于给自己的小说贴上什么标签，但我知道前面的路还很长，继续写的东西还在键盘上，需深入考量思索的还得不断厘清，我的意愿别无选择，我愿意一路向前走下去。

世界文坛大师云集，五千年的中国史上文学巨匠灿若星空。丁玲说，好的作家应有一本立得住、传得下去的书。这是历经了时间考验的真知灼见。它是做一个好作家的标杆，也是我这逾知天命之年的文学初学者应该看齐的标杆。

笔之所至，心之所言。

韶华难逝

掰着指头算来，干警察这行当已三十年有余，怎么着也算得上是个老警察了吧。

倘若你一路走来不曾努力不曾勤奋，在业务上毫无建树，在业绩上乏善可陈，越是老警越是没什么值得夸耀的地方，反而因其功能性退化时不时地显出不中用和不合时宜之处。就拿这记性来说吧，哪怕是经过长期训练出来的记忆力也抵御不住强大的自然规律，上了点儿年纪自然也逃脱不了爱犯健忘的毛病。令人惊诧的是，遗忘的往往是近前的事，几乎是过眼就忘，而几十年前的人和事却活蹦乱跳历历在目。反过来讲，这不能算健忘吧，甚至还可以说是记忆力超强。

所以，老年人怀旧与其说是故意玩深沉卖弄资历，不如说是人生规律使然。

警察这行当跟大型工厂差不多，成系统分车间分工种，车、钳、铣、铆、焊诸项合成运行。警察机关也分刑警、治安、交警等警种，它们组合成有机衔接的专司打击刑事犯罪和社会治安行政管理系统。从上世纪八十年代初在基层警队干刑警开始，我干过七八个警种，干过业务处长，也当过公安局长，不知不觉中光阴似箭滑过三十五年光景，其间干过的事阅历的人如过眼云烟，回想不起几许，但当年在基层刑警队的那些人和事，以及我们浑身洋溢着青春气息的影子却刻骨铭心般清晰。

不知是幸还是不幸，我们渴望接受知识的时代正好撞上文化被革了命的年月，没课上没书读，好不容易借到一本《福尔摩斯探案集》，便如饥似渴读得烂熟，连熟睡的梦中都俨然一个摆着架势大案小案“通吃”的大侦探做派。聊以自慰的是，天不错人，考入公安就如愿以偿干上专破刑案的刑警，于是将打了鸡血一样的兴奋剂“灌注”到干事的劲头里，较之接踵而来的谈恋爱继而进入蜜月期还得劲。

踏勘现场，探幽入微；走访排查，锱铢必较；分析案情，层层深入；追踪擒凶，初显英武。一个又一个地接手案子，一件接一件地破掉案子，披星戴月不舍昼夜，渴了抱住水龙头喝一口自来水，饿了一粥一菜一馒头糊弄住咕咕直叫的饥肠，困了在警队办公室的木椅或者木头桌面上倒头就睡，以至于某一天曾天真地问师傅，照这样拼了命地干，案子破完了，咱刑警不就失业了吗？惹得一帮老少刑警哄堂大笑。师傅是砸烂公检法之后刚恢复工作的老干探，破案几十年不乏睿智，闻言也觉得哭笑不得。他屈指弹了弹我的脑门说，你个嫩头儿，犯罪一时半会儿会被你灭掉？多少疑难案件都会被你“通吃”？你以为你是谁呀，福尔摩斯？大家又一阵哄笑，我傻愣着两眼像一截烧焦了的木桩立在那里，不难想象那时的狼狈不堪。

运筹帷幄，神机妙算，柯南·道尔笔下对侦探的描写无一不是绅士一般的风流倜傥。事实上，真要破案，哪怕就是一个微不足道的小案，不说是历经百折千回千难万险，至少也得有一个绞尽脑汁克服困难穿云破雾斗智斗勇的过程。对破案颇有心得的刑警说，这活儿要干好，还是要点儿技术含量的。

1983 年，新中国历史上第一次“严打”风暴席卷，我等刚穿上警服的新警在师傅率领下仓促入战，熬更守夜连轴转，并案串案连案破，又臭又硬的“烂骨头”案子也啃了不少。一次，捕获一惯盗，虽然已掌握他多次犯案的线索，但这个獐头鼠目的家伙却坚决不吐实情，水照喝，饭照吃，牙缝里就漏一句话：你们抓了我，我认倒霉，该判该杀政府定。师傅率两徒弟与贼较起劲来“熬鹰”，连熬三天三夜，烟抽了几十包，讲政策，讲法律，讲大道理小道理，什么都讲，就是不与贼讲案子。刑警知道，与这种“三进宫”的“老油子”直接讲案子没用，彼此心知肚明讲了也烦。眼看过了第四天凌晨，天将亮未亮之时，贼熬不住了，伸手要烟抽，其状可怜兮兮，刑警窃喜：来“菜”了。恰巧此时，谁兜里都没了烟。师傅叫徒弟捡起地上和烟缸里的烟屁股，一一撕开皮儿抖搂烟丝，再用半页笔录纸裹成大喇叭给了贼。贼美滋滋地吸上一口，师傅就开始“点菜”了，先提示了连贼自己都觉得最隐秘最得意的那一桩大案，惊得贼连呛几口烟，哀叹道，早知道你们都清楚，我还扛什么扛。这下，贼竹筒倒豆子一般爽快，一口气吐了 25 桩大小案件，如释重负，痛快透顶。可师傅对就想要闭眼歇息的贼说，不忙，还有醒瞌睡的——大阳沟菜市场楼上一家万元户，你撬锁进屋，偷了一台卡式录音机，索尼的，还有两千块钱。贼略一迟疑，突然用拳连捶自己头颅，迭声后悔：对不起，没吐干净。

案破了一串，老少警察又兴奋了一天。其实谁都知道是在玩命。

刑警的活儿干起来玩命还困苦不堪，但也苦中有趣。脑子一搜索，随便一例：一次，警队破一窝案，但主犯在逃，多日缉捕仍不见其半点儿踪影。不愿功亏一篑的刑警该使的招都使了，终于获悉贼的一相好住江北塔坪一居民房。于是，师傅率两徒弟寻到了一个最佳观察点——藏进塔坪公社养牛场的饲料垛里蹲坑守候。这一蹲下去就是三天四夜，那时日正好是号称“火炉”的重庆最热的三伏天，师徒仨没日没夜裹着汗水熏着牛臊闻着屎味，寸步不离。三天三夜过去不见丝毫动静，一徒弟熬不住了，说情报有误。师傅乜了他一眼说，那，你说一条准确的情报出来。徒弟不服，反唇相讥道，你是师傅，我们跟你干呢。师傅说，既然还尊我为师傅，那就听我的。徒弟说，你有高招，就听你的。师傅笑了笑说，我的高招就是，接着熬。徒弟不屑，挖苦道，那，我们就一直傻等下去？师傅擦一把满脸的油汗，信心满满地说，快了。

果不其然，第四天半夜终于见对面那扇黑灯瞎火的窗户亮起了光，还晃动两人影。师傅说，贼进窝了。三人潜行至楼下，又轻手轻脚靠近房前，一人一脚踹开木板门，两人用枪抵住贼的脑袋，一人扑上去反剪贼的双手，咔嚓上了铐。三人押着贼回到警队，众人啧啧称赞。师傅一本正经地对队长说，领导，你得赔我一件汗衫，你闻闻，这臭味洗得干净吗？队长真拿鼻子嗅了嗅，横起双眼骂道，哼，真他妈的臭，还敢拿给老子闻。嗖地一把将汗衫扔在地上，伸脚上去使劲踩了踩，转身过去给师傅胸前就是一拳，打得他一个趔趄差点儿摔倒，又破口大骂，你他妈的土包子，给老子丢人，现在人人都穿T恤了，你还在穿破汗衫，老子给你记功，奖金不准上交老婆，买件T恤穿穿。众人一阵惊呼，那一双双惊愕艳羡的眼神至今想起来都是得意的回味。

干啥事都有苦有乐，刑警生涯有苦更有乐。全案破获时，案犯落网时，作为主办侦查员心中那份甜蜜那个爽劲儿真找不到最恰当的语言来形容。还有，当受害人涕泗横流衷心向你表示感谢感激的时候，你不觉得当好一个人民警察的自豪和兴奋真是抑制不住吗？

有一桩扒窃案的事主是个中学语文老师，他爹闹心肌梗死在医院抢救，他带上一万块钱去交费，不幸在公交车上被偷了。来警队报案的时候，他可真是一把鼻涕一把泪，其言闻之莫不动容，其状见之莫不心痛。师傅接案问得相当仔细，时间、地点、哪路公交、起点、发现被扒窃时大致在什么地段，末了，安慰他说，先去给老人家救命，资金随后就到。老师半信半疑地走了。师傅叫来几个徒弟，吩咐说，分头去找，重点放在下半城，去把那个叫喉头儿的家伙找到，就说我找他有事要问。当天下午，喉头儿被抓到警队，师傅直截了当地问，钱呢？喉头儿装傻，说，什么钱？师傅说，人家救命的钱，去医院的路上你下手啦。贼狡赖说，你看见啦？师傅一副胸有成竹的样子，说，不仅我见了，三癞子和八锅都见了，你他妈的吃独食，见面都不分点儿伙食，还在道上混？你混得走吗？一番贼道上的黑话，几个徒弟是听懂了的，可师傅没出门，那两个贼也没抓过来呀，回神过来就理会为师傅也懂“黑吃黑”，也就知道了怎么配合。一个说，老子立马叫三癞子出来对质，你信不信？贼像癞皮狗一样瘫倒，说，原以为搞了一桩大买卖，唉，还是警察厉害。第二天一大早，那个事主来领钱，连夜写了一封感谢信带来。队长说，破案，为群众挽回损失，是我们该做的事，赶快把钱拿去救老人家的命。那个语文老师也倔，说，警官，让我当面对警察同志表达一下我的感激之情吧。说完，拿着稿子就朗声开念，读得是声情并茂情深意切，辞藻也华丽，一下子就把警队的老少爷们儿吸引到了队长办公室。刑警们听得入神，赞美诗一样的歌颂把他们脸上都抹了一层光芒，个个流光溢彩。那场景暖心，至今还热烘烘的。

刑警的苦与乐有许许多多。

人说，韶华易逝。我说人民警察的韶华难逝。这韶华是美好的青春时光，我真不相信美好的东西就那么容易从手中滑落，尤其是一个守护平安护卫美好的人民警察的青春就那么容易逝去，至少百姓夜里的宁静、阳光下井然有序的生活有他们的一份辛劳，有良知的人们不会忘记。

韶华难逝。平安中国的建设就是要有一代接一代警察韶华的积累和沉淀。

警察的“家国情怀”

除暴，安良，这是一般公众脑际里的警察印象。

除暴。头戴防弹盔，脚蹬战斗靴，身着作训服，眼罩墨镜，耳塞麦克，套着防割手套的双手端起微型冲锋枪，面对作恶行凶的歹徒，全副武装的警察奋不顾身地扑了上去，出招、格斗、摔打、用枪，顷刻之间，张牙舞爪不可一世的恶魔瘫倒在了铁拳之下，变成一摊烂泥。人民警察铁骨铮铮的硬汉形象赢得了众多群众的点赞、掌声和欢呼。

安良。身着熨帖的警服，满脸亲馨的微笑，出语温润和蔼，走千家嘘寒问暖，进万户扶危解困，带去一片光明一片温暖却不带走一片云彩。人民警察温良恭俭暖心如家人的形象得到万千百姓的认可、称道和赞许。

铁骨硬汉与暖心家人，反差如此之大的两种形象，两种根本就不可同日而语的言行举止，两种看似对立矛盾的形象却十分和谐地集于一身，这就是中国公安，也可以叫作人民警察，这也是他们区别于其他国家警察的根本之处。不仅仅因为法定职责所在，必将保卫国家政权、揭露惩罚犯罪和全心全意服务人民的重任扛于一肩，更由于他们心中揣有的一种崇高的情怀，才将这一切有机融合并做得出色而完美，厉害吧，这就是人民警察。

诚然，进入公众眼里的只是他们中间的一部分，更多的人民警察在不为人所瞩目的岗位上如春蚕吐丝一般辛勤劳作，同样夜以继日舍死忘生任劳任怨尽心尽责，尽管一生默默无闻且鲜为人知，但他们乐此不疲心甘情愿，因为他们心中仍然揣着那种崇高的情怀。

那是一种什么样的情怀呢？

人民警察源自人民，就是人民大众中穿上配有国徽制服的那一群优秀分子，中华民族优秀的传统文化积淀于他们心里，升华出来的那份崇高的“家国天下”情怀！

我们这个古老的东方国度数千年的文明史积淀了极其丰厚的文化底蕴，从很遥远的年代，先贤乃至草民都深受从个人修为推及天下的文化浸淫，“修身、齐家、治国、平天下”不仅是人人遵循的成长和生活道路，更多的是对一种情怀的讲究和尊崇。在国人眼里，自古至今似乎都把“家”与“国”天然地联系在了一起，所谓“天下国家，本同一理”的说法便是一明证。可是很多时候，“国家”这个词的结构位置常常被有识之士置换，叫作“家国”，除了有推“家”及“国”的意思之外，好比“一叶知秋”的推论，还有家在国中家倚国存的见地，更有一种把“国”当作“家”一样精心呵护尽心热爱努力建设的至真至爱的情感。这种情感在胸中由小而大由近及远地推及天下包容万物，该是何等辽阔、何等壮丽、何等绚丽多彩的情怀。

作为优秀的中华民族的一分子，来自人民的警察理应具有这种博大崇高的情怀。

人民警察作为最贴近社会的执法者，不仅要严格公正文明执法，更应有“家国”情怀，方能“兼济天下”服务好百姓大众。

当今世界，经济社会的高度发展、科学技术的飞速进步推动时代列车前行的速度越来越快，必然冲击人们的思想观念、思维结构。人们在愉悦地享受物质文明最新成果的同时，也同时承受这个过程给人带来的精神痛苦，因为这个过程充满矛盾，会产生新的冲突，会出现各种各样新的问题，甚至导致人们心理变异，行为失范，乃至诱发违法犯罪。

发现、研究、处置、解决这些可能影响到时代列车安全平稳运行的隐患、问题和难题，人民警察当然责无旁贷，但不去考量社会变革的大背景，不具备从微观到宏观的大胸怀，不揣着推己及人推“家”及“国”乃至“天下”的大情怀，那是无法履行好法定职责，做好手中每一件事情的。

毫无疑问，警察是捍卫国家政权的工具，这个工具的优良不仅仅因为它钢筋铁骨般强有力的物理属性，更多的是它的精神属性。他们不仅是一个头戴国徽身着制服手握武器的强大阵列，更是一支有思想有灵魂有情怀有精神力量的队伍，尽管他们中间每天都有人流血牺牲。

不排除这个优秀的行列也会产生蛀虫，不讳言这支钢铁般的队伍也会有意志薄弱者沦为软蛋，但是，整体而言，“家国天下”情怀激励着来自人民的警察，不怕牺牲，不惧困难，不计较个人荣辱进退，毫无怨言甘之若饴地为党为国家为人民日日夜夜辛勤工作。

难道这种高尚的情怀不值得我们为之挥槌而鼓，难道具有这种情怀的人民警察我们不应当给他们振臂而呼吗！

经验·创新与全新

几个老公安凑一块儿，自觉不自觉地就聊到了本行，一人说，干了几十年公安，每年的工作节点都差不多，什么时间该干什么清楚得不得了，不用问也用不着什么研究、布置、安排之类，就像农民种地春种夏养秋收冬藏一样有规律，咱有的是经验，知道干什么，也知道怎么干。另一人反诘，网上犯罪你接触过吗？智能犯罪你轻易地侦破得了吗？还有人附和说，有的知识过时了，老一套的经验得更新啦，社会不断发展，新情况新问题不断冒出来，形成新常态，没有针对性地采取措施做好布置安排，能做好公安工作吗？还有一人说，人类发展速度前所未有，有的东西闻所未闻，根本就是全新的，譬如虚拟世界的犯罪形式，没见着现金的诈骗活动，那些老经验包括老经验衍生出来的新办法统统过时了，必须完全摈弃，去深入研究犯罪的新形式新特点新规律，用全新的方法去工作。几个人各执一词，似乎都有道理，谁也说服不了谁。

是呀，凭经验办事，从经验中总结出新的工作方法、建立全新的工作模式，确实是当前公安工作面临的新问题新课题。

时间无形，悄无声息，静如深潭，人类透过日月交替现象为它创造了刻度，但它依然旁若无人地顾自前行，空间在人类殚精竭虑地探索中不断拓展，日新月异的科学技术、触角无处不在的网络、呈几何级数增长的信息体量、瞬息万变的全球大局博弈，推动经济社会风驰电掣般向前发展，许多传统的东西正在消逝正在蜕变正在更新，甚至断层裂变走向截然不同的反面。

剧烈变幻巨大改变如此强烈地呈献在眼前，必然影响、牵动、改变人们的思想观念、思维结构和行为方式，必然产生许多前所未有乃至闻所未闻的新动态，这就需要我们去探赜索源去找寻发现去分析研究去滤析探求其中的规律，对可能出现的问题提出前瞻性的预案，对已经发生的问题找到科学、妥善而尽可能少失误的解决办法。而经验，是人们在以往的工作实践中分析问题解决问题的方式方法继而形成的知识性积累，来源是科学的，解决一些问题也是行之有效的，其谬误在于把经验固化了，殊不知固化了的东西也就僵化了，甚至失去了生命的活力，再套用这种僵化了的惯性思维去分析解决新问题注定是毫无成效的。另外，创新工作方式方法离不开对过去经验的传承，除了一脉相承的基础之外，抽取经验中合理的先进的科学的成分加以辨析、合成、拓展使之焕然一新去解决新问题，才应该是取得成效的关键。

公安工作说到底就是做人的工作，就是运用法律的手段去发现、揭露、打击犯罪，运用法律的规范去服务、管理、规范人们的社会行为。当社会发生变化，如果不用新的眼光去看待去分析去认识新事物新情况，从而探究其中的缘由、规律、特点，形成新的科学的工作方法，而是用原有的经验去干公安工作，那么就无法取得好的效果。这里边经验也很重要，毕竟它是公安工作一般规律的结晶，汲取其精华，摒弃其糟粕，就能够从中抽象出规律特点，从而形成适应新情况的工作方法，这样才能干好公安工作。

迎接社会新发展、科技新突破的挑战，从传统的工作经验和工作模式去推陈出新，充分利用先进的技术是加强公安工作的必要途径，而新技术的运用又反过来革新旧观念，促成新的工作模式诞生。两者相克相生，相辅相成。

人类社会突飞猛进，如风驰电掣的列车闯入一个新天地。在这个全新的时代里，仰观可以让人类的目光延展至十万光年以外而不见边际，无其不大；俯察我们这个在浩瀚宇宙中并不怎么起眼的星球，洞见其微，阅见其繁，无其不胜。借助科技的力量，人类的能量大大释放，“可上九天揽月，可下五洋捉鳖”尚不够描绘人之触角的深远、人之巨擘的强力。剧变式的发展，必然冲击原有的稳定的社会结构、经济模式，也引发人们的思想观念和思维结构的震荡、变迁乃至颠覆，致使一些人行为失德失范乃至违法犯罪，产生大量的社会问题。以打击犯罪保护人民维护社会安宁为天职的公安警察，必须全面深化改革公安工作，充分利用现代科学技术，深入研究新型犯罪的规律特点，拿出新的侦查手段，对社会新发展中出现的新问题在法定职责范围内研究制定新的管理办法和处置措施。

人勤春早，天道酬勤。新一轮全面深化改革公安工作的号角已经吹响，只要我们提振精神，开动脑筋，总结经验，改进工作措施，就一定能干好新时期的公安工作，一定会迎来新的春天，一定会在勤劳之后的秋天收获累累硕果。

读书改变生命

人的生命似乎与文化天然联系在一起，否则便不成其为人，其实不然，没文化可以有生命，文字出现之前的几十万年人类生生不息绵延进化，但是有了文化之后的生命，对没有文化的生命是不可想象的，那完全是实质的飞跃，因为不会读书的生命，会枯萎会失去生气而落寞为一片贫瘠的荒漠。

人的生命其实很简单，生的终极目标就是死，从生到死就是一个对人的整体而言很短对人的个体来讲很长的过程，其本身除了完成一个生物体的自然生命历程之外，倘无蕴含文化的因素，那么就别无什么特殊的意义了。

造物主似乎特别地偏爱人类，无边无际浩瀚无穷中选中我们这个星球，数以亿万计的生物中赐予了人能够进化的基因。大脑的萌动使人开始了其他动物绝不可能有的活动，从结绳记事、缘木刻度、龟甲画符到仓颉造字，终于使思维有了载体，当然，这仅仅是一种文字的诞生，一种载体的运转。从此，文字记录生活，记载和演绎思想，历经千年演变推进才有了成体系的各种各样的书籍。

进入二十一世纪，人类的创造力似乎爆炸式发展，“书”的世界，不仅形式多样，而且内容丰富多彩，博大精深，深邃无穷。这不仅使人们读书有了多种形式，更有了不同的角度、深度、广度和维度。那么，以生命承载的读书势必改变生命的高度、长度、宽度和维度，以奉献知识、智慧、思想和理论的方式将个体的生命融入人类的生命长河，使其多姿多彩而绵绵流长无绝期。

文字的诞生，记下历史记上人生记录社会万象典章吏制记载思想变迁精神世界的系列文字自然成书。在这个过程中，从古至今，青灯黄卷焚膏继晷孜孜以求的知识才俊一代又一代层出不穷，样板人物数不胜数。以儒释道文化为主流的中国社会，不管是出自“耕读传家”的柴门，还是出自书香门第或者富豪权贵的朱门，几乎从呱呱坠地的那一刻起就被耳濡目染，浸淫于“格物、致知、修身、齐家、治国、平天下”的说教，渐渐树立起“家国天下”的理念或者说是一种情怀。何以修身？静心读书，悉心练武，一日三省吾身。自然地，“书中自有黄金屋，书中自有颜如玉”是为古人教子读书的家训，“朝闻道，夕死可矣”成为读书人的精神信条，“学成文武艺，货与帝王家”成为古人读书的功利性目的。十年寒窗苦，一朝登龙庭，功成名就的生命就立于万千黎民百姓之上，以术牧民，纵横捭阖，生命的高度和宽度也就有了。

人来到这个世界上纯属一个偶然，除了延年益寿珍惜生命达及生命的极限之外，国人奉“立德、立功、立言”为人生之“三不朽”，既求现世“扬名立万”，也求“传之万世”，不啻为一些人认作改变生命长度的一种方式。

书籍林林总总，读多了，增长了知识，也产生了自己的判断力和洞察力，再去读人读自然读社会，便有了创造性的智慧和思想。思想飞扬发散，使人的生命像集束光源全方位发射开去，于是便有了张扬的维度。

读书改变生命，尽管从外在看不出什么特别的地方。

诗话、词话与自话

古今中外文坛有着许许多多以文会友以文会文的故事，有的因为诗文而神交已久，及至见面大有相见恨晚之意，有的以诗文互和，未曾谋面却似老朋友般心有灵犀，留下佳作经典传世，还流传着一段又一段著名的美而誉之的佳话，其人其事其文，不胜枚举，有的还载入文坛史册，穿越古今。譬如，某个雄才大略的政治家感慨于某个成功事件而诗兴大发吟诗一首，获赞无数不说，还引发许多文人雅士唱和，传为文坛盛事。再譬如，某个词坛大咖落难，一抒胸中慨叹赋词一曲，自然也有唱和之作，情志默契，一时传为千古诗话。

我知道诗与诗、词与词、人与人、人与文之间的交往、碰触和叠加会产生绚丽多姿色彩斑斓的桥段、流传千古的佳话，但我不知自己与自己关于诗文的对话、自己对自己的诗词文赋之间的评点，恰到好处的肯定也好，准确到位的批评也罢，能不能开辟一条文坛小径，尽管自己根本就算不上文坛一分子？这种不知羞耻的“自吹自擂”，也是涎着颜面的“差评连绵”，能不能化着一缕新风飘上文坛？

试试吧，好在真正的文坛上是拿作品说事的，哪怕就是仁者见仁智者见智，最终见底的还是作品的经典。虽说写作是个人的事，只要写出来了再差的诗文也要见人，方才显高低水准，写了借助媒体发了，文露水面，荡起些微涟漪，不见期许的波澜，于是不齿于自己动手推波助澜。再者，“家有敝帚，享之千金”的心理世人有之，况且凝之于心血的诗文，惜之于囊中，想的还是获誉于他人。

只要你一念聚焦，围绕这一中心点的信息和资源便如涓涓细流不断汇集。用心一清点，工作、生活之中有感而发有慨而吟的长诗短词或者勉强算作是诗是词的东西居然还不少。它们藏于电脑、U 盘、笔记本的旮旯角落，稍一搜索竟从不同方向摇摇摆摆纷至沓来，像听见集结号的士兵迅速归拢排列成一大阵容，猛一看，嗬，兵力不少，令人吃惊不小，但实力如何，也让人虚惊不小。

就像满院春色里摘几株毫不起眼但是绿色的狗尾巴草，权且充当春天的象征，呈献人前。我当是自娱自乐，不计时间不知好孬不看长短，也分辨不了是诗是词是歌是谣，随便抓一把，晒晒朋友圈吧。

干警察多年，几乎干遍了所有的警种，那可都是看得见摸得着感觉瓷实的活儿，忽一日一脚踏进虚拟空间，那份惊叹，试听听：

战斗，在另一个空间打响

没闻到丝丝硝烟，
只有荡漾的清风几许；

没听见隆隆炮声，
唯有低叙浅吟如念情诗如唱劲歌一般击键声声，
在万籁俱寂的夜空悠悠扬扬；
不见一个碉堡、一段堑壕、一串铁丝网，
仅有一鼠标一键盘一屏显。
可是，
无论你相信不相信，
这，的的确确是一场战斗；
不管你确认不确认，
这，真真实实是一个战役在打响。
强大的警察兵团，
挥舞正义之剑，
斩断邪恶的脊梁。
不是在绿绿的大地，
不是在蓝蓝的海洋，
不是在朗朗的天空，
战斗，刀光剑影真枪实弹的战斗，
在另一个空间打响！

难忘二〇〇八年五月十二日
汶川大灾。
重庆警方全力驰援，
撒开四蹄的“悍马”奔跑在最前端，
第一个到达，
第一时间冲进第一现场，
全方位启动，对星、测试、调值……
压电陀螺坚定地对准一个方向，
通了，

共和国最高层的亲切关怀传到了灾区。
抢拍，回传，剪辑，发射，上星……
快啊，
天灾之后的凄烈，
干部、群众、士兵、警察、医生、消防队员……
舍命施救的艰难，
第一信息上传北京、长安街、中南海。
“动中通”卫星车，
把“孤岛”与世界相连，
我们的英雄车呀，
赢来赞誉连连。

围殴一个无辜者，
群魔乱舞寒光闪闪，
那个青春的心脏戛然停止在繁华的夜晚。
警察出手，
铁壁合击降服鬼怪。
然而，主凶在逃，恐惧的心充斥潜藏深处，
合川、铁岭、成都、敦煌、拉萨、苏州、深圳、水围村……
南北大跨度，
东西大迁徙，
狰狞的心渐入无罪之境。
潜逃——狡兔之窟一地何止三处，
蛰伏——打工、同居、娶妻、生子……
整整十个春秋过去，
他超然了：
重庆嘛，小地儿，
小地儿的警察终归黔驴技穷。

这天，日上三竿，
一声断喝刺醒他的清梦，
“你被捕了。”
锃亮的钢铐证实这不是梦境。
“怎么会找到我?”
小地儿的“黔驴”不无轻松，
“不见蛛丝，还找不着马迹?”
再狡诈的罪犯想象不出自己的破绽。
蟊贼不算，横行川鄂湘渝的匪首张君，
终究栽倒在渝警脚下，
百思不得其解：“我不是来无踪去无影吗?”
想不到，“顺风耳”竖起，“千里眼”张开，
揪出毒蛇一串串。

思绪隐隐绕绕，
飘向想象的空间，
无形的网络，
有形的世界，
数十亿地球人聚集在一个山村。
你听，我讲；
我聊，你应。
他还能在万里之外直闯你的眼帘……
生物的空间，
毒气、蛇蝎、害虫，同样繁衍。
网络的空间同样有着戎装的警察，
捍卫社会和谐，
维护法律尊严。
截住，删；

排污，导；
回击，落地查。
让狐狸露尾，
瞧毒蛇现眼。
不见夸父逐日的悲烈，
没有宙斯山上众神的逍遥，
可就在弹指间，
尽显夸父逐日的步履，
大显众神的功力，
一切尽在手指与键盘之间。
他们是人，不是神，
不，他们真是神，
他们是人民的守护神。
他们的名字，叫作：
公安科技警。

俗话说，走上什么坡，就唱什么歌。干警察的活儿，自然会为警察唱赞歌。警察的活儿是不是都连着刀与剑、血与火、生与死那么惨烈？不见得吧，警察的梦也是美好的。

警察的梦像花儿一样

如果语言涂上颜色
一句话就可以架起彩虹
暴风雨之后
你走过来我走过去
完成一生的交流

如果一支笔蕴含能量
就可以画亮整个夜晚
外出的人们
不在揪心黑暗中的魑魅
心中会唱最美的歌谣

如果顺风耳千里眼活灵活现
我就能听见微弱的呼救
看到歹徒的施暴
用风的速度伸出神一般的援手
把微笑还给姐妹弟兄

如果心的温暖也会开花
坚硬的岩石就能融化
松松软软的沃土
播下真诚与善良的种子
收获令上帝也不能矜持

如果一个警察的梦
就这么单纯
我愿借父老的情乡亲的爱
把人们的魂洗得干干净净
美丽的花儿留念不尽

读万卷书，不如行万里路，行万里路，不如品天下山。曾游历贵州梵净山，得诗三首：

之一

烦尽无需丛林，
闹市也现梵音。
山山见是相似，
天籁自然无语。

之二

山高信步行，
断桥小心过。
云深不知处，
喊山神仙杵。

之三

孤身家中坐，
梵尽悟自来。
日月千古情，
皆因人揣爱。

游昆明，徜徉滇池岸边，见众人蜂拥追逐海鸥侍之，遥想吴三桂、龙云这等英雄豪杰曾占据此地为王，八百里滇池专属独享，于今睁大双眼极目搜寻却不见半点儿影踪，偶感诗《滇池放想》：

之一

犀牛角上争战，
黄土厚埋千丈。
天下山河俱在，
何神能御千年！

之二

八百里滇池，
烟烟何浩森。
千万年江山，
苍狗逐桑田。

重庆城南有一奇山，名叫圣灯山，山不高但主峰奇峻，需手脚并用才得以登峰顶，峰下建有一寺，名曰云豁寺。传说明末“张献忠杀四川”之后，四川内十室九空，清初兴起“湖广填四川”大规模移民，时世“蜀道难，难于上青天”，一位高僧夜夜高举灯笼为迁徙的百姓照明指路，久久为功竟化为圣灯山之山峰，安顿下来的移民们不忘大恩建寺庙来纪念他。忽一日游历，我在云豁寺大殿外的青石板院坝留步，静静地想听听大山的声音，想见那位“普度众生”的高僧高耸的身影，不由得感触良多，凑杂诗几句，录下：

之一

心静自然圣，
内省拭明灯。
登高已为山，
敞怀山门开。

之二

人生何处无峰景，
名利道上人太多。
山涧遗下一孤峰，
一样觉世越千年。

圣灯山东边下山道出口建有一门楼，楼牌楹联颇有意思，上联书：出门路险要照顾好脚下，下联书：入世心花别丢失了自身，横批：觉悟。阅后品味再三，据山人介绍，此联已存1700年有余，生感：

之三

下山门前一楹联，
道尽凡人觉悟事。
传古传佛说平常，
穿时穿空存天良。

去年5月30日农历端午节，游一古镇恰逢盛大龙舟赛，千艄并发，你追我赶，热闹非凡，沸反盈天，心绪热潮喷涌，赋诗一首：

龙舟赛歌

自古公道在伦常，
岂有阴霾覆天涯。
楚王不知去何处，
龙舟狂超屈子赋。

重庆是一座有着三千年历史的文化名城，也是颇具特色的山水之城，巴山蜀水之间名山汇聚大川纵横，歌乐、缙云、铁山、南山环立城周，巍峨高峻，万里长江穿城而过，千里嘉陵城中汇合，清浊分明，沧水横流。但凛冽寒冬之日，登城中央最高地——鹅岭，观远山近水，却另有一番景色，曾手书几句：

小岭放想

城中据小岭，
欲与山比高。
思绪江水流，
心似巴山静。
千山锁不住，
一任寒江瘦。

凡人似乎谁都免不了于不经意间犯自以为是的错误，甚至意识到出错乃至出丑仍自以为是，譬如我之杂诗，其实不是诗也非词，死硬凑几句而已，犹如顽童将黄泥巴破砖头视如最有趣的玩具一般弃之不舍，但内心深处收获的喜悦与幸福滋长得花繁叶茂。但愿自说自话不噪人耳不污人目，更愿有人相和有人嗤之以鼻有人破口大骂唾沫飞溅，若如是，我愿唾面自干，因为自说自话算是没白说。

纸字的坚守

我把写在纸上印在纸上的字称作纸字，以区别于显示在手机蓝屏、iPad 屏幕、液晶显示屏和投影仪反射在幕布上的电子字。当今世界，电子字铺天盖地时时处处都在眼前展示，内容包罗万象，快捷瞬息万变，实乃社会发展的主流，然而，我的内心深处依然潜藏着对纸字那份情那份爱，那份至死不渝的坚守。

并非仅仅因为纸字的油墨芳香诱人，亦非读纸质书几十年“一本在手”“开卷有益”的习惯使然，即使在电子产品无处不在的今天，即使自己的指头也在凸凹有致的键盘之间行云流水般跃动，一个个一行行在屏幕上写得歪歪趔趔缺胳膊少腿的汉字，眨眼间变成个头儿均匀整齐划一的士兵在耀眼的蓝屏上立正稍息齐步快走随我指头调遣自如，不觉耳目一新，惊喜不已，但仍觉得纸字读起来情感亲切似乎触手可得，既有实感又有质感，倘若读到一本“赏心悦目”的好书，整个儿身心会不知不觉地融入其间而会心畅意“自得其乐”。

是的，读电子字确实又快又多，你不得不惊诧于极其快捷的资讯、无穷无尽的信息和硕大无朋的储存，但说不清楚什么原因，总会产生一种零零碎碎不成系统且“转瞬即逝”“过目即忘”的感觉，老是觉得心中轻飘飘脑子空荡荡，落寞似长空雁叫见孤影，惆怅如秋风扫地不识踪。

自有记忆以来，从母亲教孩儿从五彩缤纷的实物卡片上识字始，从母亲尊崇每一张写着印着文字的纸的眼神里，从她言行举止中处处表现出对文字的敬畏与虔诚，哪怕再朦胧，我也能意识到纸字的分量。尔后从印有拼音的纸上去识字，再一个字一个字地连接构建稚童的逻辑，发散童话的想象，从“书中自有千钟粟，书中自有黄金屋”的希冀中以纸字去认识世界，包括人事的沉浮、世事的沧桑、物种的变迁、大自然的变幻，随着岁月的增长、阅历的增多、历练的增容，从纸字中去阅读去感触去领悟世间的点点滴滴一枝一叶乃至雷雨交加风云际会的大变换大势态，除了“钩玄提要”地去读到“力透纸背”，偶尔再把这种领悟表现在纸上去交流去传播，以求“传之万世”或者“藏诸名山”。这一切无一不是同纸字紧密联系在一起的，故而对纸字的珍惜爱惜如大树盘根，以至于由一种渐行渐成的习惯养成心中顽固的坚守。

“纸”的创造是中国古代四大发明之一，是中华民族奉献给世界文明的莫大功绩，足以载入史册让万世称颂。它与“字”的诞生同样经历了艰难曲折和漫长的历程，让我们的祖先费尽心血历经坎坷备尝艰辛。世界历史上有书为证的最古老的四大文明，其最起码的记载一定始于文字，这一点毋庸置疑。其他的种族文字发明演变过程我不甚了了，可我们的祖先不知道生存生活了多少年多少代才有了“结绳记事”的开始，到“仓颉造字”之前的“字”不过就是一些简单的记事划痕、符号或者图画，之后从逐渐归拢到逐渐规范又经历了数千年之“通假”“会意”才有了寄意较多寓意较深的文字，时至今日“咬文嚼字”“吐故纳新”“删繁就简”的汉字改革还在持续不断地进行中。

文字的出现必然就要有载体。我们古老的先人最早把文字“寄居”在贝壳、兽骨和树皮上，及至商代用甲骨、西周用青铜、春秋战国用简牍缣帛，到“蔡侯纸”的问世才终止了木简刻字竹简载文的历史。第一张用破渔网、碎木头、废布条捣碎为浆铺晒而成的纸，想必应该是极其粗糙的，可它的发明者竟顾不得细细审视，按捺不住内心的狂喜，挥毫就写，写的什么无从考证，也不打紧，重要的是把汉字写在了又轻又薄又舒卷自如被叫作“纸”的载体上。无法想象这个世界上第一个在第一张纸上写字的人的心情是何等惊喜何等兴奋。

其实，他的心情应该是悲喜交加的。

这个人就是蔡伦，湖南人，十岁那年就净身进了皇宫，想必也是痛苦的，以对痛苦和蒙羞的隐忍发奋，凭借刻苦读书勤奋好学和聪明伶俐十五岁便被提升为中常侍，得以参与宫中机密大事，到位居尚方令的时候已是一人之下万人之上，权势炙人，红极一时。然而，就像任何事物走向鼎盛必然滑向它的反面一样，他也是盛极则衰，好景不长。顶不住接踵而至的谗言、构陷、恶意攻击，他识时务地急流勇退了，主动去担任了掌管武器库的闲职。官职有了闲，可他脑子并没有闲着，看着宫中那些搬来搬去载着文告的竹简，庞大、繁重而费事，就去琢磨着怎样“避重就轻”“删繁就简”，再接着去观察蚕丝的制造工艺，居然萌生模仿工艺改变原料造出新的写字材料的想法。大胆的设想鼓励着这个动手能力极强的宦官马不停蹄地亲自动手搞实验，一次不成，又一次失败，不知试了多少次，终于在公元 105 年把自己亲手造出来的纸呈献给了皇上，汉和帝下诏命名为“蔡侯纸”并由宫中到官场及至民间推广使用。自此以后，随着技术的进步、制造材料的优选，纸的质量、品种不断提升和扩展，各种各样的纸层出不穷，千奇百态的纸绵绵不绝。

蔡伦洛阳造纸，一举成名天下知，这一刻是辉煌的，也是名垂千古的，可这一刻也是来之不易的。他自身阉割为宦，其殚精竭虑竭尽全力爬至权力的顶端，位极人臣之后竟不堪龌龊、肮脏乃至卑鄙的明争暗斗，被搁置闲职仍不甘寂寞，又另谋改进兵器、发明造纸术之他图，不折不挠地去实现自己的人生价值，其间有形的伤痛，个中精神的悲怆、苦楚、沮丧乃至绝望之情均无以言表，史册不见记载，我们则不难猜测和想象。面对如此艰难获取的文明成果，我坚守的底气十足，信心满满。老话说得好，得来容易失去亦易。那么，反之咋讲？难道这来之不易使人类文化得以传承得以光大得以发扬的载体，这千百代人类智慧与心血的结晶会在倏忽之间消失？我不敢想象，也不会相信它在眼下在不久的将来会消失殆尽。

再把我们的目光转向书写在打印在纸上的汉字，不说它同样来之不易的诞生，不说它历经不知有多少代人艰辛磨砺的身世，就说说它华丽的现在。它是世界上诞生最早且绵延不断的文字，这不假吧；它是世界上能够最精微最准确也可以最简略地叙述事情、表达情感、阐述思想的语言文字，这点毋庸置疑吧；它是世界上含义最丰富最复杂的语言，接触过汉语的老外无一不抓耳挠腮，有时突地蹦出一个生僻字居然可以让许多国人如丈二和尚摸不着头脑。还有更神奇的呢，一种文字能够把它在书写的过程中变成一种极具审美价值的艺术，我不敢说它举世无双，但我说它是独特的，是经千百年无数代国人精心锤炼出来细分为多个流派的艺术，视之如画如诗神清气爽，阅之如遒劲之大树如柔韧之春草，赏心悦目，勾魂摄魄，醉美于心，让这个多彩的人世间增添浓墨重彩的一笔而熠熠生辉。

字与纸的结合，绝不是在一张薄薄的纸上寥寥画上几笔那么简单的事情。那不仅是一种无与伦比的书法艺术，更重要的是传承博大精深的一种文化，是传播经济社会发展方式和科学技术信息的重要载体，是镶嵌在人类文明无比瑰丽的皇冠上的一颗璀璨明珠。试想这样的瑰宝，于你于我于他于这个世界轻易弃之，于心何忍？细思量，有这种可能吗？我不仅坚守，还期冀着它世世传承下去代代发扬光大，此情绵绵无绝期。

当然，科技进步牵动经济社会发展如大江奔流浩浩荡荡，顺之者昌，逆之者亡。我无意诋毁、拒绝甚至摒弃互联网或者电子字，毕竟用它了解世界、认识世界、传递信息、储存知识是时下最先进最快捷最方便的手段，也是人类最新的科技成果。

但我的坚守是发自内心也可以说是浸入骨髓里的，我大胆地推测并充满信心地坚信纸字会与电子字长期并存，至少现代人的观念接受不了被电子字强制垄断强制接受的方式，避免不了互联网上电子字被侵入被破坏被丢失的担忧和现实危害，一定会力挺纸字的使用和存在。于我这个“愚人”而言，哪怕这种坚守会持续到电脑及其介质收罗网尽世上每一张字纸和每一个纸字的那一天，或者自己了此残生的那一刻，我也只能以旁人看来“愚蠢至极”而我用“心甘情愿”来形容这种顽固的坚守。

从自身的职场生涯来看，没有想到的同时又令人慰藉的是，每当我面临难题陷于窘境而无能为力之时，假以援手的居然是一沓沓字纸，除了平时学习的理论知识和掌握的实际情况之外，就是累积于书柜里被我视为至宝的一揽子专业书刊。它们以淡然宁静的姿势迎接我，我捧在手里稍一寻觅，原本束之高阁的“无用”此时堪任“大用”。无论是处置突发情况，还是日常工作中遇上难题，抑或是无聊之时填补思想的空虚，都可以从这一沓沓依然散发出淡淡墨香的纸字里获取丰腴的养分。偶遇触发灵感的文字也好，读到精髓而后掩卷而思也罢，诸多难题迎刃而解，那份愉悦之情难以与人分享。

当我闲暇下来，“喂饱”这如饥似渴的灵魂依然是一本本一册册载满思想理论、科学知识、文学艺术、社会生活的书籍和期刊。一册在手，读之思之，这等让人何其愉悦的时光就不知不觉地在指缝中流淌，才智由此增长，境界从此提升，视野因此开阔。心舒情悦之余，由不得不念及不由衷地感激这一沓沓纸字的炼字者——思维邃密理论深邃的学者、才情丰厚展现人性的作者、慧眼识珠眼光独到的编辑。他们是从古至今乃至往后的纸字坚守者，出于对世界文明醉心的热忱，出于对民族文化不懈的传承，出于对数以千万计灵魂的给养，依然对这些纸字坚守着。哪怕是这些纸字仍然出自电脑的激光照排，出自已经告别“铅与火”而更迅捷更“美轮美奂”的胶版印刷，但显示在千百万读者面前的依然是内容丰富、论述有据、洋洋洒洒的纸字，依然是用纸字叙述的形态各异的人物和他们曲折乖蹇色彩纷呈的生活。

这一沓沓字纸搜罗在或红火耀眼或朴素简约或庄严肃穆的封皮里，装帧整齐而洁净，内容翔实至社会生活的方方面面，文字或叙述或描写或对话勾勒出一个个脑洞大开的世界，捧之在手心生爱意，视之敬而畏，读之质而感，大有如食甘饴欲罢不能的切身感受。对书刊的喜爱，绝不仅仅是缘于对纸字坚守的情感，更多在于它们对各个领域研究的深入、细腻和广阔，在于字里行间对人类社会对大千世界辨析纤毫的描摹和深刻认识。

电子产品大举进攻如兵临城下，纸媒似乎溃兵如潮，但如此态势之下的坚守尤其可贵。对此，愚钝如我者心中老是跌宕起伏着这样一句有些离题的话：真理的探索、人类的共识、能够永远屹立于时空的人与物，不管它的载体是纸字还是电子字都会“传之万世”，纸字即使“藏诸名山”，也永远不会消失在电子字的背后。我无意使用“坚守”二字，听起来像有些勉为其难，有萎靡颓势或迎合某种需要的味道，其实非也，试看今人费尽一切可能动用最先进的科技手段去发现、挖掘、保存此前遥远年代的甲骨文、竹简、丝帛和线装书，那不更是“弥足珍贵”的国宝吗？宝贵的不仅仅在于那些字形或粗陋或精工而文字浓缩精髓的记载，可以让后人去考证那个时代延续人类的文化流脉，还在于那些载体本身亦是“价值连城”不可复制的文物。遥想未来，随着科学的进步、技术的发展，电子字也未必不会在将来的某一天被另一种新的载体所席卷，届时未必没有那一代人的另一种坚守。进步就是在质疑、变革、否定中前行，坚守可以演变为保存，保存也是另一种坚守。

对纸字的坚守不仅是情感的，此情绵绵无绝期，也是现实的科学的。时代确实发生了剧变，但时代之变未必都是向前的，有时它可能停止，有时它还可能向后转。某一天，我们打开电脑会突遇这种情景，遭黑客侵袭、遇病毒感染、口令失误或者网络突断，宝贵的电子资料丢失，我们会追悔莫及，会犯下心理恐惧症。科技日新月异，一旦发展到极致很难说它不会反转，不会反制人类，电子字倒不如纸字使用起来保险。而眼前，至少我可以断言，纸字与电子字作为记载、传播、交流、储存的工具在相当长的时期内可以并行，能够结合，而且亲密融合，相互借用，相得益彰，共同促进人类文明民族文化绵绵不绝发展下去。

这，由不得不让人想念感激为之呕心沥血的组字者——学者、作家、编辑；由不得我在心底油然起敬郑重地伸出右手缓缓地举上额头向所有纸字的坚守者——敬礼！

给自己写一份悼词

活着的人，不管他是男是女，处于生命的哪个年龄阶段，一般说来，可能从来没有想过在有生之年给自己写一份悼词。如果一旦冒出来这种想法，冷不防会自己吓一跳，一定会觉着惊讶、错愕、荒唐，甚至感觉不可思议。是啊，谁活得健康向好的时候去想那遥不可及的事，即使处于日暮西山气息奄奄的境地也想的是竭尽全力抓住生的希望命的尾巴，不愿甚至不敢去想那阴阳两隔之后的事情。

这也许是个伪命题。是呀，谁在死后听见过痛悼自己的哭声，哪怕这哭声再撕心裂肺令人悲痛欲绝？谁在闭目之后听见过追思自己的悼词，哪怕这悼词对自己的评价伟岸如山气贯长虹，令人高山仰止？

但是，就是这个很不近情理甚至荒诞不经冷冷的还有点儿黑色幽默感的想法确实不止一次在我的脑子里萌生过，时不时地如重锤一般敲击我脑门，以至不由分说地夺门而入，逼人深思。

第一次跳出这个念头是在参加了一个警察朋友的告别仪式后一刹那，着实吓了自己一大跳，感觉莫名其妙却真实存在。

那是个乍暖还寒的早上，细雨横斜，寒意料峭。走出黑纱低垂哀乐低徊的殡仪馆，天尚未亮尽，一脚踏进雨地，沉痛的哀思碰上凛冽的北风，禁不住打了个寒战，一阵锥心刺骨的痛袭上心尖。回首望一眼焚化炉直插云霄的烟囱，缕缕青烟隐约可见，再移眼远处有些枯黄斑块连绵逶迤的山麓，好几波青翠的绿色硬生生地层显出来，沿着山脊线密密砸下的雨珠腾起层层水雾冉冉弥漫，朦胧中但见一张张熟悉的脸庞从林雾深处蹦跶起来，顷刻间挨挨挤挤随雾霭布满了天际。

尽管仰头看天是人之专利，但我确实不懂得瞭望，看不懂那些定睛的眼神和一动不动的嘴唇想告诉我些什么，是叫生者珍惜生命，还是想述说他们在天国的种种际遇？虽然熟悉的逝者近在咫尺似乎触手可及，对并未远去的他们也只能是自我的猜想，可此岸的猜想不可能揭示甚至接近彼岸的真相，就像古今中外许多的智者对死亡的认知不管有多么深刻多么睿智，却永远是居于此岸限于生者的遐想。真想大声地诘问苍天，又怕惊动了天国的宁静。

也就在眨眼之间，雨霁天晴，艳阳高照，热气从脚底升起，暖意洋洋，眼前纵横交错的道路上人流车流川流不息，市声鼎沸，远黛近绿一片生机盎然。生者的世界阳光灿烂，繁荣昌盛。我惊诧于不知是天堂还是地狱与人间这两个世界瞬间变幻的恍惚。尽管追悼死者的悸痛犹在，念叨逝者那些大而无当千篇一律的悼词还响在耳边，毕竟生死两隔，人鬼殊途，但我的生命之躯依然承载着我的思想狼奔豕突：我是谁？人是什么？世界从何而来？人去了哪儿？这些关于生与死，以及死亡对生者的昭示而产生的思考不停地在脑子里汇聚，突地窜出一连串对自我的反诘：

我活得怎样？人该怎样总结自己？用什么方式呢？怎样才算客观公正准确的评价？如此反复思虑犹如炼炉熬丹，竟“熬炼”出一个连自己都觉得有些荒唐的想法：不用等死去的那一天，给自己写份悼词不就是对一生最准确的评价吗？

那天的告别仪式是为一个在执勤执法现场被犯罪分子袭击身中数刀而亡的中年警察举行的。不仅仅因为他妻儿凄切的哭声，身为同行的我平添一层哀伤，我们不得不面对一个残酷的现实：几乎每一天都有一位中国公安警察因为履职而倒下，2016 年这个数字是“362”。数字，说起来轻松、单调而枯燥，联想到那是一条条生龙活虎年富力强的生命，岂不是十分沉重万分悲痛吗！牺牲生命固然是他们职业的价值体现，更是他们为维护这个社会的公平、正义和美好而舍生忘死的奉献。理所当然，国家和人民给了他们极高的评价，以及极其厚重的死后哀荣——隆重而规格甚高的追悼大会，辞藻华丽且尽显悲切的悼词，英雄成长轨迹和英勇事迹大张旗鼓的宣传。这一切足以告慰英灵，也足以昭告他们的亲人、朋友和世人，他们死得值当，死得其所，他们虽死犹荣。然而，我还想说的是不在此列的更多的警察，他们不舍昼夜积劳成疾而英年早逝，没有高调宣传的光环和隆重的哀荣，我更多想到的是包括他们在内的芸芸众生，个体的生命是如此孱弱、易碎和短暂，死亡的魔鬼总是毫无征兆地伸出魔爪毫无理由地攫走人的生命，令人防不胜防或猝不及防，除了无奈、哀叹和痛惜，还给我们剩下些什么？

无数次进出殡仪馆，无数次送走我们的亲人、朋友和战友，感伤甚深的更有鲜花一般吐露着芬芳的少年、活力四射如同绿树发新芽的青年和年富力强枝繁叶茂的中年人。他昨天还与你嘘寒问暖欢歌笑语或把酒言欢，今儿个就躺进了这寒气萧瑟的冰棺，一动不动，神情木然，不管你是撕心裂肺的号啕痛哭还是默默祈祷，还是碎碎叨叨地描绘他如何走得安详形容他一脸怎样的慈祥，他决然不会搭理你半个字，让你感受决然而然的冰凉与何等的哀伤。

这个世界不确定的因素太多，从生命孕育的胚胎开始，几乎人人行走在死亡的边缘，几乎时时处处面临死神的威胁。胎死腹中、心肌梗死、脑猝死……随时可能突现的病变引发自身不可抗拒的死亡，似乎与生俱来；车祸、洪灾、地震、爆炸、山崩……不可预料非自身能够控制的飞来横祸会在不经意间致使生命的陨灭，似乎与生随行。就像是上帝在掷骰子选中是谁就是谁，令那些口出豪言壮语自认为可以“战天斗地”“人定胜天”的凡夫俗子显出幼稚可笑俗不可耐的尴尬。

深夜，一切归于寂静，你行走在杳无人迹的旷野，想从不漏一丝星光的天穹读出点儿什么意义，比如死亡，除了哀怨、惊悚、畏惧、绝望，或许还会留下丝丝刺骨心颤的余悸和幽幽的沮丧。死亡，就是生命的结束，其本身并没有什么特别的意义。

事实上，生与死的界限泾渭分明又十分相对，但生与死之间的距离却十分接近，有时候近得似乎只隔着一层薄薄的纸。那么，我们倒过来思考，怎样对死这个问题思考起来才有点儿意思有些意义，向死而生，说开来讲就是为什么活、怎么活、该怎么活才体现生命的价值、该怎么活着才使人生有点儿意义。这是一个系列的话题，古今中外的大家、名人、学者不知留下了多少论述和名言，岂止“汗牛充栋”，绝非“车载斗量”。古人说：“贤者不虚生。”司马迁最著名的论断是：“人固有一死，或重于泰山，或轻于鸿毛。”我们这代人受激励最深也是记忆最深的是苏联作家尼·奥斯特洛夫斯基在《钢铁是怎样炼成的》一书中写下的那段话：“人最宝贵的是生命。生命属于每个人只有一次。人的一生应当这样度过：当他回首往事的时候，不会因虚度年华而悔恨，也不会因碌碌无为而羞愧。”

自然生命本身没有什么意义，就是活着；平庸的人生也不会有更多的话评说，世间唯庸人无誉无咎。但人必须活着，生命才会有载体，而活着就要干事，世间没有活着不干一事儿的人，只要做事情就赋予了生命一定的意义。欲使人生活得有点儿说法、有点儿意思、有点儿价值，以有生之年给自己写写悼词，盖棺论未定，不啻为一种倒逼的有效方式和深刻的反思体验。既然死亡与人如影随形，既然人生是一个阶段一个阶段地过，我们何不抓紧时间随时以这种方式做做这种直抵生命本质的体验？

没有什么比在一个万籁俱寂的夜里独自枯坐书房，面对一沓白纸或者空白的电脑屏幕，字斟句酌极其慎重地给自己写悼词更能汇集复杂情感的了。说百感交集也好，说五味杂陈也罢，人的一生，思绪万千，而最终落脚在“死”字上面，生与死在自己的灵魂里碰撞、撕裂、交融，也许有点儿残酷、突兀，甚至有些荒唐，但确实可以称之为一个直面人生的真实体验。

大风舞兮魂飞扬。现实生活中的我们是否有所迷失？究竟迷失在何处？太多的人沉醉于许多表面的东西，习惯于自己或者别人光鲜的一面，罕为人知的是很多人都有着泣血辛劳或者卑微不堪甚至卑鄙无耻的另一面。当然，这也不能求全责备，因为人人都有认知的误区和思维的盲点，好比人们在充分沐浴灿烂阳光的时候，谁会去想太阳会有黑子，阳光下依然会有罪恶的发生。但是，当自己给自己写下悼词的时候总不会欺骗自己，总不会疏忽或者遗忘自己秘不示人乃至不可告人的地方。从某个角度讲，也算是自我觉悟的一种方式，从迷失处找回自己。

给自己写悼词，就是在湍急的生命河流中适时地找一个浅滩或一个小湾作一个停顿，回回神，看看势，积蓄一下力量，再瞄准下一个目标挥波斩浪努力前行。也就是在为名利官权为酒色财气而与接为构日以心斗的匆忙中，歇歇脚，静静气，扪心自问一下：这样的人生值吗？这样的生命厚度能够弥久愈远吗？从某种程度讲，也算是自我救赎的一种方式。

给自己写悼词，就是一个平心静气检讨生命、评价人生、剖析自我的过程，也就是总结或者即将总结自己的一生。胡适先生说：“人生的大病根在于不肯睁开眼睛来看世间的真实现状。”这个时候恐怕一定会睁大眼睛看看“真实现状”了吧，恐怕再也犯不着矫揉造作粉饰面目掩饰虚伪了吧，更不用说大话戴帽子讲假话穿靴子满嘴跑火车说空话了吧！想想自己已经离开这个世界，一切都抛在了脑后，还有什么值得顾忌和计较的呢？把一切都看得透透的，什么时局、社会、子女、亲朋、好友统统忽略了，许许多多在生前看来很重要的与己有关联有影响的人和事，包括入骨入脑的亲情、爱情、友情已经无足轻重了，学问深浅、成就高低都不在话下，遑论官大吏小、钱多钱少，此时此刻才知道人生最重要的不是表面的风光或者晦暗乃至暗无底色，而是生命真实的本质，是做人做事在或长或短的生命之河中体现的人性。

从沉醉于写自己的悼词中猛地醒过来，至少对自己“这一生”活得怎样应该有一些清醒的认识。

不过，仅仅写了还不够，还得品，如同嗜酒之人品酒，浅斟低酌，细细品尝，反复咂味，这样下来，自己的精神境界恐怕又会深入一层。这点不容置疑。

把写好的悼词锁进抽屉里放上一段时日，趁一个月落星稀的夜晚，独自躲进书房再拿出来认真品读一番，自己凝视自己灵魂深不见底的渊潭，去叩问一番荡涤一番灵魂。黑夜与我融为一体，静谧中似乎听得见自己与灵魂的交谈，评价过高禁不住哑然失笑，过低则感觉愧对自己，其中的过错、失误和遗憾让人心里隐隐作痛，也许会使人茫然而麻木，甚至情不自禁地将一句“唉，人生也不过如此”的话说出口来，最后再重重地画圆一个句号，暂且由自己给自己盖棺论定。看看，人间再也没有什么比阅读欣赏给自己写下的悼词更具幽默感的了吧。

经此不亚于炼狱一般的灵魂体验，至少可以体味别样的人生。没有“死”在冷峻的沉默中，必然穿越“死”而后“生”，必然“生”得更加有激情，重新燃烧的生命之火势必更加炽热。当然，也可以将此一举权且当作一场游戏，也可以在起“死”回“生”之后灰心丧气。一曰生死有命，顺其自然；二曰死去原知万事空，管他身后咋个评。但有一点可以断定，这样的一份悼词，极其宝贵，非金钱、名利、官位所能衡定。

倘若能使人幡然醒悟，倘若对有生之年还有所祈愿有所追求，还有梦想，给自己写一份悼词就一定能让人重新认识生命，珍惜生命时光，激发更加坚强的信念和勇气，卸下不必要驮负的包袱，不忘初心，轻装前行。

自己写下的悼词，披阅灵魂，鬼神不欺，可鉴余生。从“已死”的今日回头“反观”走过来的昨日，并非异想天开的一种设想，表面看不合情理及常识，实际上意蕴深刻，它可以使我们自己对自己的“余生”萌生更加清醒更加从容的期望。如此向“生”而“死”，“死”得其所，生得更通透，活得更豁达，那么以后在你面前的世界一定会更加天宽地阔。

若如此，自己岂不多了一个人生！

母　亲

进入二十一世纪，本土人士似乎对欧美的洋节兴趣愈发浓郁，洋人的什么节都拿来自己过，而且过得比洋人都新鲜都热闹还别出心裁。譬如每年12月24日的平安夜，时值隆冬季节，欧美人揣着宗教的虔诚在灯火辉煌的室内热热闹闹地过自己的节日，而我们的同胞顶风冒雪一堆堆一群群一大片聚集在城市的某个著名广场，揣着说不清道不明的什么情结恭候圣诞的钟声，不仅如此，官方人士称还得申报平安夜人数聚集的吉尼斯世界纪录。看着这样的场景，读着这样的报道，心里老觉得有点儿好笑、滑稽甚至荒唐。

对国人把欧美人士的节日直接拿来或者移植过来自己过的做法，我是深不以为然的。装模作样地穿西服打领带系围巾撕开啃嚼火鸡的模样挺可爱，如此国人心里头知道是谁圣诞？为何狂欢？你是它教中之人吗？可以这样说，大多数国人对此是无知的，否则不会比谁都兴趣盎然地兴起或者参与这种没有任何宗教仪式或者显现历史人文底蕴的热闹之中。

诸多洋节中，唯独对母亲节反倒是触灵生感，细品有味，觉得最应该拿过来填补中华文明空白，让国人真正过好这个意蕴深沉感触良多的节日。

母爱无私，孱弱的生命才得以生存，人类才得以生生不息；母爱博大，这爱里边有血脉，更有知识、智慧和民族文化，我以为每一个母亲都是伟大的，都是值得尊崇、爱戴和眷念的。但是，在数千年视“三纲五常”为道统的中国文化里，在“夫为妻纲”的传统社会中，女人根本就是无地位的，哪怕你生产了能够驾驭天下的皇帝，除了武则天、慈禧太后几个“稀有品种”为特例之外，也仅能作威作福于后宫而已。绝大多数作为男人的附庸甚至被视为玩物的女人，唯有“从一而终”。以命维护“忠贞”而不能“失节”的“忠节烈妇”，为“守节”得耗尽一个女人一生的时间空间血肉灵魂。只有这样才能被送上一座贞节牌坊，扬名于村舍、街坊与史册。不过得说穿，在那个时代那个仿佛金光灿烂的桂冠也就一毫无价值的名誉而已，细想想，虚名也“吃人”，够残酷了吧。

今天是2017年5月的第二个礼拜日，是欧美人推崇的母亲节。想到母亲母爱，禁不住心潮起伏浮想联翩。

人的世界，人性都是相通的。每逢佳节倍思亲，这是中国人的老话。如今地球都变成了一个村，世界已经全球化，发展中的中国也已国际化，把别人的节日拿来当自己的节日过也没什么错，鲁迅先生不是提倡“拿来主义”吗？中华文化里吸取欧美文化的东西还少吗？但绝不盲目模仿简单接受。我独推崇母亲节，借着过节倍加关注、思量、想念、感谢、感恩母亲这个赐予我们生命和至爱的亲人，这与中华民族传统文化中的孝道相契合，“老吾老，以及人之老”，普天之下的人性莫不如此。

过母亲节流行一句话：你怎么与母亲度过这一天？

我怎么过的？母亲在世的时候，过得平平常常，该怎么过就怎么过，浑然不觉世上尚有这么一个特殊的日子。如今母亲已去世七年四个月，想起她老人家的音容笑貌言谈举止滴滴点点犹如近在眼前，亲切，和蔼，自然，情至深处想把母亲拥抱在怀里，才知阴阳两隔，不觉泪盈眼眶，方知失母如大厦将倾之惊恐，方知子欲养而亲不待之追悔。追想母亲于己无微不至的关爱，自己侍奉父母双亲的所作所为，两相比较，差之甚远，不禁身心战栗，潸然泪下，愧疚和无奈之情无以言表。

打从记事起，或者说是从大脑里有点儿自己的思维活动的时间节点开始，我就一直感念父亲的威严与宽厚，时时感受当然也是接受和享受母亲的慈祥、爱抚、呵护、教诲，时至今日已年届知天命之年，且父母先后皆离世多年，但每念兹此，无一次不感到来自心底的震撼，乃至灵魂层面的惊悚，黯然神伤久久不能自拔……不仅仅是古人所说“身体发肤，受之父母”，当思生育之恩，也不仅仅是从吸上第一口母乳开始，直至以后的羹汤米粥、衣被冷暖、早起晚寝、舍身呵护，当深思父母的养育之情，思其音容笑貌自然也就想起父母语重心长或调侃笑言或一再嚷嚷反复唠叨的无关“宏旨”的长篇大论，而后细细思量，虽然他们也只是普普通通的人，个中只言片语意味深长含金量还挺高，伴随着自己人生的成长道路不啻为沉思、拷问、自省的观照。

上个世纪六十年代是个什么样的岁月啊……

童年的底色在我记忆的底片中是暗淡的，因为暗淡，所以刻在底片上的痕迹很深，就像没有月光的夜晚，只要眼前闪现一丁点光亮就会在心中驱除恐惧让那副希望的图景占据脑海。当我降生时，生活在老家的祖父母和外祖父相继饿毙。无法在乡下生活的外祖母来到我家，印象中胖乎乎的老人从黑色瓦罐里掏出黑乎乎一团甜东西塞进外孙嘴里的手，也是又白又胖的，我问妈妈，食不果腹的人会是这个样子？母亲摸着我的头说，那是饿的，浮肿。父亲不知多少次念叨过爷爷临死前的情景，说，你爷爷吃树叶吃观音土吃得连屎都屙不出，瘦骨嶙峋，气息奄奄，断气前嘴里就咕噜着一个字“饿”。鼓足最后一口气说出来的最后一句话就是“要吃饭”。每当父亲说起这话，我都发现他的脸色很难看，眼眶湿漉漉的，那泪光至今记在脑底。外祖母被接到我家，五张嗷嗷叫饿的嘴再加上一个饥肠辘辘的老人，像一块巨石压在父母的肩上，可以想见当时的艰难困苦。父亲愁眉苦脸地说，老人孩子不能挨饿，我就是不吃不喝也得养活他们。母亲则不然，一副坦然面对的样子，乐呵呵地也可能是装出来的一副笑脸说，我就不相信活人还给尿憋死啦，我就不相信干得了活儿的人迈不过坎儿，会被饿死。她说“不相信”时自信而坚毅的神情，以后在家庭生活每逢转折点或者要作出比较重大的决定时就会显露，迄今历历在目。

于是，她带头儿，全家老小齐上阵把我家平房后面的一个垃圾堆清理干净腾出一块红土地，种下母亲不知从哪里搞来的牛皮菜、土豆、玉米和红薯，然后撒下自家生产的和从宿舍公共厕所舀来的肥料。那牛皮菜本是喂猪的饲料，贱得很，见了阳光有了水肥一个劲儿地疯长，不出一个月长得绿油油的，大把大把地割下来煮清水，加点盐，再加一点儿母亲用政府配发的那几张有限的肉票割来肥肉熬成的猪油或者是油渣，成就了全家填饥肠救枯命的主食，至于两三个月后收获的土豆、玉米、红薯，在那个草皮都被啃光的年月更是一家人大快朵颐的美食。父母白天上班忙着“大跃进”，下班后参加政治学习，回家又挑灯夜战刨菜地，累得黄皮刮瘦没个人形，就这样一家人拉拉扯扯勉勉强强活过了那个“灾荒年辰”，外祖母也是在国民经济好转大家都能吃饱穿暖的时候才寿终正寝的。当然，这一切都是在我稍稍懂事之后，听父辈们聊起那段往事才知道的，不过母亲说“两个不相信”

的话和我想象她说这话时坚毅的神色仿佛在我的心里扎了根，幼稚的心灵懵懵懂懂地感觉到母亲是我们这个家的主心骨。

在我的幼年、童年、少年时期，我家发生的事情，更让我渐渐地坚信了我的判断：听妈妈的话，没错儿。以后参加工作，又加了一个信条：跟党走，没错儿。我家三兄妹只有哥哥上了幼儿园，我和妹妹就没进过一天幼儿园的大门，现在想起来这里面肯定是因为父母经济拮据能节约一个子儿算一个子儿。当时母亲却十分自信地按她的思路做了安排，哥哥从幼儿园回家就把学过的东西教给弟弟妹妹，家里再请一个保姆既照看孩子又料理家务，还振振有词地说，我就不相信不上幼儿园就成不了才，我就不相信成不了才就做不了一个健全的能够谋生的普通人。

母亲是伟大的，母亲的伟大还不仅仅在于产生新的生命，对襁褓之中的儿女无微不至地呵护和抚养，而在于她的一颦一笑一言一行对子女的影响是巨大的，甚至是终生的。我母亲是旧社会过来的人，读过私塾，念过四书五经，也上过新时代的职业中学，文化不高，但对社会、对家庭、对生活的看法很是自信。在我亲身经历的事中，每临关键时刻拿主意的都是她，全家上下也都尊重她的意见，后来事情的发展过程却也证明她的判断正确，意见得当。我高中毕业，正临恢复高考，可参考两次均败下阵来，正好此时有一进国有企业的机会，心浮气躁的我一心备战，大有不考上大学绝不收兵的气概，哪里还顾得上去做工人，拒绝，坚决拒绝。母亲对我的固执没有严厉呵斥，而是温和地劝说，儿子，当工人也不错，而且可以一边工作一边参考，两不误啊。听之，没错儿，工余时间再努力再备考，终于 1982 年考上一所师范大学，巧的是人生的选择又不期而遇，单位推荐参加的重庆市公安局的招警考试同时来了录取通知。何去何从？家里人的意见分为两派，各执一词，理由兼备，最终又是母亲拍板，干警察吧，公检法刚恢复，需要人。十字路口，不同的选择，意味着不同的职业人生。那时经济社会的结构相对稳定，对职业的认识也是稳定两个字，选了可能就是干一辈子的事。二十郎当岁的我，不谙世事的我，就一个选择：听妈妈的话。

妈妈的话不仅是指路明灯，在人生的歧路上能够指明正确的方向，还是我人生道路上的加油站。我毫不犹豫走进新民警培训班，穿上“革命红旗挂两边”蓝色警服的第一个周末回家，英武逼人，神气活现，好不得意。母亲把我从热闹的人堆里拉出来，悄悄地说，儿子，干警察不是一身皮儿这么简单，还得要有内瓤子，要有内容有水平，要干好这行当够得你学。还说，儿呀，干警察就得像个警察样儿。仿佛一瓢冷水从头顶泼下，热烘烘的头颅一下子掉进冰窟，我冷静了，开始了思考。

“干警察就得像个警察样儿”，这话多年以前就一直挂在母亲的嘴边，最初她说，做人就得像个人样儿。责备人骂人或者气恼之后，她骂，做个婊子就得像个婊子。老人家经常说这话，只是在不同的场合，针对不同的人不同的事，形式不同，但理儿依然是这个理儿。话糙理不糙，而且言简意赅，深入浅出，透出哲理。以往只把母亲这话当作她的口头禅，于我则是耳边风。在刚入警自以为神气的当口，又正值在职场似懂非懂的时期，还有一个特殊背景，上世纪八十年代，警察是很“吃香”的职业，警察在公众面前出现就象征法律象征威严，那时候年轻又意气风发的我，母亲这话才入脑入耳，知道了细品和回味，活人就得像个人样儿，干警察就得像个警察样儿，不这样，就会成为脱缰野马，无拘无束，肆无忌惮，最终害人害己。细细琢磨之后，方体验出分量，才会刻骨铭心牢记一生，才会随时随地对照人民警察的标准，才会将以后的从警从政道路走稳。迎着母亲慈祥而严厉的目光，我相当坚定地表态：一定把妈妈的话听进去，把警察这活儿干好。

从警训班毕业分配到分局刑警队，适逢开展“严打”斗争，成天忙得脚后跟踢后脑勺，每天工作至深更半夜，然后就睡在办公桌上，天一亮又开始工作，累，苦，加之经验不足心发慌，我有些后悔了，想打退堂鼓。一个周末回家，母亲见我情绪不对劲，笑嘻嘻地说，忙啊，累啊，想撂挑子啦？闻言，我心里真惊诧于她的观察力，也回了一个勉强的笑脸，说，知我者，妈妈也。不料她哈哈大笑，说，正中你下怀，是吧？你要吐苦水，是吧？那好，晚上吃饭把事情拿到桌子上跟你老爸一起说说。父亲倒像是慈父，听完我可能带着哭腔的倾诉，放下筷子，对母亲以商量的口吻说，干警察，我看这孩子是心累，不适应，能退回原单位吗？母亲却是一位虎妈，瞪圆了双眼，极罕见地用筷子头敲了敲碗沿，说，一遇上困难就向后退，还是个男子汉吗？忙、累对年轻人来说算得了什么？大炼钢铁那会儿，我参加铁姑娘队，两天三夜没睡觉，两个眼皮直打架，回头补一天瞌睡又可以挺着干啦。你感觉心慌心累，我告诉你，那是你知识不足能力不足，你得好好学，书本要学，老公安老警察更值得你学。念叨一通后，她加重语气极正式地又说，庆华同志，你不是一个小孩子了，刚穿警服的时候我说过，警察不是一张皮，得要有内瓤子，干什么活儿要干好都得要点儿技术含量。我无言以对，唯有频频点头的份儿，但母亲语重心长的这番话久久回荡在心里。

母亲的话，有时只是只言片语，有时一两句闪光的语言就藏在她很普通极平常的话里，捕捉到心，细想起来，内涵不浅，让我震撼，更让我吃惊不小。以后在职场混久了，对一些乱象不解，自己也不知道怎么办，就回家请教父母。母亲说，你看过那池塘，下面的水是清的吗？你再看长出水面的一朵朵莲花，漂亮吧？水上游着的鹅，白得纯净吧？看过，能悟出点儿什么吗？这话没新意，对北宋周敦颐的《爱莲说》读之稔熟，随口便答：出污泥而不染。母亲点点头，又说，那么，水下的呢？下面是清澈的水会长出清纯的莲花吗？不是一池浑浊的水会衬托出白鹅的纯洁吗？我惊讶得合不拢嘴，怎么从来没想到这一层呢？懵懂之间，母亲继续教育我，你做警察天天在污泥浊水中蹚，同流合污绝对不行，必须得洁身自好。我如醍醐灌顶一般醒悟。

以后自己逐步走上基层领导岗位，经常遭遇“名、利、权、色”的诱惑甚至是不遗余力无孔不入的进攻，父母无时无刻不教育我，一定要守住底线，把心思放到工作上。母亲说，要把人做好，心中一定要有一根主线，人生的一切都围绕这一根主线展开，好比人的主心骨。又说，还要有一根结实的底线，这底线绝对不是弹性的，是碰不得的，就像烧红的火炉，碰了，不死也伤，你得怕。还说，反过来讲，你知道怕了，你还敢为所欲为吗？你有了主线，一门心思扑在工作上，你还顾得上那些旁门左道吗？这些平实质朴完全是日常生活化的语言从她的口中讲出来，给我以警钟长鸣似的提醒，使我的从警从政之路始终走得堂堂正正光明磊落。

每一个人的生命里，都有一个或与故事相关或与情感相联或与时光相伴的特别的人。母亲在我心里，除了生命、感情和命运的息息关联，往深处想居然还有灵魂上富含哲学意义的交流。我自诩为读书人，古今上下横贯东西的著作读了也不少，每每从母亲嘴里听到这些富有哲理的话，哪怕就一些零零碎碎的一句两句，哪怕就行将淹没在她唠叨话海里之前被我捞出来，着实使我吃惊不小。母亲说她从小到大都喜欢读书，什么书都读得津津有味，有的书读了之后还像牛吃草回圈又来回咀嚼一样反思，后来结婚生子事多就没精力读书了。我曾开玩笑似的称赞她，说她是个哲学家。她一愣，说，我算哪门子哲学家，我就一妇道人家，柴米油盐，相夫教子，填饱肚子。我心中一咯噔，母亲的哲学确实是皮肉体验日子熬炼出来的。我又问，你的人生哲学是什么？她哈哈大笑，爽声应道，我有什么哲学？如果说有，那就是过日子心安理得，做人得像模像样像个人。话虽质朴，就像佛家所言

“该吃吃该睡睡”，细究一番真要做到容易吗？平凡吧，可母亲随意的闲言碎语也有一些道理。她叫岑永培，平时“说文解字”是这样对孩子们说的，“岑”就是今天我顶着大山，还得永远培养自己，这意思就是在压力下做人，必须永远加强学习，你爸叫宋德才，要么姓错了人家，要么取错了名，你想想，把“德”和“才”都送走了，他只得老老实实地做人呐。你瞧瞧，母亲就这般风趣、快活，寓理于鸡毛蒜皮似的凡人俗语之中。我父亲真是一个勤劳诚恳勤俭节约的人，只知任劳任怨工作，不知享受生活，一生不喝酒不抽烟，偶尔喝一杯淡淡的茶，也只是在杯底铺一点儿碎末似的绿茶。其实，父母的老家相距不远，两人既是青梅竹马又是媒妁之言而走到一起。我看得到他们一生恩爱，偶尔拌嘴、斗嘴乃至吵架，最终结果必然是母亲取胜。父亲每每败阵下来，在儿女面前既是自嘲挽回面子，又是以己为鉴教育晚辈，平和地说，你爸这辈子就吃亏在文化低了，所以你们要好好读书。当然，母亲总是占理，就拿五十年代兴起的下乡潮来说吧，城里动员人们下乡，父亲也为老家的分田分地而心动，拿了户口本要销掉城里的户口，被母亲奋力夺回，她说，我们在城里干得好好的，回农村干吗？不都是建设社会主义吗？要回，等我变成骨灰以后回老家吧。以后的事实证明，母亲的决定是经过独立思考的，是有定力的，在闹哄哄的下乡潮里站稳了脚跟。

母亲那些不无道理的话，就是她经历磨难熬炼出来的人生哲学。以前，我去过父母的老家，母亲家就几间土墙瓦房，相对而言，父亲家更穷，就剩半间瓦房稍微成形，其他的皆断壁残垣。想象中，他们在旧社会的日子一定过得很苦，新中国成立后历经运动也未必没受痛苦，没吃苦头。吃了苦，磨砺了皮肉，灵魂也该受了考验洗礼净化，一定会对社会对人生衍生自己的认识，教育儿女的哪怕就只言片语，难道不是这些认识中闪光的东西，不是她几十年为人做事沉淀下来的人生哲学？这些掩隐在不起眼的生活里的不起眼的语言，却像滋润久旱干田的雨露，滋润我心，在我心中发光。如今，老屋早已拆除，那一片土地上崛起一所庞大的师范大学，莘莘学子在这块土地上汲取养分，出门又去教书育人，代代不息。

斯人已去，音容犹在，教诲入心，此生不灭。较之父母亲对儿女的无微不至的呵护，自己对父母所尽的孝道差之甚远，及至自己为人夫为人父，及至自己渐老，念及早已逝去且渐行渐远的双亲，其愧疚其遗憾其悔不当初侍亲情日甚一日，夜行渐深，独自怅然涕下。每临清明，择一荒地，面北，焚香烧纸祭奠先祖之时，遥祝父母大人在天堂快乐舒畅，企望来生再加倍补偿的心愿随袅袅盘旋的青烟飘上父母心中。

想到自己身为人民警察单念父母是否格局太小而羞愧，转念便全然否定，自古国人讲究“家国天下”情怀，由私而公，推家及国，放眼天下，西方人不也把母亲节过得实实在在意蕴厚重吗！

今天是母亲节，愿天下的母亲健康快乐安好！

我把“国粹”的清明节当作母亲节来过，以心祭父母，稍加搜寻，便在存书的眉头地脚、记事本的空白页边乃至犄角旮旯寻出父母那些平实且粗糙的言语，没有华丽的辞藻，没有虚空的装饰，犹如掩藏在废墟里依然发光的珠宝，还有我留下的许多闲散的回忆文字，值得一提的是母亲那句“做人就要像个人样儿，干警察就得像个警察样儿”的话不止一次不止一处记录在册，每每翻看，禁不住心潮起伏，思绪以远，久久不能平静。这里，把其中一首清明祭奠的诗录后，以慰藉追思之情……

以心祭父母，
是人间最好的祭祀，
给一生勤劳善良的爹娘，

时时侍奉未被蒙尘的良知，
乃是儿女最高贵的灵魂祭扫。
青山浇筑爹娘的身躯，
白云托举爹亲娘亲的思想，
迷离的水滴化着满颊的泪雨，
昭示深藏的儿女情长。
无需硕大无朋的坟茔，
不要坚硬的花岗石丰碑，
天堂的圣洁容不下人间的半点儿风尘，
洞察一切的神灵居然不识任何一种文字，
唯有竭尽心力燃烧的香与火，
烛照心有灵犀的魂灵，
不灭，
永存。
时时祭祀，远不在清明一节，
追思先辈，远不止家族、宗亲，
只要他曾造福为民，
理当香火贡祀……

父母都回老家去了，他们的骨灰合葬在重庆城西北方向那一片连绵起伏的山脉，与壁立千仞的璧山融为了一体。观乎巍巍璧山，仿佛看见父母睁大了双眼洞察着儿女们的一言一行，那些发光的东西依然在我心中熠熠闪光。

心祭父母，绝非清明一日；回记母亲，不止于母亲节。这一天与母亲怎么过？天国里的老人家若有知，我的回答依然是，守住底线，把握良知，遵循常识，这一生都与父母双亲一起过。

诚如是，人类将生生不息，人性将永不泯灭，人间将更加绚丽。

学以“开悟”

众所周知，中国传统文化以儒释道为主流，其中儒学道家为本土衍生的文化传承，而以释迦牟尼创立的佛学则是外来文化。

西土禅宗在南朝梁武帝时期从印度传入中国，树大根深枝繁叶茂的儒道学说早已在国人的脑际扎根，而且大大地发扬光大，对这个外来的和尚不仅不接受，还嗤之以鼻很是蔑视。面对如此孱弱的凄凉的传教局面，其“衣钵传人”菩提达摩却毫不气馁，“面壁九年”思过思因思变终于“开悟”，独辟蹊径，走了一条与本土文化相结合的路，创立了既与儒道融合又自成体系的中土禅宗，居然颇受民众喜爱，终于在中原大地扎下根来，以后历经几代传承还衍生出若干派别，绵延千年，不仅僧人居士参禅悟道，滚滚红尘之中的士农工商也将静心、修为、开悟等禅修言行融入进了自己的日常生活，其生势之旺盛、生命力之绵长，至今可见。

透视禅宗日渐隆盛绵延不绝的发展历史，我们感受得到也确实值得让人关注的有两个地方。一是它传入中国以后的本土化。正因为它与传统的中国文化相融合，才得以为僧人俗众所接受，才得以繁衍相传，瓜瓞绵绵，而且与儒道两家并驾齐驱于中华文化之主流。二是中土禅宗抓住了佛教的根本：觉悟。自迷自觉，学佛开悟，消除妄念，自净其意。其“开悟”的方式，无论“历练成精”的“渐悟”，还是“立地成佛”之“顿悟”，看似简单的偶然的形式，没有思想的精进、生活经验的积累汇集成的“慧根”，是怎么都不可能“开悟”的，而不“开悟”，修禅何为？

细想起来，我们学习、工作、生活的过程也就是一个渐行修为孜孜以求“开悟”的过程。就拿干警察来说吧，满脑子里装着党的政策、国家的法律法规和业务理论知识，如果不与人民群众相融合，不结合本辖区本部门本行业的实际情况，找准切入点，做个明白人，是无论如何也干不好公安工作的；提高公安工作水平和业务能力，不注重知识和经验的积累，不从实际工作中去边干边学，吸收进去，细细咀嚼，分类辨析，善于总结，日趋进步，做个智慧人，也是干不好公安工作的。职场生涯的日积月累或早或晚成为了个明白人智慧人，也就算是“开悟”了。“开悟”以后怎么样？就能把工作、学习、生活变成有规律有温度的自觉行动，大自工作决策、处理问题，小至待人接物更显从容、妥善而自成高格。

要想成为公安工作中的明白人智慧人，开展理论调研无疑是一条行之有效的路子。抓一大把源于实际而不是表面的、全面而不是局部的、整体而不是琐碎的、相互关联而不是相互割裂的东西，经过去粗取精、去伪存真的提炼加工，总结出规律性的理论，攫取真知，收获真理，就能指导实践，明白地充满智慧地工作，服从党的政策国家的法律，服务广大人民群众，其效率会更高，其成效会更大。

修为、静心、行直，也是我们日常生活保持在正常轨道上运行的基本要求，这又何尝不是修禅悟道的所作所为？

丰厚的积累是基础，修为的精进是推动，一朝“开悟”是关键。积累阅历、沉淀知识、稔熟技能，渐进到一定程度一个时机就能“开悟”，形成智慧，成为自觉，再带动他人一起前行。

学习是积累，积累求“开悟”，做个明白人智慧人，才能游刃有余地干好公安工作，当好人民警察。

干公安工作如是，干其他行当又何尝不是如此？

整理人生

寓所久居，再漂亮的房子也需要定期打理，这既是清洁环境的举动，把凌乱的家什物件重新归为整洁有序，把积满灰尘的房间收拾得窗明几净，让人时时感受空气的清新，处处感觉生活充满期颐的美好，也是培养一个人从身边的小事做起把平凡的小事做得不平凡的良好习惯，正如古人所言“一屋不扫，何以扫天下”。

人生亦是如此，厮混久了，尤其是在职场上摸爬滚打的时日长了，难免进入一种浑浑噩噩稀里糊涂而自己浑然不觉的状态，这就更需要时不时地回头看看自己走过的路，想想干过的事，好的总结一下经验，差的梳理一下教训。冷静反思之后，再重新捋一捋工作思路，调一调工作目标，以使自己清醒如初，重振雄风，整理行装再出发，让自己踏出去的步履更加坚实、更加矫健、更加正确。

从上个世纪八十年代初考录进公安，虽然年事渐行渐长，可从来没有生发过“蓦然回首”、“回眸刹那”之类的惊诧，因为自己干警察三十多年来，除了染病毒一般蔓延抽烟喝酒吃肥肉的职业陋习之外，还如沉疴顽疾一样固守着一个自以为是的习惯：拙笔小本随身带，遇事小闲涂几句。若干年下来，凡亲历的什么会议什么事件什么案子什么人头，关乎时局、与工作有关的内容详记占先，涉及个人生活的重要事情简略记录在后，分门别类但几乎有闻必录密密麻麻地记下好几大本。友人观之，不解：如此芝麻绿豆般小事值得记？答曰：好记性不如烂笔头，弥补记忆而已。友人哂笑：费事费神，何用？自己并无不屑也无尴尬，戏曰：无用，癖好而已。殊不知这世上小事成就大事无用方为大用的事儿多了去了，便在每个笔记本的扉页信笔写下一句大言不惭的话：记下琐碎事，缀成千秋史。

是的，每个人都是一本书，一部史，留下的一串串脚印都是一行行大写的句子。要写好这部史书，必须时时反思、警醒、修正自己的一言一行。于是，每当年末岁首，拿几个静谧的夜晚，趁着月暗星稀万籁俱寂，心若止水，旁若无人，摊开笔记本秉烛细读，从那些别人“视如敝屣”而自己看来却“享之千金”的文字里检索这一年、这几年、这几十年来的人生路，一一回顾，一一品点，体悟冷暖品味甘苦，自嚼自觉自知。边读边想，仰望天空，若有所思，凝聚自己也想想别人，聚焦人事也遥寄浩瀚天宇……一边，手也别闲着，还得写，有所感有所悟眉批几句，记录不全的事补上一段，归纳一下过去的得失利弊，再写下此后的目标与希冀。这种读，是承上启下的读，是回味无穷的读，是从眼前眺望远方的读，把自己从内审到外观看个透，再从并未远去的历史烛照不得不面对的现实社会。如果说人生是一场旅行，这就是选择一个合适的驿站停顿片刻打理行囊清洁心路荡涤灵魂的过程。这个“整理人生”的过程是短暂的，也完全是自我的封闭的，看似“小我”地梳理心路历程，实则对个人的成长成熟而有大用，对走出逼仄的私密的小空间融入社会的大空间成就“大我”，以“我”之知识能力智慧奉献社会造福他人，可以说是一种帮助自己走好人生路行之有效的方式。路走好了，人生的史书才会有精彩的句子，才会有灿烂的华章，才不会有惨不忍睹的败笔。

这个世界阳光灿烂，雨露滋润，真善美徜徉于生灵万物，这个世界同样也有灰尘也存在细菌，偶尔还会有邪恶的黑暗逞行一时。我们的生命匆匆忙忙穿行其间，难免不受灰尘的污染或细菌的侵袭或邪恶的诱惑，甚至绝望于遮天蔽日狂风呼啸的黑暗，那么时常地止住有些凌乱的脚步，按捺住有些浮躁的心，捧几掬清清的泉水洗洗蒙尘迷窍的心灵，整理一下人生是完全必要的。

人生需要警醒，需要深刻地反思和不断地再认识，要缀成千秋史，这些恰当的空格里填下顿号、逗号，还应该有触目惊心的感叹号，华丽而响亮结尾的那个圆圆的句号就会画得丰满。不管怎么说，经过整理的人生势必更加波澜壮阔。

整理人生可以使我们不忘初心，坚定信念，继续前行。

所谓成功

树叶儿绿着它的绿，花朵儿美着它的美，这是一种初醒而充满灵性的绿，是奋力从茎叶中探出头的生命的嫩绿，那是一朵刚刚绽放色彩的花，是跃跃欲试从绿蕾严实的包裹中挣脱出来的鲜花，层层叠叠的花瓣一瓣一瓣地舒展它的美丽。根深枝壮的树先绿，生命旺盛的花早开，它们捷足先登，先一步跨进寒风还有些遒劲的春的门槛。

蓦然发现这些春之使者让人由衷称赞，沉睡的世界里它们最早灵醒，不仅成功地实现了自己再生的蜕变，还引领了大地的春色。但是，假如你翱翔在春日的天空中，俯瞰绿色茵茵姹紫嫣红的大地，千万株吐出新绿的树，万千朵绽开蓓蕊的花，你能分辨得出哪棵树先绿哪朵花先开吗？你依然欣赏的是这些装扮春天的植物，它们都是生机盎然的成功者。

在一般人看来，成功就是指一个人依靠自己的能力通过努力取得了一定的成就或者说达到了一定的高度，成功的标志说白了就是“功成名就”之后在“功名利禄”上比别人多一些获取，自然也就得到了社会的普遍认可。成功，无论从哪个方面来说都是可喜可贺的，既赢得了人们的啧啧称赞和羡慕目光，又在名利、金钱、地位上有所斩获，即便是再脱俗并一再声称淡泊名利的人，也难免不为之心动为之欣喜，毕竟每一项成功都来之不易，都要付出一定的心血，有的是殚精竭虑胼手胝足亡命拼搏，甚至以生命以毕生精力为代价取得的。

成功者自豪、光鲜、骄傲，拥有鲜花、美酒、赞誉之外，有理由在大庭广众之中口若悬河，侃侃而谈，以致唾沫横飞；有资格对他人评头论足，说长道短，以致颐指气使；有底气在人前昂着头颅拉开架势走路，乜斜看人，鼻孔里老是发出哼哼的空响，看似不动声色实则于无形之中摆出了“名人”、“权威”、“大家”的谱子。只要你成功了，你大可不必太拘束，完全可以率性而为做事，恣意妄为做人，倘若你获取的威权足够强、地位足够高、名气足够大，那么，别人在你面前就只能是低眉顺眼，举头仰视，逆来顺受，甚至是摇尾乞怜求得你多看他一眼也引以为荣。

成功真值得这么骄傲吗？成功者真就该这么器宇轩昂趾高气扬不可一世吗？且慢，这里，愚以为有必要对所谓成功作一些辨析。

关于成功，不同的人有不同的认识，就像莎士比亚所说“一千个读者就有一千个哈姆雷特”。借助工具书查查吧，《辞海》把“成功”一词收录到成就这个词条中。《现代汉语词典》里把“成功”作为动词解释为获得预期的结果，作为形容词意指事情的结果令人满意。上无所不能的百度搜词条，它说“成功”是指达到或实现某种价值尺度的事情或事件，从而获得预期结果。由此，衡量一件事一个人是否成功的基本标准就两条：一是实现某种价值，二是结果使人满意。

这样看来，成功也并非那么艰难，因为价值有大有小，还在于哪个方面哪个领域实现的结果令多少人满意，也在于哪些方面哪些人满意，仔细考究还可以比较所做之事有大有小，其结果满意的程度有高有低之分。

我们可不可以这样说，一件事一个人的成功，只能是在一个方面或一个领域的成功，如西汉桓宽在《盐铁论》里所说“黄帝以战成功，汤武以伐成孝”，因为你不可能包罗万象在所有方面所有领域全方位地取得成功，所谓“改天换地”不是誉谀或者痴人说梦，就是一种浪漫、夸张、充满诗意的形容。即便是在某个方面或某个领域的成功，也可能只比别人早一点点或者长足那么一点点。当别人奋力赶上或者出现的结果超过了新的预期，就像千树万树繁花开，草长莺飞春已遍，哪里还分得清楚哪棵树先绿哪朵花早开？待到此时，所谓的成功就成为了过去，也就不复为成功。

一件事的成功永远脱离不了我们生活的时空，一个人的成功，哪怕你上了一个很高的境界，也离不开红尘中的世俗生活。换句话说，一个人的成功是通过做事达到的成功，成功是不是仅凭个人的努力就做得到呢？为什么偏偏就是你成功，而不是别人？难道真是上帝掷骰子偏偏掷中了你那般幸运？回答当然是否定的。你的成功肯定是站在了前人的肩上，一定是在总结了前人失败的教训，吸取了别人积累的经验的基础上取得的，更需要天时、地利、人和相互配合，诸多因素在一定的空间时间节点走到了一起，这才促成了你的成功。

成功里面自然包括了成功者艰苦的劳动和不遗余力的努力。爱因斯坦曾经说过：成功＝艰苦劳动＋正确方法＋少说空话。鲁迅先生说：伟大的成绩和辛勤的劳动是成正比的，有一分劳动就有一分收获，日积月累，从少到多，奇迹就可以创造出来。可见，任何成功都不会是简单的一蹴而就取得的，哪怕你就是偷奸耍滑投机取巧偶然的成功，也要绞尽脑汁费尽心机去获取，而更多的正大光明的成功，需要实实在在的艰苦劳动，都要付出辛勤的汗水和相应的代价。当然，对成功者而言，机遇也很重要，失去机遇将与成功失之交臂，甚至使成功埋没，但机遇总是垂青有准备的人，这种准备就是千辛万苦的劳动积累。

面对成功，我们还可以质疑，是真正的成功吗？它值还是不值？譬如官场上打拼的人，采用不怎么光彩的手段爬上一个位置，即使是芝麻绿豆大的官，上位后把手里的那丁点特权也玩得忽溜忽溜直转，以至于作威作福，在他而言不能不算成功，否则不会乐得屁颠屁颠地不知姓甚名谁，对他人对社会来讲呢，这种成功价值几何？姑且不论反人类的独裁者忽悠的位置更高权力更大，这种成功遑论价值，其所作所为对人民对社会简直就是灾难。就看我们身边的众生相，见缝插针求名号者，不择手段跑官位者，死皮赖脸追奖评者，不一而足，成天正事不做一门心思捞私利且锱铢必较者，大有人在。就连一般人眼里尊崇的象牙塔——科研院校里，许多学者以取得什么头衔什么名号为目的，急功近利玩虚的造假的，将纯洁的学术场侵蚀、渗透以致演变成了官场、名利场甚至刀光剑影的战场。这种成功到底值还是不值，不言而喻。

窃以为成功同时存在外在和内在两个方面，外在的成功是看得见摸得着的物质，是一种醒目并可资炫耀的标志，更重要的是内在，更多的是一个精神层面的观念，只有内在的充实踏实，自己感觉得到充盈、纯粹、无功利的喜悦，才算是真正意义上的成功。如果只图外在的表象，一味只追求虚名、权位、功利，殊不知天不遂人愿，一旦受挫或者踏空，内在的空虚、虚假乃至丑陋暴露无遗，结局就只能是功败垂成。

倘若我们揣着良知和常识去真心做事做人，选定认准目标，踏踏实实地去干了，实心实意地努力了，体现出了自己应有的价值，即使是一个没结果的过程，但得到了社会、历史、后人的认可，理当算是一个成功的人。

成功的真谛在于物质与精神的统一，在于内心纯洁无功利的积极进取，与守道而客观、公正、理所当然地获取外在辉煌的真实合一。

对于成功，还应该清醒地认识到，放眼世界，在我们这个小小的星球上就是有天大的成功，不过沧海一粟。穿越时光，往事越千年，“万里长城今犹在，不见当年秦始皇”，不过惊鸿一瞥。翱翔太空，俯瞰人间，我们就超脱于世，成功与否并无差别，就会持有一颗宠辱不惊的平常心，进入“看山还是山，看水还是水”的更高境界。

树叶儿依然绿着它的绿，花朵儿依旧美着它的美，聚焦新绿鲜花的人们，是不会去觑一眼那些枯萎了的树和蕾的，但我们是否会想起那些不能再次迎接春天的枯枝残叶凋花，已经成功地完成了它们的使命，化着沃土滋润着这些新的生命周期呢？我们欢呼春之降临，又何尝不惊叹夏之林密叶茂盛况，欣赏秋之落叶寂然静美，赞美冬之熬雪挺立的孤树斜枝？天地无语，大美无言，人之成功藏否显否，日月星辰熟视无睹，各自安然循环。

所谓成功，全在于人，更在于心。